문어의
아홉번째
다리

DER NEUNTE ARM DES OKTOPUS by Dirk Rossmann
ⓒ 2020 by Bastei Lübbe AG, Köln
Korean Translation Copyright ⓒ 2022 by BOOKRECIPE All rights reserved.
The Korean language edition is published by arrangement with Bastei Lübbe AG through MOMO Agency, Seoul.

이 책의 한국어판 저작권은 모모 에이전시를 통해 Bastei Lübbe AG 사와의 독점 계약으로 북레시피에 있습니다. 저작권법에 의해 한국 내에서 보호를 받는 저작물이므로 무단전재와 무단복제를 금합니다.

문어의
아홉 번째
다리

디르크 로스만 지음 | 서경홍 옮김

북레시피

한국 독자들에게

사랑하는 독자 여러분,

2019년 12월의 어느 날 밤, 잠자리에 누워 소설의 줄거리를 구상하고 있을 때 이 책이 독일에서 멀리 떨어진 한국에서 출간되리라고는 꿈조차 꾸지 못했습니다. 『문어의 아홉 번째 다리』에 많은 관심을 보여주신 여러분께 깊이 감사드리며 새로 출간된 나의 책이 기후변화에 새로운 논의를 불러일으키는 작은 불씨가 되기를 소망해봅니다. 이를 위해 가능한 한 많은 사람들을 일깨우기 위한 평범하지 않은 길을 갈 준비가 되어 있습니다. 나는 그 길을 소설 속에서 찾고 있습니다. 상상조차 할 수 없는 아이디어도 소설 속에서는 구체화될 수 있기 때문입니다.

누가 코로나와 같은 팬데믹을 상상했겠습니까? 코로나는 기후운동과 이에 관한 언론의 관심을 꺾어놓고 말았습니다. 그러나 바로 이 팬데믹이 세계적으로 심각한 문제가 되었기 때문에 우리의 삶을 바꿀 수 있다는 가능성을 보여주었습니다. 그리고 아름다운 지구를 보존하기 위해서는 기후변화에 우리가 함께 대응할 수밖에 없다는 사실도 알게 되었습니다.

2020년 10월 독일 일간지 《프랑크푸르터 알게마이네 차이퉁》에서 한국이 2050년까지 이산화탄소 배출량을 제로로 만들기 위해 노력하고 있다는 기사를 읽은 적이 있습니다. 문재인 대통령은 "국제사회와 함께 기후변화에 적극 대응하고 2050년까지 탄소중립 목표를 향해 나아갈 것"이라고 약속했습니다. 그러면서 화력발전소를 재생 에너지로 대체할 것이라고 했습니다. 이러한 조치는 무엇보다도 중요합니다. 그러나 기후변화에 대처하기 위해서는 많은 국가가 함께 참여해야 하고 CO_2 배출량을 신속하고 획기적으로 줄이기 위한 목표를 함께 추구해야 합니다. 공동 참여는 우리의 삶뿐만 아니라 지구온난화의 결과로 훨씬 더 많은 고통을 겪게 될 후손들에게 무엇보다도 중요한 일입니다.

나는 전혀 없던 이야기를 소설 400여 페이지에 써 내려갔습니다. 그 이유는 지금으로서는 협력이 생각조차 어려운 3대 강국도 예외 없이 기후변화에 직면하게 될 것이기 때문입니다. 그러나 미래에 무슨 일이 일어날지 누가 알 수 있겠습니까? 어쩌면 미래는 긍정적인 결과로 우리를 놀라게 할지도 모릅니다. 우리는 마침내 노 젓는 방향을 바꾸어 지구를 구할 수 있는 쪽으로 나아갈 수 있을 것입니다. 지금이라도 늦지 않았기 때문입니다.

디르크 로스만

A.와 R. 그리고
프리츠 샤르트 교수에게
감사드리며……

문어의 뇌는 종류와 세는 방법에 따라 50 내지 75개의 영역으로 구성되어 있다. 그런데 문어의 뉴런은 대부분이 머리가 아닌 다리에 있다. 극도로 비상한 멀티태스킹이 필요한 삶의 환경이 이러한 진화를 가능하게 했을 것이다. 문어는 모든 다리를 제각각 통제하고 몸의 색깔과 형체를 자유자재로 바꾼다. 문어는 학습과 사고능력이 있으며 기억과 판단도 한다. 뿐만 아니라 피부에 골고루 분포된 촉각과 미각으로 얻은 조류潮流 정보를 자신의 시스템으로 보내 세부적으로 분석하고 사람의 눈과 매우 비슷하고 잘 발달된 눈에 전달된 시각적인 혼란을 분류해낸다.

사이 몽고메리, 『문어의 영혼』 중에서

프롤로그

'우리'의 행성이라고 부르는 지구는 44억 년 전에 생겨났다. 그렇게 지구는 시작되었다.

인간은 지구상에서 매우 새로운 존재였지만 어찌 보면 한없이 덧없는 존재이기도 하다. 우리가 얼마나 무의미하고, 그래서 얼마나 겸손해야 하는지는 간단한 숫자놀이로 쉽게 알 수 있다.

지구의 역사를 1년, 쉽게 말해서 365일로 줄이면 한 달은 3억7천5백만 년에 해당한다. 하루는 1,200만 년이고 한 시간은 50만 년이 되며 1분은 8천5백 년, 1초는 140년이다.

그해의 첫날, 1월 1일에 지구는 시작됐다. 해가 처음 솟아올랐고 그 주변에 원시 상태의 행성들이 생겼다.

1월이 지나면서 지구는 점점 뜨거워져 녹아내렸고 기존의 얼음은 지핵地核 속으로 가라앉았다.

2월에 지각地殼이 생성되고 지구는 물에 잠겼다. 화학적 진화가 시작된 것이다.

3월이 되자 대류이 생겼다. 최초의 생물학적 생명체인 남조류*와 박테리아가 탄생했다. 조류藻類는 물질대사를 하면서 산소를 뿜어냈고 대기층이 변했다.

8월에는 산소가 충분해졌고 게와 같은 쌍각류의 아주 단순한 동물이 나타났다.

10월에 캐나다 북동지방 전체에 어마어마한 용암이 흘러내려 용암층이 뒤덮고 빙하기가 시작되었다.

우리가 생각한 1년 동안 지구 역사의 11월 16일, 지구 역사는 새로운 단계로 접어들었다. 그것이 바로 캄브리아기이다.

11월 17일 즈음 두 번째 빙하기가 닥쳤고 11월 19일 단 몇 시간 동안에 모든 생명체를 위한 설계도가 완성됐다.

11월 27일, 최초의 식물이 땅 위에서 자라났다.

12월 3일에는 최초의 동물들이 땅 위를 기어 다녔다.

12월 4일, 석탄기가 시작됐다. 이때 파충류에서 포유류, 조류鳥類, 거대한 도마뱀, 공룡이 생겨났다.

12월 8일, 석탄기가 끝나고 대빙하기가 시작되었으며 12월 12일까지 이어졌다.

12월 11일, 남쪽과 북쪽의 두 대륙이 충돌하면서 북아메리카에는 애팔래치아산맥, 북아프리카에는 아틀라스산맥이 생겨났다. 그러나 모든 대륙은 여전히 하나의 땅덩어리 상태를 유지하고 있었다.

---

* 藍藻類, blue-green algae. 세포 내에 핵 또는 색소체를 갖지 않고 여러 부류의 조류 가운데 가장 하등한 조류.

12월 14일부터 17일 사이에 하나의 땅덩어리였던 본래의 대륙은 네 개의 커다란 판으로 갈라졌다.

북아메리카, 유럽-아시아, 남아메리카-아프리카, 인도-오스트레일리아와 남극이 바로 그것이다.

공룡은 12월 25일까지 지구를 지배하고 그날 오후부터 포유류의 시대가 왔다.

12월 27일과 28일에 대륙이 통째로 서로 충돌하면서 지금 우리가 보는 산맥이 생겨났다. 아시아에서는 12월 28일 인도가 티베트를 향해 달려들어 히말라야산맥을 만들어냈다.

12월 31일이 되어서야 비로소 초기 인간 유형이 동아프리카에 나타났다.

그날 밤 11시 50분, 간빙기 때 뒤셀도르프에서 멀지 않은 네안데르탈의 어느 동굴에 사람들이 살았다. 그리고 23시 52분, 갑자기 거대한 빙하가 북독일을 뒤덮고 말았다.

23시 56분, 빙하기 동안에 해부학적으로 현대 인간이라 말하는 호모 사피엔스가 유럽에 나타났다.

23시 59분, 북독일과 스칸디나비아반도의 빙하가 햇빛에 녹아내렸다.

지구 역사의 충적세에 속하는 그 마지막 순간, 인간 고유의 문화가 시작되었다.

23시 59분 28초, 이집트에서는 쿠푸왕의 피라미드가 세워졌고, 그날 밤 자정, 22초 전에 유대교의 창시자인 아브라함이 살았다.

그리고 자정 20초 전에 모세경과 호메로스의 『일리아스』와 『오디세이아』가 써졌으며, 14초 전에 예수가, 10초 전에 예언자 모하메드가 태어났다.

3초 전에는 콜럼버스가 인도를 향해 떠났다가 아메리카에 닿았다.

그리고 마지막 2초 전, 지구라는 행성에 사는 인간은 8백만에 이르렀다.

그리고 그 마지막 몇 초의 순간에 인류 시대, 말하자면 인간이 처음으로 영향을 미친 시대가 시작되었고, 인간은 불로 만들어진 화석 연료인 석탄, 석유, 가스와 같은 지구의 저장품을 사용하기 시작했다.

이로 인하여 인간이란 종은 환경을 파괴하고 지구를 사람이 살 수 없는 위험에 빠뜨렸다.

우리의 후손들은 우리를 어떻게 돌아볼까?

아니면 우리를 돌아볼 사람은 아무도 없을까?

[알보 폰 알벤슬레벤의 『지구와 우주 - 공간과 시간의 여행』(1970)에서 착상하여 볼프강 바이어와 우도 폰 바르크하우젠의 도움으로 정리]

차례

/

한국 독자들에게 4
프롤로그 10

문어의 아홉 번째 다리 16

엔딩 크레딧 386
에필로그 390
감사의 말 394
옮긴이의 말 397

2018년 10월 16일, 화요일

러시아, 시베리아 북서쪽, 야말반도

많은 사람들이 추위를 싫어하지만 제나디 샤르딘은 그렇지 않다. 그의 외투는 두 겹의 가죽으로 만들어 바람을 충분히 막아낼뿐더러 옷 안쪽의 순록가죽은 온기를 전해주고 목덜미와 손목의 털이 한기를 막아준다. 제나디는 시베리아의 추위에 대비해 단단히 무장했다.

그러나 이제는 그렇게 춥지 않았다.

작년 겨울은 따뜻했고 재작년도 마찬가지였다. 문제는 날씨가 더 따뜻해진 것이고, 그것이 바로 제나디 샤르딘의 걱정이다. 지구의 습도는 너무 높고 바람은 따뜻하다. 그가 키우는 순록은 부드러운 대지보다는 서리 내린 땅을 원하는데 말이다.

사실 제나디는 벌써 오래전에 먹을 것이 풍부한 남쪽 숲으로 떠났어야만 했다. 그러나 어떻게 이렇게 무른 땅 위를 400km나 이동할 수 있단 말인가? 제나디는 할아버지, 조상들이 그랬던 것처럼 유목민에 불과했으며 그렇게 살았다. 그의 가족들은 순록과 함께, 그리고 순록에 의해서 살아왔다. 그들은 순록의 고기를 먹고 피를 마시며 가죽으로 옷을 해서 입거나 담요를 만들어 덮었다. 뼈로는 낚시나 칼, 천막을 짓기 위한 고리를 만들고 힘줄은 바느질에 사용했다.

조상이 물려주신 삶의 지혜는 '서리가 내리면 어떻게 살 것인가'라는 단순한 문제에 대한 답이 아니었다.

제나디의 언어에서 '야말'이란 '광활함'을 뜻한다. 그리고 그것은 말 그대로 수백 년 동안 세상과 동떨어진 오지의 얼어붙은 땅이었다. 제나디가 태어났을 때 야말-네네츠 자치구에는 8만 명이 살았다. 그러나 얼마 지나지 않아 이곳의 지하에서 어마어마한 가스유전이 발견되었고, 제나디가 마흔 살이 되자 이 지역의 인구는 50만 명이 넘었다. 그의 나이 쉰다섯이 된 지금, 인구가 얼마인지는 그도 정확히 알 수 없다.

다만 분명한 것은 대부분의 사람들이 더 이상 땅을 중요하게 여기지 않고 공장이나 가스유전소에서 일을 하며 먹고산다는 것이다. 그들은 순록이 살던 광활한 땅에 철로와 전신주를 설치했고 물을 오염시켰다. 한 해 동안에 12만5천 톤의 원유가 오비 강을 거쳐 북극해로 흘러들었다.

제나디는 이제 가족을 더 이상 먹여 살릴 수 없을 것이란 예감이 들었다.

그날 밤 제나디는 아이의 신음 소리에 잠에서 깨어났다. 막 네 살이 된 막내아들 세르게이가 열이 심했다. 세르게이는 이틀 동안 거의 아무것도 먹지 못했고 여름에 모아뒀던 산딸기마저도 입에 대지 않았다. 얼굴이 창백해진 채 누워 있는 어린아이는 땀으로 흥건하게 이불을 적시며 오한에 떨었다. 제나디의 아내와 두 딸, 장남은 아이 앞에 앉아 있었고, 아내가 아이의 이마를 쓸어주고 있었다. 제나디는 가죽 신발을 신고 밖으로 나갔다.

그는 조라크를 데려왔다. 조라크는 샤먼이었다.

네네츠인들은 자연이 선사한 것으로 사람들을 치료했다. 샤먼은 약초에 대해 잘 알고 있었고, 나뭇가지에서 수액을 짜내 열을 가라앉히기도 했으며, 통증을 없애는 주문을 외우기도 했다. 하지만 조라크도 자신의 마법이 더 이상 통하지 않을 만큼 세상이 변했다는 사실을 잘 알고 있었다.

조라크는 제나디의 어깨 위에 손을 얹고 말했다. "여보게, 세르게이를 묻어줘야만 할 걸세. 가능한 한 아주 깊이. 저주가 돌아온 거야, 태곳적 병이……."

어린 세르게이는 힘겨운 숨을 쉬었다. 열은 더 올라갔고 나뭇가지의 수액도 아무런 소용이 없었다. 조라크는 세르게이의 이마를 쓰다듬었다. "추위가 우리를 이 병의 저주로부터 막아주었지만 이제 온 군데가 녹아버리면서 위험에 빠지고 만 거야. 자네의 가축들 몇 마리가 쓰러질지 몰라. 어쩌면 더 많은 가축들이……."

그다음 날 제나디는 막내아들을 땅에 묻었다. 그리고 나서 곧바로 그의 가족은 몰락했다. 그날 밤, 두 딸이 열병에 걸리고 이틀 뒤에 죽었다. 아내 카타리나마저 죽었을 때 제나디는 시신을 묻을 힘조차 없었다. 그렇게 온 가족이 사망했고 야말 네네츠의 한 씨족이 사라졌다.

그 후 얼마 지나지 않아 다른 한 가족이 주인을 잃은 순록을 발견했고, 짧은 기간 동안 열다섯 명이 더 죽고 가축들도 몰살되었다. 이들로부터 남은 것은 러시아 인터넷 뉴스의 보잘것없는 한 구석을 차지한 기사뿐이었다. "영구동토*의 종말: 탄저균이 다시 오는가?"

---

* 지층의 온도가 연중 0℃ 이하로 항상 얼어 있는 땅.

2019년 1월 29일, 화요일

모스크바 근교 오딘조브, 노보-오가르조보, 러시아 대통령의 여름 별장

"여러분, 좋지 않은 소식입니다." 세친이 말했다. "지난주 새로운 누수지점이 발견되었는데 파이프라인에 스물일곱 군데 금이 가고 침하가 생겼다고 합니다. 아파트단지 두 곳이 무너졌습니다." '로스네프트*의 회장인 이고르 이바노비치 세친은 빙 둘러 앉아 있는 사람들을 차례대로 보았다. 알렉세이 보리소비치 밀레르**가 먼저 눈에 띄었고, 이어 게르하르트 슈뢰더,*** 그리고 블라디미르 푸틴도 보였다.

밖에는 벌써 며칠째 눈이 내리고 있었다. 제설차가 대통령 별장으로 가는 길의 눈을 치워야만 했다. 길 양옆에는 눈더미가 높이 쌓여 있었다. 여느 때 같았으면 벽난로가 타고 있는 방에서 차고 앞, 담배를 피우며 주인을 기다리는 운전사를 볼 수 있었다. 그러나 지금은 눈발이 너무 거세어 눈앞을 분간할 수조차 없었다. 예상치 못한 겨울 날씨가 문제를 일으킬 것이라고는 생각지 못했다.

푸틴은 아무 말도 하지 않고 벽난로만 바라보았다. 그의 여름 별장은 콘퍼런스룸, 부속건물, 체육관, 연회실, 방송 스튜디오가 갖추어져 있었고, 지하 3층에 벙커가 있었다. 벽난로가 있는 방은 사진처럼 아늑해 보이지 않았다. 사진작가가 서서 사진을 찍었던 그 자리에는 아무런 장식도 없고 썰렁했다.

푸틴이 고개를 들며 물었다. "그게 전부인가?"

밀레르가 몸을 곧게 펴고 답했다. "우리 설비와 파이프라인의 45%가 가장 위험한 지역에 있습니다." 그러면서 지면이 이렇게 빠르고 깊게 녹아버리면 '가스프롬'****의 전체 인프라가 큰 피해를 입게 될 것이라고 말했다. 그렇게 되면 얼음 속에 있는 가스 하이드레이트*****가 발화하여 언제 어디서 폭발할지 누구도 알 수 없었다. 상황은 심각하고 분명했다.

더구나 시베리아 지역에 산불이 일어났다. 그런 산불은 예전보다 잦았고 규모도 컸다. 산불은 지면을 더 빨리 녹이고 더 많은 메탄가스를 발생시켰으며 기후변화를 가속화시켰다. 이 모든 것은 예견된 일이었다. 그러나 이 예측에 어떤 조치를 취할 것인가? 러시아가 기후변화의 최초 희생자가 된다면 모든 것이 바뀐다.

분명한 것은 지금의 방식으로는 어떤 문제도 해결할 수 없으며 그들도 이 사실을 잘 알고 있다는 것이다.

---

* 러시아의 석유 탐사, 정유 등을 전문으로 하는 반 국영 통합 에너지 회사.
** 러시아 국영 에너지 기업 가스프롬의 이사회 부의장 겸 최고 경영자.
*** 독일의 전 총리.
**** 러시아의 반 국영 다국적 에너지 기업.
***** 천연가스가 저온 고압의 상태에서 물 분자와 결합한 고체 상태의 결정체.

눈은 그칠 줄 모르고 내렸다. 늦은 오후, 날은 이미 저물었고 비공식적인 이 작은 모임은 끝났다. 펑펑 쏟아지는 눈 속의 어둠을 뚫고 기사들은 겨우겨우 운전했다. 그리고 밀레르와 세친은 눈 속으로 사라졌다. 슈뢰더는 떠나기 전 가방을 뒤적거리더니 책을 한 권 꺼냈다.

"이 책을 드리고 싶었습니다." 슈뢰더가 책을 건네자 푸틴은 눈살을 찌푸렸다. "내가 책 읽을 시간이 없다는 걸 알지 않습니까? 더구나 지금은 정말 그렇습니다."

"여전히 독일어를 익히고 있는 줄 아는데요." 슈뢰더가 말했다.

"흐음."

"책을 다 읽을 필요는 없습니다. 당신을 위해서 세 페이지만 표시를 해놨습니다. 보스턴에 있는 문어에 관한 내용이지요."

푸틴은 책을 받아들면서 비웃는 듯했다. "문어…… 아 그렇군요."

"왜 문어인지 그 이유를 곧 알게 될 겁니다."라고 말하며 슈뢰더는 차에 올라탔다. 푸틴은 손을 흔들어 인사를 하고 방 안으로 돌아와 책을 펼쳤다.

2100년 5월 3일, 월요일

독일, 하노버 근교, 슈타인후더 호숫가의 하겐부르크

군트라흐는 눈을 뜨자마자 곧바로 일어났다. 예전에는 잠에서 깨면 천천히 일어나 기지개를 켜고 스트레칭까지 한 후 일과를 시작했다. 그러나 이제 간호사와 비서 겸 집사 역할을 하는 인공지능 로봇이 있다. 트레이시라고 불리는 이 로봇은 군트라흐가 더 이상 잠을 자지 않는다는 것을 알고 있다.

"굿모닝, 막시밀리안. 지금은 6시 20분입니다." 트레이시의 목소리는 따뜻하고 감성적이었다. 침대 발치에서 기다리고 있던 트레이시는 하얗게 빛나는 머리를 돌렸다. 그러고는 방 안의 불을 켜고 음악을 틀었다. 20세기 70년대에 유행했던 엘튼 존의 피아노 연주곡 「Song for Guy」이다. 단순한 화음 위로 펼쳐지는 우울한 멜로디의 음악이었다. "잠을 잘 못 잤군요. 생체지수를 측정해야 합니다."

"그래, 트레이시." 군트라흐는 중얼거리듯 말했다. "우선 몸부터 일으키고……."

하지만 여자 로봇은 벌써 그의 손을 잡아끌었다.

"혈압은 110에서 60." 트레이시가 말했다. "철분, 비타민 D와 B12 부족. 위산과다. 약은 전과 동일." 그러고는 군트라흐를 향해 하얀 손을 내밀어 펼치면서 손바닥 위에 있는 보라색 알약을 눈으로 가리켰다. 군트라흐는 알약을 받아먹었다. 트레이시는 미소를 지은 후 주방으로 명령을 보냈다. 단백질과 철분 위주의 아침 식사와 녹차를 준비하라는 지시였다. 주방에서 바쁘게 돌아가는 소리가 윙윙거렸다.

군트라흐는 피곤했다. 잠을 설쳤던 게 사실이다. 그리고 위가 아팠다. 그는 천천히 일어나 옷장 앞으로 갔다.

"이번 출장은 사흘 걸릴 거야……." 그의 목소리엔 힘이 하나도 없었다.

트레이시가 대나무로 만든 트렁크를 가지고 군트라흐에게 굴러왔다. "당신의 일정표에 그렇게 적혀 있습니다." 이렇게 말하고 로봇은 트렁크 안에 셔츠, 양복, 속옷, 양말을 정리했다.

"고마워." 군트라흐가 말했다.

군트라흐는 트레이시가 좋았다. 트레이시는 적당히 비인간적인 인간의 감정을 가진 중국의 로봇 제품과는 달랐다. 그의 오랜 친구이자 사회물리학자인 자이츠도 그렇게 말했다. 군트라흐는 홀아비였다. 결혼생활 86년 만에 아내를 잃은 그에게 휴머노이드*는 배신처럼 보였을 수도 있었다. 하지만 그렇지 않았다. 트레이시는 그저 일상생활의 일을 도와줄 뿐 그 누구도 대신하려 들지 않았다.

군트라흐는 샤워를 마치고 거울에 비친 얼굴을 들여다보았다. 주름살이 전보다 더 깊게 파인 것을 알 수 있었다. 그는 이제 105세이다. '사람이 언제까지나 일흔 살에 머물 수는 없지'라고 생각했다. 스포츠, 유산소 운동, 강연, 콘퍼런스를 위한 여행도 아무런 도움이 되지 않았다. 그저 잘 먹는 게 제일이었다.

이름도 없는 요리로봇은 한 팔로는 물고기에게 밥을 주며 다른 한 팔로는 식용 식물을 재배하는 아쿠아포닉스**에서 신선한 야채와 약초를 뜯었다. 네 개의 팔 가운데 또 다른 팔은 팬 안에 있는 희고 끈적거리는 액체를 젓고, 두 개의 가위손은 야채를 잘게 자르면서 다른 팔이 그 위에 양념을 뿌렸다.

"딜을 곁들인 녹두 해초 시금치 샐러드입니다." 남자의 목소리였다. "맛있게 드세요!" 군트라흐는 아쿠아포닉스와 레인지 사이의 좁은 공간에 앉았다. 그는 파리에서 며칠 동안 활기차게 지내기 위해서라도 기력이 좀 더 나아졌으면 했다. 다른 여섯 사람과 함께하는 파리에서의 만남은 1년 중 가장 훌륭한 모임이었다. 그는 미셸의 집에 있는 새로운 놀이기구를 볼 수 있다는 기대감에 차 있었다. 농경제학자이자 공학자인 그는 지속 가능한 일상 기술, 특히 환경디자인 분야에 재능이 있는 미셸에게 관심이 많았다. 제품 디자이너인 그녀가 아주 흥미롭고 새로운 가구를 보여줄 것이 틀림없었다. 물론 그는 뛰어난 철학자인 자이츠도 좋아했다. 특별한 음식과 최고의 포도주를 먹고 마시며 늦은

---

* 인간의 신체와 유사한 모습을 갖춘 로봇.
** 물고기를 키우면서 발생되는 유기물을 이용해 식물을 수경재배하는 순환형 시스템.

밤까지 이야기를 나눌 생각이었다.

올해의 토론 주제는 역사 문제였다. 결정적인 역사의 순간이었던 2025년에 관한 것으로 그때 왜 그러한 일이 일어났을 수밖에 없었는지를 알 수 있게 될 것이다. 만약 인간이 아니라 알고리즘이 당시를 지배했더라면 어떻게 달라졌을까. 군트라흐는 할 말이 많았다. 그만이 그때를 경험했던 유일한 시대의 증인이었기 때문이다.

그는 컴퓨터 지능에 대해 충분히 논쟁할 준비가 되어 있다고 생각했다. 그러나 70년, 80년 전의 체험에 대해서는 별로 이야기하고 싶지 않았다.

그는 차를 마셨다. 속 쓰림이 조금 가셨다.

트레이시가 캐리어를 문 앞까지 가져다주었다. "자기부상열차의 여행시간은 42분 16초입니다. 명상을 현실화시킬 수 있는 시간을 제공해주지요."

"맞아, 경우에 따라서는." 군트라흐는 웃고 말했다.

트레이시는 눈을 껌뻑이며 말했다. "즐거운 여행 되시길, 막시밀리안."

2019년 4월 19일, 금요일

브라질, 상파울루, 빌라 마달레나

히카르두 다 실바는 섹스에 관심이 없었다. 그는 여자 친구도 없고 책도 읽지 않으며 종교도 친구도 없었다. 운동도 좋아하지 않고 외모도 볼품없었다. 음악도 춤도 몰랐다. 정치, 자동차, 돈, 명성, 예술, 경제, 영화, 유행에도 흥미가 없었다. 히카르두 다 실바는 서른두 살이었으며 오로지 자기 삶에만 열정적이었다. 그것은 요리였다.

그는 키가 작고 아담했으며 외교관의 아들로 중국에서 어린 시절을 보냈다. 그가 사고를 할 수 있는 한 그는 요리사 말고는 하고 싶은 것이 없었다.

그리고 어느 날 그가 세상을 구해야만 하는 때가 온다는 사실은 꿈에서조차 생각하지 못했다.

인류사의
2020년대

 2020년과 2030년 사이는 결정적인 10년이었다. 인간은 그때까지 이 같은 운명의 갈림길 앞에 서본 적이 없었다. 인간은 수십만 년 전 보잘것없고 힘없고 겁많은 포유동물에서 지구의 지배자가 되었었다. 인간의 주도권은 2000년대 초기에도 반론의 여지가 없었다. 그러나 그것은 착각이었다.

 세계화는 새로운 현상이 아니었다. 그것은 이미 500년 전에 스페인과 포르투갈이 바다와 대륙을 정복하고 개척하면서 시작되었다. 그러나 지구상에 이렇게 체계적으로 네트워크가 구축된 적은 없었다. 지구의 한구석에서 일어난 일이 다른 지역, 다른 나라, 그리고 다른 대륙처럼 멀리 떨어진 곳에 직접적인 결과를 일으키는 일은 절대로 없었다.

 기후변화의 재앙은 국경도, 정치적 독립도, 이데올로기도 뛰어넘었다.

 IPCC*가 2018년 발표한 보고서에 의하면 파리 기후협약에 서명한 모든 국가가 협약내용을 실천한다고 해도 2100년까지 지구 온도는 3.2도 상승할 것이라고 했다. 그런데도 2019년 그 어떤 나라도 기후변화에 대처하기 위한 조치를 제대로 취하지 않았다. 기후가 3도 올라가면 상하이, 마이애미, 홍콩과 같은 수백 개의 대도시는 물에 잠기고 미국의 산불은 여섯 배 많은 산림을 황폐화시킬 것이라고 했다.

비관적이긴 하지만 유엔의 최근 연구에 따르면 2100년까지 지구 온도가 8도 올라가게 되며 그 결과는 상상할 수 없는 것이라고 했다.

불길이 산림을 집어삼키고 도시의 2/3는 물속에 잠기게 된다. 열대의 질병이 창궐하고 어림잡아 18억 톤의 탄소를 붙잡아놓고 있는 북극의 영구동토층이 녹아버리면 CO_2가 대기층에 도달하고 지구의 온난화는 더욱 빨라질 것이라고 했다.

북극과 남극을 덮고 있는 얼음은 더 빨리 녹고 수면은 1.2m 내지 어림잡아 2.4m까지 상승한다. 방글라데시가 물에 잠기고, 산마르코 대성당과 백악관도 물속으로 가라앉는다. 1,200만 명이 넘는 중국의 대도시 셴첸도 대홍수를 맞게 된다.

그렇게 되면 식량이 떨어져 굶주림과 전쟁이 뒤따를 것이다. 담수가 부족해 뜨겁고 메마른 세상에서 공격과 갈등이 난무하는, 인간이 결코 상상할 수 없었던 모습의 세상이 될 것이다.

인간은 과연 살아남을 수 있을까? 그렇다면 대체 어떤 조건

---

* 기후변화에 관한 정부 간 패널. 세계기상기구와 유엔환경계획이 공동 설립한 유엔 산하 국제 협의체.

아래에서? 공상과학 소설에 나오는 디스토피아 같은 곳에서 살아야만 하는 것은 아닐까? 인간의 아름다움과 이성 그리고 미래에 대한 믿음으로 이루었던 문명은 사라지게 될 것인가?

21세기 초, 종교는 새로운 르네상스를 맞이했다. 그것은 무엇보다 이슬람교에 의해 시작되었는데 불행히도 이슬람교도 테러라는 현혹된 모습으로 나타났다. 그러나 무신론적 생각이 공공연하게 모든 이성을 그들의 편에 서게 했을지라도 전체적으로는 신에 대한 동경이 더욱 간절해 보였다. 스스로 개입하여 인간에게 그들이 무엇을 해야만 하고 무엇을 허락해야 하는지 그 권위를 설명해주는 신에 대한 동경이었다.

그러나 그런 신은 나타나지 않았다. 신은 기후재앙을 막기 위해 이 땅에 내려오지 않은 것이다.

이 지구상에서 신 다음으로 가장 막강한 권력을 가진 존재는 미국, 러시아, 중국이라는 세계 3대 강국이었다. 무언가를 결정하는 권력은 국가기구에 집중되었고 이곳에서 신이 만든 모든 창조물의 운명을 결정할 수 있었다.

*

그리고 미래를 바라본 인간들 가운데 공포의 전율을 느낀 사람은 많지 않았다. 그들은 강국들이 연합을 해야만 결과를 되돌릴 수 있다고 믿었다.

2019년 4월 27일, 토요일
중국, 베이징, 국회의사당

'완전 미쳤어.' 상원의원인 그 여자는 속으로 말했다. 그녀는 감동했고 만족스러웠다. '어떤 경우라도 이들보다 더 잘해낼 수는 없을 거야.'

모든 것은 완벽하게 준비되어 있었다. 삼각편대 대열의 오토바이가 각각의 리무진을 호위했다. 길가의 경찰관은 부동자세로 서 있었다. 동화책 속에나 나올 법한 '샤르트뢰즈'* 같은 녹색의 중앙분리 녹지대가 말끔하게 단장되어 있었다. '거대한 잔디롤을 펼쳐놓은 건가. 하여간 중국인들은 굉장해. 우리의 경쟁 상대이기도 하지만…….'

그녀는 질투심을 느끼면서도 머리를 절레절레 흔들며 웃었다.

움직임이라곤 거의 없었다. 그러나 그녀 옆에 앉아 있던 비서관 존 창이 말을 걸었다.

"의원님, 괜찮으신가요?" 창은 시선을 내리깐 채 걱정스러운

---

* 달고 향기 있는 프랑스 술. 영롱한 녹색으로 유명하다.

듯 조심스럽게 말했다. 중국인들은 무언가 하나라도 잘못되지 않을까 노심초사했다.

"물론이죠. 모든 게 놀랍기만 하군요. 길 위의 와이드 스크린과 깃발, 현수막을 보면서 이런 생각을 했어요. 와우! 우리가 새크라멘토나 LA에서 회의를 개최했더라면 몇 가지 일들은 망쳤을 테고 훨씬 더 혼란스럽고 너저분했을 거라고……."

"네. 그것은 귀빈들에게 최고의 감명을 전해드리고자 하는 우리의 현명한 지도자와 국민들의 바람이기도 합니다." 창이 말했다.

'마치 시 한 구절을 낭송하는 것처럼 들리는군.' 그의 영어 발음은 악센트가 거의 없었다.

그는 두 손을 나란히 무릎 위에 올려놓았다. 매니큐어를 칠한 듯한 손톱이 깔끔했다.

그녀는 창을 바라보며 웃었다. "그 말은 이미 했어요, 미스터 창."

그는 겸연쩍게 고개를 숙였다.

존 창은 대사관이 보낸 사람이었다. 대사관은 그가 중국 외무부의 사람이니 조심하라는 귀띔을 해주었다. 말하자면 창은 매일 저녁 보고서를 작성해서 중국 외무부와 다양한 정보기관에 보낸다는 것이었다.

사흘 동안의 회의를 위해 캘리포니아 상원의원 카멀라 해리스에게 배정된 임시 비서인 존 창은 짙은 남색의 벤츠 S-클래스의 뒷좌석에 앉아 있었다. 승용차는 교통통제가 되어 차량이 없는 도로를 경찰의 호위를 받으며 팡구 호텔에서 의사당을 향해 달리고 있었다. 베이징이 미세먼지로 가득 찬 대도시란 사실을 인지할 수 없었다. 운전석은 어둡게 선팅이 된 유리벽으로 가려져 있었고 차 안에는 은은한 꽃냄새와 가죽 냄새가 났다. 시트는 짙은 와인색이었다.

'특별대접이 분명해.' 카멀라 해리스는 이렇게 생각했다. 거대한 도시의 화려한 광경을 볼 수 있는 팡구 호텔의 디럭스 스위트룸도 그랬다. 욕실이 새크라멘토에 있는 그녀의 사무실보다 두 배는 컸다.

도대체 왜?

카멀라 해리스는 외모가 남달랐다. 50대 중반인 그녀는 생기발랄하고 날씬했으며 눈매가 초롱초롱했다. 타밀 출신의 어머니와 자메이카 경제학 교수의 딸로 태어나 연방검사를 지냈으며 민주당원이다. 그러나 국제회의 참석자의 비공식적 위계관계에서 그녀의 존재는 보잘것없었다.

그해 4월은 햇볕이 쨍쨍하고 맑았다. 카멀라 해리스는 차창 밖을 바라보았다. 수많은 현수막과 깃발이 보였다. 그러는 사이 의사당에 도착했다. 리무진이 천천히 정차하자 행사 안내원과 안전요원이 차로 달려왔다. 그녀가 앉아 있던 쪽의 문이 열렸다. 차에서 내린 그녀는 네이비블루 옷을 입고 같은 색 핸드백을 들고 있었다. 다른 참석자들이 타고 온 차들 대부분이 그녀의 차보다 고급스럽지 않다는 걸 알 수 있었다.

정확히 3m 간격을 두고 존경을 표하듯 허리를 숙이며 자신을 영접하는 남자들을 바라보면서 그녀는 큰 소리로 말했다. "닌 하오!" 하마터면 인사말을 하지 못할 뻔했다. 몇 사람이 고개를 들었고 그녀는 이곳저곳에서 웃는 모습을 보았다.

'그래 맞아. 비록 중국 사람들이 경제적 성과와 조직적 측면에서 우리를 앞섰을지라도 우리 미국인은 항상 뭐든지 할 수 있어. 우리는 잘해낼 수 있다고……'

회의는 3일 동안 예정돼 있었으며 주제는 '뉴 실크로드'였다. 그것은 중국 국가주석 시진핑의 가장 야심 찬 프로젝트였다. 중국인들은 벌써 6년 전부터 이 프로젝트에 매달려왔다. 아시아와 유럽을 잇는 철도와 도로 같은 무역로를 건설하고 그 주변 국가들과 신용거래를 하는 인프라 건설 프로젝트였다. 수십 년 동안 내적인 발전에 집중하여 경제를 회복한 중국은 이제 국외로 시선을 돌렸다. 중국 사람들은 자기네 나라가 19세기 초까지만 하더라도 세계 최고의 제국이었다고 생각했으며 다시 그 영광을 되찾을 수 있다고 믿었다.

그 때문에 이 콘퍼런스를 개최한 것이었다. 이 회의는 워킹 그룹의 만남을 위한 것이었지만 가장 중요한 것은 '우리가 드디어 나타났다. 우리는 최정상을 향해 나갈 것이다'라는 메시지를 세계에 알리는 것이었다.

백여 개의 나라에서 대표단이 참석했으며 그 가운데 40여 개국에서는 대통령이나 총리가 직접 왔다. 캘리포니아의 상원의원 정도는 별 볼 일 없는 존재였으며 특별한 대접도 못 받았다. 그러나 중국인들은 많은 사람들이 모르는 그 무언가를 분명히 알고 있었다. 보안검색을 위한 검색대 앞에 사람들이 줄 서 있었다. '디쉬다샤'* 차림의 아랍 대표, 화려한 무늬의 셔츠를 입은 아프리카 정치인, 조개껍질로 장식한 남태평양 전통의상을 입고 사방을 두리번거리는 통가의 공주도 보였다. 폴리네시아의 섬나라 통가는 사실 비단길과 전혀 상관없는 나라였다. 그러나 중국인들에게 그런 것은 전혀 문제되지 않았다. 카멀라 해리스가 아는 사람도 몇 있었다. 예전에 다른 콘퍼런스에서 알게 된 이탈리아 외교관도 있었다. 그는 그 당시 카멀라 해리스에게 시시껄렁한 이야기를 늘어놓았었다. 금발 머리에 키가 훤칠하면서 친절한 전직 독일 연방 대통령도 있었다. 그녀는 그가 정이 많은 사람이라고 생각했었다. 그녀가 손짓으로 인사를 하자 그도 아는 척을 해주었다.

대회의장은 3층이었다. 그녀는 핸드백을 검색대 위에 올려놓았다. 어쩐지 긴장감이 느껴졌다.

---

* 하얀 원피스 같은 이슬람 남자 옷.

2100년 5월 3일, 월요일

*프랑스, 파리 5구,
투르넬 강변 15번지*

'사람들을 감동시키는 방법을 이 여자는 잘 알고 있지.' 군트라흐는 파리에 있는 미셸의 집 안으로 들어서면서 생각했다.

커다란 거실 가운데 옅은 노란색과 민트색의 이끼가 덮인 나무가 있었다. 크지만 무겁게 보이지 않는 플라스틱 테이블 위에는 선홍색, 제비꽃 색, 라일락꽃 색깔의 과일들이 놓여 있었는데 아무렇지 않은 듯하면서 잘 정돈되어 보였고 우연한 실수로 색깔들이 완벽한 조화를 이룬 듯했다. 벽은 천연 식물섬유로 도배되었고 안락의자와 소파 옆에는 토마토와 파프리카 화분이 있었다. 옛날에는 어디서나 키우던 식물들이었다.

군트라흐는 아쿠아리움을 살펴보았다. 아쿠아리움은 얼핏 보면 대형 유리벽이나 모니터로 착각할 정도로 컸다. 그 안에 문어가 있었다. 크기가 1m는 될 것 같았다. 피부에는 분홍색과 흰색의 줄무늬가 있었고 밝은 점과 어두운 부분이 격자구조로 고르게 분포되어 있었다. 문어 머리에는 좌우로 간격이 멀리 벌어진 눈이 달려 있었다. 눈꺼풀이 감긴 눈 길이가 족히 10cm는 되어 보였다. 그리고 바로 그 밑쪽에 끝으로 갈수록 가늘어지는 여덟 개의 다리가 달려 있었다.

미셸은 테이블 옆에 서 있었다. "막시밀리안 군트라흐!" 그녀의 목소리는 그가 전에 알고 있었던 것보다 훨씬 더 밝았다. 얼굴 또한 비타민 주사만으로 그 정도를 유지한다고는 믿을 수 없을 만큼 탄력이 있었다.

"미셸! 이제 막 아비투어*를 마친 학생처럼 보이네. 세상에 이럴 수가!"

프랑스 사람인 미셸은 인디고 색깔의 비단 원피스를 입고 있었는데 치맛자락이 한쪽은 허벅지까지, 다른 한쪽은 발끝까지 내려와 있었다. 그녀의 목에는 화성에서 가져온 주홍색 돌이 빛나고 있었다.

미셸은 파리에 있는 예술대학의 미학과 학과장으로, 생활 친화적이고 매력적인 디자인이 그녀를 유명하게 만들었다.

"라이오넬을 소개해줄게요." 그녀가 말했다.

순간 군트라흐는 미셸이 그녀의 완벽함에 맞설 수 있는 남자를 찾았나 하는 생각을 했다. 그러나 그런 실없는 말을 하진 않았다.

"라이오넬은 이틀 전에 이 집으로 이사 왔어요." 미셸이 웃으며 말했다. 그녀가 아쿠아리움 벽면에 손을 대자 문어는 아쿠아리움 안에서 그녀의 손 쪽으로 다리를 갖다 대었다. 미셸은 군트라흐

---

* 독일의 대학입학자격시험.

와 팔짱을 끼고 다른 쪽에 있는 방으로 몸을 돌렸다. "자, 그럼 여러분. 이제 진지하게 이야기를 나눠볼까요?" 그녀가 말했다.

"5분 후에 프레젠테이션을 시작합니다!"

그제야 군트라흐는 다른 사람들도 와 있다는 것을 알았다. 그는 찻잔을 들고 화이트보드 앞에 서 있는 로버트 글라스와 게오르기에게 다가가 인사했다. 군트라흐는 그들보다 나이가 훨씬 많았기 때문에 꼰대처럼 보이지 않기 위해 애쓰면서 로버트의 수상을 축하해주었다. 역시 50대 인사들이 최고의 성과를 거두고 있다는 사실을 분명하게 보여준 사례라고 할 수 있었다. 독일계 미국인 로버트는 얼마 전에 지속적인 초고속 스타트업을 위한 노력의 대가로 '차세대 그린 리더십' 상을 받았다. 사회와 기술의 결합을 중요하게 여기는 경제철학자인 로버트는 경제와 기술 분야의 젊은 졸업생들에게 조언하고 그들이 실제로 놀라운 성과를 거둘 수 있도록 이끌었다.

스웨덴 사람인 앤도 성공한 여자이다. 그녀는 의료분야의 체인지 매니지먼트를 위한 가상대학을 설립하여 세계적으로 가장 큰 건강 시스템의 변화 프로젝트를 주도하면서 완벽하게 분해 가능한 백신을 개발했다. 아직 마흔 살도 안 되었지만 옅은 회색의 볼품없는 옷차림 때문에 앤은 또래의 다른 사람보다 훨씬 더 나이 들어 보였으며 키가 작고 마른 체구에 성격은 차분하고 조용했다.

테이블 맞은편에는 아냐나 티와리와 일냐나 루발카가 서 있었다. 두 사람은 간단한 인사를 나누고 열띤 토론 중이었다. 이런 일은 종종 있었고 토론의 주제 역시 항상 같았다. 문제는 인간의 뇌를 얼마만큼 디지털화하고 개선할 수 있느냐, 그리고 그런 뇌를 가진 사람에게 얼마나 많은 권한을 허용하느냐는 것이었다. 이 토론은 사실 다음 시간을 위해 계획된 것이었다.

깡마르고 눈매가 날카로우며 유머 감각이라곤 전혀 없어 보일 정도로 까칠한 일랴나는 러시아의 신경학자이며 인지 연구자이다. 그녀는 컴퓨터 칩을 이용해 뇌에서 신경망의 기술적 확장을 단순화시키는 프로세스를 개발했으며, 또한 의식의 백업이 외부 매체에 저장되는 '마인드 업로드'를 최적화시키는 연구를 하고 있다. 일랴나는 대부분의 연구에서 인공지능이 이미 인간을 뛰어넘었다고 확신하고 있었다. 그러나 인간의 뇌를 간단하게 업그레이드시킬 수 있다면 인간은 적어도 인공지능에 뒤처지지 않으리란 게 그녀의 지론이었다.

일랴나는 3년 전에 세계 정부의 의학전문위원회 위원으로 초빙받았었다. 그녀는 첫 번째 위원회의에서 위원들과 내빈 ― 그 가운데는 여성 장관도 두 명 있었는데 ― 앞에서 파란색 액체가 채워진 주사기를 꺼내 보였다. "여러분!" 그녀가 크게 말했다. "이 주사기는 여러분의 뇌에서 가장 중요한 역할을 하는 해마*와 비슷한 크기입니다. 그리고 이 주사액은……" 그녀는 주사기를 눌러 주사액을 몇 방울 떨어뜨렸다. "여러분들은 잘 모르는 칩의

---

* 고도의 사색기능, 판단기능, 창조적 정신기능 등의 고등 정신 활동을 하는 곳이며, 운동과 감각을 주재하는 곳.

냉각제입니다. 하지만 그 칩은 여기 있는 우리 모두보다 훨씬 더 영리합니다." 그녀는 여성 장관들에게 시선을 돌렸다. "그런데 여기에 의문이 하나 생깁니다. 왜 여기 계신 두 장관님께서는 이 주사액에 대한 결정을 안 내리시는지……."

아냐나도 당시 그 자리에 있었지만 그녀의 생각은 근본적으로 달랐었다. 법률가인 그녀는 아주 기본적인 질문을 던졌다. 누가 어떠한 목적으로 그런 권한을 가질 수 있느냐는 것이었다.

아냐나는 인도 출신으로 몇 년 전부터 '이주자와 소수민의 권리를 위한 국제위원회'에서 일했다. 그녀의 가족사는 불평등과 정의를 위한 투쟁의 역사였다.

"미셸의 새로운 동거인과 무슨 얘길 했어요?" 군트라흐가 물었다. "이건 정말 놀라운 동물이지 않아요?" 두 여자는 잠시 이야기를 멈추었고 아냐나가 문어를 바라보면서 고개를 끄덕였다. 그녀의 피부는 주름 하나 없이 매끄러웠고 머리는 매우 자연스러운 짙은 검정색이었다. 아냐나가 웃으며 말했다.

"네, 정말 그래요. 그리고 다행스럽게도 문어는 나름 고집도 있어요. 문어 때문에 분명히 미셸도 쉽게 지루하진 않을 거예요." 그러자 일냐나의 표정이 진지해졌다.

"오히려 문어가 미셸 때문에 지루함을 느끼지 않을 거 같은데요." 일냐나의 시선이 아래로 향했다. 손바닥에는 키보드가 투사되어 있었다. 그녀는 콘택트렌즈로 그것을 조정하고서 키보드를 두드리기 시작했다.

"몇 개의 영역에서는 문어가 우리보다 지능이 높다는 연구가 있어요." 일냐나가 조용히 말했다. "특히 점점 복잡해지는 현실을 구조적으로 다루는 분야에서……."

그때 미셸이 끼어들었다. "자, 여러분 시장하시지요? 저를 따라오세요." 미셸이 밝은 복도를 통해 나가자 로버트와 앤 그리고 일냐나가 그 뒤를 따랐다. 군트라흐도 천천히 움직였다. 자이츠가 갑자기 다른 방에서 나타나 그의 곁으로 왔다. 사회심리학자인 그는 항상 그렇듯이 다른 사람들과 인사를 나누지 않았다. 군트라흐와 나란히 걷는다는 것만으로도 그는 이미 인사를 건넨 것과 마찬가지였다. 군트라흐는 뒤로 주춤 물러설 수도 있었지만 젊은 그의 어깨를 두드려주었다. 자이츠에게 신체접촉은 불필요한 것이고 간단한 잡담도 쓸데없는 짓이었다.

자이츠는 사회적 목표의 도달, 인공지능의 사회적 수행능력 그리고 그룹 프로세스에 의한 예측 가능한 디지털 방식을 연구하고 있다. 서른네 살인 그는 옥스퍼드와 시카고, 매사추세츠 공학연구소의 학생들을 가르치고 있다. 그러나 수업은 취리히의 아파트 16층에 있는 그의 집에서 가상강의로 이루어진다. 이런 수업방식은 그가 학생들과 직접적인 접촉을 피할 수 있다는 장점이 있었다.

그들은 살롱과는 분위기가 전혀 다른 무균실 같은 주방으로 들어섰다. 음식 냄새는 거의 나지 않았다. 단지 몇 개의 생필품이 식탁 위에 놓여 있었고 그 옆에는 커다란 믹서기처럼 보이는 도구가 있었다. "설명을 좀 하자면 음식은 100% 해바라기 성분으로 만들어졌어요." 미셸은 이렇게 말하면서 밝은 회색의 대리석판으로 만든 조리대를 손으로 쓸어냈다. "식물 줄기의 껍질 섬유를 압축해서 만든 이 가구는 해바라기씨 기름으로 광택을 낸 것이에요." 설명을 마친 그녀는 일랴나에게 다가가서 직사각형 막대기를 공중으로 들어올렸다. 막대기 가운데에는 여러 가지 색깔이 빛을 내고 있었다. "일랴나, 나 좀 도와줄래요?" 그녀가 일랴나에게 물었다. "연구성과에 도움이 된다면야……."라고 일랴나가 대답하자 다른 사람들이 웃었다.

일랴나의 머리칼이 수많은 천장 조명등의 하얀빛 속에서 빛났다.

미셀은 일랴나에게 조그만 알약과 물을 주었다.

"꿀꺽 삼켜보세요!"

신경학자인 일랴나는 주저 없이 미셀의 말을 따랐다.

잠시 정적이 흐른 뒤에 미셀은 막대기로 아주 천천히 일랴나의 배를 스캔했다. 삐이 소리가 나자 미셀은 결과를 말했다. "존경하는 루발카 씨, 당신은 이제 48.6%의 완벽한 탄수화물, 27.3%의 단백질, 그리고 최대한 3중 불포화지방이 포함된 24.1%의 지방으로 구성된 음식을 먹어야 합니다. 그 음식에는 칼륨 2700㎎, 칼슘 865㎎, 철분 11㎎과 비타민 C 98㎎이 들어 있습니다. 그밖에 자세한 함유 물질은 여기 이걸 읽어보세요." 미셀은 일랴나에게 막대기를 건네주었다.

미셀은 기계 옆에 있던 작은 계단 위로 올라갔다. 그러고는 서랍을 열더니 작고 각진 유리용기를 꺼냈다. "이게 바로 이 기계가 음식물로부터 추출하여 농축한 것입니다." 짙은 빨강의 물체가 든 유리병을 들어 올려 보이며 그녀가 말했다.

"레드비트."

그다음엔 짙은 녹색의 물체가 든 병이었다.

"녹조류."

그리고 마지막으로 하얀 물체를 보여주었다.

"밀웜."

군트라흐는 몸을 돌렸다. 밀웜과 메뚜기가 현대의 기본 영양 식품이긴 하지만 그에게는 여전히 낯설기만 했기 때문이다.

미셸은 계단에서 내려와 주방 기구 아래에서 무언가를 입력했다. 갑자기 윙윙거리는 소리가 나더니 수증기가 올라왔고 첨가물을 접시에 쓸어 넣었다. 채 2분도 걸리지 않아 미셸은 김이 무럭무럭 나는 접시를 요리 기구에서 꺼냈다. 아주 가는 노란색의 섬유질 망으로 싸인 멜론처럼 생긴 과일이 연두색 거품에 덮여 있었다. 미셸은 일랴나에게 그 음식이 든 접시와 숟가락을 건네주었다.

"나쁘진 않군요." 일랴나가 말했다. "맛이 강렬하고, 끈기도 있고 보기에도 아주 좋아요."

"가장 훌륭한 점은······" 미셸이 말을 받았다. "폐기물 생산 제로라는 것이죠. 쓰레기가 전혀 생기지 않아요."

미셸의 집은 모델하우스다. 쓰레기를 전기 생산 혹은 채소, 과일을 기르기 위한 거름으로 쓰거나 섬유로 만든다. 쓰레기가 분해되면서 발생한 가스는 다시 조리 기구를 가동하는 데 사용한다. 그래도 남는 것은 잘게 부숴 안료를 만들어 그림을 좋아하는 그녀가 그림 그릴 때 쓴다.

"이 시스템은 우리 대학과 베이징 공대 그리고 멜버른의 매크로바이오틱 연구소가 같이 만든 것입니다. 여러분에게 이 시스템을 처음으로 공개하게 되어 영광입니다. 그럼 이제 다음 분!"

잠시 뒤, 살롱에서 포도주를 한 잔씩 마시면서 공식적인 모임이 시작되었다.

"여러분들이 올해 파리로 와주신 것이 얼마나 기쁜지 말로 뭐라고 표현할 수 없습니다." 미셸이 말했다. "이번이 일곱 번째 모임입니다. 여러분들을 여기로 초대하기까지 많은 시간이 걸렸어요. 그리고 매일 저녁을 실험 주방에서 식사하진 않을 테니 너무 걱정 마세요."

'천만다행이군.' 군트라흐는 생각했다.

"이 건물 1층에 '라 투르 다르장'*이라는 아주 훌륭한 레스토랑이 있어요. 1582년에 문을 연 곳이지요. 제가 이미 자리를 예약해놨어요. 비스마르크와 러시아 황제 알렉산더 2세, 그리고 나중에 독일 황제가 된 프로이센 왕 빌헬름 1세가 함께 식사한 테이블을 잡아놓았답니다."

미셸이 포도주잔을 들어올렸다. "아름다운 시간을 위하여! 상테!** 자, 이제 우리의 사회자 로버트를 소개합니다."

로버트가 자리에서 일어나 사람들을 향해 술잔을 들었다.

"우리 모두 진심으로 기쁘게 생각합니다, 미셸. 감사합니다." 모두 잔을 들고 처음에는 로버트와 미셸을 향해 그리고 이어서 아쿠아리움을 향해 건배했다.

로버트가 계속 말을 이어갔다. "이미 말씀드렸듯이 우리는 이 모임에서 이 시대의 가장 중요한 문제를 다룰 것입니다. 그리고 물론 지난 역사, 특히 다른 어느 시대보다도 인류를 혁명적으로 변화시킨 시대를 살펴볼 것입니다." 경제철학자 로버트는 강연 자세로 태도를 바꾸었다. "우리가 오늘날 경험하고 평가하고 있듯이 지금 세상은 거의 파괴되어가고 있습니다. 이 시점에서 우리는 두 가지 질문을 던져봐야 합니다. 그 하나는 몇 개의 국가가 세계를 장악하고 통합했던 것이 얼마나 결정적이었던가이며 다른 하나는 인공지능이 더 일찍, 더 나은 결정을 내릴 수는 없었을까 하는 것입니다." 로버트는 군트라흐를 바라보았다. "당신은 우리들 가운데 유일하게 그 당시를 경험한 사람입니다. 그때 어떤 일이 일어났나요? 세상이 어떻게 돌아가고 있는지 사람들은 알고 있었지요?"

군트라흐는 잠시 머뭇거렸다. "물론이지요. 사실은 분명했어요. 러시아와 오스트레일리아에서 산불이 일어났고 중국에서는 미세먼지가 심했죠. 일종의 기후변화 때문에 일어난 일인데 그것이 유럽에 영향을 미칠 것이란 사실도 모두가 알고 있었어요. 그런데도 우리는 화석 연료를 계속 사용했고 그 때문에 지구온난화가 가속되었지요. 그리고 오랫동안 멸종된 줄 알았던 질병이 다시 돌아왔습니다."

---

* 실버 타워라는 뜻. 파리의 유명 레스토랑.
** 프랑스식 건배.

군트라흐는 술잔을 테이블 위에 내려놓고 손짓을 해가며 말을 이었다. "우리는 열대우림에 관한 책을 읽었습니다. 정상적인 사람이라면 자신의 폐를 손상시키고 싶어 하지 않을 터인데 우리는 아마존 밀림이 우리 지구의 폐라는 사실도 알고 있었습니다. 그런데 국가와 정부가 자신만을 생각할 때 우리는 어떻게 해야 합니까?"

잠시 정적이 흘렀다.

"2020년 초 지구에는 78억 천만 명이 살고 있었습니다." 자이츠가 말했다. "그런데 사람들은 사용 가능한 자원으로 더 이상 먹고살 수 없었어요. 유럽의 인구는 감소하고 있었지만 아시아는 1950년부터 2020년 사이 14억 명에서 44억 명으로 증가했습니다. 아프리카는 같은 기간 12억 명으로 5배 증가했지요."

군트라흐가 고개를 끄덕이며 말했다. "맞아요. 그런 모든 것에 말할 수 없을 만큼 화가 났었지요. 특히 권력을 가진 사람들이 문제 해결을 꺼려했던 것이……."

2019년 4월 28일, 일요일

중국, 베이징, 국회의사당

    그다음 날 수많은 연설이 있은 후 카멀라 해리스는 더 이상 흥미로운 게 없었고 오히려 지치고 지겹기만 했다. 그녀는 헤드셋 때문에 귀에서 열이 나는 것을 느꼈지만 사실은 똑같은 말을 들어서 그렇기도 했다. 모든 연사가 세계 무역, 공정한 파트너십, 투명성을 강조하고 약속했다. 카멀라는 마음이 심란하고 발이 아팠다.

    '빌어먹을. 이렇게 꼭 끼는 구두를 신고 오는 게 아니었어.'

    그녀는 회의장 밖에 있는 수많은 뷔페 음식 가운데 재스민차를 마셔야겠다고 생각했다. 그곳에서 안락한 소파가 마련된 흡연 테라스로 갈 수 있었다. 번쩍거리는 도자기로 만든 재떨이는 자동차 바퀴만 했다. 재떨이는 3분마다 치워졌다. 처음에 진공청소기로 빨아들이고 그다음엔 붓으로 털어내고 다시 물수건으로 닦아냈다. 카멀라 해리스는 차를 한잔 마신 후 테라스에서 왔다 갔다 했다. 얼마 지나지 않아 그녀 곁으로 두 명의 남자가 다가왔지만 카멀라는 그들이 가까이 오는 것을 모르고 있었다.

한 사람은 그녀의 비서 창이었고 또 한 사람은 다른 콘퍼런스에서 알게 된 스웨덴의 나이 많은 외교관 아르네 린다우니스였다. 창은 갑자기 자신감이 넘쳐 보였다. 린다우니스는 고집이 세긴 했으나 정이 많은 사람이었다. 그는 자기가 12개국 이상의 언어를 구사할 수 있다고 자랑했다.

서로 인사를 나눈 후 린다우니스가 낮은 목소리로 말했다.

"해리스 상원의원님, 함께 잠시 4층으로 내려가시겠습니까? 거기서 따로 이야기를 나누고자 하는 사람들이 기다리고 있습니다."

카멀라 해리스는 잠시 망설였다. 물론 콘퍼런스에 오면 이런저런 사람들도 만나고 쓸데없는 이야기도 나눈다. 하지만 그것이 항상 쉬운 일은 아니었다. "혹시 우리 대사와 먼저 얘기를 좀 하면……."

린다니우스가 해리스의 말을 끊었다. "안 됩니다. 이건 그저 자발적이고 비공식적인 모임입니다. 나를 믿어보세요. 그 사람들은 매우 훌륭한 의도를 가지고 있습니다. 만일 이 사실이 알려지면 그들이 당신보다 분명히 더 많은 것을 잃게 됩니다. 우리들 말고는 거기에 아무도 없을 겁니다. 통역은 제가 할 거고, 창 비서관이 그곳까지 안내할 것입니다." 그는 잠시 말을 멈추었다. 그의 목소리는 무언가 긴박하게 느껴졌다. "해리스 의원님, 제발 나를 믿어주세요."

창은 작은 계단을 따라 4층으로 그녀를 안내했다. 아무도 없는 긴 복도가 나타났고 복도 양쪽의 문들은 모두 닫혀 있었다.

창은 복도 중간쯤에 있는 문 앞에서 거리를 둔 채 멈추더니 고개를 끄덕하고 사라졌다. 린다우니스가 자세를 반듯하게 가다듬고 문을 열었다. "먼저 들어가시죠, 의원님."

카멀라는 방 안을 들여다보았다. 대회의실에 비교하면 정말 소박할 정도로 작은 방이었다. 네 개의 암체어가 있었고 두 남자가 의자에 앉아 있었다. 그녀는 다시 린다우니스를 향해 몸을 돌렸다. 전혀 예상하지 못한 일이 눈앞에 벌어진 것이다.

그녀 앞에 앉아 있는 두 남자는 미국 대통령을 제외한 세계 최고 권력자인 블라디미르 푸틴과 시진핑이었다. 카멀라 해리스가 나타나자 두 사람은 격려의 표시로 고개를 끄덕였다. 그녀를 기다리고 있었던 듯이 보였다.

아니, 그녀를 기다리고 있었다.

'세상의 모든 일이 여기에서 벌어지고 있었던 걸까?'

그녀가 방으로 들어서자 린다니우스가 문을 닫았다.

2100년 5월 3일, 월요일

프랑스, 파리 5구,
투르넬 강변 15번지

"질병이 돌아왔다니? 막시밀리안, 그게 무슨 소리예요?" 앤이 물었다.

"영구동토의 토양 속에 수백 년 동안 세균이 보존되어 있었습니다." 군트라흐가 설명했다. "그런데 지표면이 녹으면서 세균이 공기에 노출되었고, 그러자 갑자기 러시아에서 탄저병과 페스트, 콜레라가 발생한 것입니다."

"네네츠인들이 해동된 매머드 새끼를 발견했는데 4만2천 년 동안 냉동상태였던 것이 틀림없었습니다." 자이츠가 옆에서 거들었다.

"군트라흐, 당신도 그때 러시아에 있었지요. 그때 무슨 일이 있었던 거죠?" 아냐가 물었다.

"처음에는 별로 대수롭지 않은 일이라 생각했어요." 군트라흐가 대답했다. "더구나 나는 다른 일에 몰두하고 있었어요. 디지털 농업에 관한 연구를 막 시작할 때였으니까요."

군트라흐는 항상 비밀에 싸인 사람처럼 보였기 때문에 다른 사람들에게 그 정도의 설명이면 충분했다.

"알로!"* 미셸이 말했다. "이제 레스토랑으로 갈 시간입니다. 앞으로 이야기할 시간은 아직 많이 남아 있다는 걸 잊지 마세요." 사람들은 하나둘씩 일어나 아무 말 없이 엘리베이터를 탔다. 식사 전 이야깃거리로 탄저병은 좋은 주제가 아니었다.

"스테이크가 나올 때까지 기다리세요. 현재 '라 투르'에서는 세계에서 가장 좋은 인공 고기를 맛볼 수 있습니다." 미셸이 말했다.

---

* '자, 그럼'이란 뜻의 프랑스어.

2019년 4월 28일, 일요일

*중국, 베이징 차오양 구, 링 로드 4번지,
'팡구 세븐 스타' 호텔*

　날이 저물어 카멀라 해리스는 '팡구 세븐 스타' 호텔의 디럭스 스위트룸으로 돌아오자마자 하루 종일 발을 아프게 했던 구두를 벗어 던졌다. 그리고 채 십 분도 안 되었던 국가원수들과의 만남을 곱씹어보았다. '푸틴과 시진핑, 완전히 제정신이 아니야.' 그녀는 이렇게 생각했다. 언젠가 손자에게 이 이야기를 들려줄지도 모른다. 아주 먼 훗날에. 그러나 지금은 그 누구에게도 말해선 안 된다. 그것이 두 국가원수의 부탁이었고 그녀도 기꺼이 동의했기 때문이다.
　푸틴과 시진핑은 매우 예의 바르면서도 명확하고 솔직했다. 대화는 주로 시진핑이 이끌었고 푸틴은 듣기만 했다.
　두 국가원수가 존경한다는 상원의원이 그들에게 호의를 보여야 하는 것인가? 가끔씩 캘리포니아에 있는 그녀 사무실이나 뉴욕의 선거운동 본부에서 중국 과학자이자 엔지니어 협회 회장이라는 사람을 반갑게 맞이해야 하나? 두 사람만의 비밀대화라고? 그 과학자는 바오 웬리앙 교수를 말하는 것이었다. 카멀라 해리스는 그에 대해 들은 적이 있었다. 그녀는 자신의 전문 분야는 통상과 법률이라고 말하고 싶었지만 시진핑이 그녀를 가로막았다.

"우리도 그 사실을 존중합니다." 시진핑이 말했다. "그러나 지금은 문제가 다릅니다. 무슨 뜻인지 곧 알게 될 겁니다. 바오 교수가 우리 두 사람을 대신해서 설명할 것입니다. 우리는 이 길을 가야만 합니다. 바오 교수는 이 일을 수행할 모든 권한을 위임받았습니다. 나와 러시아 대통령을 도와주셨으면 합니다."

그녀는 물론 그렇게 하겠다고 대답했다.

카멀라 해리스는 스위트룸의 창가에 서서 곰곰 생각했다. '달리 무슨 대답을 할 수 있었을까?' 그녀는 에어컨의 터치스크린으로 다가가 방 안의 온도를 조금 높였다. 갑자기 몸이 으슬으슬해지고 피로감이 몰려왔다.

2100년 3월 3일, 월요일 저녁

프랑스, 파리 5구,
투르넬 강변 15번지

'라 투르 다르장' 레스토랑의 엘리베이터 문이 열리자 네 명의 웨이터가 기다리고 있었다. 두 사람은 남자, 두 사람은 여자였는데 네 사람 모두 흰색 통바지에 무릎까지 닿는 흰색 앞치마를 입고 있었다. 미셸이 제일 먼저 밝은색 목재마루가 깔린 레스토랑으로 들어섰다. 실로 짠 모자를 쓴 남자가 허리를 굽혀 인사하면서 두 손으로 접시 모양을 만들더니 그 손에 키스를 하고 다시 마치 음식 접시를 건네주듯 미셸을 향해 내밀었다. 미셸도 똑같은 방법으로 인사를 하면서 그의 가슴에 손을 얹었다. 그리고 나서 일행을 테이블로 안내했다.

"이게 도대체 뭐죠?" 신경학자인 일랴나 옆에 앉으면서 군트라흐가 물었다. 일랴나는 인간의 뇌를 업그레이드시키고자 하는 사람이었다.

"새로 생긴 인사법이에요." 일랴나가 말했다. "서로에 대한 감사와 지구에 대한 존중을 표현하는 거지요." 군트라흐가 보기에 짓궂은 표현을 할 때나 좋은 방법 같았다. 맞은편 군트라흐 옆에 앉아 있던 자이츠가 말을 받았다. "지구가 살아 있는 존재로서의 지위를 부여받은 이후로 행성을 일종의 성자로 여기고 때로는 신으로 숭배하는 다양한 움직임이 일어났습니다."

'이런 것을 하기엔 너무 늦었군.' 하는 생각이 들자 군트라흐는 철두철미하고, 숫자에 정확하며, 이성주의자이자 감정이라곤 거의 없는 과학자 자이츠에게 질문을 던져보고 싶어졌다.

"그렇다면 젊은 과학자 양반, 한번 말해봐요. 지구는 당신에게 또한 신인가요?"

"행성은 그저 행성일 뿐입니다." 자이츠가 말했다. "만일 그런 것이 있다면 나에게 신성이란 오로지 효율성뿐입니다."

그때 마침 네 명의 웨이터가 테이블로 와 검은색의 긴 접시를 모든 손님 앞에 놓았다. 붉은색 꽃잎이 깔린 접시 위에 노릇노릇하게 구운 네모난 생선 조각을 올려놓았다. 생선이 놓인 접시는 밝은 노란색 빛을 띠고 있었고 구이 냄새가 풍겨 나왔다.

일랴나는 생선 가까이 몸을 숙여 냄새를 맡았다.

"믿을 수가 없군요. 생선에서는 아무 냄새가 나지 않는 걸 보니 이 접시에 멀티센서 기능이 있는 것이 분명해요." 그러면서 그녀는 맞은편에 앉아 있는 앤을 바라보았다. "앤, 인간이 수천 년 동안 동물의 고기를 먹었다는 사실을 당신도 알고 있죠?"

앤은 일랴나가 무슨 의도로 이 말을 하는지 알고 있었다. 똑똑한 사람이 의미 있는 결정을 내릴 수 있겠지만 경우에 따라서는 본능과 모순된다. 진짜 고기를 먹지 않게 된 것은 바로 그런 결정이었다.

그들은 정해진 주제 없이 서로 자유롭게 이야기를 나누었다.

잠시 후 미국의 스타트업 기업에 대한 본격적인 대화가 시작되었다. 그 회사는 환자의 상태에 따라 반응하면서 체온에 맞추어 개별화된 향수를 뿌려 환자를 진정시키는 센서 감지 진료의자를 만드는 기업이었다. 과거의 사람들은 병원이나 아파트, 사무실을 위한 설비를 구입했고 그 설비는 재활용이 불가능했을 뿐 아니라 구입 직후부터 부가가치를 잃었다는 이야기도 했다.

아냐나는 믿을 수 없다는 표정이었다.

"그건 정말 어리석은 짓이었어요. 원자재는 너무 적었고 에너지도 한정적이었는데 너무 많은 물건을 만들어낸 것이지요. 더구나 인구는 끊임없이 증가하는데도……."

"맞는 말이에요." 군트라흐가 말했다. "특히 아프리카에서는 인구가 증가하고 쓰레기는 산더미처럼 쌓였고 빈민들이 늘어났지요."

그때 웨이터들이 하얀 피라미드를 들고 테이블을 향해 왔다. 그들은 피라미드를 군트라흐 바로 앞에 내려놓았다. 피라미드 받침대 한 변의 길이가 1m 정도였다. 두 명의 웨이터가 덮개를 열듯이 피라미드를 들어 올리자 금속 피규어가 나타났다. 다리가 세 개였고 윗부분은 파이프와 금속판이 복잡하게 얽혀 있었다. 그것을 보고 놀란 군트라흐가 질문을 던지기도 전에 피규어는 번쩍거리는 빛을 내기 시작했다. 그러자 다른 웨이터가 테이블 위에 케이크를 올려놓았고 미셸이 일어나 박수를 쳤다.

"사랑하는 막시밀리안, 생일 축하해요!" 그녀가 크게 말했다.

"생일을 혼자 조용히 보내고 싶었겠지만 우리한테는 안 통해요."

"고마워요, 미셸!" 군트라흐는 여전히 자기 앞에 있는 이상한 물체에 대해서 어리둥절했다.

"지금 보고 있는 것은 살아 있는 빛을 만들어내는 바이오 램프입니다. 우리 연구팀이 개발한 것이에요." 미셸이 설명했다. "이것은 전기화학적으로 반응하는 박테리아에 의해 작동합니다. 당신은 식초를 뿌려주기만 하면 돼요."

군트라흐는 감동했다. 사실 생일을 그냥 넘어가려고 했었다. 피규어가 뿜어내는 불빛이 그에게는 조금 부담스러웠다. 자신의 가사도우미 로봇인 트레이시와 함께 놀기에 좋을 거란 생각이 들었다.

2020년 9월 24일, 목요일

미국, 뉴욕, 민주당 선거운동본부

젠킨스&젠킨스 사무실 빌딩은 어퍼만이 보이는 브루클린에 있다. 브루클린 배터리 터널과도 아주 가까워서 건물 입구부터 지하주차장 안까지 차가 밀린다. 상원의원 카멀라 해리스는 몇 주 전부터 뉴욕에 머물렀고 뉴욕의 교통체증은 여전히 짜증스럽기만 했다.

그녀는 운전기사가 마련한 여분의 15분과 추가로 장착한 자동차 범퍼가 싫었다.

"상원의원님, 안전이 최고입니다." 더구나 터널 안에서는 휴대폰도 끊겨 발칸 반도에 있는 개발도상국 같았다. 그녀는 다른 나라에서는 이런 것들을 어떻게 관리하는지 의심스러웠다.

민주당은 선거캠프로 사용하기 위해 젠킨스&젠킨스 빌딩의 19층과 20층을 빌려 약 600명이 그곳에서 일했다. 선거가 끝나는 11월 말에 중앙선거사무소를 해산할 것이고 상원의원이자 부통령 후보 카멀라 해리스는 워싱턴의 백악관으로 가거나 선거에서 패배하면 다시 캘리포니아로 돌아가야 했다. '어디든 상

관없어.' 그녀는 젠킨스&젠킨스 빌딩 로비로 들어서면서 생각했다. '뉴욕을 떠나는 건 마찬가지니까.'

로비의 바닥은 이탈리아 대리석처럼 보였지만 사실은 뉴욕에서 400km 정도 떨어진 유티카에서 가져온 것이었다.

'선거운동도 이런 거야. 허상을 그럴듯하게 꾸미는 기술과 같은.' 그녀는 생각했다.

지하주차장 입구에서 로비의 다른 한쪽에 있는 엘리베이터까지 50보쯤 되었다. 질문을 던지는 기자들과 그녀와 함께 셀카를 찍으려는 선거캠프의 직원들이 항상 이곳에서 기다리고 있었다. 다섯 번 셀카를 찍고 간단한 대화를 나누는데 5분이 지체되었다. 그러나 그녀와 함께 기념사진을 찍으려는 사람이 다섯 명 더 있었다.

카멀라는 선거 캠페인용 미소를 지어 보였다.

그날은 크리스 머피가 그녀를 맞이했다. 그는 유티카 출신의 아일랜드-이탈리아계였으며 20대 후반인 그의 얼굴은 카멀라 해리스보다도 작았다. 빌딩 로비에 깔린 대리석은 그의 어머니가 운영하는 채석장에서 가져온 것이었으며 그도 그 사실을 잘 알고 있었다. "상원의원님, 어서 오십시오." 머피가 인사하며 그녀에게 태블릿을 건네주었다. "오늘의 일정표입니다. 벌써 조금 늦었습니다."

"고마워요, 크리스. 첫 번째 일정이 뭐죠?"

"의원님께서 만날 중국 사람들이 와 있습니다. 지금 옥상 테라스에서 아침 식사 중인데 곧바로 30층으로 가야 합니다." 크리스가 말했다.

카멀라는 무언가 아주 좋은 일이 일어날 것 같은 예감이 들었다. 무엇보다 러시아와 중국 정상이 소개해준 신비의 인물을 만나게 되는 것이었다. 베이징의 콘퍼런스에서는 무엇에 관한 것인지 그녀에게 자세하게 설명하지 않았었다. 그리고 그 인물을 선거사무실에서 만나는 게 아니라 아무도 모르게 옥상 테라스에서 만난다는 것이었다. 그녀가 그 중국인과 만난다는 사실은 아무도 모르게 될 것이었다. 미국과 중국 사이에는 불신과 적대감이 팽배해 있었다. 유권자의 지지를 받으려면 중국을 대표하는 사람과 가까이해서는 안 되었다. 만일 그런 사실이 알려지면 공화당은 즉시 상원의원이 미국을 배반했다고 새로운 선거 전략을 펼칠 것이었다.

옥상 테라스에서는 커피가 무한 리필되는 것도 그녀의 마음에 들었다. 비서인 크리스는 첫날부터 그녀에게 습관적으로 커피를 마시지 말라고 조언했다. "의원님이 종이컵을 손에 들고 있는 사진이 나왔어요. 환경운동가들이 의원님을 예의주시하고 있습니다."

두 사람은 엘리베이터를 탔다. 크리스는 주머니에서 열쇠를 꺼내어 엘리베이터를 '무정차'로 조정했다. '엘리베이터가 서지 않고 우리만 타고 가기 때문에 지금처럼 중요한 일을 할 때 제일 좋은 방법이겠지.'

"그 중국인에 관한 정보 좀 있나요?" 카멀라 해리스가 물었다.

"이 안에 다 있습니다." 크리스가 태블릿을 들어 보였다. "이름은 바오 웬리앙입니다. 바오가 성이고요. 나이는 68세이며 2년 전까지 중국의 과학부 장관이었습니다. 영어에 능통하고 유럽에서 로켓 추진과 기계공학을 공부했습니다."

"유럽 어디에서요? 유럽이 작은 땅덩어리도 아닌데." 카멀라 해리스가 말했다.

"독일입니다. 그러니까 독일의…… 에…… 클로스텔젤라펠에서요. 이걸 어떻게 발음하는지 잘 모르겠습니다." 크리스가 당황한 듯 떠듬거렸다.

카멀라 해리스는 태블릿을 보면서 아래로 스크롤했다. '클라우스탈-첼러펠트'라고 적혀 있었다.

"알겠어요. 그밖에 다른 것은요?" 그녀가 물었다.

"대체 연료 연구 분야의 권위자입니다. 현재 중국 엔지니어 협회장이며 중국에서 매우 존경받는 인물이기도 합니다."

"우리가 그를 신뢰해도 될까요?"

"그 부분에 대해선 전혀 정보가 없습니다." 크리스가 말했다. "다만 의원님께 그 누구도 믿지 않기를 당부하고 싶습니다. 그 어느 곳에서도……."

"그런 생각을 가지고 일한다면 크리스는 당내에서 분명히 성공할 수 있을 거예요." 카멀라 해리스는 그날 처음으로 편하게 웃으며 말했다.

잠시 후 엘리베이터가 30층에 멈추었고 크리스는 다시 무정차 상태를 유지한 채 아래층으로 내려갔다. 그녀는 파스텔톤 녹색의 긴 복도를 지나 루프탑 테라스 쪽으로 걸어가며 태블릿에서 '클라우스탈-첼러펠트'를 검색했다. 최소한의 준비와 최대한의 친근함으로 사람들을 자기편으로 이끄는 것은 정치가인 그녀가 가진 최대의 장점이었다. 그녀는 돛대나 전나무에 대해서 아는 것이 거의 없으면서도 아라우카리아 소나무로 만든 돛대에 관한 짧은 강연으로 캘리포니아 제재소업자들의 분노를 가라앉혔었다. 그녀 자신도 이만하면 준비는 충분하다고 생각했다. 그러나 엘리베이터에서 준비한 것이 바오 웬리앙에게는 충분하지 않다는 것을 예상하지 못했다.

옥상의 대부분을 칙칙하고 흉물스러운 환기시설, 이동통신 안테나, 엘리베이터 시설이 차지하고 있어서 젠킨스&젠킨스 빌딩의 루프탑 테라스는 생각보다 훨씬 작았다. 하지만 이런 설비들을 등지고 앉으면 맨해튼의 서쪽 끝, 허드슨과 이스트리버의 아름다운 모습이 한눈에 들어왔다. 그런데 아쉽게도 자유의 여신상이 빌딩 숲에 가려 보이지 않았다. 테라스에는 네 개의 테이블이 있었고 그중 두 개는 조식 뷔페를 위해 한쪽으로 밀어놓았다. 하나는 빈자리였으며 식탁보를 덮은 남은 하나에 나이 든 남자가 앉아 있었다.

바오 웬리앙은 짙은 남색 양복에 밝은 청색의 셔츠를 입고 넥타이는 매지 않았다. 공식 업무를 수행하는 중국인에게 드문 옷차림이었다. 테이블 위에 갈색 서류 봉투가 놓여 있었다. 바오 웬리앙은 카멀라 해리스가 오는 소리를 듣고도 강만 내려다보았다. "이곳에선 자유의 여신상이 안 보여 아쉽습니다." 그가 말했다. "반갑습니다, 부통령님. 저를 위해 시간을 내주셔서 정말

고맙습니다."

"자유의 여신상이 보이지 않아도 미국에 자유는 항상 존재하지요." 카멀라 해리스가 말했다. 그녀의 목소리는 아주 노련하고 친근하게 들렸지만 그 안에는 무언가 날카로운 것이 깔려 있었다. "미스터 바오, 만나서 반갑습니다. 그리고 아직 선거가 끝나지 않았으니 부통령이라 부르지 마세요."

"당신이 부통령이 되는 것은 이미 정해진 사실입니다." 바오는 확신하는 듯 말했다.

"커피 한잔 드시겠어요?"

카멀라 해리스는 잠시 혼란스러웠다. 이 사람이 대체 무슨 말을 하고 있는 거지? 나를 떠보는 것일까? 예전에 러시아가 그랬듯이 중국도 우리를 해킹하고 있단 말인가? 아니면 단순히 예의상 한 말인가? 그녀는 핸드백과 태블릿을 테이블 위에 올려놓고 바오와 악수를 나누며 그를 똑바로 바라보았다.

"커피? 너무 좋지요."

바오가 자리에 앉았다. "제가 얼마 전에 스웨덴의 활동가를 만났습니다. 그녀에 대해 어떻게 생각하시는지요?"

'엉뚱한 질문이군. 도대체 이 사람은 뭘 알고 싶은 거야?'

"영리한 아이지요." 그녀는 조심스럽게 대답했다. "매우 이상적이면도 어쩌면 천진난만한…… 당신은 어떤 느낌을 받았나요?"

바오는 카멀라 해리스의 질문에 대답하지 않고 화제를 돌렸다. "상원의원님, 시간이 얼마나 있으신지요?"

"한 시간 정도입니다." 잠시 침묵이 흐르는 동안 그녀는 바오의 표정을 살펴보았다. "40분 정도 더 여유가 있어요."

그제야 바오는 안심한 듯한 표정을 지었다. "저는 단지 메시지를 전달하러 왔을 뿐입니다. 누구의 메시지인지는 당신도 알고 있을 겁니다. 그리고 저의 임무는 그 메시지를 차기 미국 대통령에게 전달하는 것입니다. 당신이 이 메시지를 대통령에게 전해주셔야만 합니다."

카멀라 해리스가 등을 뒤로 기대며 물었다. "무슨 내용이죠?" 그녀의 말투에 지루함이 느껴졌다. 바오는 물 한 모금을 마셨다.

"당신도 알다시피 저는 중국 공학자, 과학자, 기술자협회장입니다. 이 협회에 얼마나 많은 회원들이 있는지 혹시 아시나요?" 그녀는 모르겠다는 듯한 표정으로 그를 보았다. "미국의 성인 네 사람 가운데 한 사람이 최고의 대학에서 교육받은 공학자라고 한번 생각해보세요. 이것이 제가 이끄는 협회의 규모입니다. 920만 명 회원 가운데 610만 명이 현직에서 활동 중입니다."

곁눈으로 상원의원을 바라보던 바오는 이제 그녀를 똑바로 쳐다보았다.

"이 사람들이 알고 있는 사실을 통해 저는 분명히 말할 수 있습니다. 스웨덴의 어린 활동가는 천진난만한 게 아닙니다. 다만 그 아이에게는 결정 권한이 없다는 것뿐입니다."

카멀라 해리스는 어깨를 움찔했다.

"그래서 무슨 일이 일어나는 거죠?"

바오는 세계의 변화, 세계 강국의 책임, 문제에 대한 접근방식과 계획에 대한 이야기를 시작했다.

그녀는 그의 이야기를 귀담아들었다. 처음엔 어리둥절했지만 갈수록 흥미로웠다. 바오가 미래의 불가피한 합의에 대해 언급했을 때 그녀가 반론을 제기했다. "미국이 자랑스러운 민주주의 국가란 사실을 당신도 잘 알고 있지 않습니까? 저 너머에 자유의 여신상이 서 있는 것도요." 그녀는 바다 저 멀리 한 곳을 가리켰다. "사람들이 황제나 독재자에게 충분히 지배받았기 때문에 자유의 여신상이 저기에 서 있다고 생각하시나요?"

바오는 대답하지 않았다. "당신 국민들의 지지가 필요하다는 사실이 무엇인가를 해야 하는 필연성에는 아무 도움이 되지 않습니다." 그리고 그는 계속 말을 이어나갔다.

어느덧 한 시간이 넘게 흘렀다. 태블릿 화면에 문자 메시지가 뜨자 그녀는 그것을 지워버렸다. 그리고 서류 봉투를 가리키며 물었다.

"제 것인가요?"

바오는 서류 봉투를 앞으로 밀었다. "비공식 문서입니다. 당신은 이해하시겠지요. 모든 사람들이 알면서도 부인하게 될 내용이 거기에 들어 있습니다."

카멀라 해리스는 서류 봉투를 핸드백에 넣고 자리에서 일어났다. "당신은 이것을 정말로 심각하게 생각하고 있군요."

"행운을 빕니다, 부통령님!" 그가 웃으며 말했다. 두 사람은 따로따로 엘리베이터를 탔다.

바오가 1층으로 내려간 후 카멀라 해리스는 19층에 있는 선거운동본부로 향했다.

그곳으로 내려가면서 그녀는 크리스 머피에게 전화를 했다. "대통령 후보님과 약속 시간 좀 잡아주세요."

2021년 6월 22일, 화요일

나이지리아와 베냉 국경 근처, 이타 에그베

리샤 알루코가 돌로 지은 집에서 나왔을 때는 아직 새벽의 서늘한 공기가 남아 있는 아침 6시쯤이었다. 검붉은 태양이 막 떠오르고 있었다. 리샤는 병든 아버지와 동생들이 잠에서 깨지 않도록 찌그러진 양철문을 조심스럽게 닫았다. 그러고는 깜짝 놀랐다.

전날 저녁 집 담벼락에 세우고 자물쇠를 채워 커버까지 덮어놨던, 그녀가 가장 아끼는 빨간색 오토바이가 흔적도 없이 사라져버렸다. 커버는 먼지 구덩이 속에 처박혀 있었다. 리샤는 병원 열쇠와 같이 있는 열쇠고리를 꺼내보았다. 열쇠 하나가 보이지 않았다. 그녀가 주방 일을 하거나 자는 동안 누군가 가져간 것이 틀림없었다. 동생 짓임이 분명했다.

'나쁜 새끼!'

그녀는 오토바이를 사기 위해 1년 내내 한 푼 두 푼 돈을 모았었다. 오토바이는 그녀가 가진 전부였고 가족을 먹여 살리기 위한 생계 수단이었다. 그녀는 화를 꾹 참았다.

리샤는 스물네 살이었고 그녀의 남동생은 열여덟 살이었다. 엄마가 돌아가시자마자 리샤가 엄마 역할을 떠맡았다. 그러나 남동생은 삐딱하게 나가고 누나의 말을 듣지 않을뿐더러 혼을 내도 소용없었다. 더구나 그는 리샤에게 돈까지 요구했다.

최근 동생과 그 친구들은 밤에 '오고고로'*를 마시면서 포트나이트 같은 플레이스테이션 게임을 하며 시간을 보냈다. 분명히 그녀의 동생은 나이지리아에서 가장 싼 보드카 오고고로를 사러 가기 위해 오토바이를 타고 근처의 술집으로 갔을 것이다. 그 술이 얼마나 위험한지 리샤는 잘 알고 있었다. 잘못 마시면 며칠 동안 앓거나 때로는 죽기도 했다.

리샤는 오토바이가 이타 에그베 변두리 마을에 있을 거라고 짐작했다.

그녀는 한숨을 쉬며 길을 나섰다.

리샤 알루코는 청바지에 티셔츠를 걸치고 슬리퍼를 신은 차림이었다. 그녀는 강했고 자신감이 넘쳤으며 똑똑하고 야심만만했다. 마을에 사는 다른 젊은 여자들과 달리 최근에는 제대로 된 일자리를 얻었고 책임감도 컸다. 그녀는 간호조무사 교육을 받으면서 카리타스**의 '응급헬기 간호사'로 일하고 있었다. 이 카리타스 본부는 근처 도시 우고의 앰보드 로드에 있었다. 응급헬기 간호사인 리샤는 카리타스에 필요한 볼타렌, 디클로페낙, 사후피임약, 설사와 구토에 먹는 약을 전달했다. 그리고 환자가 발생하면 증상을 정확히 관찰하여 카리타스 병원에 보고하고 병원은 가능한 경우 의사를 보내줬다.

아침에 일어나면 사람들이 그녀를 필요로 하고 그녀를 기다리고 있다는 사실에 기분이 묘했다.

리샤는 아직도 견습생이었다. 사람들은 모든 과정이 테스트일 뿐이며 1년 뒤에 정규직이 될 거라고 말했다. 그러나 모든 일이 잘되어야 가능했다. 그렇게 되면 그녀는 동생들을 돌볼 수 있을 만큼 돈을 벌 수 있을 것이다.

가는 길에 리샤는 여성의 피임약 사용을 홍보하기 위한 짧은 강연을 했다. 그리고 강연이 끝나고는 항상 팸플릿과 볼펜, 콘돔을 나눠주었다.

여자들은 볼펜과 콘돔을 받아 갔지만 또 임신을 하곤 했다. 리샤는 자기가 하고 있는 일인 출산율 감소를 위한 캠페인에 대해 생각해보았다. 그녀는 자기 생각이 옳다고 믿었다. 아이들은 선한 영혼이 데려다주거나 모든 것을 지켜주시는 하느님이 주신다고 그녀는 믿었다. 그런데 하느님은 아이들이 이렇게 가난하게 자라나길 원하셨을까?

부모가 잘 돌볼 수 있을 만큼의 아이들만 낳으면 문제는 간단했다. 리샤는 피임 캠페인에 대해 확신을 가졌다. 하지만 사람들은 이것을 어떻게 실천하고 있는가? 사람들은 그들이 감당할 수 있는 유일한 노후대책으로 아이들을 낳는 것이 아닌가? 리샤의 형제 가운데 세 명은 어려서 죽고 네 명이 살아남았다. 막내는

---

* 코코넛 주스를 증류시켜 만든 술.
** 가톨릭 교회의 자선단체.

몸이 약해서 병치레를 자주 했다.

리샤 알루코는 이타 에그베에서 태어나 그곳에서 자랐다. 흙먼지 날리는 도로, 백여 채의 가옥, 천여 명의 주민이 그녀가 알고 있는 이타 에그베의 전부였다. 그러나 그곳에도 전기가 들어왔고 정수시설 또한 어느 정도 있었다. 좋은 시절에는 스쿨버스가 마을을 지나면서 아이들을 태워 가기도 했다. 그러나 결국 스쿨버스는 이곳에 오지 않았다. 버스 운전사가 위험하다는 이유로 이 마을에 들르는 것을 거부했기 때문이다. 이타 에그베 지역은 베냉과 국경을 접하고 있기 때문에 온갖 밀수가 성행했다. 마약, 무기, 어린이 그리고 마약에 중독된 젊은 여자가 밀수 대상이었다.

모든 종류의 마약이 다 있었다. 가장 흔히 사용하는 것은 크랙의 일종인 '갑지Gabji'였다.

최근 들어 밀수꾼과 반군 지도자는 그 지역이 마치 자기들 나라인 것처럼 점점 더 난폭하게 행동했다. 그들은 한 마을을 며칠 또는 몇 주 동안 손쉽게 점령하여 주민들을 두드려 패고 괴롭히고 쫓아냈다. 강간과 살인도 흔하게 벌어졌다.

리샤는 남동생 친구의 집 앞에 서 있는 오토바이를 발견했다. 다행히 오토바이는 별 이상이 없었다. 그녀는 잠시 안도의 한숨을 내쉬었다. 그러고는 약 100유로에 해당하는 5만 나이라를 주고 산 오토바이 '하우주 럭키 125'에 올라탔다. 기름은 반쯤 남아 있었다. 오토바이의 시동을 걸었다. 한 시간 안에 우고로 가서 의약품 행낭을 받아 다시 길을 나서야만 했다. 그녀는 그 일이 즐거웠다. 우기임에도 불구하고 최근 비가 거의 오지 않았다. 그 대신 들판을 태울 정도로 뜨거운 하르마탄이라는 사라하의 바람이 불었다. 이런 경우는 처음 있는 일이었다.

우고의 카리타스 본부 사람들은 그것을 두고 한마디로 기후 변화라고 했다. 리샤도 나름대로 그런 현상을 설명해보려 했으나 쉽지 않은 일이었다.

리샤는 오토바이의 액셀러레이터를 당겼다.

2022년 11월 11일, 금요일

독일, 함부르크, 에릭쿠스슈피체 1번지, 《슈피겔》 본사
《슈피겔》 타이틀 기사

G3 - 새로운 세계정부

다음 주 러시아, 중국 그리고 미국 정상이 만나면
새로운 권력 중심이 생겨날 것이다. 초강대국이 세계에
어떤 영향을 미칠지 아직 정확히 알 수 없지만
초기 징후는 나타나고 있다.

중국 남서부의 대도시 청두를 방문하는 이유는 여러 가지이다. 유네스코는 청두의 맛있는 음식 때문에 '요리의 도시'라는 이름을 붙여주었다. 예를 들자면 '천국의 7대 별미' 가운데 하나인 돼지고기 요리는 길게 썬 돼지고기를 두 번 튀겨서 잘게 썰어 볶은 곰보버섯과 제비알, 견과류를 곁들여 먹는다.

청두는 쓰촨성의 주도이자 경제 호황을 누리고 있는 중국 대도시 가운데 하나이며, 연구와 산업의 도시이자 기계공학, 약학, 화학, 항공기 제작의 중심지이다. '에어 차이나'는 베이징에서 하

루 종일 청두행 비행기를 운항하지만 노동자의 한 달 치 월급에 해당하는 1,400위안이라는 높은 가격에도 불구하고 항상 예약이 밀린다. 물론 비즈니스 클래스는 네 배에서 열 배까지 비싸다.

현재 청두로 날아가는 세 번째 이유는 복잡한 베이징에서 멀리 떨어진 청두에 얼마 전 미국 영사관이 다시 문을 열었기 때문이었다. 그리고 《슈피겔》에 따르면 최근 청두의 미국 영사관에서 이상한 일들이 일어나고 있다고 한다.

우허우의 고급스러운 대사관 구역 링시관 로드에 자리 잡은 영사관은 새로운 비밀 외교의 중심지처럼 보인다.

영사관은 중국과 미국의 관계가 최악으로 치닫던 2020년 7월 폐쇄되었었다. 이제 다시 문을 열게 되었는데 이상한 것은 기념식과 같은 행사나 언론보도도 없이 조용히 문을 연 것이다. 영사관에는 외교관만 입장이 가능했고 일반인은 들어갈 수 없었다. 그곳에 무슨 일이 있었던 것인가?

몇 주 전, 베이징에서 출발하는 '에어 차이나' 마지막 밤 비행기는 중국과 미국의 공식적인 협상가와 고문들이 비즈니스 좌석을 한 자리도 남김없이 가득 채우고 있었다.

미국인들은 영사관 직원이 아니었는데도 공항에 도착하자마자 방탄 리무진을 타고 경찰의 호위를 받으며 링시관 로드에 있는 영사관까지 갔다. 중국에서 평범한 기업가와 하급 외교관을 위해 이러한 수고를 들이는 일은 없었다.

이 사람들은 과연 누구였을까? 그들은 이미 비행기 안에서 회의 일정과 발표 내용에 관해 매우 밀접한 신뢰 관계를 가지고 강도 높은 업무를 보았다. 서류 가운데는 '인류의 미래'라는 연설문이 있었다. 중국 공산당 지도부를 잘 아는 사람의 글이었다. "만일 이런 미스터리한 대표단이 움직이고 과장된 용어가 사용된다면 하늘의 축복이 없는 것은 아니다."

멀리 떨어진 청두에서 중국인과 미국인들은 다음 주 마이애미에서 열리는 미국-러시아-중국 정상회담을 준비하는 것이 분명했다. 그리고 그들은 최종 합의문을 세부적으로 가다듬고 있는 것이 확실했다.

다음 주 개최되는 G3 정상회담에서 단지 코로나 위기 상황에 대한 합의만 할 것인가? 대표단은 관세 제한을 폐지하기 위하여 여러 날 논의를 거듭하고, G3 정상들은 여행의 규제 완화와 환율 변동에 관해 진지한 토론을 이어갈 것인가? 아니면 이 모든 것을 실무진에게 넘길 것인가? 이런 모든 문제를 검토해야만 했다.

3대 강국은 지난 며칠 동안 정상회담의 의미를 축소하기 위하여 많은 노력을 했다. 백악관 대변인은 "통상적 회담"이라고 말했고, 크렘린은 크렘린 안에서 즉흥적으로 일어난 일이 한 번도 없었음에도 불구하고 "거의 즉흥적으로 이루어진 단기 결정"이라고 발표했다. 그리고 중국은 그들의 국가주석이 "호텔의 야자수 정원에서의 편안한 회담"을 고대하고 있다고 재빠르게 입을 맞추었다.

세계 언론을 향한 메시지치고는 너무나 판에 박힌 말이었다. 《슈피겔》은 이를 보고 속임수일 가능성이 높다고 보도했다. 분명히 이보다 더 중요한 문제가 있을 것이란 주장이었다.

마이애미 정상회담이 강대국의 역사에 중요한 전환점이 될 것이란 징후가 점점 커져갔다. 초강대국이 지금처럼 이렇게 합심하여 등장한 적이 없었기 때문이다. 그리고 그들이 정상회담에서 만장일치로 축하를 나누면 권력구조는 바뀌게 된다.

미국, 러시아, 중국이 공통으로 합의한 내용은 다른 모든 나라에도 똑같은 효력을 발생한다. 3개국 정상이 하나가 되면 어느 나라가 G8이나 G20과 같은 정상회담을 필요로 할 것인가? 유엔은 앞으로 어떤 역할을 하게 될 것이며 세계무역기구는 무슨 필요가 있겠는가? G3는 새로운 권력의 중심이었다.

그러나 문제는 G3가 그들의 권력으로 무엇을 하는가였다.

《슈피겔》은 지난 몇 주 동안 외교관들과 인터뷰하고 연구보고서를 분석하거나 비즈니스 파일을 조사하면서 퍼즐 조각들을 맞추어나갔다. 눈에 띄지 않을 정도의 작은 퍼즐 조각들은 아무 의미도 없어 보였지만 부분적으로 맞추어나갈 때마다 의미 있는 모양으로 나타났다.

그것은 새로운 세계질서의 모습이었다.

첫 번째 퍼즐 조각은 마르셀 뒤낭이 맞추었다. 그는 서른세 살의 여행 블로거였다. 퀘벡 출신의 프랑스계 캐나다인 뒤낭은 그가 나타나 120만 명의 구독자에게 알려지기 전까지는 현지인만 알 수 있는 한적한 해변의 값비싼 호텔에 있는 생선요리 레스토랑을 동영상으로 만들어 공유했다.

금년 초, 그는 마이애미의 최상급 호텔 풀 내 바에 앉아 동영상 카메라를 켜놓고 수영장에서 놀고 있는 한 여행자 그룹을 재미있게 생중계했다. "이 사람들을 보세요!" 그는 프랑스어 억양이 강한 영어로 말하면서 물살을 가르며 수영하는 활기찬 젊은 미국인들을 촬영했다. "우리는 지금 세상에서 가장 편안한 곳에 있습니다." 뒤낭은 카메라에 대고 말했다. "그런데 이 사람들은 마치 전투 훈련이라도 하듯이 수영을 하네요."

생중계는 겨우 32초밖에 되지 않았다. 그러나 그 동영상은 이제 인터넷에서 찾을 수 없다. 뒤낭은 그날 바로 체크아웃하고 호텔에서 나왔고, 그의 여행 블로그에서 그 호텔에 대한 언급은 다시 없었다.

호텔의 기록에 따르면 뒤낭이 촬영한 사람들은 운동선수가 아니었다. 그들은 그 호텔의 세부 상황을 체크한 비밀요원들이었다.

이 첫 번째 퍼즐 일부는 연초부터 마이애미에서 최고 수준의 보안이 필요한 사건이 일어나게 될 것이란 사실을 분명히 보여준다. 그들이 말하는 대로 3대 강국의 정상회담은 즉흥적으로 성사된 것이 아니라 이미 오래전부터 계획된 것이었다.

그렇다면 세 명의 정상은 다음 주에 무슨 이야기를 나누게 될 것인가? 그건 퍼즐의 두 번째 조각에서 힌트를 얻을 수 있다. 이에 따르면 중요한 주제 가운데 하나는 군비축소에 관한 것이었다.

'스톡홀름 국제평화연구소(SIPRI)' 부소장 얀 룬드그린은 50대 후반의 점잖고 친절한 사람이다. 그는 이 세상을 더 이상 이해할 수 없다며 "누군가 몰래 스위치를 바꿔놓았다"고 말한다.

법학자이자 통계학자인 그는 일생을 하나의 주제에만 몰두했다. 그것은 바로 세계 무기거래의 제한이었다. 해마다 그와 59명의 직원은 통계와 증거로 가득 찬 청색 표지의 보고서를 발간하는데 여기에는 세계 무기거래가 어떻게 계속 확장되었는지 기록되어 있다.

"세계의 무기거래는 약 4년 동안 평균 5.5% 성장했다"고 룬드그린은 말한다. 최근의 무기거래는 835억 달러이며 계속 증가하는 추세였다.

그러나 룬드그린은 얼마 전부터 놀라운 일을 발견하게 되었다. 미국, 러시아, 중국의 여러 무기 수출업체가 기존 주문을 취소하고, 서로 약속이나 한 듯이 판매 오퍼도 하지 않는 것이다. 룬드그린은 이런 추세가 계속되면 2022년에는 무기거래가 소폭으로 감소할 것이라 했다.

그러자 무기 수입국들의 불만이 터져 나왔다. 사우디아라비아, 카타르, 파키스탄, 아랍 에미리트는 곧바로 뉴욕의 레이&워링과 런던의 쿠퍼, 베링하우스와 슈타인 같은 세계에서 가장 수임료가 비싼 계약 파기 전문 로펌을 고용했다고 한다. 룬드그린은 이런 일을 처음 본다고 말했다. "이것은 수출 금지와 같은 일입니다. 다만 누가 그런 일을 결정했는지 알 수 없을 뿐입니다."

그리고 이것은 제 기능을 발휘했다.

암시장에서 거래하던 대형 딜러조차도 무기 공급을 꺼렸다. 런던과 텔아비브에 있는 세계에서 가장 큰 민간 무기거래 업체에 대해 조세범죄에 대한 조사가 시작되었다. "그 때문에……"

룬드그린은 말했다. "이들은 처음으로 거래가 불가능하게 되었습니다." 두 사건 중 하나는 모스크바에서, 다른 하나는 미국의 애틀랜타에서 진행되었다.

우연이었을까?

세 번째 퍼즐 조각은 북아프리카의 사막에서 발견되었다. 21세기 초, 독일 컨소시엄은 이곳에 미래 에너지 생산을 가능케 할 건설계획을 세웠다. 거대한 태양광발전 시설로 값싼 전기에너지를 생산하여 유럽까지 이송하려는 것이었다. 광활한 사막에는 태양광이 풍부하여 장거리 이송 경로에도 불구하고 독일의 화력발전소보다 비용이 적게 든다는 것이었다. 더군다나 친환경적이었다. 지멘스 그룹이 컨소시엄의 대표회사였다.

그러나 야심 찬 이 계획은 무산되고 말았다. 자금조달이 불분명했고 아랍 국가들은 점점 불신했으며 마침내 컨소시엄은 해체되었다. 결국 시험용 발전 시설과 태양광 패널은 사막의 먼지 속으로 사라져버렸다. 두바이의 대규모 시험시설 공사에는 중국 국영기업이 참가하고 있다.

그런데 최근에 지멘스를 퇴사한 한 직원은 이전 계획이 다시 진행되고 있다고 말한다. 더군다나 독일기업은 이번에는 전혀 참가하지 않는다는 것이다. 그 대신에 '중국의 전력망'이 튀니지, 모로코, 알제리, 에미리트에 운송능력을 구축하고 변전소를 건설했으며 현지 엔지니어를 모집하고 있다. 이와 함께 러시아 기업 '루솔'은 예전의 태양광 패널을 복구하고 제곱킬로미터 단위의 새로운 태양광 시설을 계획하고 있다.

"이것은……" 전 지멘스 직원이 말했다. "에너지 시장에 새로운 권력이 나타난 것입니다."

미국에서도 역시 새로운 환경정책과 관련된 또 다른 예를 찾을 수 있다.

네 번째 퍼즐은 미국 텍사스 오데사의 마이크 배니스터의 사무실에 있었다. 쉰두 살의 그는 키가 크고 유쾌하며 카우보이 부츠와 체크무늬 셔츠를 입고 있었다. 멋지게 꾸민 사무실 책상 앞에 앉아 밝은 색깔의 카우보이모자를 뒤로 젖히고 창문 밖을 가리키며 배니스터는 말했다. "얼마 전에 내가 왜 권총을 들고 워싱턴으로 달려가려고 했는지 이제 당신도 알게 될 겁니다."

'프래코-페트로-컴퍼니'의 오너인 배니스터는 프래킹 기술*의 선구자이다.

그러나 지금은 창문 넘어 볼 수 있듯이 그의 공장시설은 가동을 멈추었다. 펌프 시스템은 사용되지 않고 배수관도 말라 있다. 거리를 오가는 사람은 안 보이고 가스 저장시설에서 일하는 사람도 없다. 그의 업계는 완전히 얼어붙고 말았다.

독일 바이에른 주보다 세 배나 넓은 텍사스 서부에서 프래킹으로 큰돈을 벌었던 많은 사람들은 배니스터와 같은 처지가 되고 말았다. 블룸버그가 책에 썼듯이 "가장 뜨거운 원자재" 분야에서 뜨겁게 불붙었던 사업이 하루아침에 폭삭 망한 것이다.

---

* 물, 화학제품, 모래 등을 혼합한 물질을 고압으로 분사해서 바위를 파쇄하여 석유와 가스를 분리해내는 공법.

미국의 관리당국은 갑자기 프래킹 기업의 생산허가 기간을 연장해주지 않고 특별한 절차도 없이 폐쇄 명령을 내렸다. 이에 대한 지침과 세부 사항은 분명히 워싱턴에서 내려왔으며 오랜 기간 주도면밀하게 준비되었다. 이제는 프래킹 사업이 완전히 끝날 수도 있게 된 것이다.

　프래킹이라는 에너지 생산방식은 끊임없는 논란을 일으켰다. 환경보호 운동가는 생태를 파괴한다고 지적하며 프래킹으로 땅속에서 얻는 에너지 생산이 풍력과 태양광 발전으로의 전환을 지연시키고 있다고 말했다.

　그렇다면 왜 미국 정부는 까다로운 생태학에 기초한 새로운 에너지 정책으로 갑자기 진로를 바꾼 것일까?

　이에 관한 퍼즐은 중국에서 찾을 수 있다.

　지금까지 중국 정부는 자동차 연료의 20%를 환경친화적 에너지로 대체해야 한다고 주장했다. 그러나 이제 '신에너지 자동차'에 대한 새로운 구상에 따르면 그 할당량이 내년부터 당장 50%까지 증가하게 되었다. 뒤스부르크-에센 대학의 자동차 전문가인 하우케 호펜두더는 "연료 소모가 많은 SUV 시장은 고사하고 말 것이며, 중국의 대도시는 자동차 운행금지에 대한 대책을 세워야 한다"고 말한다.

　중국이 왜 그런 대책을 세워야 하는가? 중국이 환경문제에 대한 정책을 대대적으로 바꾸었단 말인가?

　중국이 정말로 환경문제를 중요하게 생각하고 이를 위하여 국제협력을 하려는 것일까?

러시아 정부 역시 환경변화에 대한 시험지역을 정하려는 움직임을 보이고 있다. 시베리아를 완전히 초토화시킨 산불은 얼마 전에 진화되었다.

그 현장을 보기 위해서 이르쿠츠크로 가야만 했다. 그곳에 있는 미하엘 대천사 성당의 첨탑에 올라가면 사방을 다 둘러볼 수 있었다.

그을린 숲과 시베리아의 검은 산림에서는 여전히 탄 냄새가 나고 있었지만 지난 며칠 동안 격분한 듯 거세게 날뛰던 불길은 모두 잡혀 있었다. 소방대원들이 잔불을 정리하고 헬기는 비구름을 만들기 위해 요오드화 은을 뿌리고 있었다.

2년 전까지만 해도 러시아 당국은 산불이 나면 그냥 타게 내버려 두었다고 한다. 이것은 자연에 치명적인 것이었다. 산불은 기후변화에 기여하지만 동시에 기후변화 때문에 일어나며 기후변화를 더욱 악화시킨다. 기후가 더워지고 건조해질수록 더 큰 산불이 일어난다. 산불이 일어날수록 더 많은 CO_2가 방출되고, 나무가 처리할 수 있는 CO_2는 더 적어진다.

대통령의 명령이 있긴 했지만 악순환하는 산불의 고리를 3만 2천 명의 소방대원과 자원봉사자가 불길과 맞서 끊었다. 블라디미르 푸틴은 이것은 비상상황이며 산불을 진화하여 숲을 살려야 한다고 했다. *네메들렌나!* 지금 당장!

크렘린에서 들리는 말에 의하면 푸틴은 지방정부의 주지사들로부터 이 문제를 넘겨받은 후 재난 장비에 대한 재고조사를 마치고 장비구매를 바로 했다고 한다. 감시와 장비는 세 배로 늘어났다. 앞으로는 드론의 감시망이 더욱 신속하게 산불을 대처할 것이다.

러시아, 미국, 중국이 실제로 환경문제를 진지하고 심각하게 생각하고 있는지는 정확히 알 수 없다. 이들이 앞으로 얼마나 긴밀하게 협력하게 될지는 다음 주 마이애미에서 알 수 있게 될 것이다.

3대 강국의 긴밀한 협력은 분명히 새로운 결과를 가져올 것이다. 일부 아프리카 국가들은 벌써부터 군침을 흘렸다. 예를 들어 나이지리아의 대통령이자 '범진보의회당' 당대표인 무하마두 부하리는 수천억에 이르는 부채탕감을 기대했지만 그 희망은 무너져버렸다.

나이지리아는 이 돈을 경제회복을 위해 유용하게 사용할 수도 있었을 것이다. 나이지리아는 인구의 약 70%가 빈곤 경계선 아래에서 살고 있으며 그들은 1달러도 안 되는 돈으로 하루를 버틴다. 나이지리아는 아프리카에서 인구가 가장 많음에도 불구하고 인구는 계속 폭발적으로 증가하고 있다. 특히 전체 인구의 60%가 사는 도시 외곽의 출생률이 너무 높아 경제성장의 효과를 무력화시키고 있다. 이 때문에 캠페인을 통하여 인구증가를 억제해보려는 정부의 모든 노력이 수포로 돌아가고 있다.

G3 정상들은 이런 현실을 더 이상 받아들이지 않으려 한다.

중국, 러시아, 미국은 그들의 협력관계를 아직 공식적으로 발표하지 않았지만 외교관과 다른 나라들은 이미 그 결과를 두려워하고 있다.

3대 초강대국이 권력을 독점하면 어떤 일이 일어날까? 세계에서 가장 강력한 군대가 하나로 뭉친다면 안전보장이사회는 누구를 위해 필요하고, 유엔의 존재 이유는 무엇일까? 3개국 정상이 한 호텔의 야자수 정원에 모여 새로운 규칙을 정하면 세계무역기구는 어떤 무역 규정으로 논쟁을 벌여야 하는가?

　외교관들의 비공식적인 보고에 따르면 유엔의 걱정이 이만저만이 아니다. 4만 명의 직원을 거느린 유엔이 한 해에 쓰는 돈은 30억 달러 이상이다. 유엔은 권력을 잃고 싶지 않다.

　유엔 사무총장의 대변인은 겉만 번지르르하였지 아무런 의미도 없는 말로 질문에 답했다. "유엔 사무총장은 어떤 나라든지 긍정적이며 화합에 기반을 둔 모든 회담을 환영한다. 우리는 모든 국가가 유엔의 메커니즘을 잘 알고 있으며 대화와 협상을 할 때 우리의 제도적 경험을 활용할 것임을 확신한다."

　한마디로 우리는 아무것도 모르지만 우리를 잊지는 말아달라는 것이었다.

2022년 11월 17일, 목요일

미국, 마이애미, 콜린스 가

하얀 고층빌딩이 줄지어 서 있는 야자수 거리에 파스텔과 캔디 색상의 캐딜락, 쉐보레, 머스탱의 빈티지 자동차들이 오갔다. 푸틴의 차량 행렬은 조금 전에 검은 탑과 둥근 형태의 마천루를 통과했다. 푸틴은 방탄 리무진 안에서 차창 밖을 보았다. "포르쉐 타워입니다." 대사가 설명했다. 푸틴도 알고 있었다. 써니 아일 비치에 있는 초호화 빌딩의 아파트를 소유한 사람은 자동차를 집 안에 들여놓을 수 있었다. 푸틴은 그런 아이디어가 마음에 들었다. 그곳 주민들은 승용차를 자동차 전용 엘리베이터에 싣고 올라가 스카이 개러지에 주차해놓고 수영장이나 테라스 주방에서 언제든지 자신이 아끼는 차를 볼 수 있었.

이런 초호화 아파트는 이곳에서도 드물었지만 플로리다에는 점점 늘어나고 있었다.

푸틴은 "극심한 태풍과 홍수에도 불구하고 건설 붐은 계속되는 것 같다"고 말했다.

러시아 대사는 고개를 끄덕이며 "부동산 업계는 그런 문제를 신경 쓰지 않습니다, 대통령님."이라고 말했다. "태풍은 한 번도 큰 문제가 되지 않았지만 해수면 상승이 점점 더 심각해지고 있습니다."

대통령 차량 행렬은 해변을 향하고 있었다. 탁 트인 대서양이 햇빛에 반짝거렸다. 오늘따라 파도가 잔잔했고 서퍼들만 간간이 눈에 띄었다. 푸틴은 그곳의 광경이 흡족했다.

콘퍼런스는 최근 완공된 새 빌딩에서 개최되었다. 그 빌딩은 미래의 재난을 완벽하게 대비하여 지은 것이었다. 도로 폭이 좁아지자 차량 행렬은 속도를 늦추었다. 걷는 속도로 자갈길을 따라가다가 모래 언덕 사이를 지나자 다리가 나타났다. 다리 끝에 건물이 빽빽하게 들어선 작은 섬이 반짝거리며 빛을 내고 있었다. 그 섬은 좌우 양쪽의 또 다른 섬들과 연결되어 있었다.

"플로팅 방식은 건축의 새로운 패러다임입니다." 러시아 대사가 설명했다. "이곳처럼 인공섬에 하우스보트*와 건물을 짓는 것입니다. 두 개의 섬을 서로 연결해놓아 지진에도 안전합니다. 한쪽 면에는 인공모래톱을 설치하여 태풍이 불거나 파도가 쳐도 유연한 근육처럼 움직이면서 방파제 역할을 합니다."

"흥미롭군……." 푸틴이 중얼거렸다. 그러나 그는 특별한 관심을 보이진 않았다.

차량이 다리를 건너자 야자수 길이 나타났다. 야자수 사이사이에는 다리가 긴 고양이, 날개를 활짝 펼친 독수리, 늑대와 같

---

* 주거용 배.

은 검은 돌로 만든 동물상이 보였고 은색 가로등이 매달려 있었다. "대통령님, 다 왔습니다." 대사가 말했다.

경호원이 자동차 문을 열자 푸틴은 대사를 거들떠보지도 않고 내린 뒤 계단을 올라갔다. 그곳에서 기다리고 있던 미국 국무장관은 보도진을 위하여 푸틴과 잠깐 포즈를 취한 뒤 노스 플로리다에서 재배한 코코넛 라임이나 오렌지로 만든 주스와 같은 시원한 음료를 마시지 않겠느냐고 권했다.

푸틴은 가져온 주스를 가볍게 한 모금 마신 뒤 내려놓으며 어쨌든 오늘 저녁 리셉션에서 다시 만날 것이고 자기는 약간의 휴식을 취하면서 한두 가지 전화 업무를 봐야 한다고 말했다.

위층에 있는 스위트룸에서 푸틴은 화상회의를 준비하고 지시했다. 잠시 후에 미국 대통령과 중국 국가주석이 연결되었다.

"여러분!" 푸틴은 인사말도 없이 본론부터 말했다. "우리의 최종 합의문에 대해 다시 한번 검토할 필요가 있다고 봅니다."

국가 정상 간의 회의에서 최종 합의문의 가장 중요한 부분은 사전에 협상하고 작성하는 것이 관례였다.

"내용을 수정하고 싶은 것입니까?" 중국 국가주석이 물었다.

"우리는 더 명확하게 해야 합니다. 지금보다 훨씬 더 명확하게……."

"동의합니다." 미국 대통령이 말했다.

2022년 11월 21일, 월요일

워싱턴 D.C., 모스크바, 베이징

성명서

중국 인민공화국, 러시아 연방, 미국의 대통령은 인류의 미래에 대한 책임을 위한 결정적인 행동의 필요성을 인식했기에 패권을 위한 싸움을 피하고 세계 기후협정의 실패를 스스로 인정하며 국제기구가 설정한 21세기의 목표를 달성하기 위하여 역사적인 평화 협정, 특히 2022년 이후 상호간의 국경 보장과 다른 파트너 국가의 내부 문제에 대해 간섭하지 않을 것을 약속하며 다음 사항에 합의한다.

I.

세계는 지금 긴박한 생존의 문제에 처해 있으며 중요한 전환점을 맞고 있다. 이 협정의 서명 국가는 세계 기후의 파국과 세계 인구의 기하급수적인 증가 및 천연자원의 파괴를 효과적으로 방지하기 위하여 정치, 재정, 과학 및 군사력을 공동으로 투입한다. 이를 위하여 다음과 같은 사항을 결의하고 실천한다.

화석 연료 사용을 절대적으로 제한한다.

세계 인구증가를 한정시킨다.

열대우림을 보호한다.

석유와 목재 수출에 큰 비중을 두는 국가의 경제적인 손실은 적절한 조치로 부분적이나마 보상한다.

II.

이번 조치는 협상 참여국의 재정에 상당한 부담을 줄 것이다. 과제의 규모와 중대성을 고려할 때 무엇보다 군비축소와 국방비를 감축해야 한다.

이스라엘-팔레스타인, 시리아-이라크-이란, 리비아-말리, 우크라이나와 북한을 둘러싼 갈등은 상호 신뢰와 직면한 과제의 중요성을 인식함으로써 즉시 종식시킨다.

신뢰 구축의 조치로써 서명 국가들은 5년 이내에 검증 가능한 방식으로 핵무기를 50% 감축하고 이에 해당하는 핵탄두를 폐기한다.

육군, 해군. 공군을 현저하게 축소한다.

III.

우리는 함께 행동하고 상호간 광범위한 통제권을 부여할 것이다. 우리는 전 세계 학계의 만장일치된 권고를 이행한다. 우리는 미래에 하나의 사상 아래서 세 개의 체제를 지켜나간다.

2022년 11월 21일, 마이애미

중국 인민공화국 주석 (서명)

러시아 연방 대통령 (서명)

미국 대통령 (서명)

2022년 11월 21일, 월요일

미국, 뉴욕, 8번가 620번지
《뉴욕 타임스》 편집국장실

'이게 나의 마지막 날이 되겠지.' 하는 생각을 하며 그는 고요함을 즐기는 가운데 사무실 앞에 서 있었다. 비서 트라비츠키 부인이 걱정스러운 듯 그를 바라보고 있었다. 그는 비서를 향해 고개를 끄덕인 후 사무실로 들어가 문을 닫았다. '이건 거의 폭동이나 반란에 가깝다.' 그는 생각했다. '내가 이 자리에 있는 동안 삼사십 명이나 되는 최고의 언론인들이 나를 쫓아내려 했었지. 그 가운데 적지 않은 사람이 내 친구들이었고…….'

《뉴욕 타임스》 편집국장 딘 M. 브래들리는 1,800달러를 주고 산 그의 순모 재킷을 벗어 광택 나는 자작나무 회의 책상 옆에 있는 의자 위로 던졌다.

브래들리는 눈을 비비고 한숨을 내쉬었다. 직장생활을 하면서 가장 힘들고 격렬한 회의를 마친 후였다. 논쟁도 격렬하게 벌였다.

이번 회의에서는 편집국의 거의 모든 직원들이 그에게 반기를 들었다. 자유롭고 진보적인 생각을 가진 직원들이 더욱 그랬다. 처음에는 그에게 관대했지만 이제 대놓고 화를 내면서 《뉴욕 타임스》가 분명한 입장을 취해야 한다고 촉구했다. 더군다나 최근에 불거진 G3 동맹에 '반대 입장'을 표명해야 한다고 주장했다.

자유와 민주주의, 세계평화, 그리고 모든 국가의 간섭받지 않을 권리…… 이 모든 것이 위협받고 있다고 했다. 영향력 있는 칼럼니스트 프리드먼과 편집부국장 다닝빌은 브래들리에게 G3 동맹과 이들의 광범위한 계획에 대해 날카로운 논평을 써야 한다고 재촉했다. 그러나 브래들리는 G3와 같은 입장이었다. 그리고 그는 자신의 입장을 고수하기 위해 직장, 권위, 명성 등 모든 것을 다 걸었다.

브래들리는 이 신문사의 편집국장으로서 어쩌면 마지막이 될지도 모를 논평을 쓰려고 컴퓨터에 패스워드를 입력했다.

그는 미리 생각해놓은 논평의 제목을 입력했다. '살아남기 위해서는 세상이 변해야 한다 — 지금 당장!'

트라비츠키 부인은 조심스러우면서도 불길한 표정으로 브래들리의 방으로 들어와 핫초콜릿 한 잔을 책상 위에 내려놓았다. 그녀는 극히 예외적인 경우에만 핫초콜릿을 준비했으며 평상시에는 보온병에 담아두었던 옅은 편집국 전용 커피를 가져왔다.

"으음, 당신이 나를 구해주는군요." 브래들리가 키보드를 두드리며 말했다.

"국장님은 세계를 구하시잖아요." 트라비츠키 부인이 말했다. "우리 두 사람은 같은 생각인걸요."

그러나 그녀의 목소리가 너무 작아서 브래들리는 그 말을 듣지 못했다.

2022년 11월 21일, 월요일

미국, 매사추세츠, 보스턴, 센트럴 워프 1번지

콘퍼런스가 시작되고 닷새 후 푸틴이 다시 대통령 전용차에 오를 때에야 얼마 전 슈뢰더가 준 책에서 읽은 내용이 떠올랐다.

"나는 이 영원하고 끝없는 바다의 에너지를 문어와 함께할 수 있어서 행복하다."

러시아 대통령 전용기는 마이애미에서 모스크바까지 논스톱으로 돌아가는 것이 정상적인 운행이었지만 푸틴은 개인적인 용무를 보기 위해 보스턴에 중간 기착하기로 결정하였다. 이 때 문에 가장 가까운 측근들조차 놀라고 말았다.

"사이 몽고메리*와 약속을 잡아주세요." 푸틴은 보좌관에게 지시했고 호스트인 미국 정부에 자신의 여행경로에 대해 신중을 기해달라고 요청했다.

세 시간 반의 비행 끝에 러시아 대통령 전용기 '일류신'은 보스

---

* 야생 동물을 연구하는 동물학자. '문어'를 가장 가까이서 교감한 과학 에세이인 『문어의 영혼』의 저자.

턴의 로건 국제공항에 착륙했다. 푸틴이 늦은 오후 보스턴 항구에 있는 뉴잉글랜드 아쿠아리움을 방문했을 때 작가이자 연구원인 사이 몽고메리가 그곳에서 기다리고 있었다. 사이 몽고메리는 문어의 세계에 대해 소개해달라는 러시아 대통령의 연락을 받고 놀라지 않을 수 없었다. 그녀는 러시아 대사관에 연락을 취하려 시도했지만 관련 담당자들 모두 푸틴과 함께 움직이던 중이었다.

사이 몽고메리는 처음에 농담이라고 생각했다. 미국의 보안 요원이 그녀를 쉐보레 SUV에 태워 박물관으로 데려갈 때에야 비로소 그녀에게 수상한 일이 벌어지고 있음을 알았다.

사이 몽고메리는 두 시간 남짓 러시아 대통령을 만났다. 이 정치가에 대해 그녀가 아는 것은 무엇인가? 언론에 보도된 그의 민주주의에 대한 사고방식을 생각한다면 좋은 점이라곤 전혀 없었다. 근본적으로 그녀는 그가 좋아하는 것을 혐오했다. 그러나 두 사람 사이에는 공통점이 하나 있었는데 호랑이를 좋아한다는 것이었다.

푸틴에게 무슨 말을 해야 할까? 직업적으로나 개인적으로 그녀는 평생을 오로지 하나만을 위해 살아왔다. 그것은 바로 사람들이 자연과 모든 생명체들을 존중하는 마음을 갖도록 하는 것이었다. 그녀는 보고 경험하고 느낀 것을 언제나 책과 칼럼을 통해 세상에 알리는 뛰어난 관찰자였다. 극도로 계산적인 블라디미르 푸틴이 무슨 일로 그녀를 만나자고 했을까? 그러나 이 질문은 틀린 것이었다. 사실은 그녀가 아닌 루디를 만나려는 것이었기 때문이다. 루디는 태평양의 거대한 암컷 문어인데 자신만의 독특한 방식으로 푸틴과 의사소통을 하게 될 것이었다.

이날 뉴잉글랜드 아쿠아리움은 일반인들의 출입을 금지했다. 방문객들 대신 곳곳에 보안 요원들이 배치되었다. 쓰레기통을 제거하고, 청소도구 보관실을 검사하였으며 환기구를 샅샅이 살펴보았다. 배설물 냄새가 코를 찌르는 펭귄 우리 뒤에도 젊은 비밀요원이 지키고 있었다. 엄격히 금지된 것이었지만 그는 사진 한 장을 여자 친구에게 보냈다.

"발목까지 새똥에 덮이고…… 빌어먹을 개인 경호……."

푸틴의 차량 행렬이 도착했을 때, 아쿠아리움의 책임자인 사이 몽고메리와 아쿠아리움 관장, 홍보 매니저는 커다란 로비의 하얀 펭귄 조각상 옆에 서 있었다. 이미 늦은 오후였고 밖은 어두워지고 있었다. 사이 몽고메리는 아쿠아리움의 고요함과 마법 같은 시간을 좋아했다.

갑자기 러시아인들이 등장했다.

푸틴의 실물은 TV에서 보던 모습과 똑같았다. 그를 실제로 보게 되다니. 그들은 간단히 인사를 나누고 1층에 있는 루디의 아쿠아리움으로 갔다. 푸틴은 사이 몽고메리에게 호감을 보였지만 아무 말도 하지 않았다. 그녀는 푸틴이 콘퍼런스 때문에 마이애미에서 여러 날을 머물다 왔다는 말을 들었다.

그들이 커다란 유리문 두 개를 지나 전시실로 들어서자 제일 먼저 펭귄이 보였다. 펭귄 우리 바닥을 매일 청소했는지 관람석 쪽에서는 냄새가 별로 나지 않았다.

그들은 중간에 있는 커다란 바닷물 탱크 둘레로 설치된 나선형 경사로를 올라갔다. 원통 모양의 물탱크는 4층 높이에 달했다. 사람들은 그 경사로를 따라 물탱크와 그루퍼*와 전기뱀장어가 살고 있는 아쿠아리움 외벽 사이를 오르내릴 수 있었다. 일행이 피라니아가 있는 수조에 이르자, 푸틴 대통령이 걸음을 멈추었다. 사이 몽고메리는 벌써 여러 번 이 물고기들과 물속에 함께 있어봤다고 말했다.

"대통령님도 피라니아를 좋아하시나요?" 그녀가 물었다.

"나는 직무상으로만 이들과 관계하지요." 푸틴이 말했다. "크렘린에서……."

드디어 루디가 사는 수조에 도착했다. 그들은 우선 일반 관람객들이 사용하는 유리벽을 통해 루디를 보려 했다. 하지만 워낙 위장을 잘하는 루디를 찾기란 쉽지 않은 일이었다.

"저기 문어가 있네요." 몽고메리가 말하면서 바위 위를 가리켰다. "이것이 문어의 눈입니다." 그녀는 수조 옆에 있는 문을 열었다. 그러자 동물관리사 빌 제이콥스가 나타났다. 제이콥스는 수조의 무거운 유리 덮개의 개폐와 안전관리를 담당하는 직원이라고 사이 몽고메리가 소개했다. 문어는 힘이 세고 가볍게 여겨선 안 되는 독성이 있는 동물이기 때문이었다. 그녀 자신은 한 번도 문어에 물려본 적은 없는데 러시아의 국가원수가 손님으로 방문한 이번에 첫 경험을 하고 싶진 않다고 말했다.

그녀는 푸틴과 빌을 제외한 다른 사람들은 자리를 비켜달라고 부탁했다.

그들은 아쿠아리움의 안쪽으로 들어간 후 계단을 올라 물탱크 위로 올라갔다. 물탱크보다 높은 위치의 그곳은 온도가 높고 무언지 모르게 불쾌했다. 항구의 저수조와 같은 바닷물과 썩은 해초류 냄새가 났고 필터를 통해 물을 계속 순환시키느라 물거품이 일었고 윙윙거리는 펌프 소리가 크게 들렸다.

"발 조심하세요." 몽고메리가 소음 때문에 크게 말했다. 곳곳에 구불구불 얽힌 물호스가 있었고 바닥은 물로 흥건하게 젖어 있었다.

그들은 문어를 만나기 위한 준비작업으로 세면대에서 손을 씻었다. 박물관 측은 손님들을 위해 수건을 새것으로 바꿔놓은 터였다.

드디어 그들은 12,000ℓ의 물이 담긴 루디의 아쿠아리움에 도착했다. 빌 제이콥스가 이미 아쿠아리움의 육중한 철제 덮개를 열고 그 옆에 생선이 담긴 알루미늄 쟁반을 준비해놓았다. 사이* 몽고메리는 고등어 한 마리를 집어 들고 물속에 헹군 후 아쿠아리움 수면 위로 내밀었다. "어디 있니?" 그녀가 루디를 불렀다. 그러자 곧바로 문어가 나타났다. 흔히 머리라고 부르는 문어의 몸통은 멜론 정도 크기였고 수면 바로 밑에 있었다. 문어 다리는 최소한 1m는 되었고 그 길이만큼 무게도 무거워 보였다. 그러나 다리가 계속 유연하게 움직이면서 마치 고무줄처럼 늘어났다 줄어들었기 때문에 정확한 길이를 가늠하기 어려웠다. "루디

---

* 농어의 일종.

는 어린 암컷입니다." 사이 몽고메리가 말했다. 루디는 처음엔 흥분한 듯 활짝 펼친 몸이 주황색으로 바뀌었다. 문어는 몽고메리의 손으로 다가와 고기를 낚아채더니 하얀 빨판이 붙어 있는 발로 그녀의 팔을 감았다. 다른 다리 세 개는 벌써 아쿠아리움 가장자리를 타고 넘어와 있었다. 몽고메리는 오른팔을 문어 다리에 꽉 감긴 채 루디의 머리를 쓰다듬어주었다. 그녀가 만져주자 문어의 몸 색깔이 흰색으로 변했다.

푸틴은 이 모습을 보며 미소를 지었다.

문어는 연체동물에 속하여 세팔로포드, 즉 두족류이다. 동물 진화의 역사를 살펴보면 5억 년 전에 초기 연체동물과 초기 포유류는 분화되었다. 인간과 문어는 유사한 점도 있지만 매우 상이하다. 5억 년이 지난 지금은 공통점을 거의 찾아볼 수 없다.

인간과 같은 점이 하나 있다면 호기심이 많다는 것이다.

인간의 기준에 따르면 문어는 지능이 높고 장난스러우며 호기심이 많은 동물이다. 갇혀 있는 상태에서 정수시설의 작은 틈을 비집고 옆에 있는 수조로 들어가 먹이를 다 먹어 치운 다음 또다시 다른 수조를 넘어가는 것을 보면 문어는 매우 주도면밀하게 행동한다는 것을 알 수 있다. 문어에게 그런 것쯤은 아주 쉬운 일이다.

문제는 문어에게 인간의 척도를 적용할 수 있는지, 종의 구분을 넘는 의사소통과 같은 것이 가능하느냐는 것이었다.

"한번 만져보시겠어요?" 사이 몽고메리가 푸틴에게 말했다. 푸틴은 재킷을 벗고 셔츠를 걷어 올렸다.

"시계와 반지도 벗어야 합니다. 문어는 부지불식간에 그것을 빼낼 수 있거든요." 푸틴은 몽고메리의 말을 따라 처음에는 오른손으로 작은 빨판을 만져보았다. 겉으로 보기에는 가볍게 움직이던 루디의 다리 하나가 신기한 듯 푸틴의 손가락을 향해 뻗었다. 문어의 빨판이 푸틴의 피부에 닿더니 그의 팔을 완전히 감아버렸다. 푸틴은 문어가 그를 만지고 느끼는 것을 조심스럽게 보고 있었다. 루디는 계속 물고기를 받아 빨판에서 빨판으로 전달하여 입에 넣으면서 한쪽 눈으로는 두 사람을 살피고 있었다.

"문어는 피부 전체로 맛을 느낄 수 있습니다." 몽고메리가 말했다. "빨판은 엄청난 무게도 들어 올릴 수가 있어요. 빨판 하나가 15kg을 들어 올릴 수 있고 여덟 개의 다리에는 각각 200개의 빨판이 있습니다." 문어가 여덟 개의 다리를 한꺼번에 사용하면 어마어마한 힘을 발휘한다.

그러나 문어는 얌전하고 순한 동물이다.

"루디는 대통령님을 만지고 더듬으면서 관찰하고 있어요." 몽고메리는 이렇게 말하고 충분한 설명을 했다고 생각했는지 더 이상 아무 말도 하지 않았다.

"문어가 나를 좋아하는 건가요?" 잠시 후에 푸틴이 물었다.

"무슨 이유인지는 모르지만 문어는 대통령님의 팔을 저의 팔이라고 생각하고 있습니다. 문어는 개체마다 달라서 어떤 문어는 사람들과 가깝게 지내지만 그렇지 않은 문어들도 많아요. 그리고 사람들에게 친밀한 문어도 경우에 따라서는 특정한 사람을 싫어하기도 합니다. 담배 피우는 사람을 문어는 싫어하지요.

그리고 대통령님이 문어를 무서워하면 문어도 호감을 보이지 않아요. 해치거나 공격하진 않겠지만 그렇다고 대통령님에게 오래 붙어 있지도 않아요. 문어도 두려움을 느끼는 거지요. 질문에 대답해드릴게요. 루디는 지금 자기가 대통령님을 좋아해도 되는지를 알아보고 있는 중이에요."

푸틴은 문어의 피부가 부드러우면서 비단결처럼 매끄럽다고 말했다. 그 순간 루디가 아쿠라리움의 물을 갑자기 뿜어내는 바람에 푸틴의 걷어 올린 옷소매가 젖었다. 몽고메리가 웃으며 말했다. "괜찮아요. 대통령님과 놀고 싶다는 뜻이니까요."

푸틴이 고개를 끄덕였다.

"문어의 저런 행동은 저에겐 항상 뽀뽀와 같은 예쁜 짓이죠." 루디가 푸틴을 더욱 거세게 휘감고 있는 동안 몽고메리가 말했다. 몽고메리와 빌 제이콥스는 푸틴의 팔을 감고 있는 문어의 다리를 천천히 떼어냈다.

"문어가 대통령님을 아쿠아리움 안으로 끌고 들어가지 않게 조심하세요." 제이콥스가 돌아가기 전에 다시 주의를 주었. "문어의 몸 색깔이 어떻게 바뀌는지 보셨나요?" 몽고메리가 물었다. "문어의 몸 색깔은 처음엔 흥분한 상태라 주황색이었지만 조금씩 갈색으로 변하다가 정맥 색깔이 됩니다. 그러나 빨판은 항상 흰색이지요. 그리고 문어는 포식자가 자신의 가장 취약한 부분인 머리가 어디인지 알지 못하도록 눈의 위치를 몸체 어디든지 이동시킬 수 있습니다."

그러는 동안 한 시간 반이 흘렀다.

푸틴은 거의 말이 없었다.

"하필이면 왜 문어죠?" 그제야 푸틴이 물었다. "왜 당신은 해파리나 돌고래가 아닌 문어를 연구하는 겁니까? 고릴라를 연구할 수도 있지 않나요?"

몽고메리는 잠시 머뭇거렸다. "그 동물 가운데 우리에겐 문어가 가장 생소합니다. 그러나 동시에 문어의 운명은 우리 인간과 밀접한 관계를 맺고 있어요."

푸틴이 그녀를 바라보았다.

"저는 이 동물을 만날 때마다 겸손해집니다. 문어는 바다의 상징이지요." 사이 몽고메리가 말했다. "바다는 날씨, 즉 산소에 영향을 미치는 생명의 근원입니다. 문어보다 바다의 신비함, 에너지, 필연성을 더 잘 알고 있는 존재가 있을까요? 바다는 지금 심각한 기후변화의 위기에 처해 있습니다. 온난화는 육지보다 바다에서 더 빠르게 일어나고 있지요. 문어는 민감하고 독특한 지능을 갖춘 동물로 다양한 능력을 가지고 있습니다. 그리고 독립적으로 움직이는 다리가 서로 돕기 때문에 살아남습니다. 제 생각으로는 이런 관점에서 볼 때 하나의 롤모델⋯⋯."

푸틴은 아무 말도 하지 않으면서 자신의 몸에서 떨어져 나와 제자리로 돌아가는 루디를 관찰했다.

몽고메리가 조용히 말했다. "만일 좋은 일을 위해 우리의 능력을 함께 발휘한다면 우리는 살아남을 수 있습니다. 그렇게 되면 우리는 문어의 아홉 번째 다리와 같은 기적을 만들 수 있습니다."

푸틴과 몽고메리는 다시 일반 관람석으로 돌아왔다. 그곳에서는 박물관 원장과 대표단이 기다리고 있었다. 푸틴과 몽고메리는 수조에 담겨 있던 8°C의 물 때문에 차갑게 굳어진 손으로 악수를 하며 작별 인사를 나누었다.

2022년 11월 22일, 화요일

미국, 뉴욕
《뉴욕 타임스》

살아남기 위해 우리는 변해야 한다

딘 M. 브래들리, 편집국장

추측했던 모든 것들이 사실로 드러나고 말았다. 중국과 러시아와 같은 권위주의 정권이 미국과 협력하게 된 것이다. 우리는 오랫동안 강대국들이 진지한 협상이나 접근 대신에 세계의 갈등을 고조시킨 점을 지적했다. 사람들은 그것을 감당할 수 있는 것처럼 여겼다. 적어도 세계의 엘리트 과학자들이 지금 우리가 단호한 행동을 하지 않으면 우리 삶의 토대인 자연이 종말을 피할 수 없다는 사실을 분명히 밝히기 전까지는 말이다.

우리는 위험과 기회를 평가하는 데 익숙해져 있다. 새로운 것을 제안하는 사람을 종종 순진하게 생각했고 전통을 옹호하는 사람을 현명하다고 판단했다. 그러나 이제는 모든 것이 달라졌다. 지금은 이것저것 따질 시간이 없다. *리엥 느 바 플뤼*. 어떠한 것도 제대로 돌아가지 않는다.

물론 우리는 무기와 에너지에 투자하면서 지금과 같은 시스템을 유지하기 위해 고군분투할 수도 있다. 그러나 그 승리는 피로스의 승리*와 같다. 그 이유는 현재의 정치적 상황에서는 미래가 없기 때문이다.

세상은 인간이 없이도 계속 남아 있을 것이고 우리는 2cm의 지층으로 남게 될 것이다. 따라서 우리는 너무 심각하게 생각할 필요가 없다. 지구에 인간이 살았다는 사실은 지구의 역사에서 찰나에 불과하다. 피조물을 보존하는 것은 유일신 종교만의 목표는 아니다. 그것은 유교, 불교의 과제이기도 한다.

이제 인간을 구원할 수 있는 단 한 번의 기회만 남았을 뿐이다.

인간은 자연 안에 통합되어 있으며 자연 없이 살아갈 수 없다. 긴 안목으로 볼 때 지금이 세상을 구할 수 있는 유일한 기회이다. 지금! 그리고 당장! 더 이상 불가능하기 전에.

---

* 피로스는 그리스 북부 에페이로스의 왕. 로마와의 전쟁에서 이겼지만 워낙 피해가 커서 '이겼어도 이기지 못한 전쟁'이 되었고, 이를 빗대어 승자 없는 전쟁을 피로스의 승리라고 한다.

2022년 12월 9일, 금요일

- 전 세계 -

　많은 일들은 때로 너무 엄청나서 그 일이 일어났음에도 불구하고 우리는 제대로 파악하지 못하기도 한다. 1989년 11월 9일 동독의 국민들은 갑자기 보른홀머 슈트라세에서 비자와 입국심사도 없이, 또한 그들의 삶을 두려워할 필요도 없이 서베를린으로 갈 수 있게 되었을 때, 대부분의 사람들은 역사적인 순간을 자신이 직접 체험하고 있다는 사실을 알지 못했다. 그러나 몇몇 사람들은 이것이 어떤 결과를 가져올지 이미 알고 있었다. 더군다나 그것이 새로운 역사의 장이 시작됨을 의미한다는 사실을.

　지금도 그렇다. 사람들은 마이애미 정상회담이 무엇을 의미했는지 뒤늦게야 알게 되었다. 《뉴욕 타임스》 편집국장 딘 브래들리는 세계는 지금까지 3대 강국의 균형을 잘 알고 있으며 이제는 삼두정치의 패권에 익숙해져야 한다는 사설을 썼다. 깜짝 놀랄 일이었다. 그렇다면 어떤 결과가 나타날 것인가?

　지구상의 일부 사람들에게 이것은 좋은 시절이 끝났음을 의미했다. 국가원수, 군대, 모든 직업 분야와 국가는 지금까지 가졌던 권력과 영향력 그리고 돈을 잃는다는 뜻이다. 세계 도처에서 사람들은 새롭게 선포된 위대한 평화가 그들에게는 거의 소용이 없다는 것을 알고 있었다. 예를 들면 음속보다 27배 빠르고 효율적이며 어떠한 무기로도 요격할 수 없으며 핵탄두를 장착하고 발사 후에도 방향을 바꿀 수 있는 러시아 로켓 '아방가르드'의 비밀을 캐내기 위해 수년간 러시아 군대의 누군가를 알아내고 접촉했던 미국 스파이에게는 더욱 그렇다. 이 스파이는 러시아와 미국이 핵무기를 곧 해체할 것이기 때문에 아무도 자신을 필요로 하지 않으리라는 사실을 뉴스를 통해 알게 되었다.

사이버 전쟁을 준비하고, 도청을 하거나 허위정보를 퍼뜨리고, 기업비밀을 훔치고, 꼭두각시 정부를 지원하거나 전복시켰던 정보요원은 하루아침에 적을 잃은 실업자가 되었다. 세상의 어떤 비밀정보 업무라도 혼자 하는 것이라고 믿는 건 너무 순진한 생각이었다.

비밀요원, 정치기구, 국가의 민족주의자, 거물 은행가, 중남미의 마약거래상, 아프리카의 독재자, 무기거래상. 이들은 새로운 세계질서 안에서 패자가 될 것이었다.

이 평화는 그들의 평화가 아니었다.

2100년 5월 4일, 화요일 오전

*프랑스, 파리 5구,
투르넬 강변 15번지*

아냐나는 엘리베이터 안에서 오늘 아침 다크서클이 얼마나 짙은지 거울을 들여다보았다. 그러면서 화장을 다시 할까 생각했지만 아침 식사가 끝날 때까지 그냥 두기로 했다. 미셸 집의 살롱은 어제 보았던 것보다 커 보였고 아직 아무도 나타나지 않았었다. 아쿠아리움 안의 문어는 이리저리 천천히 움직이고 있었다. 그 앞의 쟁반에는 크루아상이 놓여 있었고 커피와 오렌지 냄새가 났다.

"아냐나!" 군트라흐가 친근한 목소리로 불렀다. "잘 잤나요?" 그가 물었다.

그녀는 놀라며 군트라흐 쪽을 바라보았다.

"어제 너무 많이 마셨군요?" 군트라흐가 물었다. "아니면 얘기가 너무 길어졌나요?" 그는 어딘가 안쓰럽다는 듯 말했다.

"별 얘기 없었어요." 아냐나가 시큰둥하게 대답했다. "그냥 쓸데없는 얘기만…… 그런데 잠을 잘 못 잤어요." 그녀는 얼핏 보기에도 기분이 안 좋았다.

"무슨 어려운 일이라도 있나요?"

"인류의 대부분은 서구의 엘리트들이 저질러놓은 일을 뒤치다꺼리하며 살았지요." 아냐나의 목소리가 커졌다. "나는 당신들이 무언가를 시도하는 데 왜 그렇게 오랜 세월이 걸렸는지 도무지 이해할 수 없어요. 그리고 2025년의 그 잘나가던 시절보다 더 좋은 기회를 가질 수 있었던 때는 없었다고 봐요." 그녀의 태도는 공격적이었고 군트라흐가 감정적으로 반응할 만큼 도발적이었다.

그러나 군트라흐는 거기에 넘어가지 않았다. 그리고 그는 이런 식의 대화를 잘 알고 있었다. 이런 대화를 많이 해봤기 때문이다.

"내가 그 문제에 반평생을 몰두했다는 것을 당신도 잘 알잖아요." 그가 말했다. "내가 말할 수 있는 것은 어쩌면 당신도 이미 알고 있는 것이에요. 그때는 다른 사고방식이 지배하고 있었어요. 사람들은 오랫동안 터닝 포인트가 불가능하다고 생각했지요. 물론 그 뒤에 오긴 했지만. 변화는 어렵고 거의 불가능하다고 생각했어요."

아냐나는 한숨을 내쉬고 말했다. "2023년 인도에 최악의 대홍수가 일어났어요. 한 달 동안 수십만 명이 죽고 모든 것을 잃고 말았어요."

군트라흐는 잠시 말을 멈추었다.

그사이 미셸, 앤, 로버트, 일랴나와 자이츠가 나타났다.

"그때 얼마나 끔찍했던가 잘 알고 있어요." 군트라흐가 말했다. "나도 거기에 있었거든요."

2023년 6월 13일, 화요일

인도, 뭄바이, 다라비 메인 로드

 아킬하 티와리는 집을 나서기 전에 방 한쪽에 있는 조그만 제대祭臺로 갔다. 그녀는 노란 꽃 화환을 옆으로 치우고 조그만 코끼리상과 엄마가 자주 앉아 있던 나무 테이블 위의 엄마 사진을 챙겼다. 왜 이런 행동을 하는지는 그녀 자신도 잘 몰랐다. 그러나 무언가 전과는 달랐다.
 그날은 긴 하루가 될 것 같았다. 아이들은 방학이었다. 방학이긴 하지만 음악과 미술 수업이 있었다. 더구나 강가GANGA 사립학교 교장인 레기나 여사는 해마다 학교 건물에 일어나는 수해 복구 작업을 위해 개학 전까지 일주일에 세 번 출근하라는 지시를 내렸다. 폭풍우가 끊임없이 몰아닥쳐 지붕이 성한 날이 없었다.
 강가 학교는 뭄바이의 가장 큰 슬럼 지역인 다라비에 있었다. 뭄바이 주민의 절반이 그런 슬럼에 살았다. 아킬하는 자기가 가장 아끼는 여학생 나이카가 살고 있는 그 지역을 잘 알고 있었다. 나이카처럼 그림을 열심히 그리고 좋아하는 학생은 없었다.

그리고 아킬하가 생각하기에 나이카는 그 아이의 가족이 평생 가질 수 없는 집을 그리곤 했다. 아킬하와 남편 라훌은 다른 서른 명의 사람들과 같이 화장실과 식수를 사용했다. 나이카 가족은 그들이 사는 곳에서 가장 가까운 화장실을 가려면 거의 1km를 가야 했고 이백 명이 넘는 사람들이 그 화장실을 함께 사용했다. 물도 정수되지 않아서 사람들은 집에 가져온 물을 끓여서 사용해야 했다.

나이카의 집은 아킬하와 라훌이 사는 집처럼 방이 구분되어 있지 않았다. 그 애 가족은 염색공장의 마당에 있던 양철지붕과 판자로 지은 움막에 살았다. 이웃 사람들은 고장 난 전기기구를 분해한 부품을 파는 고물상을 운영했다.

쓰레기 더미가 쌓이는 거리마다 모든 것들이 몰려들었다. 수은과 납이 토양을 오염시키고 허공에는 플라스틱과 전선 타는 냄새가 진동했다. 낮에는 나무를 때는 화로에서 탄소가, 밤이면 기름 램프에서 그을음이 솟아올랐다.

쓰레기 더미에서 불그죽죽한 물이 거리로 흘러들었고 크롬, 납, 카듐, 구리와 아연이 지하수로 스며들었다. 그리고 금지되었음에도 불구하고 그 주변에 사는 농부들이 재배한 과일을 좌판에 놓고 팔았다. 선생님인 아킬하도 그곳에서 가끔 과일을 샀다. 그 일에 대해 남편이 잔소리를 해도 그녀는 아랑곳하지 않았다. "나는 천한 집안에서 태어났기 때문에 아무렇지도 않아요."

아킬하의 엄마 자야나는 죽는 마지막 날까지 억척스럽게 살았다. 그녀는 심각한 간질환을 앓았고 피부, 특히 손톱이 수년 동안 변색되면서 심한 고통을 겪어야 했다. 하지만 그녀는 매일 웃고 노래 불렀다. 자야나가 죽기 직전에 사람들은 그녀의 걸음걸이가 전과 같지 않다는 것을 알았다. 그녀는 결국 물동이를 이고 문지방을 넘다 쓰러지고 말았다. 쏟아져 내린 물은 방바닥과 그녀를 적셨다. 마흔 살이 채 안 된 그녀는 그날 아침 죽었다. 자야나란 이름은 승리를 가져다주는 사람이란 뜻이었다.

사실 서양에서 온 후원자들이 강가 학교를 설립하고자 했을 때 아킬하의 엄마는 그 지역에서 영향력 있는 사람이었다. 자야나는 그 계획의 책임자를 과일 시장으로 데리고 가서 그곳에 신이 살고 있고 이곳이 교장 선생님의 집무실이 될 거라고 말했다. 그 사람은 안경을 쓰고 있었고 뚱뚱한 체격에 땀을 많이 흘렸으며 손에는 가네샤*의 형상이 새겨져 있었다.

학교가 처음 문을 열었을 때 자야나는 학교를 구경할 수 있었다. 그 당시만 해도 아직 젊었던 교장 선생님인 레기나 여사는 그녀에게 작은 코끼리 신상을 선물로 주었.

엄마와 일, 그리고 그녀의 모든 삶을 묶어준 그 코끼리상을 아킬하는 지금도 주머니에 넣고 다닌다.

2023년 6월의 어느 날 아침, 아킬하는 학교에 가려고 버스 정거장으로 갔다. 그리고 땋은 머리에 항상 즐거운 표정의 프리티와 그림을 잘 그리는 나이카를 만났다.

몬순이 막 시작한 때였고 해마다 그렇듯 비가 내린 덕에 가

---

* 인도 신화에 나오는, 인간의 몸에 코끼리 머리 형상을 한 신.

몸이 해소되고 무더위가 한풀 꺾였다. 사람들은 금년 농사도 무난할 것이라고 생각했다. 그리고 비로 인해 무언가 깨끗이 씻겨 내려간 느낌도 받았다. 몬순은 인도 사람들에게 하나의 신과 같았다.

뭄바이에는 2천만 명이 살았다.

그러나 몬순은 그들에게 카오스를 의미하기도 했다. 많은 사람들이 여러 날 일하러 갈 수가 없었고 자동차와 집들은 물에 휩쓸려 떠내려가고 사람들이 죽기도 하였다. 벌써 수십 년간 반복적으로 일어나는 일이었다. 홍수 피해는 해마다 조금씩 커져만 갔고 부유층이 사는 지역까지 미쳤다.

버스 정거장에 사람들이 점점 많아져서 버스는 콩나물시루가 될 것 같았다. 그럼에도 아킬하는 지각하지 않기 위해 버스를 탈 수만 있다면 다행이라고 생각했다. 비가 오는데도 아이들이 길 위에서 이리저리 뛰어다니며 놀고 있었다. 사람들은 버스를 기다리면서 이야기를 나누며 웃고 떠들었다.

마침내 기다리던 버스가 왔다. 아킬하는 마지막에 겨우 버스 안으로 비집고 들어갔다.

그리고 조금 뒤 장대비가 쏟아져 내렸다.

순식간에 온통 물바다가 되었다. 도로에 이렇게 많은 물이 넘쳐난 건 전에 없던 일이었다. 버스는 가까스로 물살을 가르며 움직이고 있었지만 결국 얼마 못 가 멈추고 말았다. 수백 명의 사람들이 거리로 몰려나와 피할 곳을 찾고 있었다. 아스팔트 포장도로에는 허리춤까지 물이 차올랐다.

버스에 탄 사람들은 물이 버스 안으로 밀려 들어오자 당황하여 재빨리 버스 밖으로 탈출하거나 휴대폰으로 비상 전화를 하거나 문자를 보냈다.

그러나 아킬하는 매년 반복하여 일어나는 몬순과 같은 카오스에 전혀 당황하지 않았다. 그녀는 어머니로부터 자신감과 강인함을 물려받았다고 남편 라훌에게 자주 말하곤 했었다.

"우리 집 식구들은 악바리 근성이 있어요."

버스 밖으로 물이 차올랐다. 아킬하는 한 손을 배에 얹었다. 아기에겐 아무 일이 없는 듯했다. 세상에 무슨 일이 일어나도 상관없었지만 배 속의 아이만큼은 아무 탈 없이 잘 자라기만을 바랐다.

"완전히 무너졌다고?" 아킬하 바로 옆에 있던 남자가 전화기에 대고 소리쳤다.

"얼마나 많은 집들이? 사람들도 다쳤어?" 다른 사람들이 외치는 소리도 들렸다. 아킬하는 전화기를 손에 들고 남편의 전화번호를 눌렀다. 하지만 라훌은 받지 않았다. 그녀는 버스에서 빠져나와 집으로 가야 한다고 생각했다. 거센 폭풍을 뚫고 가야만 했다. 그녀에겐 평소 이상의 용기가 필요했다. 마침내 아킬하는 다른 몇 사람과 함께 버스 밖으로 나왔다. 그 순간 배 속의 아기가 움직이면서 발로 차는 것이 느껴졌다. 그녀는 물을 헤치고 나아가기 좋게 치마를 걷어 올리고 한 손으로 배를 보호했다. 그러는 동안 다시 전화 통화를 시도했다. 남편은 여전히 전화를 받지 않았다. 전화통신망이 과부하된 상태인지도 몰랐다. "할 수 있어."

혼잣말을 하며 한 걸음을 움직였다. "할 수 있어." 또 한 걸음을 움직였다. "나는, 할 수 있어!" 그렇게 그녀는 앞으로 나아갔다.

한 시간 이상을 걸어서 아킬하는 쓰레기가 산더미처럼 쌓여 있는 그녀의 동네에 도착했다. 쓰레기 더미에서 졸졸 흐르던 물이 급류로 변해 있었다. 플라스틱 조각, 비닐봉지, 커다란 박스, 나뭇조각, 문짝이 떠내려오고 전봇대가 쓰러지고 길은 이미 강으로 변해 건너가기가 불가능했다. 이런 급박한 상황에서 남편은 전화를 받을 수 없었을 것이다. 라훌은 쓰레기 더미 근처에서 일하는 기술자였다.

아킬하는 교차로 근처의 약간 높은 지대에 서 있었다. 앞에는 건널 엄두조차 낼 수 없는 거센 물이 흐르고 있었다. 조금 더 지체한다면 집에 갈 수 없게 될 상황이었다. 그녀는 배 위에 손을 얹었다. 지금 자신이 보고 있는 것이 꿈인지 생시인지 알 수 없을 정도로 실감 나질 않았다.

슬럼가에서 나온 천 쪼가리가 물에 둥둥 떠내려갔다. 아킬하는 둥둥 떠내려가는 것이 당연히 천 쪼가리일 것이라고 생각했다.

그러나 그녀는 곧 그것이 나이카임을 알았다. 그 아이는 얼굴을 위로 한 채 떠내려가고 있었다. 아이의 눈은 초점을 잃고 피부는 창백했다. 이미 죽은 것이었다.

그 순간 아킬하는 주머니에 손을 넣었다. 작은 황금빛 코끼리와 물에 흠뻑 젖은 사진이 손에 잡혔다. 그녀는 그것을 만져보는 것만으로 족했기 때문에 주머니에서 꺼내지는 않았다. 그러면서 이곳을 언젠가 반드시 다시 찾아올 것이라고 다짐했다.

   그리고 이 불행을 끝내기 위해 무언가 해야 한다고 생각한 순간 물살이 더 이상 버틸 수 없을 정도로 거세졌음을 깨달았다. 그새 덮쳐온 물살에 그녀도 떠내려가기 시작했다. 온통 물바다였고, 무언가 딱딱한 것에 부딪쳤다. 돌담이었다. 그녀는 돌담에 매달려 가능한 한 위로 계속 기어 올라갔다. 이곳에서 살아남을 수 있는 기회는 이번뿐일 것이었다. 그리고 어떻게든 기차역으로 가야만 했다.

   "우리는 악바리 근성이 있는 사람들이란다." 아킬하는 배 속의 아이에게 말했다.

2100년 5월 4일, 화요일

프랑스, 파리 5구,
투르넬 강변 15번지

"인도의 인프라는……" 아냐냐가 말했다. "최악이에요. 뭄바이 같은 도시의 하수도 대부분은 식민지 시대에 만들어진 것이지요. 생활 오수도 충분히 정화되지 않고 있어요. 작은할아버지가 하수도 수리공이었는데 그는 아무런 장비 없이 겨우 쇠고리 하나만 가지고 일을 했어요. 길거리에 버려진 쓰레기로 인해 배수로가 막히고 비가 오면 더욱 심해지죠. 그 때문에 순식간에 심각한 홍수가 된 거예요."

인도 여인의 눈빛은 더 어두워졌고 흰자위만 하얗게 빛났다.

"사람들은 왜 그렇게 위험한 짓을 계속하고 있는 거죠?" 앤이 물었다. "그러면 쓰레기는 제대로 처리하나요?"

"쓰레기 처리할 시스템을 제대로 갖추지 못했는데 어떻게 그것을 할 수 있겠어요. 그 사람들은 아직도 하이테크 요리와 유기비료 로봇을 가지고 있지 않아요." 그녀는 미셸의 주방을 가리키며 말했다. "그들은 어디로 오물을 치워야 할지 전혀 몰랐어요."

앤은 어깨를 움찔했다.

"그러면 정부는 뭘 했나요?" 미셸이 끼어들며 물었다.

"그거야말로 정말 어려운 질문이네요."

아냐나는 곧바로 대답하려는 충동을 잠시 억눌렀다.

그러자 군트라흐가 그녀를 거들었다.

"아냐나가 대답하기엔 너무 복잡한 문제입니다." 그가 말했다. "쓰레기는 벌써 수십 년 전부터 문제가 되었지요. 하지만 많은 인도 사람들은 쓰레기를 모으거나 재생하는 일로 생계를 유지하고 있어요."

"서양에서 온 쓰레기가 가장 많았어요." 아냐나가 군트라흐의 말을 잘랐다. "그 당시에 대부분의 쓰레기를 배출하던 사람들은 북미와 유럽 사람들이고 그들은 가난한 나라에서 쓰레기 하치장을 찾았어요."

자이츠가 중얼거리듯 말했다. "2020년에 소위 산업국가의 인구는 지구 전체 인구의 17%였는데 이들이 세계 쓰레기의 45%를 쏟아냈지요. 쓰레기의 양은 세계 인구보다 여섯 배나 빨리 증가했어요. 그리고 유럽국가 대부분의 쓰레기는 다른 나라에서 처리했어요. 독일만 하더라도 해마다 15만 톤의 전자제품 폐기물과 34만 톤의 플라스틱 쓰레기를 수출했어요. 2017년까지 유럽의 쓰레기는 대부분 중국으로 수출되었는데 2018년부터는 아시아, 아프리카, 남아메리카로 수출했어요. 중국도 지금은 환경보호법을 시행하고 있어요."

아냐나는 그제야 자기가 대답할 차례라는 것을 느꼈다. "특히 말레이시아, 인도네시아, 인도가 이제 새로운 쓰레기 수입국입니다. 그리고 이 나라들의 많은 사람들에겐 새로운 환경보호법은 끝장났다는 것을 의미하지요." 아냐냐가 말했다. "당신의 아버지가 조그만 가죽공장을 운영하고 있다고 한번 생각해봐요. 해마다 사업이 번창해서 당신과 당신의 다섯 형제를 먹여 살리고 당신에게 일자리와 미래를 보장해줘요. 당신은 학교도 다니지 않았고 특별한 직업교육도 받지 못했어요. 그런데 물이 오염되어 어느 날 갑자기 공장문을 닫게 된다면 어떻게 먹고살아야 할까요? 그런 사람들은 이제 전혀 대책이 없는 셈이 되는 거죠."

"그런데다 홍수도 잦아지면…… 그렇지 않은가요?" 미셸이 조용히 물었다.

"맞아요." 아냐냐가 말했다. "2023년 6월 어느 날 뭄바이에는 평소의 세 배가 넘는 호우가 내렸어요. 다라비에 1,200mm가 내렸지요."

"사람들에게 익숙했던 몬순은 기후변화로 인하여 어마어마한 재앙이 되고 말았어요." 군트라흐가 설명했다. "바다 위의 더운 공기가 엄청난 수분을 빨아들인 다음 육지로 이동하여 폭우를 쏟아붓습니다."

"게다가 배기가스가 온도를 상승시키고 이로 인해 더 많은 비가 쏟아지지요. 지역에 따라 차이는 있지만 이것은 이미 잘 알려진 사실입니다." 로버트가 말했다.

"맞습니다." 자이츠가 맞장구를 쳤다. "베이징 중국 과학자학회는 2019년에 이미 그것을 증명했습니다. 온도가 1°C 상승할 때마다 인도와 파키스탄에서 강수량이 8% 증가하고 남아메리카에서는 지역에 따라 25%까지 증가한다고……."

로버트는 군트라흐와 자이츠를 바라보며 말했다. "그런데 왜 아무런 시도도 하지 않았던 거죠?"

"저의 할머니도 바로 그 점을 궁금해했어요." 아냐나가 말했다. "할머니가 홍수로 큰 고통을 겪을 때 말이에요."

2023년 6월 13일, 화요일

브라질, 상파울루

망아지는 태어나서 두 시간 정도 지나면 혼자 일어나 걸을 수 있다. 그리고 얼마 후면 어미를 따라 초원 위를 달린다.

열한 살에 피아노와 바이올린 연주를 완벽하게 섭렵한 볼프강 아마데우스 모차르트는 오라토리오 <첫 계명의 의무>를 작곡했다. 208페이지에 달하는 이 성극에는 교향곡, 7개의 아리아와 3중창곡이 들어 있다.

망아지이든 음악 천재이든 우리들 가운데 많은 이들이 뛰어난 능력을 지니고 있다. 그들이 이런 능력을 가진 것은 운명이고 또 숙명이다.

히카르두 다 실바의 경우도 비슷했다. 그의 초원은 주방이었으며 그의 알레그로, 안단테, 아리아는 허브, 야채, 견과류, 버섯, 페이스트, 곡물과 국수의 향과 밀도로 만들어졌다. 요리는 그의 숙명이었다.

그러나 히카르두 역시 하나의 장애물을 뛰어넘어야 했다. 바로 출생 신분이라는 장애물이었다. 히카르두는 상류계층의 가정에서 태어났다. 그의 집안은 상파울루의 아주 오랜 전통을 지닌 부유한 가문이었다. 이런 가문의 자식들은 정치에 입문하거나 기업가가 되었고 아주 예외적인 경우 유명한 예술가로 활동했다. 그러나 요리사가 되는 사람은 없었다. 직접 음식을 해 먹는다는 것은 터무니없는 일이며 때로는 창피스러운 일로 여겼다. 수치스러운 일이었다.

히카르두의 아버지는 외교관이었다. 그는 브라질 외무부에서 빠르게 승진했다. 그리고 지난 27년 동안 아시아의 태국, 일본, 중국에서 대사로 활동했다. 그는 잘생기고 거만했으며 안목이 있으면서 외교적으로 능숙했고 언어적 재능이 뛰어났다. 막내인 히카르두는 아버지의 훌륭한 재능 가운데 오로지 언어적 재능만 물려받았다.

히카르두는 포르투갈어는 물론, 직업상 필요한 영어뿐 아니라 태국어와 중국어도 할 줄 안다. 그의 만다린어 실력은 거의 모국어 수준이다. 그러나 히카르두가 브라질 사람이란 것을 아는 사람은 거의 없었고 그도 외국어 실력을 자랑하지 않았다. 그에게 언어는 단지 요리의 비밀로 통하는 문이었을 뿐이다. 그는 말하기 위해서가 아니라 그 말 속에서 요리를 하고 싶었기 때문에 중국어를 배웠다.

다 실바 대사 가족은 끊임없이 손님을 초대하여 파티를 열고 음식을 제공했다. 집에서도 자주 그런 일이 있었다. 한번은 대사관저의 파티를 위해 요리사가 왔는데 그는 중국인 수석요리사 다추였다. 첫 만남 때부터 히카르두는 그를 좋아하며 따랐다. 히카르두가 열 살이 채 안 되었을 때였다. 삼형제 가운데 막내였던 히카르두는 테니스나 학교 성적이 뛰어난 형들에 비해 스포츠와 학업에 관심과 재능이 없었으며 죽도록 지루하기만 했다.

형들이 냉장고에서 콜라를 꺼내러 가는 것 말고는 거의 발길을 하지 않는 곳, 엄마가 요리사들에게 지시를 내리기 위해 들르는 것 말고는 거의 가지 않는 유일한 곳인 주방에서 히카르두는 자신의 열정을 채워갔다.

히카르두는 다추가 겨우 한두 명의 보조 요리사를 데리고 오륙십 명의 손님을 위한 음식을 준비하는 모습을 살펴보았다. 그리고 그들이 자신에게 조그만 일이라도 시키면 너무 행복했고 거기서 일어나는 모든 일을 꼼꼼히 눈여겨보며 하나도 놓치지 않았다.

그는 묻고 또 물었다. 다추는 그에게 '웨이 셴머* 꼬맹이라는 별명을 붙여주었다.

학업을 마친 히카르두는 여행을 떠났다. 방콕, 청두, 오사카의 레스토랑에서 요리를 배웠고 바르셀로나의 오리올 바르셀로, 홍콩의 바오 유람 레스토랑에서도 일했다. 그러면서 그는 이제 비교적 단순한 브라질 요리도 등한시하지 않았다. 삐까냐,** 비계가 있는 꼬리 고기, 닭 염통, 소 우둔살, 슈하스코***는 요리법이 항상 똑같았다.

그러나 아시아 요리, 특히 중국요리는 깊이가 있고 심오했다.

히카르두는 중국에서 가장 들어가기 어렵다는 최고의 요리학교 산둥 지방의 란시안 학교에 입학했다. 그는 8대 중국요리인

광둥, 쓰촨, 안후이, 산둥, 푸젠, 장쑤, 후난, 저장 요리를 배웠고 수석으로 졸업했다.

  졸업 후에 그는 브라질로 돌아가기로 결심했다. 브라질은 그에게 영원한 고향이었다. 부모님은 이미 돌아가셨고 형제들과 더 이상 소식도 주고받지 않았다. 그는 서른세 살의 젊은 나이였고, 요리를 하면서 새로운 음식을 만들어보고 싶었다. 그러면서도 레스토랑을 열 생각은 없었다. 레스토랑 운영에 대한 책임감, 다달이 벌어야만 하는 고정비용, 멍청한 웨이터, 건달 같은 바텐더, 무식한 손님, 이런 모든 것이 싫었다. 그는 무언가 다른 것을 하고 싶었다.

  그가 선택한 도시는 1554년 사도의 개종을 기념하기 위해 건설된 바오로 성인의 도시 상파울루였다.

---

* '무엇 때문에, 왜, 어째서'라는 뜻.
** 브라질에서 소고기의 우둔 부위로 만든 슈하스코나 스테이크.
*** 두툼하게 썬 쇠고기, 돼지고기, 양고기 따위를 긴 쇠꼬챙이에 꿰어서 숯불에 구워낸 요리. 브라질의 대표적인 음식.

2023년 6월 14일, 수요일

러시아, 랴잔, 모스크바 남동쪽 200km
영광스러운 조국 수호를 위한 방위센터

    러시아 연방 육군 원수 보리스 미하일로비치 비코프는 성 조지 백색 십자훈장과 러시아 대조국 공훈훈장을 받았으며 민스크와 부쿠레슈티 대학의 명예박사이다. 도로를 차단한 덕에 그는 속도를 거의 줄이지 않고 방위센터의 지하주차장에 도착했다. 아침 5시가 조금 지난 때였다. 공식 일정은 한 시간 뒤에 있었다. 그러나 비코프는 일찍 서둘렀다. 그는 무엇보다도 남들 눈에 띄고 싶지 않았다. 지나치게 열성적인 영관급 장교들과 장성들은 물론 일찌감치 도착할 수도 있었지만 그리 많지는 않았다.
    비코프는 자기 명패가 세워진 전용 주차구역에 차를 세웠다. 그곳 바로 옆에 엘리베이터가 있었다. 엘리베이터가 가까운 주차구역일수록 계급이 높은 것을 의미했다. 그리고 그것은 승진할 때마다 문제가 되었다. 승진한 사람을 위해서 새로운 주차 공간을 할당해야 했고 그렇지 못한 사람은 다른 공간으로 밀려났다. 그때마다 주차라인을 새로 그리고 명패를 다시 만들어 설치했다. 비코프의 주차구역은 오래전부터 그의 전용이었다. 그리고 그가 어떤 일을 했는지 알아내지 못하는 한, 그 누구도 그를 자리에서 내려앉힐 수 없었다. 만일 그렇게 된다면 그는 전용주차장 말고도 많은 것을 잃게 될 것이었다.

비코프는 차에서 내린 후 문을 잠그고 주차장에서 잠시 시간을 보냈다. 그는 보안 카메라의 촬영 각도를 잘 알고 있었다. 차 주변을 돌다가 타이어를 바라보고 나서 재빠른 걸음으로 카메라 시야에서 사라졌다.

비코프의 자동차는 가즈-24 '볼가'라는 올드 카였다. 그 차는 '조국 군대의 시험공장 38'에서 네 대밖에 제작되지 않은 수제 자동차였다. 한때는 위대한 당서기장 레오니트 브레즈네프*도 이 차를 타고 시찰을 다녔다. 비코프가 생각하기에 조국을 배신했지만 뭐라 말하기 어려운 안드로포프**와 고르바초프*** 훨씬 이전 일이었다. 이에 대하여 당 수뇌부에서는 암시적으로만 이야기했다.

육군 원수로서 비코프는 세계의 어느 자동차라도 타고 다닐 수 있었지만 그가 굳이 이 차를 선택한 이유는 많은 것을 의미했다. 이 차는 역사와 전통을 의미했고 권력을 상징했다.

지하주차장이 있는 방위센터는 랴잔 교외에 있었다. 모스크바에서 남동쪽으로 약 200km 떨어진 랴잔 주였다. 이곳은 크렘린에 자리 잡은 러시아 국방부 소속의 보잘것없는 기관에 불과

---

* 1964-1982년까지 제5대 소비에트 연방의 공산당 서기장.
** 1914-1984. 소비에트 연방의 6대 지도자.
*** 소비에트 연방의 서기장으로 1990년 최초의 대통령으로 선출.

했지만 사실 그것은 위장이었다. 이곳은 러시아 군사기구의 심장이었으며 실제로 가장 중요한 전략, 전술, 무기 구매, 작전 등을 준비했다.

푸틴이 중국, 미국과 함께 협력을 시작하려는 지금도 마찬가지이다. 이 협력은 군사적 영향을 미칠 가능성이 매우 높았다.

비코프는 푸틴을 잘 알고 있었으며 푸틴의 가장 가까운 측근 중 한 사람이었다.

두 사람은 1994년 2월 함부르크에서 처음 알게 되었다. 당시 푸틴은 KGB 요원이었지만 권력과는 거리가 먼 인물이었다. 독일어를 할 줄 알았던 푸틴은 상트페테르부르크의 대표자라는 공식 직함을 가지고 함부르크에 우호사절단으로 방문 중이었다. 비코프도 우연히 시청사에서 있었던 행사에 함께했다. 그는 당시에 육군 중장이었다. 환영식이 끝난 후의 저녁 만찬을 비코프는 아직도 잊지 않고 있다. 생선요리와 보잘것없는 캐비어를 함부르크 시장은 자랑스럽게 소개했지만 '랍스카우스,'* 청어로 장식한 고기 요리, 달걀프라이, 레드비트는 비코프의 입맛에 전혀 맞지 않았다. 그 생각을 하면 지금도 고개를 절레절레 흔들게 된다.

푸틴은 함부르크에서 문제를 일으켰다. 에스토니아 대통령은 러시아의 세력 확장을 경고하는 연설을 했었다. 그러자 푸틴은 버럭 화를 내며 일어나 냅킨을 바닥에 던지고 큰 소리로 욕하며 회의장 밖으로 나가버렸다.

비코프는 푸틴의 그 모습이 아주 특별한 인상을 주었다고 생각했다. 그러나 어디까지가 진심이고 어디까지가 연기였는지 푸틴은 지금도 자세히 말하지 않았다. 그때 비코프도 푸틴을 따라 나갔다. 그리고 그를 진정시켰다. 두 사람은 뢰딩스마르크트에 있는 술집으로 갔고 그것이 서로 가까워지는 계기가 되었다.

그러나 지금은 비코프에게 모두 지난 일이었다.

그는 지하주차장의 어두운 구석으로 갔다. 잡동사니가 쌓여 있는 뒤쪽에 녹슨 철문이 있었는데 철문의 두께가 6cm나 되었다. 비코프는 셔츠에서 열쇠를 꺼내어 문을 열었다. 어둡고 좁은 계단이 아래쪽으로 나 있었다.

비코프는 지하주차장에서 지하로 3층을 더 내려가 으스스한 방 안으로 들어섰다. 그 방은 1m 90cm 키의 비코프가 고개를 숙여야 할 정도로 천장이 낮고 비좁았다. 방 안엔 담배 연기가 가득했고 이른 아침인데도 실내공기는 무겁고 어두웠다.

네 명의 남자가 낡은 팔걸이의자에 앉아 있었고 한 자리가 비어 있었다. 갓도 씌우지 않은 전등이 천장에 매달려 있었고 그 바로 밑으로 삐걱거리는 테이블 위에는 '뱀' 사가 만든 사모바르**인 '우랄 III' 모델이 놓여 있었다.

이 모임의 이름 '우랄 III'는 바로 이 사모바르의 이름에서 따온 것이었다. 우랄 III는 군 수뇌부의 비밀모임이었다. 그들은 몇 해 전부터 그들의 관심을 협의하고 관철시키기 위해 모였다. 그들은 그 방법을 알고 있었으며 무제한의 권한이 주어졌다. 그러나

---

* 선원들이 즐겨 먹던 스튜 요리.
** 러시아에서 찻물을 끓일 때 쓰는 주전자.

이번에는 매우 심각한 문제를 모의하기 위해 모였다.

그것은 푸틴을 축출하는 일이었다.

다섯 사람은 국가원수의 새로운 정책에 반대하기로 맹세했다.

특히 비코프가 주도적이었다. 5성 장군 비코프는 기후재앙이나 생태계의 위기를 믿지 않았다. 그는 오로지 러시아의 군대를 믿었다. 나폴레옹이나 히틀러 때문에 러시아가 위기에 처했을 때마다 조국을 구한 것은 항상 군대였다.

보리스 미하일로비치 비코프에게 러시아는 국가에 둘러싸인 하나의 군사기관이었다. 푸틴이 적들과 동맹관계를 맺으려고 하는 것은 비코프와 그의 동료 네 사람이 믿었던 신념에 반하는 것이었다.

"*모쉐트 나취넴?* 시작할까요?" 땅딸막한 키의 해군제독 사샤가 물었다. 그의 견장에는 빨간 바탕의 검은 닻 안에 세 개의 금색별이 번쩍였다.

"*다.*"* 비코프가 대답했다.

"*하라쇼.*"** 사샤가 말했다. 그들은 계획을 다 세울 때까지 아무도 방을 떠날 수 없었다. 그것이 룰이었다.

*

네 시간 후 제일 먼저 비코프가 방에서 나온 후 다른 네 사람도 30분 간격으로 그곳을 떠났다. 비코프는 어느 정도 자신감과 확신이 있었다.

구체적이진 않았으나 그들은 계획을 수립했고 그것을 위해서는 지원 세력이 필요했다. 그들은 시진핑을 둘러싼 권력의 중심에도 모스크바나 랴잔에서처럼 3대 강국 동맹에 대한 저항 세력이 있음을 알고 있었다.

그들은 우선 정보를 수집하고 중국 정부의 수뇌부에서 최소한 한 사람의 지원 세력을 찾아야 했다. 땅딸막한 해군제독 사샤는 베이징에서 여러 해 근무했었으며 중국 정부의 한 사람을 알고 있었다. 그 사람은 한 부처의 차관이었고 사샤는 그와 암호문의 형식으로 접촉할 생각이었으며 그 차관은 사샤의 메시지를 이해하고 관심을 갖게 될 거라고 생각했다. 하지만 그 반대의 가능성도 없지 않았다.

비코프는 그날 저녁 사우디아라비아로 가기를 자청하고 나섰다. 홍해의 항구도시 제다에서 사우디아라비아가 주최하는 무기박람회가 열리기 때문이었다. 제다에서는 무기박람회가 열리고 있었고 거기에 전시된 권총 가운데 SIG P210은 세계 최고였다. 사우디는 그 박람회를 위해 많은 돈을 투자했다. 총기 전시와 시연은 사막에서 행해졌고 구체적인 장소는 행사 직전에 발표되었다. 참가자들은 여전히 풍부한 석유달러의 영향으로 호화로운 대접을 받았다. 밤이면 안전가옥에서 고급 매춘부들과 술을 마시며 호화로운 파티를 즐겼다.

---

* '네'라는 뜻의 러시아어.
** '좋아요'라는 뜻의 러시아어.

이들과 중국인이 서로 동맹을 맺는 것은 불가피했다. 시진핑은 푸틴과 동맹을 맺었고 적은 이제 새로운 친구가 된 것이다.

비코프는 제다에서 중국인 연락책을 만날 수 있기를 바랐다. 그리고 그 일이 어떻게든 성사될 것이라고 생각했다.

비코프는 한 번에 두 계단씩 올라 3층까지 올라갔다. 계단을 다 올라오자 숨이 찼다. 그는 예순 살이었고 보기와는 달리 운동을 많이 했었다. 유도 4단인 그는 대대 유도교관이기도 했다. 한때는 푸틴과 겨루어 이긴 적도 있었다. 그는 다시 한번 푸틴과 붙어보고 싶었다.

2023년 6월 14일, 수요일

사우디아라비아, 제다, '파크 하얏트 마리나'

홍해의 항구도시 제다는 관광객이 몰리는 도시는 아니었지만 알 쿠르나이시 로드에 위치한 '파크 하얏트 마리나' 호텔에서 바라보는 경치는 매력적이었다.

최상층의 로얄 스위트룸 투숙객은 숨이 멎을 만큼 아름다운 야경을 만끽할 수 있다. 멀리 서쪽으로 일몰의 경관과 반짝이는 홍해의 수면, 수평선 위로 아랍의 전통적인 고기잡이배와 해적선으로 쓰이던 삼각돛을 단 작은 다우*가 오가는 것을 볼 수 있다. 물론 지금은 더 이상 생계를 위해 고기를 잡는 어부나 끔찍한 해적을 볼 수는 없다. 알 사우드 가문의 만 명의 왕자 가운데 한 명인 칼리드 왕자가 관광객들에게 매력적인 장소를 보여주기 위해 고안한 모터보트가 간간이 다닐 뿐이다.

로얄 스위트룸은 면적이 200㎡이고 전용 엘리베이터와 헬스장이 딸려 있다. 사우디인들은 서비스 업종에서 일을 하지 않기

---

* 홍해와 인도양에서 널리 사용되던 전통 선박.

때문에 터번을 쓴 세 명의 인도인이 룸서비스를 하며 어떠한 요구도 24시간 내내 가능하다.

*

밥 올루푼밀라요는 야생딸기를 주문했다. 그는 야생딸기를 좋아했다. 야생딸기는 유럽이나 미국의 슈퍼마켓에서 볼품없는 바구니에 담아놓고 파는 맛도 없고 물기만 많은 과일이 아니라 완두콩만 한 크기였지만 향이 기가 막혔다.

올루푼밀라요는 커다란 창가에 앉아 한낮의 빛에 물든 바다를 바라보는 가운데 '모엣&샹동 임페리얼 브뤼' 반병을 마시며 마데이라에서 공수한 야생딸기를 먹었다. 그는 샴페인과 딸기가 서로의 향기를 더욱 풍부하게 해준다는 것을 잘 알고 있었다. 그의 얼굴이 환하게 빛났다.

보트와 서비스 추가 요금을 포함한 로얄 스위트룸은 하루에 8,900달러였다. 밥 올루푼밀라요에게 엄청난 가격은 아니었지만 그만한 가치가 있는 투자이기도 했다.

올루푼밀라요는 서른여덟 살의 나이지리아인이다. 그는 198cm의 키에 피부는 푸른빛이 돌 정도로 검은색이며 몸무게 120kg의 근육질 체구를 가졌다. 그의 몸과 얼굴에는 모두 21개의 흉터가 있다. 그는 아직도 치아가 모두 건강하고 6억 달러에 달하는 미화, 채권, 금, 보석, 부동산을 소유하고 있다.

올루푼밀라요는 대박 아니면 쪽박을 차는 업계에서 일했었다. 그러나 지금까지 망해본 적이 없었다.

그는 세계에서 가장 큰 무기상 가운데 한 사람이었다.

사실 그의 이름은 '밥'이 아니라 부브카르였다. 그가 국제 무기 시장에 뛰어들었을 때 이름을 부르기 쉽게 밥으로 바꾸었다. '신은 나에게 기쁨을 주신다'란 뜻을 지닌 올루푼밀라요도 사실은 본래 성이 아니라 그가 찾아서 붙인 것이며 그의 원래 성은 그 자신도 전혀 모른다. 그는 라고스의 가장 오래된 슬럼 지역인 마코코의 완냐 고아원에서 자랐다. 고아원에는 깨끗한 물도, 침대도 없었고 먹을 것도 너무 부족했다. 그러나 사랑과 애정은 브루스 스프링스틴*과 E 스트리트 밴드**의 개인적 외모만큼이나 흔했다. 부브카르는 여덟 살 때 그곳을 나왔다. 그러나 모든 것이 고아원보다는 좋았다.

그는 자신의 운명을 스스로 헤쳐 나갔다.

그는 노숙자 생활을 했다. 처음에는 그리 나쁘지 않았지만 자주, 아주 빈번하게 싸워야만 했다. 그러나 그는 그것을 피할 수 없음을 잘 알았고 일찌감치 대부분의 적수들보다 훨씬 싸움을 잘하는 강자가 되었다. 올루푼밀라요와 같은 시기에 거리로 나온 많은 아이들이 죽었지만 그는 살아남았다.

올루푼밀라요가 슬럼가의 아이에서 무기상이 된 1990년대는 석유 붐과 더불어 무질서가 지배한 혼돈의 시대였다. 1983년 라

---

* 미국의 전설적인 로커, 싱어송라이터.
** 브루스 스프링스틴이 이끄는 밴드.

고스의 인구는 3백만 명 정도였으나 10년 뒤에는 두 배 이상 많아졌다. 도시는 폭발 직전이었다. 어림잡아 석유 수입의 1/3이 부정부패의 세계로 흘러들었다. 석유회사들은 관료와 정치인에게 뇌물을 주고 국가의 부를 약탈해갔다.

그 당시만 하더라도 부브카르라는 이름으로 불리던 그는 광범위한 지역에서 활동을 하는 아그베로스 갱단에 들어갔다. 이들은 협박과 납치, 강간과 강도를 일삼았고 부브카르도 이들로부터 많은 것을 빠르게 배웠다.

그의 동료들은 '레프노' 기침 시럽을 마시고 타이어 수리용 접착제를 흡입했다. 그리고 마리화나를 섞은 '몽키 테일'과 오고고로를 댓병으로 마셨다. 그들 가운데 다수가 거리에서 파는 코카인의 일종인 '스너프'를 너무 많이 들이마셔 열네 살에 벌써 코점막이 모두 헐어 있었다.

그러나 부브카르는 달랐다. 그도 마약쟁이처럼 행동했지만 실제로는 매우 신중했다. 언젠가 그는 다른 갱단에게 무기를 팔아 자기가 죽는 대신 그들이 죽을 수 있게 하는 것이 훨씬 현명하다는 사실을 깨달았다.

무기거래로 이름을 알리게 되었을 때 채 스무 살도 안 되었던 그는 여섯 명의 보디가드를 거느렸다. 그들도 거리의 아이들이었지만 그보다 영악하지 못했다. 그는 라고스 곳곳에, 특히 마코코에 창고를 가지고 있었다. 마약시장은 경쟁이 치열했다. 그러나 무기시장은 새로운 기회였다. 어느 날 그에게 아주 기가 막히게 좋은 생각이 떠올랐다. 그는 사업을 확장해야 했다.

아프리카 대륙이 전쟁 속에 휘말리게 된 것은 이제 밥으로 이름을 바꾼 그에게 큰 행운이었다. 코트디부아르에서 반란이 일어났고 르완다 내전에는 6개국이 참여했다. 소말리아에서는 두 민병대 사이에 전투가 벌어졌고 라이베리아에는 찰스 테일러 대통령에 저항하는 봉기가 일어났으며 수단에서는 반군과 아랍 민병대가 싸웠다. 아프리카 내전은 끝이 없었고 미스터 밥 올루푼밀라요가 돈을 벌 수 있는 가능성은 무궁무진했다. 그는 나이지리아의 기준으로 볼 때 이미 거물급이었다. 아침에 그는 팔굽혀펴기를 300번 하고 감을 잃지 않기 위해 한두 마리의 길거리 개를 끌어다 유리 조각이나 손으로 죽이는 연습을 했다. 올루푼밀라요의 재산을 훔치려 한 사람은 상상조차 할 수 없는 방법으로 고문을 당했다.

그는 그렇게 사업을 국제적으로 넓혀나갔다. 늘 땀에 절어 있던 흉터투성이 고아원 출신 거리의 아이가 이제는 세계 곳곳을 다니며 최고급 호텔에서 묵고 일급 고객과 함께 어린 시절엔 꿈조차 꿀 수 없었던 레스토랑에서 식사를 하는 미스터 로버트 밥 올루푼밀라요가 된 것이다. 그는 와인과 예술을 주제로 대화를 나눌 수 있었고 이해관계가 달려 있는 불가피한 경우엔 골프도 쳤다.

그의 명함에는 로버트 B. 올루푼밀라요란 이름이 금박으로 새겨져 있는데 사업상 사람을 만날 때나 사교모임에서 그는 자신을 밥이라고 불러달라고 말한다.

그는 완전히 다른 사람이 되어 있었다. 돈을 쓰면 쓸수록 더 많이 벌었다. 정말 불가사의한 일이었다. 신들에게 돈을 바치면 나중에 열 배로 불어나 돌아오는 격이었다. 그에겐 늘 경호원이 있었는데 지금은 백인을 고용했고 그것이 사람들에게 더 좋은 인상을 주었다. 그가 기분이 좋을 때나 식사를 같이하고 싶어서 부르는 여자는 태국, 인도, 유럽인이었는데 예쁜 것은 물론, 그 자신은 거구였음에도 불구하고 날씬하고 아담한 여자들을 선호했다.

밥은 '신은 나에게 기쁨을 주신다'라는 뜻의 올루푼밀라요란 이름으로 바꾼 것이 그리 나쁘지 않은 선택이라 생각했다. 그러나 지금은 큰 재미를 느낄 만한 기쁨이 없었다.

사실 그는 스트레스를 받고 있었다.

올루푼밀라요는 러시아의 로켓 '하이퍼소닉 아방가르드'의 구매를 위해 거액을 투자했다. 초속 6.28km의 이 로켓은 요격이 어려웠다. 로켓의 비행경로도 예측할 수 없었으며 부스터* 단계 이후 요격은 사실상 불가능했다. 플라스마가 내장된 YU-73 탄두는 현재 시장에서 가장 우수했다.

더구나 그는 원래 계획을 기반으로 '둥펑' DF-17 초음속 미사일을 구매하기 위해 투자했었다. 이 미사일은 길이 11m이며 초속 1.72km로 핵탄두를 장착할 수 있었다. 올루푼밀라요는 이 로켓을 지옥의 뒷마당에서 온 무기라고 불렀다.

하지만 이번엔 너무 신중하지 못하여 리스크가 커진 데 대해 그는 짜증이 났다. 이 로켓의 구매를 위해 자기 유동자산의 대부분과 많은 부채를 끌어다 쓰는 바람에 10억 달러 이상이 거기에 물려 있었다. 그런데 바로 이때 정치적 패러다임이 바뀌고 만 것이다. 중국, 러시아, 미국이 군비축소를 위한 주도적 역할을 맡으며 무기시장이 하룻밤 사이에 바뀐 것이다. 무기 가격이 폭락했고 이는 주식시장에 영향을 미쳤다. 2020년에 30% 이상 상승한 독일 무기 제조업체의 주식은 바닥을 치고 말았다.

덕분에 밥 올루푼밀라요도 큰돈을 잃었다.

그는 자리에서 일어나 전망용 창가로 갔다. 해가 막 저물고 있었다. 이곳 제다에서 사흘간 머물 생각이었다. 그는 여자 둘을 불렀다. 물론 이슬람 국가인 사우디아라비아에서 매춘은 엄격히 금지되어 있었지만 돈만 주면 무엇이든 가능한 완벽한 시스템이 있었다. 알라 신 앞에서 금지된 섹스를 하며 영혼을 오염시키고 싶지 않은 무슬림을 위해 창녀와 일시적 결혼을 하는 눈속임은 이맘**에 의해 마련된 것이다. 남자들은 하루에서 닷새 동안 공식적으로 결혼을 했고, 이것으로 종교경찰, 이맘, 창녀, 고객 모두는 돈을 벌거나 욕망을 채우며 만족했다. '세상일이란 게 얼마나 쉬운가.' 올루푼밀라요는 생각했다.

전화기를 들었다. 사흘 동안 같이 지낼 인도 여자와 중국 여자를 부탁할 생각이었다. 그는 여자들을 만나는 순간 그녀들의 옷을 모두 벗기고 옷장에 넣어 잠근 후 실오라기 하나 걸치지 않은 여자들을 사흘 내내 곁에 두고 즐길 것이다.

---

* 우주선이나 발사체의 전체나 제1단 로켓 또는 보조 엔진.
** 이슬람교의 크고 작은 공동체를 지도하는 통솔자.

그러는 동안 여러 차례 사업상 전화가 왔다. 내일은 무기박람회가 시작되는 날이다. 물론 그 일 때문에 그가 여기에 온 것이다. 고객상담을 위해. 그는 휴대폰을 집어 들었다. 휴대폰 안에는 매우 중요한 이름과 전화번호가 들어 있었다.

2023년 6월 14일, 수요일

*중국, 베이징,
중국 미디어, 컴퓨터, 사회와 기술 협력청 차관실*

키가 아주 작은 유안 지밍 박사는 그의 커다란 사무실에 앉아서 그래프 이론과 이산수학* 그리고 이론 전산학 분야의 최신 연구 동향에 대한 보고서를 살펴보고 있었다. 이 분야에 대한 전문적인 지식을 가진 사람은 매우 적었다. 그의 동료, 중국 정부, 국가수반과 정치국도 마찬가지이다.

그러나 지밍 박사는 이 일에 크게 만족했고 그 지식을 보물처럼 지키면서 다른 사람과 공유하지 않으려 했다.

지밍 박사와 같은 수학자, 컴퓨터공학자, 이론 물리학자들은 자연스럽게 그래프 이론을 이해했으며 이는 스위스의 수학자이자 천문학자인 레온하르트 오일러까지 거슬러 올라간다. 오일러는 쾨니히스베르크 다리 문제**를 수식화하여 해결했다. 사람들은 쾨니히스베르크의 프레겔 강 위에 있는 일곱 개의 다리를

---

* 離散數學. 이산적인 수학 구조를 연구하는 학문으로 연속되지 않는 공간을 다룬다.
** 쾨니히스베르크 프레겔 강에 있는 일곱 개의 다리를 두 번 이상 건너지 않고 모두 건너는 문제. 한붓그리기 문제라고도 하며 위상수학의 시작이라 할 수 있다.

두 번 이상 지나지 않고 건널 수 있었을까? 사람들은 이 문제를 풀기 위해 수없이 다리 위를 왔다 갔었을 것이다. 그러나 오일러는 이 문제를 수학적으로 해결하고 새로운 영역을 열어놓았다.

현대의 그래프 이론에서도 이러한 모델이 중요한 문제이지만 훨씬 더 복잡해졌다. 지금은 컴퓨터, 회로, 공급장치, 음향구조, 분자의 네트워크와 같은 구조에 대한 알고리즘이 문제인 것이다.

감시와 소셜 미디어 관리 부서인 지안콩을 책임지고 있는 지밍 박사에게 네트워크는 매우 중요했다. 인터넷의 바이러스 정보나 불온한 메시지는 급격하게 퍼진다. 리드미컬한 구조를 파악하고 있는 사람은 원하지 않는 정보를 제때 차단하여 국가, 정부, 국민을 보호할 수 있다. 그리고 이것은 매우 중요한 문제였다.

지밍 박사의 부서는 비밀정보기관이었지만 할리우드 영화에서 보듯 지붕 위로 기어 다니는 요원들이 일하는 그런 곳이 아니라 '비밀정보기관의 두뇌'와 같은 곳이었다.

더 아름다운 무언가가 있었을까? 자기가 하고 있는 일을 대부분의 사람들이 이해하지 못하고 그 일의 가치와 아름다움에 감탄할 수 있는 사람이 거의 없을 것이란 사실에 지밍 박사는 자주 불평했고 그것이 하나의 역설이었다.

지밍 박사는 더 큰 문제에 대해 몰두할 때 동시에 뇌의 다른 한쪽에서는 이러한 생각에 깊게 빠졌다. 그러면서 그 일을 똑바로 했다.

그가 몰두하고 있는 문제를 풀기만 한다면 그는 출세의 지름길을 갈 수도 있지만 잘못된 결정을 내린다면 파멸할 수도 있었다.

위험을 정량화하고 변화요인을 제거하는 일이 중요했다.

지밍 박사가 사용하고 있는 책상은 검은색 점판암이었고 거울처럼 매끄러웠다. 책상의 크기는 가로 152.5cm, 세로 274cm, 높이가 정확히 76cm였으며 국제탁구대 규격과 똑같았다. 지밍 박사는 청화대학교에 다닐 때 탁구선수로 이름을 날린 학생이었다. 탁구에 타고난 재능은 많지 않았지만 열성적이고, 작은 키였지만 민첩하고 순발력 있는 선수였다. 그는 지금도 여전히 작은데 맨발의 키가 겨우 152cm이다. 그러나 그 누구도 그보다 날렵하고 민첩한 사람은 없을 것이다. 열심히 일할 뿐만 아니라 정확한 판단력과 뛰어난 지능을 지녔다는 명성으로 그가 지금 차관 자리를 맡고 있는 것이었다.

하지만 달은 기울고 별도 지기 마련이다.

그가 맡은 일은 시진핑 국가주석이 러시아, 미국과 동맹을 맺은 1년 전부터 시작되었다. 지밍 박사는 시진핑의 취지를 이해했고, 요청이 있었다면 기꺼이 협력했을 것이다. 그러나 시진핑은 그를 절대로 믿지 않았고 당연히 자신의 생각을 바꾸지 않았다.

지밍 박사가 출세의 기반으로 삼은 정치적 교리는 언제나 중국이란 나라가 최우선이었다. 우리가 강하지 않으면 어떠한 동맹도 없고, 중국이 규칙을 정하고 언제든지 규칙을 변경하거나 위반할 수 있을 때에야 협력도 가능하였다.

중궈띠이. 중국제일中國第一. 중국은 이런 사상으로 잘나가지 않았던가? 그들은 굶주린 제3세계 식민지에서 두 세대 반 만에 세계 강국으로 발전하지 않았던가? 채권국으로 미국에 이자를

재촉하고 아프리카를 지배하며 유럽과 어깨를 나란히 하고 있지 않은가?

그런데 이게 끝일까?

시진핑은 저항을 계산했다. 그는 정치적 음모의 초보자와는 완전히 다른 사람이었다. 그는 사람에 따라 가장 냉혹하게, 아니면 눈에 띄지 않게 부드러우면서도 철저하게 다루는 방법을 잘 알고 있었다. 지밍 박사는 시진핑의 살생부에 올라갔다. 이제 그도 한물간 사람이 된 것이다. 한 일이 년 동안 지방의 별 볼 일 없는 기관장을 지내게 될 것을 그도 잘 알고 있었다.

이 때문에 그는 전달된 메시지를 가볍게 여기지 않았다.

그 메시지는 얼핏 보기에 별것 아닌 것 같았지만 사실은 교묘하게 암호화되어 있었다. 해킹 방지 프로그래머들에게 관심이 있었던 러시아 학자의 신문 기사에서 언급된 중국 동료 학자가 사우디아라비아의 제다에서 열리는 무기박람회에 올 거란 소식이었다. 그래프 이론에 기초한 프로그램은 교차점과 모서리로 구성된 복잡한 시스템이다. 사소한 불일치, 용어의 선택 속에 지밍에게 보내는 메시지가 숨겨져 있었다.

메시지의 내용은 다음과 같았다. *우리는 큰 관심을 가지고 강대국들의 추이를 살펴보고 있다. 두려움을 공유하고 대화에 관심이 있다면 제다에서 우리를 만날 수 있다.*

유안 지밍 박사는 언제나 단정한 셔츠 소매를 더 매끄럽게 다듬었다. 그는 전화기의 스피커 버튼을 누르고 비서에게 관용 비행기를 준비하라고 말했다. 마지못해 출장 가는 것이라는 모양을 보여주기 위해 거칠고 짜증스러운 목소리로 말했다. 그는 비서가 자신의 일거수일투족을 여러 기관에 보고한다는 사실과 시진핑이 자신을 감시하고 있다는 것도 이미 알고 있었다.

  러시아도 마찬가지였다. 지밍 박사는 러시아를 좋아하지 않았고 러시아도 그를 원하지 않는다는 것 역시 알고 있었다.

2023년 6월 14일, 수요일

나이지리아, 우고

지난 2년 동안 리샤 알루코는 많은 일을 겪었다. 마치 누군가가 그녀의 삶을 고속 촬영하는 것 같았다.

기쁜 일도 많았지만 슬픈 일도 적지 않았다. 병에 시달리던 아버지와 동생이 죽었다. 다른 형제들은 그녀의 고향 이타 에그베의 이웃 아주머니가 돌봐주었다. 리샤는 이웃 아주머니에게 수고비를 지불했다. 그녀는 작년에 자신을 돌볼 틈도 없이 정신없이 바빴다. 사람들은 그녀를 나이지리아 남동쪽에 있는 오요로 보냈다. 그곳은 완전히 다른 세계였다. 그곳에 사는 요루바족은 리샤가 쓰는 말과 다른 말을 사용했고 사고방식도 달랐다. 리샤의 어머니는 하우사족 난민이었다.

리샤는 그곳 사람들과 그럭저럭 지낼 만했다. 부족은 달랐지만 이전과는 달리 그리 적대적이지 않았고 불신감도 줄었다.

리샤는 오요에서 정부가 발주한 공공 프로젝트에 참여하면서 돈을 받았다. 그러나 그 프로젝트 뒤에는 나이지리아를 돕고 싶어 하는 중국인들이 있다는 것을 알게 되었다.

그녀는 열심히 일했고 수습 딱지도 떼었다. 그리고 '응급헬기 간호사'로 일하면서 승진도 했다.

리샤는 몇 주 전에 우고로 돌아왔다. 그녀의 마을에서 멀지 않은 곳이었다. 리샤의 남동생은 수리공으로 일을 하고 있었지만 주말이면 여전히 먹고 마시며 놀았다. 동생은 리샤가 아끼는 오토바이를 보관하고 있었다. 그는 오토바이를 깨끗이 닦고 브레이크를 새로 갈고 타이어도 거의 새것으로 갈아 끼운 후 시동을 걸었다. 리샤는 기분이 좋았다.

암보드 로드에 있는 카리타스 센터에는 조세핀이라는 나이 많은 여자가 원장으로 있었다. 리샤가 부원장이었으며 '응급헬기 간호사' 팀의 팀장도 맡게 되었다.

우고는 새로운 바람이 불고 있었다. 직업교육의 기회와 일자리가 많이 생겼다. 무기력이 사라지고 폭력과 마약도 많이 줄었다. 그러나 국경 지역과 작은 마을에서는 여전히 이슬람 열광자들이 통치하고 있었다. 특히 보코하람*의 수염을 덥수룩하게 기른 설교자들은 정부를 비난하며 알라신의 분노를 맹세했다. 군벌, 마약왕, 무기 밀매업자들은 철수하거나 일부는 마을로 숨어들었다. 대부분 중국인이었지만, 러시아, 미국 그리고 나이지리아 군인으로 구성된 군대는 그들에 맞서 진격했다. TV에서는 체포 소식이 끊이지 않고 보도되었다.

---

* 2001년에 결성된 나이지리아의 이슬람 극단주의 무장단체. 보코하람은 서양 교육은 죄악이라는 뜻.

그동안 중국은 새로운 아프리카 정책을 채택했다. 중국인들은 공장과 수공업에 투자했다. 남부 출신 기독교 신자인 예미 오신바조 대통령이 이끄는 나이지리아 정부는 출생률을 낮추기 위한 조치를 지원했다.

리샤는 지금이 절정이라고 생각했다.

정부는 국민 계몽, 피임약 보급, 소규모 가족을 위한 추가자금 지급 등을 위한 프로그램을 마련했고 강제 결혼을 금지했다.

리샤는 동생을 껴안고 자기의 오토바이를 잘 관리해준 것에 대해 고마움을 전했다. 아침 8시가 조금 지난 시간이었다. 리샤는 오토바이에 올라타 동생에게 작별 인사를 하고 카리타스 센터가 있는 암보드 로드로 향했다. 그곳에서 조세핀이 조바심을 내며 그녀를 기다리고 있었다.

인생이 이렇게 아름다울 수도 있구나라고 리샤는 생각했다.

2023년 6월 15일, 목요일

사우디아라비아, 오아시스 도시 바라

    메카 또는 아랍 세계에서 부르는 정확한 지명 '마카 알 무카라마'는 신과 성인의 도시이자 예언자와 약속의 땅이다. 이곳은 제다에서 약 90km 떨어져 있다. 이곳으로 가는 가장 좋은 방법은 M90 고속도로를 타고 무조건 직진하면 된다.

    그 중간쯤에 오래된 오아시스의 도시이자 순례자들의 쉼터였던 바라가 있다. 메카로 순례 여행을 해야만 '하지'*나 신성한 사람, 혹은 진정한 무슬림이 될 수 있었던 옛날의 순례자들은 그곳으로 가는 힘들고 위험한 여행길에 바라를 한 번은 들렀다. 그러나 지금은 눈부시게 빛나는 흰색의 긴 '비시트'**를 걸치고 미러 렌즈 선글라스를 쓴 사우디 남성들이 아주 거만한 표정으로 대형 SUV, 마세라티, 람보르기니 같은 차들을 타고 주유를 하러 가끔씩 들렀다 갈 뿐이다. 최고급 휘발유 가격이 리터당 겨우 20

---

* Hāji. 이슬람교에서, 메카 순례 또는 그 순례를 마친 이를 높여 이르는 말.
** 이슬람 남성 전통 의상.

센트이다. 바라 사람들도 그곳이 별로 볼 것 없는 도시라는 것을 잘 알고 있었기 때문에 관광객을 끌어들이려 애쓰지 않았다.

그러나 지금은 모든 것이 달라졌다.

지금은 M80 고속도로 북쪽에 바라로 들어가는 진입로가 생겼고 작은 언덕 뒤로 우회하는 길도 안내되고 있는데 모래언덕을 12km 정도 가면 텐트촌에 도착한다.

현재 그 지역은 차단되었고 보안 요원이 주차장 출입을 통제하고 있다. 주차장에서 텐트촌까지 가는 100m 거리는 햇빛을 막아주는 지붕이 덮여 있었고 5m마다 에어컨이 설치되어 있었다.

제다의 유명한 무기박람회가 그곳에서 열렸다. 박람회는 일반 관람객을 위한 것이 아니라 '초대된 사람'만 입장할 수 있는 전문박람회였다. 최초의 인간이 돌이 적의 머리를 단 한 번에 깨부수는 데 가장 적합한 물건이란 것을 발견한 이후로 인류에게 알려진 가장 비싸고 오래됐으며 가장 위험한 무기들 가운데 하나를 위해 제조업체와 구매자가 이곳에 모인 것이다.

이곳에서는 모든 물건들을 비밀리에 보여주고 교환하거나 협상하였고, 개인 딜러가 주문계약을 하거나 쿠데타를 제안하기도 했다. 판매자와 구매자 모두 남자들이었다. 그들은 프랑스인, 미국인, 러시아인, 태국인, 독일인, 아르메니아인, 카타르인, 브라질인, 사우디아라비아인, 칠레인, 일본인들로 대부분은 최고급 여름 슈트를 입고 있었고 셔츠의 맨 윗단추를 풀어놓았다. 유니폼을 입은 사람도 더러 있었다.

가로세로 7m 크기에 높이가 약 3m인 115개의 모두 똑같은 텐트가 빽빽이 들어서 있었다. 천막과 천막 사이는 켈림*이나 베르베르** 카펫으로 연결되어 있어서 런던의 유명한 구두전문점 새빌 로에서 맞춘 1,600파운드짜리 고급 구두를 신고 모래사막을 밟을 일은 없었다.

　아침 10시쯤이었다. 바람은 잔잔했고 기온은 38도였다. 햇빛은 신의 산소 용접기처럼 빛났다.

　모든 텐트 입구에는 8개 언어로 된 제조업체 소개 글과 번호가 표시되어 있었다. 각각의 텐트가 하나의 전시 공간이었다. 고객은 텐트와 텐트를 오가며 텐트 안에 전시된 제품에 대해서 설명을 듣고 협상했다.

　이 텐트촌은 국제 총기, 컴퓨터 제어 무기, 하이테크 세계의 『Who's Who』***였다.

　베두인 옷차림임에도 불구하고 텐트 안은 놀랄 만큼 시원하고 쾌적했다. 그리고 텐트 바닥에는 페르시아 '나인'과 '키르만' 카펫이 깔려 있고 그 밑에는 팔뚝 굵기의 전선 묶음이 있었다. 텐트마다 종이, 무화과, 대추야자, 브로슈어, 노트북, 볼펜, 찻잔, 생수병, 빔 프로젝트가 놓인 회의용 테이블이 있었다. 커피와 과일주스 셀프 코너도 있었다.

---

* 중동 지역에서 사용하던 수공으로 만든 융단.
** 모로코의 전통 유목민인 베르베르족이 순수 양모로 만든 카펫으로, '유목민들의 상상의 열매'로 불린다.
*** 1899년 시카고에서 처음 발간된 명사록으로, 인명사전으로 가장 권위 있는 사전.

매우 어리고 예쁜 얼굴일 것 같은 베일 쓴 여자들이 은쟁반을 들고 다니면서 음료수와 끈적끈적한 과자를 권했다. 그녀들은 맨발이었고 발목에는 종이 달린 장신구를 하고 있었다. 모든 준비가 완벽했다. 뷔페가 마련된 100에서 102번 텐트에는 8개 국어로 된 안내판이 설치되어 있었다.

72번 텐트의 커피 바 옆에 한 중국인이 깊은 생각에 잠긴 채 서 있었다. 50대 중반쯤 되어 보이고 키가 작은 그는 꼭 끼이는 리넨 슈트를 입고 있었다. 겉보기에 구매자 같아 보이진 않고 관람객 같았다. 그는 손에 모카 커피잔을 들고 홀짝거리며 마시고 있었다.

한 남자가 그에게 다가갔다. 키는 컸지만 마른 사람이었다. 하늘색 셔츠를 입고 맨 윗단추는 푼 채였다. 유행이 지난 짧은 기장의 갈색 바지에 싸구려 구두 차림이었다. 그러나 태도는 자신감이 넘치다 못해 거만해 보였다. 그는 검은 가죽 서류가방을 들고 있었다. 그에게서 진하진 않지만 시가 냄새가 풍겨났다.

"커피 맛이 괜찮은지요?" 보리스 미하일로비치 비코프 원수가 서툰 중국어로 말했다. 그의 중국어 발음은 중국인이 듣기에 형편없었지만 문법은 정확했다.

"고맙습니다. 커피 향기가 아주 좋습니다." 유안 지밍 박사가 대답했다.

그는 잠시 아무 말도 하지 않았다.

"그건 그렇고, 우리가 전에 커피에 대해 나눴던 대화를 다시 할 수 있겠지요. 영어로 말입니다." 지밍 박사가 말했다. "중국어는 어려운 언어이지요. 더군다나 우리 중국어는 이해하기 쉽지 않습니다. 저는 영어는 할 수 있지만 유감스럽게도 러시아어 같은 다른 외국어는 전혀 할 줄 모릅니다. 창피한 노릇이지요."

"아, 그렇다면 우리 잠깐 가벼운 대화를 나눠보는 게 어떨까요……." 비코프는 대화를 곧바로 영어로 바꾸고 키 작은 그 남자를 내려다보았다. 그의 겸손한 표현방식이 비코프는 마음에 들지 않았다. 이어 비코프는 무언가를 찾듯이 텐트 안을 이리저리 둘러보았다.

"절대로 찾을 수 없는 한 친구에 대해 이야기하고 싶은데 어떤가요? 그 사람이 오늘 여기에 있는지는 저도 모르겠습니다만, 혹시 그 사람을 보셨나요?"

"그럼 당신의 친구에 대해 이야기해주시죠. 하지만 너무 길지 않게……."

지밍 박사는 텐트 구석을 가리켰다. 그곳 한쪽에 의자 두 개가 있었다.

"앉아서 이야길 나눕시다."

그들은 자리에 앉았다.

"이곳 사우디아라비아에 오신 지 오래되었나요?" 지밍 박사는 대화를 천천히 끌어가려고 했다. 군인이 틀림없는 이 러시아인이 그는 마음에 들지 않았다.

"아닙니다. 나는 어제 도착했습니다." 비코프가 말했다.

지밍 박사는 그가 '우리'가 아닌 '나'라고 말한 것에 주목했다.

"나도 그렇습니다." 지밍 박사는 나라는 단어에 힘을 주어 말했다. "만나게 되어 반갑습니다. 더군다나 이제 우리 두 나라는 시스템이 아주 가까운 사이가 되었습니다."

지밍 박사는 비코프가 자기 말에 대꾸하기를 기다리면서 비코프의 눈이 점점 강한 뉘앙스를 나타내는 것을 보았다.

"그런데 솔직히 말씀드리자면 유감스럽게도 우리나라에서는 이런 발전 관계에 대해 좋아하지 않는 사람들이 여전히 있습니다."

"러시아도 마찬가지입니다. 많은 사람들이 이 새로운 관계에 대해 아직 준비가 되어 있지 않습니다." 비코프는 또박또박 말했다.

"매우 염려스럽군요. 더군다나 사람들은 두 나라가 서로 힘을 합치는 것을 두려워하고 있습니다. 그들이 강력한 힘을 갖게 되면 가장 위험한 것은 지금의 시스템과 현명한 국가원수에게 분명한 위협이 된다는 것입니다."

"맞습니다. 그렇게 되면 정말 매우 불행한 일이 생길 겁니다." 비코프는 계속 비비 꼬는 듯한 말투였다. "우리가 말하는 절대 멍청하지 않은 그 사람들이 이 전개 과정을 반대하고 그들 국가원수들의 계획을 치밀하게 방해하려 하기 때문입니다. 그들은 더 높은 목표가 있고 자신들이 진정한 애국자라고 굳게 믿으며 위대하고 아름다운 조국을 위해 투쟁해야 한다고 생각하고 있습니다." 비코프의 목소리가 점점 커졌다.

'차오 니 마.' 지밍 박사가 속으로 말했다. 후레자식. 그는 웃으면서 고개를 끄덕였다. '멍청한 러시아 놈. 네 나라가 그렇게 잘

났다면 1989년엔 대체 뭘 한 거야? 왜 아프가니스탄에선 터번을 쓴 문맹자인 이슬람교도들이 너희들의 피부를 벗기도록 놔둔 거야?'

그는 큰 소리로 말했다. "애국자를 만나는 일은 나에게 큰 기쁨입니다. 특히 나는 우리나라와 현명한 당, 정부를 무엇보다 사랑하고 있는 사람입니다."

'한 걸음 더 나아갈 때가 되었군.' 지밍은 이렇게 생각하고 말을 계속 이어나갔다. "만일 두 나라 정상의 야심 찬 계획이 좌절된다면, 그러니까 심각하고 결정적인 좌절을 맞게 된다면……각 나라의 권력구조에 커다란 변화가 일어날 것입니다. 잘못 판단한 패러다임의 전환에 대한 또 다른 전환이 일어나는 것이지요."

'이럴 땐 어떻게 해야 하나……' 비코프는 생각했다. '이죽거리는 이 난쟁이의 말을 계속 듣고만 있어야 하는 건가…….' 그가 말했다. "패러다임의 전환은 낡은 체재에서 벗어나는 것을 의미하고 새로운 정부를 세우는 것을 말합니다. 우리는 그것을 준비해야만 합니다."

"우리가 해야만 한다……" 지밍 박사가 말했다. 그의 얼굴에서 웃음기가 사라졌다. "그리고 사전에 결정적인 사건을 끌어들여야 합니다. 말하자면 의도적인 브레이킹 포인트를 만드는 거죠. 영어로는 이 말을 뭐라 하죠?"

"충돌(Clash)이라 합니다." 비코프가 답했다.

지밍 박사는 고개를 끄덕였다.

"그리고 브레이킹 포인트는 브라질이 될 수 있습니다. 브라질 대통령은 자신이 할 일과 남에게 시킬 일에 대해 지시받는 것을 싫어합니다. 그는 군사적 위협에 즉각 대응하겠다고 천명했습니다. 매우 흥분하여 격정적으로 발표했습니다."

"그는 G3가 앞으로 군사적 선택도 할 것이란 사실을 믿지 않는군요." 지밍이 말했다. "브라질 대통령의 자신감은 군사력과 무관할 수도 있습니다."

"사람들은 때로 무모한 자신감에 빠져 실수를 저지르게 됩니다." 비코프가 말했다.

"정확한 말씀입니다." 지밍 박사는 이제 조용히 말했다. "브라질 사람들은 마초 문화에 집착한다고 합니다. 자신에 대한 위협이 심각하지 않다고 생각하면 그들의 주장은 더욱 강해지고 과격한 행동도 서슴지 않습니다."

비코프는 작은 키에 기름진 얼굴을 한 이 중국인이 마음에 들지 않았지만 확실히 그를 빠르게 간파했다. "그렇다면 우리가 브라질을 함정에 빠뜨리자는 거군요." 그가 말했다.

"우리가요?" 지밍이 반문했다.

"우리 아니면 이런 대화를 나눈 누군가이겠지요…… 브라질과 접촉해서 G3의 군사배치가 근거 없는 소문이라는 사실을 알려야 합니다. 그리고 중국을 포함한 각 정부와 중앙당은 소위 방향전환과 인수를 준비해야 할 것입니다."

베일을 쓴 여자가 쟁반을 들고 이들 앞으로 지나갔다. 그녀의 발목에 달린 작은 종이 딸랑거렸는데 지밍에게 그 소리는 여자가 베일 속에서 웃는 것처럼 들렸다. 갑자기 기분이 우울해졌다. 왜 이렇게 모든 것이 어렵고 복잡한 것일까? 그는 복잡한 감정을 떨쳐버리려 애썼다.

"그런데 브라질에는 첨단무기가 많지 않습니다." 지밍 박사가 말했다.

"그렇지요." 비코프가 말했다. "하지만 우리는 지금 여기 무기박람회에 있지 않습니까? 동의만 하신다면 한 사람을, 그러니까 내가 잘 아는 사람을 소개해드리겠습니다. 그런데 미리 알려드릴 게 있습니다. 그 사람은 처음엔 조금 무서워 보입니다. 하지만 알고 보면 아주 점잖고 의리 있는 사업가입니다."

지밍이 고개를 끄덕이며 생각했다. '어떤 더러운 놈에게 날 데려갈 생각이지······.' 하지만 누군가 이 더러운 일을 하지 않으면 일은 전혀 진척되지 않는다. "그렇다면 그 사람이 아무런 잡음 없이 무기를 조달할 수 있나요?"

"네." 비코프가 말했다. "지금 그 사람을 만날 수 있습니다. 그도 여기에 와 있습니다."

"사우디아라비아에요?"

"박람회에····· 친구, 이곳은 무기박람회장입니다. 그리고 그 사람은 무기거래상이고요."

'나는 당신의 친구가 아니야.' 지밍은 생각했다. '하지만 당신의 미친 계획이 시진핑이 내 인생을 파멸에 빠뜨리고 잘나가던 내가 초라한 곳에서 남은 생을 마치는 것을 막아준다면 나는 당신과 함께하겠어.'

문어의 아홉 번째 다리

지밍 박사가 크게 말했다. "그 사람을 볼 수 있다니 너무 좋습니다. 그 사람 이름이 뭐죠?"

"올루푼밀라요입니다. 세계에서 최고로 손꼽는 중국 문화와 요리의 대가이기도 합니다."

비코프는 올루푼밀라요가 아담한 체구의 중국 창녀를 좋아한다는 자료를 본 기억이 떠올랐다. "말씀드렸듯이 그 사람은 중국 문화를 매우 사랑합니다."

'우리나라 문화에 대해서 뭘 알고 있다는 거야.' 지밍 박사는 이렇게 생각하고서 크게 말했다. "매우 흥미롭고 상상력이 풍부한 대화였습니다. 너무나 훌륭한 생각 잘 들었고요. 하지만 이제 그만 나가봐야겠습니다. 뷔페가 차려진 텐트에서 뭐가 좀 먹고 싶군요. 이 시간 이후부터는 그곳에 있겠습니다."

"가능하다면 다시 볼 수 있기를 바랍니다. 올루푼밀라요와 나도 간단히 식사를 하러 그곳으로 갈지도 모릅니다. 식사 중에 사업 얘기를 하는 건 아니지만 올루푼밀라요는 전망이 아주 훌륭한 스위트룸에 투숙하고 있습니다. 제다의 해안절벽에 있는 '하얏트' 호텔입니다."

지밍 박사도 그 호텔을 알고 있었으나 탁 트인 전망을 별로 좋아하지 않았다. "무슨 말씀인지 알겠습니다." 그가 말했다.

2023년 6월 15일, 목요일 저녁

사우디아라비아, 제다, '파크 하얏트 마리나' 호텔 바

다르 알 이슬람, 다시 말하면 이슬람 세계의 많은 국가에서 호텔 매니저는 정부와 은밀한 거래를 한다. 이집트와 파키스탄도 마찬가지다. 호텔 바는 '하람',* 즉 무슬림 출입금지였다. 그러나 호텔 입구에서 출입을 통제하는 사람도 없었다. 이슬람교도가 아닌 사람은 맥주, 위스키, 진을 마실 수 있었다. 바텐더는 기독교인이거나 힌두교도였다. 무슬림은 그들의 손을 더럽히지 않기 위해서였다.

사우디아라비아의 정부는 공식적으로 이런 것조차 허락하지 않았고 엄격한 교리를 강조했다. '파크 하얏트' 호텔 바에서 파는 가장 독한 술은 '사우디 샴페인'이라는 사과와 파인애플로 만든 탄산음료였다.

제다에는 주로 인도인, 레바논인이 운영하는 활발한 네트워크가 있는데 이들은 알코올 도수가 높은 술을 찾는 사람들의 부

---

* 무슬림에게 종교적으로 금지되는 행위에서 출발한 관습적·법적으로 제한되는 행동.

족함을 메워주었다. 수익성은 높았지만 리스크는 그리 크지 않은 사업이었다. 연락처가 분명하고 믿을 만하면 여행 가방이나 유모차 짐칸에 들어갈 수 있는 모든 종류의 술을 호텔 객실로 배달해주었다. 그러나 가격은 상상을 초월했다.

밥 올루푼밀라요는 투자라고 생각했다. 그는 벌써 샴페인 한 병을 마셨다. 이제는 '탈리스커 싱글 몰트'를 주문하여 캐리어에 숨겼다. 그 위스키 한 병 값은 700달러였다.

손님이 반쯤 들어찬 바에 그들이 나타났다. 드문드문 앉은 손님들은 차, 커피, '사우디 샴페인'을 마시며 물담배를 피웠다.

서로 간단한 인사를 나눴다. 비코프는 불편한 기색으로 주변을 둘러보았다.

"여긴 사람이 많군요." 비코프가 말했다.

"제 방으로 올라가지 않으시겠습니까?" 올루푼밀라요가 자기 방으로 가자고 제안했다. "23층의 전망 좋은 제 방에서 아주 편하게 마실 수 있습니다. 그리고 원하신다면 그것도……."

"그러지요." 비코프가 말했다.

"그게 좋겠습니다." 지밍 박사가 말했다.

그들이 스위트룸으로 들어섰을 때, 올루푼밀라요는 아직도 그 방에 있는 두 명의 창녀가 생각났다.

그는 비코프와 지밍에게 잠깐만 기다려달라고 부탁한 뒤 침대에서 자고 있는 여자들에게 다가갔다. 재떨이에는 피우다 남은 마약이 있었다. 그는 여자들을 거칠게 흔들어 깨운 후 옷을 가져다주었다. 그리고 이미 지불했음에도 불구하고 팁을 챙겨

주며 밖으로 나가라고 재촉했다. 여자들은 옷을 대충 걸치고 신발도 제대로 신지 못한 채 스위트룸을 빠져나갔다.

룸 밖으로 나온 여자들은 그곳에 서 있던 비코프와 지밍 박사와 마주쳤다. 지밍 박사는 계면쩍은 듯 시선을 아래로 내렸다. 두 사람이 슬그머니 길을 비켜주자 여자들은 그곳을 빠져나갔다.

창녀 가운데 한 사람은 중국인이었는데 사람들은 그녀를 유유라고 불렀다. 그녀는 지밍을 잠시 똑바로 바라보더니 지밍이 중국인인 것을 알아채고 나이 많은 어른에 대한 예의를 갖추고 허리를 굽히면서 중국어로 '니 하오'라고 인사했다.

지밍은 그녀를 보고 잠시 머뭇거렸다. *"니 더 지아런 즈다오 니 자이 저리 주어 셴머마."*[*] 그는 알아들을 수 없을 정도로 작은 목소리로 말했다.

그 여자는 눈을 아래로 내리깔고 있었지만 지밍이 무슨 말을 하는지 분명히 알고 있었다.

올루푼밀라요는 여자들에게 빨리 가라고 재촉했다.

"자, 앉으시죠." 그가 말했다.

뜨겁게 타오르던 태양은 홍해 속으로 가라앉고 있었다. 그들이 창가에 앉아 '탈리스커'를 조금씩 마시며 술에서 풍겨 나오는 살구, 딸기, 훈연 향을 음미하는 동안 그 자리를 마련한 밥 올루푼밀라요가 이야기를 늘어놓기 시작했다.

모든 것이 불확실했다. 그들은 서로의 의견을 모아, 이리저리

---

[*] '너의 가족은 네가 여기서 뭘 하는지 알고 있느냐?'라는 의미의 중국어.

재어보고 결과를 예상해보았다. 비코프와 지밍 박사는 아직 갈 길이 험난했고 할일도 많았다. 엄격한 비밀유지를 위해 믿을 수 있는 최소한의 인력과 함께 안전한 서버와 GPG*를 사용했다.

커뮤니케이션, 자금, 지원, 접선장소, 서류, 무기…….

나이지리아의 무기상 올루푼밀라요가 좋은 물건을 많이 가지고 있는 것은 분명했지만 그도 이 계획에서는 하나의 수단에 불과하다고 비코프는 생각했다. 서로의 신뢰가 무엇보다도 중요했다.

세 남자가 관련된 위험한 게임이었다. 저무는 해를 바라보며 그들은 훈연, 살구, 야생딸기 향을 머금은 싱글 몰트 위스키를 마셨다.

---

* 독일의 베르너 코흐가 개발한 암호화 프로그램. 주로 이메일을 암호화하는 데 사용.

2023년 6월 15일, 목요일

인도, 뭄바이, 산 로히다스 마르그

구글 지도는 새로운 경고 시스템을 추가했다. 물속에 있는 거리는 차단된 것으로 표시되었고 앱이 대체 경로를 알려주었다. 그러나 뭄바이의 많은 지역은 아직도 전기가 들어오지 않았고 휴대폰 통신망도 구축되지 않았기 때문에 앱을 사용할 수 없었다.

아킬하 티와리는 달리 방법이 없었지만 이 지역, 이 도시를 벗어나야만 했다. 그녀의 손에는 물집이 잡혀 있었다.

역에 도착했을 때 그녀는 이곳에서 더 이상 빠져나갈 수 없다는 것을 직감했다.

철로 위에 쓰레기가 끝도 없이 쌓여 있었다. 철도회사와 시 당국은 수년 전부터 쓰레기 문제를 서로 떠밀며 뒷짐만 지고 있었고 쓰레기는 계속 방치되었다. 날씨가 좋은 날이면 철로에 있던 비닐봉지가 바람에 날리고 비가 오면 철로변이 진흙탕이 되고 말았다. 그리고 지난 며칠 동안 집중호우가 내린 후에 철로의 쓰레기가 도로로 떠밀려 내려왔다. 플라스틱, 양동이, 나무판자,

음식물쓰레기, 죽은 쥐, 차마 눈 뜨고 볼 수 없는 것들이 기관차도 밀고 지나가지 못할 정도로 가득했다.

그러나 사람들은 이런 것들을 아랑곳하지 않고 기차로 몰려들어 조그만 틈이라도 있으면 비집고 들어갔다. '1번 선로가 정상화될 것'이란 소문이 돌자마자 그곳에 서 있던 기차로 사람들이 몰려들었다. 사람들은 보따리를 짊어지고 아이들, 아내, 남편의 이름을 불러댔다.

선로와 선로 사이에는 공터가 있었는데 그곳에선 쓰레기와 똥오줌 썩은 냄새가 코를 찔렀다. 더군다나 견딜 수 없을 만큼 무덥고 습한 날씨였다.

아킬하 티와리는 가족사진과 신상神像이 담긴 핸드백 외에는 아무것도 없었다. 그러나 그녀의 배 속에는 아기가 있었다. 그녀는 그 아이가 아버지 없이 자라야 한다는 현실을 감수해야만 했다.

지친 그녀는 마른 곳을 찾아 바닥에 앉았다. 핸드폰 벨소리가 울리지 않았다면 잠들고 말았을 것이다. 다행히 핸드폰 통신망이 연결되었지만 배터리가 얼마나 오래갈지 문제였다.

오빠 쿤와르의 전화였다. 오빠는 그녀와 연락하기 위해 몇 시간 동안이나 애를 태웠다. 오빠가 살아 있다니! 아킬하의 눈에서 눈물이 흘러내렸다. 오빠는 아킬하를 데리러 오겠다고 말한 후 전화를 끊었다.

아킬하는 두 시간 정도 잠들었다 깨어났다. 모든 뼈마디가 다 쑤셨다. 특히 등이 많이 아팠다. 그녀는 태아를 보호하기 위해 등을 구부린 채 옆으로 누워 썩은 음식물쓰레기 사이에서 잠이 들었던 것이다.

물은 이미 기차 승강장 높이까지 차올랐다. 기차는 오늘 출발하지 못할 상황이었다. 오빠는 어디 있는 것일까? 그는 아직도 자전거를 가지고 있을까? 자전거가 불편하긴 했지만 두 사람은 자전거라도 타고 도시를 빠져나갈 수 있을 것이다. 선생님인 그녀는 일자리도 찾을 수 있을 것이었다.

그 순간 아킬하는 오빠가 자기를 구할 수 없을 것이라는 생각이 들었다. 더군다나 오빠는 뭄바이에 대해 전혀 아는 게 없었다. 쿤와르는 하수로를 치우는 노동으로 돈을 벌었다. 그는 매일 보호복도 없이 지하관 속으로 들어가 독성으로 오염된 진흙을 양동이로 퍼 담아 밖으로 날랐다. 몬순 전후에는 일이 너무 많아서 꼼짝할 수 없었다. 오빠들이 동생들한테 흔히 그렇게 말하듯 그는 그녀를 데리러 오겠다고 말한 것뿐이었다.

더 많은 사람들이 역으로 밀려들었다. 그들은 모두 다음 날 아침 기차가 다시 운행할 수 있기를 바랐다. 그러나 아킬하는 더 이상 기대하지 않았다.

아무도 그녀를 구하지 못할 것이었다. 기차도, 오빠도, 정부도…… 살아남고 싶다면 오로지 자기 힘만으로 모든 것을 해결해야 했다. 이것이 자기 삶의 좌우명이라는 것을 그녀는 잘 알고 있었다.

아킬하는 빨리 결단을 내려야 했다. 여기에 있다가 오염된 흙탕물을 마시고 죽거나 걸어서라도 이곳을 떠나는 것 둘 중 하나였다. 그녀는 일어났다. 아킬하는 조부모가 살던 마을로 가서 고모 집에 머물 생각이었다. 그녀는 그곳 라이말리까지 400km를 걸어가야만 했다.

그녀는 역을 떠나면서 노래를 불렀다. 엄마가 가르쳐준 락슈미* 여신에게 행복을 기원하며 부르는 노래였다.

---

* 힌두교 신화에 나오는 부와 풍요의 여신.

2100년 5월 4일, 화요일

프랑스, 파리 5구,
투르넬 강변 15번지

"그녀는 살아남았나요?" 미셸이 물었다.

"무작정 걸었지요." 아냐나가 말했다. "그녀가 그렇게 강인했기 때문에 아이를 안전하게 보호할 수 있었던 거예요. 나의 아버지는 그로부터 3개월 후 아킬하의 고향에서 태어났어요."

방 안에 잠시 동안 침묵이 다시 흘렀다. 모든 사람들은 앉아서 움직이지 않고 아냐나만 바라보았다. 그녀는 냅킨을 접었다가 다시 펼쳤다. "인도 경제는 바이러스 위기 이후로 이미 파탄 났어요." 그녀는 차분하게 말하려고 애썼다. "2023년 대홍수가 나기 전에 그나마 남은 것도 다 잃고 말았지요. 국민이 들고 일어난 것은 당연한 일이었어요"

"정부의 실패에 대한 생생한 예가 되겠지요." 로버트가 말했다.

뇌공학 전문학자인 일랴나 루발카가 끼어들었다. "최근에 컴퓨터 모델이 예견한 적이 있는데도 한심한 인간들은 그것으로부터 해결책 마련을 주저했지요……."

냉철한 수학자 자이츠도 같은 생각이었다.

"그때 컴퓨터에 맡겼더라면 신속한 대책이 취해졌겠지요." 군트라흐가 손을 들며 말했다. "젊은 친구, 그에 대해선 나도 두 가지가 떠오르네요. 첫째, 만일 당신이 말하는 인공지능이 인간이 지구에 살지 않는 것이 전체적으로 볼 때 더 낫겠다는 결론을 내리면 어떤 일이 일어났을까요? 컴퓨터-정부가 의도적으로 기후를 황폐화시키지 않았을까요? 인류가 없다면 모든 것이 빨리 회복되었겠지요."

자이츠는 어이없다는 듯이 바라보았고 일랴나 루발카는 화를 냈다. 한창 젊었을 때 소극적이었던 한 인간의 핑계였다.

"그리고 두 번째는," 군트라흐가 계속 말했다. "왜 당신은 '그때 벌써 컴퓨터가 지배했더라면'이라고 말하는 거죠? 그렇다면 지금은 컴퓨터가 그렇게 하고 있나요? 혹시 내가 잘못 알고 있는 건가요?"

자이츠는 조용하면서도 매우 조리 있게 말했다. "컴퓨터가 지배할 수도 있었습니다. 하지만 그게 허용이 안 되었지요. 그러나 우리 같은 지구의 최고 과학자들이 권장한다면 앞으로는 바뀔 것입니다."

"당신들은 그 당시 인도 사람들이 아무것도 하지 않은 것처럼 말하는군요." 아냐나가 말을 이었다. "인도는 팬데믹이 오기 전인 2020년대 어려운 조건임에도 불구하고 태양광 발전의 강국이었어요. 잘사는 다른 나라들에 비해 훨씬 조건이 안 좋았지요. 그리고 무엇보다도 서양의 잘못된 결정이 기후변화를 가속화시켰어요. 나의 할머니와 같은 사람들은 전혀 기회가 없었지요."

일랴나가 하품을 했다. "우리는 지금, 같은 말을 계속 되풀이하고 있네요." 그녀는 일어나 문어가 있는 아쿠아리움으로 갔다. "문어는 어떻게 먹이를 잡나요?" 그녀가 물었다. "그러니까 바닷속에서……."

"문어는 먹잇감에 최면을 걸어요." 미셸이 대답했다. "그러기 위해 자기 몸 전체를 화려한 색깔의 줄무늬로 바꾸지요."

문어를 바라보고 있던 일랴나가 앤을 향해 시선을 돌렸다. "스웨덴은 그때 뭘 했지요? 적이 없는 가장 평화로웠던 나라 말이에요."

앤은 당황한 듯 어깨를 들썩했다. "스웨덴은 오랫동안 환경보호에 선도적 역할을 했어요." 의사 앤이 대답했다.

"스웨덴은 세계에서 가장 높은 탄소세를 부과했어요."

"1인당 배출량이 너무 많았기 때문에 그건 별 도움이 되지는 않았어요." 일랴나가 대꾸했다.

"당신 말이 맞아요." 아냐나가 말했다. "스웨덴과 같은 유럽연합국가들은 결정적인 역할을 못 했어요. 이들 국가는 호화로운 생활 때문에 일어난 기후변화에 많은 책임이 있어요."

방 안 분위기가 이상해졌다. 자이츠는 생각했다. '한 정부에 조언하기 위해 세계에서 가장 똑똑한 학자가 되어야 한단 말인가? 40만 년의 진화에도 불구하고 인류의 가장 큰 적은 자기 자신이다.'

군트라흐가 일어났다. "잠시 바람 좀 쐬어야겠어요." 그는 이렇게 말하곤 엘리베이터로 갔다.

"하지만 막시밀리안." 로버트가 유쾌하게 그를 불렀다. "지금 논쟁 때문에 기분이 언짢은가요?"

군트라흐는 엘리베이터 안에서 몸을 돌리며 말했다. "신선한 공기가 좀 필요해서……."

밖으로 나온 그는 깜짝 놀랐다. 지금껏 이런 파리를 본 적이 없었기 때문이다. 주변의 집들은 녹색이었다. 야생화와 수풀이 집의 전면을 덮고 있었고 새들도 날아와 앉아 있었다. 식물이 자라지 않는 곳에 태양광 패널을 설치해놓았다. 길바닥은 매끈한 흰색이었다. 쌀 콘크리트로 만든 것이 틀림없었다. 그 순간 군트라흐는 자신이 얼마나 큰 행운을 얻었는지 알았다. 예전의 파리를 다시 볼 수 있었기 때문이다.

그를 오늘날까지 유명하게 만든 재조림再造林 프로젝트를 위해 군트라흐가 러시아로 날아간 때는 2023년이었다. 그 덕분에 그는 세 나라 정부의 자문을 위해 초청된 300명의 과학자 중 한 명이 되었다. 그리고 이 일로 그는 큰돈을 벌게 되었다.

2023년 6월 16일, 금요일

*사우디아라비아, 제다,
'킹 압둘라지즈 국제공항' 출국장*

    60대 초반의 한 남자가 제다 공항의 출국장에 있는 '캐비어 하우스&프루니에' 공항 레스토랑에 혼자 앉아 있었다. 그는 온도가 잘 맞추어진 피노 그리 포도주 한 잔, 토스트 빵과 반으로 자른 빵이 든 바구니, 버터 한 조각, 숟가락보다 크지 않은 캐비어가 담긴 하얀 도자기 접시 세 개를 앞에 놓고 있었다.

    보리스 미하일로비치 비코프 원수는 스파르타 기질이 강한 인물이었지만 캐비어에 있어서만큼은 그도 러시아인이었다. 더구나 일찍 도착했기 때문에 시간도 충분했다.

    사복 차림의 그는 작은 원탁에 앉아 있었다. 바 테이블은 명품인데 구겨진 양복을 입고 시끄럽게 떠드는 남자들이 차지하고 있었다.

    그들이 나누는 대화를 들으니 무언가를 공사하고 있는 독일과 미국 엔지니어임이 분명했다. 제다 시내와 주변에는 여전히 많은 건물을 짓고 있었고 사우디아라비아에는 아직도 어마어마한 돈이 있었다.

이 공항청사만 해도 180억 달러짜리 프로젝트였으며 독일의 건설사 '호흐티프'가 와서 건설했다. 고급 원자재를 사용하여 깨끗하고 번쩍거리며 탁 트인 구조가 말 그대로 환상적이었다. 공항 직원은 인도, 파키스탄, 이란, 조지아, 남미 사람들이었고 친절하며 신속하고 세심했다.

비코프는 러시아 그 어디에도 이 공항과 견줄 만한 공항이 없다는 생각에 쓸쓸했다. 프랑스에서 양식한 캐비어마저도 매우 훌륭했다.

비코프는 '프루니에' 레스토랑을 향하여 오고 있는 듯한 한 남자를 보았다. 지밍 박사는 약속대로 혼자였다. 약속 장소가 수없이 많은 CCTV 카메라가 있는 공항이란 게 불편했다. 그러나 다른 한편으로는 수많은 사람들 때문에 눈에 잘 띄지 않는 점도 있었다. 다른 테이블은 모두 손님이 앉아 있었다. 잘됐군. 비코프는 속으로 말했다. 한 손님이 자리가 세 개나 비어 있는 테이블에 혼자 앉아 있으면 상대방이 충분히 알아볼 수 있을 것이라 생각했다. 비코프는 의자에 걸어놓았던 작은 가죽가방을 들어 허벅지 사이에 끼웠다.

지밍 박사는 연어가 담긴 접시와 물 한 병을 들고 왔다. "여기 자리 있나요? 제가 좀 앉아도……."

비코프는 손짓을 하며 말했다. "네, 앉으세요."

두 사람은 아무 말도 하지 않았다. 비코프는 빵에 캐비어를 얹었다.

"우리의 만남이 매우 흥미롭습니다." 지밍이 말을 걸었다.

"그런데 우린 문제가 하나 있지요." 비코프가 말했다. "사실은……."

"우리가 서로를 신뢰할 수 있느냐는 문제입니다." 비코프가 말했다.

"사실……."

"내가 암시한 것과 다른 동기를 가질 수도 있어요. 당신 정부의 지시를 받아 일할 수도 있지요. 말하자면 내가 당신에 대해 알고 있는 것을 당신 정부에 말할 수도 있고요. 그렇게 되면 당신은 한순간에 권력을 잃고 아마도 매우 고통스러운 방법으로 파멸하게 될지도 모릅니다."

지밍은 말이 없었다.

"당신이 나에 대해 알고 있는 것을 우리 정부에 말할 수도 있겠지요. 그러면 내 인생은 끝장나고 불행해지겠지요."

"겉으로 보자면 우리의 운명은 이론적으로 다른 사람의 손에 달려 있다고 할 수 있습니다." 지밍은 오른손에 있는 것을 왼손으로 밀어 넣는 듯한 동작을 했다. "어쨌거나 우리는 서로를 알게 되었습니다. 그런데 우리가 이런 커다란 임무를 수행하면서 무얼 보고 서로를 믿을 수 있을까요?"

"서로 정직하면 되지 않을까요?" 비코프가 제안했다. "우리나라에는 직업에 명예 규정이 있습니다."

지밍 박사가 그의 말을 가로막았다. "정직함이란 과대평가되는 경우가 많지요. 그 개념은 상대적인 겁니다. 나는 오히려 논리가 더 필요하다고 봅니다."

"논리라……."

"그렇습니다. 좀 더 자세히 말하면 우리는 서로를 당국에 넘길 수 있을 만큼 많이 알고 있습니다. 이미 그런 리스크를 떠안은 것입니다. 당신이 나를 넘기고 싶을 경우 더 이상 자료도 필요 없습니다. 그 반대의 경우도 마찬가지입니다. 그러면 머뭇거릴 이유가 없겠지요. 오히려 각자의 정부나 직책의 관점에서 보자면 그것이 잘못된 것입니다. 당신은 지금 여기, 나와의 만남에서 빠져나갈 수 있습니다. 만일 당신이 나를 함정에 빠뜨렸다고 생각한다면 말입니다……."

"알겠습니다." 비코프가 말했다.

"다음번에 우리가 다시 만날 때 상대방을 밀고하지 않았다면 우리는 논리적으로도 서로를 믿을 수 있겠지요."

"그러려면 특별한 제한조건이 있어야 합니다." 비코프가 덧붙여 말했다.

"제한조건은 항상 있습니다." 지밍이 대꾸했다.

"*하라쇼*, 좋습니다. 우린 할 일이 많습니다." 비코프가 허리를 굽혀 인사했다. "다음 약속을 정하고 가장 안전한 소통 채널을 만들어야 합니다. 이를 위해서는 양쪽의 조력자와 전문가가 필요합니다. 그리고 다른 사람을 이 일에 끌어들일 때는 신중하면서도 신속하게 진행해야 합니다. 우리는 자금을 마련하고 면밀한 시나리오를 짜야 합니다. 애초에 하나의 아이디어에 불과했던 브라질이 정말로 올바른 계기가 될지 따져봐야 할 것입니다. 그리고 마지막으로 우리가 알고 있는 나이지리아의 흑인 거물과 조심스럽게 접촉해서 물건을 공급할 시기에 대해 알려줘야 합니다."

"우린 운이 좋군요." 지밍 박사가 말했다. "두 나라의 대통령이 믿을 만한 제휴와 협력을 위해 노력하고 있으니 말입니다."

"운이라고요?" 비코프의 얼굴 표정에는 아무런 동요도 없었다.

"네. 왜냐하면 당신네 나라와 미국 그리고 우리나라 사이에 일련의 협력관계가 형성되는 계기들이 만들어질 테니까요. 그런 계기로 당신과 내가 앞으로도 만나게 될 겁니다. 우리가 믿지 못하는 G3 동맹은 우리들에게 트로이 목마가 되겠지요. 우리는 그 말의 배 속에서 계획을 짜게 될 것이고……."

"아주 멋진 생각이군요." 비코프의 표정은 여전히 변화가 없었다. '내가 혹시 지밍 박사를 과소평가한 것인가.' 그는 생각했다.

"무기 구매를 위한 수단이 필요합니다. 거기엔 바지사장, 회사설립, 커뮤니케이션, 뇌물 같은 것이 있지요. 얼마나 많은 자금이 필요하게 될까요?"

"많이……" 지밍 박사가 말했다. "아주 비싼 작전이 되겠지요."

2024년 10월 5일, 토요일

브라질, 상파울루

상파울루. 리오, 리마, 보고타보다 힘들고 각박한 도시이다. 상파울루. 산티아고, 부에노스아이레스, 카라카스보다 부유하고 아름다우며 영롱하게 빛나는 도시이다. 상파울루. 꿈의 도시이자 교통지옥이며 빈민 천국이다. 거의 모든 평범한 집 주변에는 철조망을 얹고, 깨진 유리, 면도날을 박아놓은 6m 높이의 벽이 쳐져 있다. 사람들이 시끌벅적하게 파티를 여는 동안 어느 지하주차장에서 강도들이 급습하여 강탈하는 곳이다. 상파울루는 브라질 사람들이 말하듯 게걸스럽게 먹고, 뱉어버리고, 금방 잊는 도시이다. 그런데도 그들은 상파울루를 자랑스럽게 여긴다.

상파울루는 바로 그런 곳이었다.

그 한가운데, 광기로 둘러싸인 망상의 중심에 빌라 마달레나 구역이 있었다. 그리고 그곳에 또 다른 계획이 있었다. 빌라 마달레나는 동화 속에나 나올 법한 화려하고 재미있고 살기 좋은 동네이다. 이곳에는 디자이너, 요리사, 대학생, 젊은 의사와 사진작가, 블로거, 가구 제작자들이 살고 있다. 그러나 밤이 되면

삼바를 추고 거리마다 대여섯 명의 프로급 기타리스트, 색소폰과 플루트 연주자가 공연한다. 빌라 마달레나에도 물론 노천카페와 시샤 카페*가 있다. 그곳에는 푸르스름한 물담배 연기가 사람들 머리 위에 장막처럼 드리워진다. 거기에는 총질도 없고 건물 복도에서 게거품을 물고 죽은 마약중독자도 없다.

그러나 그 이유를 아는 사람은 아무도 없었다.

어쩌면 상파울루 같은 도시는 최소한의 순수함이 필요했을지도 모른다.

빌라 마달레나의 건물들은 3, 4층을 넘지 않는다. 아름다운 집들과 아름다운 여자들이 많은 곳이다.

열정 넘치는 히카르두 다 실바는 빌라 마달레나의 플뢰리 거리에 살았다. 그는 멋진 집을 구해 상파울루로 이사 와서 자기 생각대로 리모델링했다. 침실은 하나만으로 족했지만 최신식의 큰 주방이 꼭 필요했던 것이다. 그것만 있으면 다른 것은 아무래도 좋았다. 그는 몇 군데의 최고급 레스토랑을 오가며 협상을 한 후 케이터링 서비스 사업을 시작했기 때문에 집이 직장과 마찬가지였다.

그 일이 그에게 맞았다. 레스토랑도 여러 명의 직원도 필요 없고 보조 요리사와 주문에 따라 필요하면 제빵사를 계약제로 고용해서 빵이나 케이크를 만들면 되었다. 이렇게 집에서 만든 음식을 케이터링 서비스카에 싣고 고객들에게 배달하면 끝이었다.

---

* 물담배를 피우는 카페.

그는 회사 이름을 '이노베이션 웨이'라 지었다. '웨이'는 중국어의 '웨이 션머(왜, 어째서)'에서 따온 말인데 그의 중국인 사부가 호기심이 많았던 어린 그를 항상 '웨이 션머' 꼬맹이라고 불렀기 때문이었다.

그는 자신이 살았던 빌라 마달레나의 수많은 길거리 공연, 예술과 같은 생기 있는 삶에는 별로 관심이 없었다. 그는 한 곳에만 몰두하는 사람이었다. 그런데도 다채롭고 화려한 그곳이 요리에 많은 영감을 주었기 때문에 그는 그곳을 좋아했다. 그가 그곳에 적응하는 데는 반나절이면 충분했다. 그는 느긋함과 몽롱함 속에서 음식 냄새와 맛이 조화를 이루는 것처럼 자신만을 위해 완벽하게 맞추어 살았다. 그가 일을 하면서 조용히 읊조리는 이백과 두보 같은 중국의 시는 누에고치가 되어 자신을 보호했다.

그런 그가 머지않아 위험에 처하게 되고 또한 세계를 구하게 될 거라곤 전혀 상상할 수 없었다.

2024년 11월 20일, 수요일

미국, 뉴욕, 8번가 620번지,
《뉴욕 타임스》 편집국장실

딘 M. 브래들리는 맨해튼 심장부에 있는 타임 타워 32층의 편집국장실 책상에 앉아 업무를 보고 있었다. 특파원과 해외 지국이 보낸 기사를 재구성하기 위한 계획을 세우다 보니 그는 신경이 예민해졌다. 편집국은 세계 27개국에 특파원을 파견하고 이를 위한 비용도 어마어마했다. 더구나 한 지국이 전쟁지역에 놓이게 되면 안전조치를 위한 예산이 늘어나고 다른 지사 또한 위험지역이 되기도 했다.

세계는 점점 더 위험해지고 있었다.

브래들리는 국장실 문을 닫았다. 내일자 신문은 이미 조판이 끝났고 자잘한 것만 남은 상태였다. 브래들리의 여비서 트래비츠키 부인은 전화와 이메일을 중요도에 따라 분류하여 그에게 전달해야 했다. 그러나 지금은 그렇게 할 수 없었다. 브래들리의 국장실 문이 닫히면 그녀의 일도 막히는 것이었다.

그런데도 트래비츠키 부인이 국장실 안으로 들어왔다. 그녀는 몇 장의 서류를 손에 들고 있었다.

"국장님, 여기 이 내용이 너무 중요한 거 같아서……." 그녀는 잠시 머뭇거리다 서류를 책상 위에 놓고 인기척도 없이 조용히 사라졌다. 그런 행동은 그녀만의 특별한 능력이었다.

브래들리는 이맛살을 찌푸리며 서류를 들고 훑어보았다.

"딘, 자네가 익명의 편지를 싫어한다는 것을 잘 알고 있지만 여기 이 편지는 꼭 읽어야 하네. 오늘 제프가 내게 와서 이 글을 전해주었네. 그도 누가 보냈는지 알 수 없다고 말하더군. 그런데 편지 내용이 아주 심각해. 버락 오바마와 빌 게이츠가 발신자의 절대적인 엄중함을 확인해줄 거라 하니 말이야. 두 사람의 사적인 비밀 전화번호도 적혀 있네. 우리가 게이츠, 오바마와 이미 통화했었네. 두 사람 모두 편지 내용에 아무런 거짓이 없으며 그들도 이미 그 내용을 알고 있었다고 확인해주었네. 그들은 이 편지를 신문에 보도해달라고 부탁하더군. 하지만 우선 이 편지를 읽어보기를……."

딘 브래들리는 익명의 편지를 읽었다. 그는 편지를 한 번 읽고 다시 또 읽었다.

그는 편지 내용을 파악했다.

브래들리는 의자에 등을 기대어 깊숙이 앉으며 잠시 눈을 감았다.

그리고 눈을 떴을 때 그는 결정을 내렸다. 자신의 직장, 명성, 출세가도를 위험에 빠뜨릴 결정이었다. 그는 수화기를 들었다.

"트래비츠키 부인? 담당자 좀 연결해줘요. 예, 맞아요. 프레더릭 좀……."

제이콥 프레더릭은 소위 말하는 HoS(Head of Service), 총무국장이었다. 기사의 위치와 타이틀 기사의 구성을 결정하는 막강한 자리에 있는 인물이었다. 프레더릭은 브래들리보다 몇 살 어렸지만 입담이 거칠고 까다로운 성격의 사람이었다. 매력이라곤 전혀 없었지만 일만큼은 광신적이었다.

"제이콥? 자, 내 말 잘 들어요. 우리는 한 면을 들어내고 다른 걸로 바꿔야만 합니다. 독자 편지를 실어야 하거든요…… 아니에요. 내가 지금 정신 나간 게 아니라고. 당신이 지금 편집국장하고 전화하고 있다는 사실을 잊지 않았으면 해요. 제이콥, 우선 내 말을 잘 들어봐요. 그리고 내가 이에 관련된 모든 것을 보낼게요. 그럼 당신도 무슨 일인지 알게 될 거예요…… 미치겠군. 시간이 얼마나 촉박한지는 나도 안다고…… 그리고 그 편지글 옆에 나의 사설을 실을 거예요. 내가 곧바로 써서 보낼게요…… 25행 정도 될 겁니다. 우선 그걸 읽고 나서 다시 연락합시다……."

다음 날 편집 마지막 순간에 바뀐 두 개의 기사가 신문의 일면을 장식했다. 브래들리가 쓴 짧은 사설이 더 의미심장했다.

존경하는 독자 여러분,
우리 신문과 편집국장인 나는 우리들에게 신성함 그 자체라 할 수 있는 세 가지 원칙을 173년 동안 지켜왔습니다.
첫째, 우리는 진실만을 보도하며 그 일에 책임을 진다는 것입니다.

둘째, 우리는 절대로 익명의 편지와 익명의 외부 필진의 칼럼을 싣지 않는다는 것입니다. 우리는 외부 필진을 언제든 환영하지만 익명성은 항상 믿지 않습니다. 우리 신문에 기고를 하려는 사람은 자신의 이름을 걸고 당당하게 나서야 합니다.

그러나 우리는 오늘자 신문, 바로 이 면에서 이 원칙을 지키지 못하고 말았습니다. 우리에게는 세 번째 원칙이 있기 때문입니다. 상황이 그것을 요구하고 말 그대로 생존 또는 죽음의 문제라면 우리가 세워놓은 원칙에서 벗어나는 것이 또 하나의 원칙이기 때문입니다.

우리에게 익명의 편지 한 통이 전달되었습니다. 발신인은 세계정치를 심층적으로 분석한 것이 분명했지만 유감스럽게도 이름을 밝히지 않았습니다. 그러나 그는 이 사실이 널리 알려지기를 부탁했습니다. 우리는 편지의 내용이 너무나 중요하다 판단하고 고심 끝에 보도하기로 결정했습니다.

익명의 발신자의 진지함과 진실성에 대해선 지구상에서 누구보다 성공했고 가장 영향력 있는 두 사람이 확실히 증명해주었습니다. 독자 여러분, 우리 신문사는 이를 다시 한번 보증하며 이 편지의 내용을 뒷받침하겠습니다.

편집국장. 딘 M. 브래들리

그리고 그 기사 옆에 딘 M. 브래들리와 그의 신문사가 신성하게 여기던 원칙을 내팽개쳐버리게 만든 익명의 편지가 실려 있었다. 그 편지는 신문 한 면을 거의 다 차지했다.

존경하는 《뉴욕 타임스》 독자 여러분!

우리 모두는 지난 3년 동안의 정치적 변화에 대해 잘 알고 있습니다. 중국, 러시아, 미국은 서로 가까워지고 수많은 대화를 통해 신뢰를 쌓았으며 협조를 통해 지구상의 수많은 분쟁지역을 진정시켰습니다.

그러나 압력과 눈에 띄는 제재가 없었다면 이 일은 불가능했습니다. 중국이 지지를 철회한 후 이란의 경제와 재정이 어떻게 되었는지 생각해보십시오. 이란은 어느 나라에도 원유를 팔 수 없었고 그 결과 재정파탄을 맞고 말았습니다.

동시에 미국은 팔레스타인과 화해하지 못하는 이스라엘의 입장이 강대국들에게 더 이상 받아들여지지 않을 것이라는 점을 이스라엘에 분명히 밝혔고 이스라엘도 노선을 바꿔야만 했습니다. 시리아에 대한 러시아의 평화조성 영향은 중국의 북한에 대한 압력과 함께 잘 알려져 있습니다.

불과 몇 년 전까지 전혀 상상할 수 없었던 일들이 지난해에 일어났습니다. 러시아, 중국, 미국은 말리와 다른 아프리카 국가에 군대를 보내어 이슬람 침략자들의 테러를 종식시켰습니다.

그리고 2022년 12월, 단기간 안에 핵 잠재력을 반으로 줄이겠다는 목표로 진지한 군축회담이 시작되었습니다. 핵탄두는 이미 비활성화되고 파괴되었습니다.

우리에게 이러한 많은 발전은 고르바초프 시절의 페레스트로이카와 냉전시대의 종결과 비교할 만합니다. 아마도 3대 강국이 2년 넘게 숨 막히는 속도로 전개했던 일들이 이전의 변화보다 우리를 더 놀라게 했을지도 모릅니다. 우리는 수십억의 사람들이 열망했던 일이 마침내 일어나고 있다고 느꼈습니다. 많은 전문가들은 이러한 정치적 발전이 코로나 팬데믹에 의한 경제위기와 갈수록 위협적인 세계 기후변화에 기인하고 있다고 말하고 있습니다.

2022년 11월, 3국 정상은 마이애미에서 회담을 가졌습니다. 이 정상회담은 새로운 정치를 알리는 신호탄이 되었습니다. 푸틴의 예상치 않았던 보스턴 중간 기착과 그곳에 있는 뉴잉글랜드 아쿠아리움 방문은 큰 충격을 주었습니다.

미국, 중국, 러시아는 이산화탄소 배출과 지구온난화를 지속적으로 제한하고 세계 인구의 폭발적인 증가를 막기 위해 향후 몇 달 동안 보다 더 급진적인 조치를 취할 것입니다. 이들은 이 조치를 '자연 앞에 무릎을 꿇은 인류'라고 말할 것입니다. 세계 다른 국가의 거부는 이제 용납되지 않을 것입니다.

알려진 바와 같이 지난 2년 동안 300명의 과학자들이 G3를 대표하여 수많은 회의를 개최했습니다. 이들은 여기에서 급진적인 기후 정책의 사회·경제적 결과를 보다 완화하기 위해 무엇을 해야만 하는가란 문제를 논의했습니다. 이 회의는 엄격한 비밀이 유지되었기에 과학자들의 모임이라는 사실 자체가 알려지지도 않았습니다.

이 비밀회의에서는 다른 국가들이 책임감 없이 비협조적이고 지구온난화를 막기 위한 조치를 무시한다면 어떻게 할 것인지에 대한 문제를 논의했습니다.

G3가 심각하게 받아들이는 다른 국가의 정치에 대한 비간섭은 5년 이내에 광범위한 탄소중립을 달성하려는 계획과 모순됩니다.

그러므로 군사적인 행위가 불가피하고 윤리적으로 정당한지가 핵심 문제입니다.

대다수의 과학자들은 열대우림의 개간과 벌목을 절대적으로 막아야 한다는 결론에 도달하였습니다. 좋은 게 좋은 거라는 시절은 다 지나갔다는 것입니다.

저의 생각을 유명한 정치 지도자에게 다시 묻는 수고는 피하시길 바랍니다. 그들은 분명 애매한 답변만 늘어놓을 것입니다. 3개국 정부의 가장 큰 관심사는 인류의 대다수가 새로운 제한이 따르는 길로 들어서지 않으리라는 것입니다. 그러나 역설적이게도 정치인들이 환경문제에 나서길 주저하고 이해하려 하지 않았기 때문에 수백만 명의 사람들이 수십 년 동안 시위를 벌여왔다는 것입니다.

이제 이와 반대되는 시나리오를 배제할 수 없게 되었습니다. 정치인들은 이해하게 되었지만 수백만 명의 사람들은 이를 받아들이지 않을 것입니다.

존경하는 독자 여러분, 여러분에게 호소합니다. 무엇이 위태로운지 판단하기 전에 잘 생각해보시길 바랍니다.

2025년 1월 9일, 목요일

프랑크푸르트, 독일
《프랑크푸르터 알게마이네 차이퉁》 1면

급락과 상승

전 세계적으로 자극적인 주가변동
전문가들 "검은 목요일" 언급
주식시장 대변인 소프트웨어 에러를
"장폐쇄"로 간주

프랑크푸르트, 뉴욕, 도쿄(faz/dpa/ap) — 어제 세계 모든 주식시장이 요동쳤다. 독일 DAX 지수만 해도 개장 직후 2,700 포인트 하락했다. 도쿄의 니케이, 뉴욕의 다우존스도 14%와 17% 하락으로 장을 마감했다.

유럽과 아시아에서 하루 만에 주가가 급락한 것은 2020년 코로나 팬데믹 이후 처음이다. 다우존스는 2016년 가을 이후 최저가를 기록했다. 도이치 뱅크 관계자는 이를 두고 또 다른 "검은 목요일"이라고 말했다.

주식시장 소프트웨어의 에러 때문에 그렇다는 처음의 루머는 본사의 취재 결과 팩트가 아니었음이 밝혀졌다. 프랑크푸르트 증권거래소의 관계자는 "만일 기술적인 결함 때문이었다면 주식과 지수 모두 영향을 미쳤어야만 한다"고 말했다. 그러나 기존 에너지 산업과 자동차 제조업, 관광업 분야 기업의 주식이 급락했다는 사실은 분명하다.

세계 5대 무기 제조업체의 기업가치는 그동안 반토막이 났고 오후가 되어서야 겨우 상승세를 탔다. 석유회사와 고급 호텔 체인의 주식도 25% 하락했다. 유럽과 미국, 중국 중앙은행 총재들은 금요일 밤 전화로 서로 의견을 나누었다. 유럽 중앙은행 총재 크리스틴 라가르드 총재는 긴급통화가 "지속적인 교류" 가운데 하나이기 때문에 "특별한 일이 아니다"라고 밝혔다.

그러나 어제 모든 주가가 부정적인 것은 아니었다. 지속 가능한 기업에 때를 맞추어 투자한 투자자들에게는 오히려 행운의 날이었다. 예를 들어 전기 자동차 선도기업의 주가는 18% 상승했으며 캘리포니아의 인공 육류 제조업체 '베터 댄 미트Better Than Meat'의 주가는 기록적인 상승세를 타고 있다. 이 기업은 하루 만에 55% 올랐으며 이는 미국 주식시장에서 2년 반 만에 최고의 상승폭을 기록한 것이었다.

2025년 1월 20일, 월요일

나이지리아, 우고와 아불레 사이의 도로

이타 에그베 출신 간호사 리샤 알루코는 '응급헬기 간호사'로 일하면서 작은 도시 우고의 카리타스 부센터장까지 맡고 있었다. 그녀는 시골길을 따라 아불레로 향하고 있었다. 도로에 움푹 파인 곳이 많아 천천히 오토바이를 몰았다. 그녀는 운전경력이 많고 오프로드 전용 오토바이인 '엔듀로'를 몰고 있었지만 될수록 조심스럽게 운전했다.

그녀가 하는 일은 위험이 뒤따랐기 때문에 항상 신중해야 했다.

리샤는 센터장과 약속을 잡고 아침에 우고를 출발했다. 남자 세 명이 병원에서 정관수술을 받았는데 정관을 일부 절단하는 불임수술이었다. 수술이 끝나면 며칠 동안 입원하여 예후를 살피면서 치료를 받은 것이 보통이었지만 그들은 일 때문에 즉시 퇴원했다. 그런데 한 환자의 수술 자리에 염증이 생겼다. 그는 열이 심해 몸져누웠는데 죽을지도 몰랐다. 리샤는 세프포독심, 우나시드, 베타이소도나와 같은 항생제와 진통제, 붕대와 반창고, 주사기가 든 배낭을 메고 100나이라(나이지리아 지폐 단위)짜리 지폐로 4천 나이라를 준비했다. 10유로가량 되는 그 돈은 리샤의 개인 돈이었는데 그녀는 그것을 환자의 부인에게 줄 생각이었다.

아불레까지 아직도 20km 정도 남아 있었다. 리샤는 그 길을 잘 알고 있었다. 구불구불한 길 양쪽은 초원지대로 관목수풀과 바오바브나무가 자라나 있었다.

험한 길은 아무런 상관이 없었다.

문제는 보코하람들이었다.

9개 테러 그룹 가운데 종교적 테러 그룹이었던 보코하람은 나이지리아에서 쫓겨났다. 그러나 일부 지역에 근거지를 만들어 여전히 저항하고 있었다.

리샤는 '응급헬기 간호사'로서 보코하람을 물리치고자 싸우며 많은 것을 체험했다. 그녀는 외국인이 운영하는 기독교 구호단체에 가입하여 교육을 받으면서 선진문명에 눈을 뜨게 되었다. 그리고 무엇보다 정부가 강력하게 장려한 피임 사업을 위해 일했고 그것의 필요성을 굳게 믿었다.

아이를 여섯이 아니라 둘만 낳으면 사람들이 훨씬 더 행복한 가정생활을 할 수 있음을 리샤는 잘 알고 있었고 매일 눈으로 확인했다. 인구억제 정책은 사회발전을 위한 해결책이었고 보코하람도 이것을 알고 있었다.

이슬람 근본주의자들은 인구억제 정책의 보상을 납치로 응답했고 피임사업을 폭탄테러로 가로막았다. 보코하람이 지배하는 마을의 환자를 간호하기 위해 그 마을로 들어가는 일은 목숨을 거는 일과 마찬가지였다.

아불레가 가까워오자 리샤는 천천히 속도를 줄이고 엔진을 껐다. 그녀는 '엔듀로'를 바오바브나무 밑에 세워놓은 뒤 배낭에 든 주머니칼을 꺼내 들고 관목숲에서 나뭇가지를 잘라 덮어 위장해놓았다.

점심때가 되었고 대기가 후끈거렸다. 리샤는 물병을 꺼내 마시고 싶었지만 물을 아껴야 되겠다는 생각에 참았다. 관목숲과 바위를 엄호 삼아 조심스럽게 마을로 접근했다. 사방은 이상할 정도로 조용했다. 좋지 않은 징조 같았다.

아니나 다를까 그들이 보였다. 집들 사이에 녹색 보코하람 깃발을 단 지프가 서 있고 머리에 두건을 쓴 너덧 명의 보코하람 전사가 담배를 피우며 이야길 나누고 있었다.

아불레도 그들이 점령한 것이었다.

리샤가 환자를 만나려면 목숨을 걸어야 했다. 그녀가 환자를 돌보지 않으면 환자는 죽을지도 몰랐다.

그녀는 오토바이가 있는 곳으로 돌아왔다.

2025년 1월 20일, 월요일

워싱턴 D.C., 국회의사당

같은 시각 워싱턴 D.C. 곳곳에 울타리와 도로 차단기가 설치되었고 45,000명의 보안 요원이 모든 도로를 통제하고 고층건물을 감시했다. 비용만 해도 3억 달러가 소요되었고 이는 지금까지 없던 일이었다. 52개국에서 28,500명이 와서 사전 준비와 감시 보안업무에 참여했다. 퍼레이드가 열리는 펜실베이니아 가에 3,700명의 경찰관이 투입되었다.

전대미문의 비용이 드는 취임식이었다.

정오가 조금 지난 시각, 행사의 절정에 이른 때였다. 여성 대통령은 바로 몇 분 전에 그녀의 왼손을 성경 위에 올려놓았다. 그 성경은 에이브러햄 링컨이 사용했던 작고 소박한 것이었다. 그녀는 취임 선서를 위해 오른손을 들었다. 그녀의 맞은편에는 선서를 받아들일 미국 연방대법원장이 서 있고 뒤쪽에는 '취임식위원회', 상하원의원들, 54개국의 정상들이 자리했다. 대통령의 남편과 두 자녀는 맨 앞줄에 있었고, TV 방송을 위한 무대장치가 좌우에 배치되었다.

섬세한 줄무늬가 새겨진 흰 블라우스에 네이비블루 정장을 입은 대통령은 매우 진지하고 엄숙해 보였다.

대법관은 선서를 앞둔 대통령 앞에서 선서문을 낭독했다. "나는 엄숙히 선서합니다……."

대통령이 이 선서문을 따라 했다. 단 한 문장으로 된 선서문이었다.

국회의사당의 잔디밭은 인파로 가득 찼다. 전날 밤부터 이곳에 와서 기다린 사람이 수천 명에 달했다.

"하느님, 저를 도와주소서."라는 말로 대통령은 선서를 마쳤다. 갈채가 쏟아졌다. 카메라가 군중 위를 왔다 갔다 하는 동안 대법원장은 새로 취임한 대통령과 축하의 악수를 나눈 뒤 자리로 돌아갔다. 그러자 텔레프롬프터가 설치되었다. 이미 준비된 연설문을 버리고 세계에 천명할 새로운 연설문을 3일 전에 작성했다.

대통령은 마이크 앞에 섰다.

그녀는 진지한 눈빛으로 식순에 의해 정해진 대로 전 대통령, 각국 정상, 대법관, 군 장성, 성직자들에게 환영 인사를 했다. 물론 미국 국민들에게도…….

"이 취임사는……" 그녀가 숨을 깊이 들이마시고 말했다. "두 가지 관점에서 볼 때 최초입니다. 첫째, 위대한 우리나라의 역사에서 어떤 여성도 이 자리에 선 적이 없었다는 것입니다."

갈채가 쏟아졌다.

"둘째, 이 자리에서 어떠한 대통령도 제가 지금 말씀드리고자 하는 것처럼 여러분 모두의 삶을 바꿀 만큼의 변혁을 말한 적이 없다는 것입니다."

정적이 흘렀다.

대통령은 연설을 이어나갔다.

"친애하는 국민 여러분, 2025년은 허리케인 카트리나가 휩쓸고 간 지 20주년이 되는 해입니다. 전례가 없었던 규모로 미국의 일부를 휩쓸었던 허리케인이었습니다. 많은 사람들이 집을 잃고 무너진 삶의 토대와 희망 없는 미래를 망연자실 보고만 있어야 했습니다. 오늘날까지도 자연재해의 수많은 희생자들은 아름다운 고향을 떠나 새로운 삶의 터전을 찾아 난민처럼 떠돌아야 했습니다. 아름다운 도시 뉴올리언스가 물에 잠겨 어둠에 휩싸여 죽어가는 듯한 모습을 전 세계 사람들이 지켜봤습니다.

그 후로 비슷한 재앙이 전 세계에서 수백 번은 아니지만 수십 번씩 반복되었습니다. 그러나 세계는 2005년의 뉴올리언스처럼 매번 동정의 시선으로 바라보지 않았습니다. 우리는 한 번 겪어 본 경험을 바탕으로 서로를 격려하면서 둑을 높이 쌓아 올려 두 번 다시 이러한 재앙을 겪지 않으려고 대비했습니다. 그러나 우리는 근본 원인이었던 기후변화를 무시했습니다. 나의 전임 대통령 가운데 한 사람인 버락 오바마는 허리케인 카트리나의 재해 10주년을 맞아 성서에나 나올 법한 이 재앙에 대해서 기후변화란 말을 단 한 번 언급했을 뿐입니다.

수십 년 전부터 지구온난화와 그로 인한 파괴적인 결과는 유령처럼 우리를 두렵게 만들었습니다. 이 문제는 미국 사회를 심각하게 분열시킨 것만이 아닙니다. 인류의 일부는 심각한 환경 문제를 부인하고 기술적으로 이 난국을 돌파할 수 있을 것이라고 생각했습니다. 그러나 다른 한편의 사람들은 엄중한 상황을 크게 걱정했고 아무런 조치도 하지 않거나 소극적인 정부에 대해 절망하고 분노했습니다.

대규모로 열린 환경회의에서 목표와 의도를 설정했지만 결과적으로는 탄소중립을 달성하지 못했습니다. 그러나 탄소중립은 대재앙을 막는 데 필수적입니다. 행동과 프로세스가 더 이상 온실가스 배출을 유발하지 않거나 그것을 완전히 상쇄시킬 경우에만 탄소중립에 도달할 수 있습니다. 지구상의 식물은 인간이 배출한 온난화가스를 1/4만 흡수할 수 있다고 추정됩니다.

민주주의에서 정치가는 유권자의 지지에 의존합니다. 그렇기 때문에 그들은 종종 연설을 하면서 좋은 이야기만 늘어놓습니다. 간단히 말하면 여러분이 나를 뽑아주면 모든 것이 더 나아질 것이라 말합니다. 2차 대전 중, 서부전선에서 전투가 시작되자 영국 총리 윈스턴 처칠은 영국 국민들에게 전쟁으로 인한 어려움을 견뎌내자고 호소했습니다.

'내가 여러분에게 줄 수 있는 것은 피와 고난, 눈물과 땀 이외는 아무것도 없다'라고 했던 처칠의 충격적인 말은 영국인들이 전쟁에 철저하게 임하게 했습니다. 처칠은 국민들에게 살 만한 가치가 있는 미래, 자신과 미래 세대를 위해 싸워야 하는 고통과 어려움을 에둘러 말하지 않았습니다.

오늘날 우리 자녀와 손자의 생명이 위험할 뿐만 아니라 지구상의 모든 생명이 위협받고 있습니다. 미국 대통령으로서 나의 임무는 진실을 말하는 것입니다. 여기에는 물론 우리 시대의 긴박한 문제에 대한 대답도 포함됩니다. 그래서 미국, 중국, 러시아는 이미 2년 전에 25명의 노벨상 수상자를 포함한 300명의 과학자들에게 타당성 연구를 의뢰했습니다. 여기에는 여섯 가지 핵심과제가 있었습니다.

첫째. 어떻게 세계 인구증가를 늦추고 지구상의 인구를 자연이 감당할 수 있는 수준으로 감소시킬 수 있는가?

둘째. 탄소중립을 이루기 위해 어떻게 대기온난화 가스 배출을 낮추는가?

셋째. 자원 소비를 현저하게 줄이는 방법은 무엇인가?

넷째. 일자리 감소와 같은 어려움을 최소화하고 개인이 잘 견딜 수 있도록 정치는 무엇을 할 수 있고 해야만 하는가?

다섯째. 국가가 지구온난화를 막기 위한 조치를 취하지 않으면 군사적 행동을 취하는 것이 불가피하고 그에 대한 윤리적 책임을 져야 하는가?

여섯째. 사람들은 메탄과 질소산화물 배출을 과격하게 줄이기 위해 어느 정도 식습관을 바꾸고 육류 소비를 줄여야 하는가?

공장식 동물사육은 동물복지뿐 아니라 사료를 재배하기 위한 녹지대와 산림훼손 측면에서 심각한 문제를 야기하고 있습니다.

이 타당성 연구에서 가장 중요한 것은 앞으로 5년 이내 기후온난화를 막을 수 있고 우리의 안녕을 계속 보장할 수 있는 효과적인 해결책을 마련하는 것이었습니다.

세계를 구하는 열쇠는 우리의 에너지 자원을 석탄에서 벗어나 태양과 바람, 수소 및 지열 에너지와 같은 재생 가능한 에너지로 전환하는 것입니다. 석탄, 가스와 같은 환경에 해로운 에너지로 가동되는 발전소에 이제부터는 과감한 조치를 취해야 합니다. 이 리노베이션은 적어도 10년은 걸립니다. 이 기간 동안 우리는 최소한 탄소배출 저감 조치를 믿고 따라야 합니다.

첫 번째 조치는 육류 소비를 대폭 줄이는 것입니다. 세계 탄소배출의 최소 25%는 동물성 식품 소비와 관련이 있습니다. 특히 소고기 소비는 환경에 심각한 피해를 줍니다. 따라서 열대우림을 보호하기 위해 열대우림 국가에서 생산된 소고기 수입을 금지합니다. 또한 향후 3년 동안 육류 소비를 40% 줄이겠다는 목표로 모든 육류 제품에 기후 유해성에 따라 등급이 매겨진 특별세를 도입할 것입니다. 그 대가로 사회적 어려움을 보상하기 위해 다른 식료품을 대폭 할인하겠습니다. 이를 위해 우리는 보조금과 세금 감면제도를 만들 것입니다. 수입 금지와 세금 감면 제도를 실시함에도 불구하고 1년 후 육류 소비가 충분히 감소하지 않는다면 육류의 구입확인제도를 도입할 것입니다.

두 번째 조치는 모든 자동차의 주행거리를 제한하는 것입니다. 지금 모든 미국인은 한 해에 평균 32,000km를 운전합니다. 앞으로 이 거리는 CO_2 배출량이 적은 차량에만 허용됩니다. 재생가능 에너지의 비율이 여전히 낮기 때문에 전기 자동차의 확장은 5개년 프로그램의 단기적 방안이 아니라 장기적인 계획 가운데 하나가 될 것입니다.

셋째는 3인 가족의 평균 에너지 소비를 향후 2년 동안 25% 줄일 것입니다. 미국 에너지 전체 소비량의 10%는 순전히 주거와 상업용 건물의 에어컨 때문입니다. 앞으로는 병원, 요양원과 같은 일부 시설에만 실내온도가 25℃를 넘을 경우 에어컨을 사용할 수 있습니다. 개인 주택은 특별 허가가 있어야만 가능합니다. 추가적인 조치는 에너지 소비가 높은 가전제품의 폐기 보상금과 주거 및 상업용 건물의 에너지 효율을 높이기 위해 개조할 경우 즉각 지원 프로그램을 도입하는 것입니다.

네 번째 조치는 비행기 운항을 지금 수준의 절반으로 대폭 줄이는 것입니다. 개인적인 비행기 여행은 앞으로도 가능합니다. 그러나 모든 미국 시민에 대해 횟수와 거리를 규제할 것입니다.

다섯째는 경제 활성화를 위해 기후변화의 원인이 되는 낡은 기술을 대체할 혁신적인 그린 테크놀로지를 평가하는 신속한 테스트 절차를 도입할 것입니다.

마지막으로 미국은 역사상 가장 큰 조림造林 프로그램을 시작할 것입니다.

다른 모든 계획과 법률 개정의 세부적인 사항이 해결되었습니다. 앞으로 몇 주 동안 각 부처는 74회의 기자회견을 통해 변경사항을 자세히 설명할 것입니다.

지금까지 우리의 경제모델은 1950년대 이후 빠르게 증가했던 생활 수준을 보장했습니다. 그러나 많은 사람들은 더 나은 미래에 대한 약속이 공허해졌다고 생각합니다. 우리는 마약 희생자, 우울증 및 자살의 새로운 정점에 직면해 있습니다. 목표를 잃은 사회는 그 슬픈 결과로 더욱 빨리 나아가려고 하는 것입니다.

우리의 일상생활에 단호하게 개입되지만 이 모든 제한은 기후와 지구에 도움이 될 것입니다. 또한 우리의 정신 건강이 눈에 띄게 좋아질 것이라고 확신합니다. 코로나 위기에서 나타난 많은 상황은 예상보다 부담이 적었습니다. 또 어떤 어려움은 큰 행운으로 판명되기도 했습니다. 미국의 많은 직장인들은 코로나 위기 이후 시행된 유연한 재택근무로 인해 개인적인 혹은 경제적인 이익을 얻었습니다. 더 많은 시간을 가족들과 보냈고 혼자서 차를 타고 이동하는 시간은 줄었습니다.

우리는 지난 몇 달 동안 공화당 지도부, 합동참모본부, 10명의 재계 대표자들과 함께 앞으로 어떤 방향으로 나갈지 논의했습니다. 상원의원들에게 이 내용을 알려 심의를 요청했습니다. 여기에 참여하는 사람들은 가능한 한 적어야 했습니다.

이 프로젝트는 가장 높은 수준의 비밀을 유지했으며, 만일 공개적인 토론으로 진행했다면 조용한 의사결정의 과정이 불가능했을 것입니다.

여기에서 당연히 문제가 발생합니다. 그토록 짧은 시간, 5년 안에 왜 그렇게 많은 변화가 필요한가입니다. 대답은 간단합니다. 모든 생명체를 위한 삶의 토대가 우리 인간이 전혀 상상할 수 없을 만큼 위협받고 있기 때문입니다.

따라서 의사결정에 참여한 모든 사람들은 세계의 광적인 군비확장을 즉각 중지할 것을 촉구했습니다. 여기에서 2030년부터 세계 정부를 구성하여 제한적이지만 매우 구속력 있는 과제를 추진하자는 아이디어를 생각해냈습니다. 세계 정부는 지구상 모든 국가의 절대적인 영토의 불가침과 정치적 주권을 보장할 것입니다. 각 국가 지도부는 민주주의, 독재주의, 신권주의를 스스로 결정해야 합니다.

모든 회원국은 두 가지 요구를 타협 없이 충족시켜야 합니다. 첫째, 국내 안보에 필요한 군대를 제외하고 100% 군축을 시행해야 합니다. 둘째, 모든 회원국은 '기후 동맹'의 법률을 준수해야 합니다.

이를 위반할 시 세계 정부는 즉각적인 제재를 취할 것입니다. 세계 정부는 강력하고 광범위한 군대를 가진 지구상의 유일한 국제기구가 될 것입니다.

세계 정부에 가입한 국가들은 이제 제로로 떨어진 국방예산의 15%를 세계 정부의 군사유지 기여금으로 납부할 의무가 있습니다. 지구온난화에 지금까지와는 다르게 대응해야 한다는 사실과는 별개로 정부는 공화당 지도부와 협력하여 다음과 같이 결정했습니다.

미국은 즉각적인 효력을 발생시켜 NATO와 UN에서 탈퇴할 것입니다. 우리는 NATO의 회원국이 되고 NATO를 유지하는 데 필요한 개별 국가의 어떠한 중대한 위협도 없다고 봅니다. 그러나 한 국가의 영토를 침해하는 사건이 발생하면 미국, 중국, 러시아는 필요한 경우 군사적 개입을 할 것입니다. UN은 여러 분야에서 좋은 성과를 거둔 공동체로 발전했지만 군사적 행동의 측면에서는 이빨 빠진 호랑이였습니다.

육군, 해군, 공군 사령관은 정치적 리더십에 조건 없는 충성을 맹세했습니다. 그들은 우리의 목표를 알고 전적으로 지원할 것입니다.

사회 분열이 심화, 고착되는 현실에 사람들 불만이 더욱 커지고 있습니다. 부자는 더욱 부유해지고 가난한 사람은 더 가난해진다는 말은 거의 모든 경우에 해당합니다. 우리의 야심 찬 목표를 달성하기 위해서는 많은 비용이 들며 이를 가난한 사람들의 어깨에 짊어지게 할 수 없습니다. 이것이 정부가 일회성 부유세를 결정한 이유입니다.

모든 국민은 5년 이내 이 프로젝트를 위한 재정 마련에 12~25%를 기여해야 합니다. 부유세는 단독일 경우 300만 달러, 부부 공동은 450만 달러부터 부과하며 단계별로 증가됩니다. 1억 달러 이상 재산의 경우 세율은 25%입니다. 기업은 8%의 일회성 세금이 부과됩니다. 세액 부과 기준은 2024년 12월 30일 증권거래소의 시가총액입니다. 이 또한 5년 이내에 납부해야 합니다.

중국과 러시아는 오늘, 그것이 우연은 아니겠지만, 이와 비슷한 조치를 발표합니다. G3 정부는 각 개인에 대한 제한 조치가 우리가 야심 차게 마련한 5개년 기후 목표를 달성하기에 충분하지 않다는 것을 잘 알고 있습니다. 다른 나라들이 처음부터 거부하고 있는 부담을 중국과 러시아, 미국 국민들에게만 짐 지우는 것은 불가능합니다. G3 정부는 전 세계 모든 국가에 동등하거나 최소한 이에 근접한 조치를 제때 도입할 것을 촉구하고 있습니다. 이를 거부하는 국가는 비우호적인 국가로 간주됨과 동시에 다양한 방식의 제재 조치를 각오해야 합니다. 기후 목표 달성과 자원보호, 더불어 지구 인구증가의 영점화가 우리의 핵심 과제입니다."

대통령은 잠시 말을 끊고 물을 마셨다. 그녀의 목소리는 긴장한 탓에 쉰 듯했지만 단호하고 분명했다.

"오늘 나이지리아 대통령은 아부자(나이지리아 수도)에서 한 자녀 정책을 자국에 즉각 도입할 것이라고 발표할 예정입니다. 중국이 2015년까지 시행했던 한 자녀 정책은 나이지리아가 정책을 실행하는 데 청사진이 될 것입니다.

이것은 또한 이슬람 테러 그룹의 추방 이후 G3 국가의 군대가 나이지리아에서 철수하지 않은 이유를 설명하는 것이기도 합니다. 나이지리아의 대다수 국민은 정부의 확고한 한 자녀 정책 도입에 저항할 것입니다. 그들은 또한 대통령과 정부를 반대할 수 있습니다.

우리는 이것을 허용하지 않을 것입니다.

나이지리아의 인구는 1억2천2백만 명으로 아프리카에서 가장 많습니다. 지금도 나이지리아 여성 한 명이 다섯 명의 아이를 낳습니다. UN의 보고서에 따르면 26년 후 아프리카 인구는 지금의 두 배가 됩니다. 인류는 모든 생명체에 생존의 기회를 주기 위해 이러한 인구증가를 단호하게 막아야 합니다. 인구증가는 전 세계적으로 거의 정체되어 있지만 불행히도 아프리카 대륙에는 이 사항이 해당하지 않으며 지구상에서 가장 인구가 많은 나라인 인도도 마찬가지입니다.

아프리카 대륙에서 현재 우리에게 큰 우려를 불러일으키는 것이 있습니다. 에티오피아 댐 건설로 인하여 이집트와 수단 사이에 대규모 분쟁이 발생할 위험이 바로 그것입니다. 나일강이 수천 년 동안 그랬던 것처럼 이집트에 도달하지 않으면 자국 인구의 40%가 굶주림에 놓이게 될 것이라고 이집트는 우려하고 있습니다.

이집트에는 현재 1억 1,200만 명의 인구가 살고 있습니다. 수도인 카이로를 한번 살펴봅시다. 카이로의 거의 반은 빈민지역입니다. 아이들은 태어나자마자 생존을 위해 싸워야 합니다. 가족들은 수도와 전기 공급이 형편없거나 들어오지도 않는 좁은 집에서 살고 있습니다. 하수도시설은 아예 있지도 않고 쓰레기도 수거되지 않습니다. 굶주림과 비참함, 미래가 없는 현실로부터 벗어나는 유일한 방법은 좋은 학교 교육을 받는 것이지만 가난한 동네의 아이들에게는 학교에 갈 기회도 주어지지 않습니다.

오히려 아이들은 어떻게든 먹고살기 위해 일찍부터 일하는 법을 배웁니다. 카이로의 빈민가는 도시에서의 더 나은 생활을 꿈꾸고 시골을 버린 이농민들에 의해 점점 커지고 있습니다. 가뭄으로 나일강의 물이 부족해져서 농사를 망치게 되면 이집트의 가난한 국민들은 치명적인 피해를 입을 것이고 빈민가의 인구는 급격히 늘어날 것입니다. 그렇게 되면 식량 보조금만으로는 그들의 배고픔을 달랠 수 없을 것입니다."

국빈 가운데는 이집트 대통령이 있었다. 그는 차분하게 있었지만 얼굴 표정은 굳어 보였다.

대통령은 계속 연설했다.

"G3 국가는 이처럼 비인도적인 환경에 살고 있는 1억 1,200만 명의 이집트 국민을 고려하여 이집트 정부에 중국 모델에 기반한 한 자녀 정책을 도입할 것을 긴급하게 권고했습니다. 또한 여기에서 이집트 정부는 필요할 경우 G3의 군사적 지원을 받을 수 있을 것입니다.

또 다른 예를 들어보겠습니다. 에티오피아는 가족계획 분야에서 몇 가지 성과를 거두었습니다. 사하라 남부 국가의 출산율은 여성 한 명당 5명 이상이지만 현재 에티오피아는 3.8명입니다. 이러한 초기 성공에도 불구하고 G3 정부는 아디스아바바의 정부와 진지한 대화를 나누고 있습니다. G3의 목표는 가능한 한 빨리 아프리카 전 지역에 한 자녀 정책을 시행하는 것입니다.

나이지리아, 이집트, 에티오피아와 이를 위해 선도적 역할을 해야 합니다. 이를 위해 이들 국가의 인프라 구축에 앞으로 5년 동안 최소 500억 달러를 지원할 것입니다."

이집트 대통령은 움직이지 않고 서 있었으나 자기가 지금 잘못 듣지 않았나 하는 표정이었다.

대통령의 연설은 계속되었다.

"G3 국가는 앞으로 모금될 500억 달러가 다른 우호국과 세계적인 기업들의 공동자금으로 조달될 것이라고 기대합니다. 나아가서 세계의 모든 시민이 이 프로젝트에 참여할 수 있도록 기부 캠페인도 벌일 것입니다.

G3 국가의 또 다른 핵심과제는 유럽연합 및 인도와의 협력입니다. G3는 14억4천만 명의 인구를 가진 인도의 인구증가 역동성을 염려하고 있습니다. 중국과 인도의 연령별 인구분포도는 거의 차이점이 없습니다. 인도의 평균연령은 27세로 파국적인 수치이며 중국은 정책적인 노력으로 거의 37세까지 상승했습니다. UN의 보고에 따르면 인도 정부가 아무런 조치를 취하지 않을 경우 인도 인구는 앞으로도 25년간 3억 명이 더 증가한다고 합니다. 증가하는 지구온난화와 이와 관련된 환경위험을 배경으로 중국, 러시아, 미국은 '기후 동맹'을 설립하기로 합의했습니다. 동맹국들은 CO_2 배출량을 줄이기 위해 자국 내 국민들이 할 수 있는 일을 하면서 다른 국가도 이에 동참할 것을 촉구할 것입니다.

G3 국가는 '기후 동맹'에 인도와 유럽연합이 동등한 자격으로 가입하는 데 대해 많은 관심을 기울이고 있습니다. 동맹의 확장을 위한 전제조건은 물론 G3의 목표에 동의하는 것입니다.

G3 국가는 계획을 실천하는 데 어떠한 시간적 지연을 허락하지 않을 것입니다. 전체적인 상황을 고려해볼 때 G3 국가는 인도가 신속하고 확고한 한 자녀 정책을 도입하기를 기대합니다. 우리는 이제 공동선언을 합니다. 우리가 지향하는 기후 목표에 참여하지 않는 국가와 우호적 관계를 맺을 수 없으며 그런 관계가 성립되지 않을 것입니다.

우리 동맹국은 항상 다른 국가와 함께 논의할 준비가 되어 있습니다. G3의 공통점은 모든 국가에 위험보다는 기회가 된다는 점입니다.

환경보호 조치를 부담으로 느끼는 정부는 상황을 다르게 볼 수도 있습니다. 그러나 결론 없는 대화, 확실하고 유익한 결과가 없는 정보와 의견만을 주고받던 때는 지났습니다. G3는 많은 국가들로부터 환경 독재국으로 비난받을 것을 각오하고 있습니다. 그런 비난은 지구와 생명체에 처한 위험한 상황을 전혀 인식하지 못하는 사람과 정부로부터 나올 것입니다.

친애하는 미국 국민 여러분, 윈스턴 처칠이 과거에 그랬던 것처럼 나는 앞으로 우리에게 닥칠 어려움을 천명합니다. 그러나 워싱턴에 폭탄이 떨어지는 일도, 누구 하나 굶거나 얼어 죽는 일은 없을 것입니다. 오히려 그 반대의 일이 일어날 것입니다. 미국은 어느 국민 한 사람도 비인간적인 환경에서 살지 않도록 향후 수년간 사회주택 건설에 수십억 달러를 투입할 것입니다.

또한 의료, 노인복지, 육아 및 청소년 교육에 수십억 달러를 투자할 것입니다. 우리는 예산을 들여 대학을 지원하고 연구를 장려할 것입니다. 더불어 대중교통 이용을 활성화하기 위해 철도 네트워크 확장에도 초점을 맞출 것입니다. 그러나 무엇보다도 일자리를 잃은 사람들을 위해 광범위한 물질적 지원을 제공할 것입니다. 실직자와 그들의 가족들 또한 우리의 국민이기 때문입니다. 모든 걱정과 문제에도 불구하고 나와 정부는 우리나라 국민과 인류의 창조적인 밝은 미래를 봅니다. 지구가 심호흡을 하기 위해서는 최소한 10년이 걸리기 때문에 나는 오늘 여러분 앞에 섰습니다."

대통령은 잠시 연설을 멈추었다 다시 이어갔다.

"인간은 지구를 커다란 위험에 빠뜨렸습니다. 그러나 인간만이 이 위험을 극복할 수 있습니다.

한 전임 대통령은 우리나라의 위대함에 대해 자주 말했습니다. 실제로 우리나라에서는 수백만 명의 사람들이 명예와 가족에 대한 사랑, 공동체와 이 나라의 모든 생명체를 위하여 열심히 봉사하며 긍정적인 삶의 모습을 보여주었습니다. 이제 우리 모두 팔을 걷어붙입시다. 우리가 힘을 모은다면 우리를 괴롭히는 유령을 쫓아낼 수 있습니다. 우리는 지구상 200개국의 공동체가 필요하며 그들의 지원과 신뢰가 필요합니다. 불과 몇 년 전만 해도 러시아, 중국, 미국은 권력, 불신, 편견 때문에 세 나라가 함께 힘을 합친다는 것은 지구상의 거의 모든 사람이 생각조차 할 수 없는 일이었습니다. 그러나 이제 이들은 생명체의 보존을 위한 투쟁을 위해 하나가 되었습니다."

대통령은 아주 부드럽게 마지막 말을 했다. 그리고 그녀는 컵을 들어 남아 있는 물을 다 마셨다. 그러자 비서관이 급히 다가와 다시 컵을 채웠다. 대통령은 그에게 눈을 찡긋했다.

취임식위원회, 상하원의원, 54개국의 정상, TV 방송국 카메라, 기자, 잔디밭 위 수천 명의 관중이 있던 국회의사당과 전 세계에서 TV를 보던 수많은 사람들 사이에는 고요한 침묵만이 흘렀다.

2025년 1월 21일, 화요일, 자정 무렵

나이지리아, 아불레와 우고를 잇는 국도

아불레에서 우고까지는 지프로 약 두 시간, 오토바이를 타면 이보다 조금 더 걸린다. 특히 밤에는 길 위의 웅덩이를 피해서 조심스럽게 가야 한다. 리샤 알루코는 오토바이의 전조등을 아래로 향하게 했기 때문에 먼 곳은 잘 보이지 않았지만 웅덩이는 잘 피해갈 수 있었다. 그녀는 천천히 운전했다. 이제는 서두르지 않았다. 날씨가 피부로 느낄 만큼 시원해졌고 운도 따라주었다.

나이지리아의 간호사 리샤는 보코하람 전사들에게 들키지 않고 그 일을 해내고야 말았다. 그녀의 꾀가 통했던 것이다. 그녀는 어두워질 때까지 숨어 있었다. 물을 아끼기 위해 한 시간 반마다 한두 모금만 마셨다. 그리고 지그재그로 이동하면서 멈추길 반복하며 아불레로 몰래 접근했다. 그녀는 그 마을을 잘 알고 있었고 환자가 어디에 있는지도 알았다. 리샤는 환자의 집으로 몰래 기어들어갔다. 램프를 가려서 빛이 새어 나가지 않게 하고 환자의 상처를 소독하고 새 붕대를 감아주었다. 환자에게 세프포독심*과 우나시드**를 건네주고 검지손가락을 입에 대면서 환자 아내의 손에 4천 나이라를 쥐여주었다. 리샤는 물병을 가득 채운 후 그 집에서 나왔다. 아불레를 몰래 빠져나와 오토바이를 감춰둔 곳까지 무사히 도착했다. 기특한 오토바이는 아무 이상 없이 그 자리에 있었다. 그날 밤 보코하람 민병대는 잠에 곯아떨어졌거나 마약을 했었다.

리샤는 오토바이를 타고 달리며 생각했다. 인생은 아름다운 것이라고. 그녀의 머리 위로 아프리카의 밤하늘에 반달이 떠 있고 별들이 총총 빛나고 있었다. 그녀가 고개를 들어 하늘을 보았다면 금성, 화성, 목성, 토성, 천왕성을 찾아낼 수 있었겠지만 항상 조심스럽고 성실한 리샤는 앞길만 주시했다.

---

* 세균에 의한 감염을 치료하는 항생제.
** 항생제의 한 종류.

2025년 1월 23일, 목요일

미국, 캘리포니아, 패서디나, 태평양 아시아 박물관

로스앤젤레스 패서디나의 로스 로블레스 가에 있는 파고다 건물. 이 파고다 건물은 마스턴, 밴 펠트&메이버리가 현대적 감각으로 설계한 밝은 갈색의 조밀한 사암 건물이며 우드버리와 오렌지 그로브 사이에 있다. 서던 캘리포니아 대학교(USC)의 태평양 아시아 박물관이 있던 곳이다.

다른 미국 박물관에 비해 규모가 작은 박물관이지만 아시아와 미국 서부 해안과 관련된 전시물로 가득 차 있다. 중국의 절파와 오문화파의 그림들, 일본 호쿠사이 판화, 하마다 도자기, 16세기 중국의 검이 전시되어 있다. 8개의 전시실은 진홍색, 진녹색, 오렌지색, 남청색 등 각각 다른 색깔로 칠해져 있다. 원색의 안료를 사용한 색감과 실내 음향이 압도적이다.

중화인민공화국의 정보통신부 차관인 유안 지밍 박사는 박물관을 유유자적 돌아다니며 아름다운 유물을 감상하고 있었다. 그가 이 박물관을 접선 장소로 제안했었다. 이곳엔 그들만이 있게 되었다. 시진핑 국가주석을 위한 이벤트 전시회를 마련하고 싶다는 구실로 정보통신부 차관 지밍은 박물관을 쉽게 빌릴 수 있었다. 박물관장은 그를 만나기 위해 안달이 나 있었다.

그리고 이것은 비코프에 대한 작은 앙갚음이었다. 비코프는 지난번 상트페테르부르크에 있는 아주 유명한 러시아 레스토랑에서 만나자고 했었는데 지밍은 그곳의 음식과 술이 역겨울 정도로 마음에 들지 않았기 때문이다.

지밍은 소식가이면서 자주 먹어야 하는 사람이다. 더군다나 그는 고혈압 환자였기 때문에 혈당이 떨어지면 짜증이 났다. 이것이 그에게는 하나의 단점이었다.

이번이 네 번째 만남이었다. 비코프와 지밍은 사우디아라비아에서 처음 만난 후 2년 동안 신중하면서도 열심히 일했다. 두 사람은 서로를 잘 알게 되었고 더욱 신뢰했다. 비코프는 지밍을 디바로 생각했고 지밍은 말라 빠진 비코프에게서 보르시 수프*와 아이스하키를 좋아하는 용병의 모습을 보았다.

서로를 굳게 믿는 두 사람은 몇 명의 기부자와 세계의 급격한 구조조정으로 인해 손해를 보고 있는 산업계, 군을 대표하는 사람들과 이야기를 나누었다. 그들은 될 수 있는 한 구체적인 이야기를 하지 않았다. 그런 식으로 그들은 거의 40억 달러의 자금을 모았다.

그동안 엄격한 심사를 거쳐 십여 명의 요원들을 채용했다. 최고의 보수를 지불하면서도 그들이 꾸미고 있는 계획의 전체에 대해선 절대 말하지 않았고 서로 감시하도록 했다. 전자 통신 분야는 지밍이 구상했고 설치도 직접 감독했다.

통신망을 위장하기 위해 그들은 정교한 솔루션인 토르 네트워크를 사용했다. 이 네트워크는 추적이 불가능했기 때문에 전 세계의 내부 고발자들에게 인기가 있었다.

아이디어는 간단했다. 네트워크에 접속된 수백만의 컴퓨터를 모두 서버로 만드는 것이었다. 어느 한 사람이 웹에서 활동하면 그의 데이터는 암호화되고 우연히 선택된 익명의 서버로 보내진다. 그리고 4분마다 연결통로가 자동으로 변한다. 데이터가 추적당하지 않고 컴퓨터의 위치도 파악하지 못한다.

토르 네트워크상의 수많은 컴퓨터를 모두 제어해야만 데이터의 트래픽을 가로챌 수 있었다. 지밍은 이것마저도 차단하기 위해 직접 개발한 멀웨어를 설치했다. 이 멀웨어는 컴퓨터의 외부 액세스를 식별하고 차단해서 그들만의 데이터 스트림을 가능하게 했다.

지밍은 비코프가 자신의 천재적인 컴퓨터 능력을 제대로 이해하지 못하는 것이 유감이었다. 그러면서도 한편으로는 차라리 그가 모르는 게 낫다고 생각했다.

초강대국 동맹 G3가 점차 구체적인 현실로 드러나자 100개 이상의 워킹그룹, 전문가 회의, 3대 강국의 협력모델이 생겨났고 더 늘어나는 추세였다. 동맹은 점점 커져갔고 반대 세력도 마찬가지로 거세졌다.

그리고 사흘 전 미국 대통령은 자신의 프로그램을 천명했다.

---

* 러시아의 대표적인 전통 수프.

이제는 돌이킬 수 없는 길로 들어선 것이었다.

미국 대통령의 선언에 대한 첫 반응은 야유 섞인 비난, 놀라움, 격한 분노였다.

유럽, 캐나다, 일본, UN, OPEC을 비롯한 수십 개의 국제단체는 충격 속에서 빠져나오지 못했다. 언론은 흥분을 감추지 못하고 자극적인 기사를 썼다. 도쿄의 《아사히 신문》은 "있을 수 없는 독자적 행동"이라는 제하의 타이틀 기사를 내보냈다. 《USA 투데이》는 "선의 독재자", 《르 몽드》는 "생태 전제주의를 심각하게 받아들인다", 독일의 《슈피겔》은 "세계의 구조조정"이라는 기사를 실었다.

자신들이 패자가 될 것이란 사실을 쉽게 알아차린 산업, 군사기구, 정계 로비의 분위기는 하얗게 질릴 정도로 패닉에 빠졌고 분노하며 믿을 수 없어했다.

이런 상황을 예상했지만 베이징, 모스크바, 워싱턴의 권력층은 소수의 열렬한 지지자와 침묵으로 일관하면서도 때때로 증오를 표출하는 다수로 분열되었다.

비코프와 지밍은 이런 반응을 면밀히 분석했다. 적절한 기회가 왔을 때 결정적으로 동맹을 무너뜨리길 바라는 대다수가 잠재해 있다고 판단했다. 그들은 모스크바와 베이징에서 권력이 양을 주도할 수 있다고 생각했다. 네트워킹화되고 이 때문에 공략하기 어려운 세계 구원 계획은 단 일격에 좌절시킬 수 있다고 믿었다.

'그러한 임계점이 브라질이 될 것이다.' 지밍 박사는 생각했다. '첫 번째 주요 갈등. 허황되고 반항적인 대통령이자 대지주, 석유, 목재, 육류산업의 꼭두각시에게 G3의 국가원수들은 시범 케이스를 보여줘야만 한다. 그들의 생각이 얼마나 진지한 것인지를 보여주는 것이다.'

발소리가 들렸다. 박물관 입구에 있는 두 명의 경비원은 미리 들었던 설명에 따라 비코프를 알아보았고 정중한 태도로 안으로 안내했다. 이들 말고는 그곳에 아무도 없었다.

"오늘은 할 얘기가 많습니다." 비코프가 먼저 말을 건넸다.

"맞습니다." 지밍 박사가 말했다.

"그 연설 장면 보셨나요?" 비코프가 물었다.

"그때 국회의사당에 있었습니다." 지밍 박사가 못마땅한 듯 말했다.

"아, 그랬군요. 조금 걷지요. 이상한 박물관이군요. 벽에 색을 왜 이렇게 칠한 겁니까?"

'멍청한 놈.' 지밍이 속으로 말했다. "글쎄요…… 생각해보건대 그들은 유물을 잘 전시했다고 믿을 겁니다. 물론 내 견해이긴 하지만……."

"여기서 시간이 얼마나 걸릴까요?"

지밍 박사는 한숨을 쉬었다. "한정 없이 많이 걸릴 수도 있고……" 그가 말했다. "그리고 나는 무언가 조금이라도 먹어야만 합니다."

"브라질에 대해 얘기해봅시다." 비코프가 말했다.

2025년 2월 17일, 월요일

브라질, 상파울루

FC 상파울루 회장이며 스카우터인 엔리케 자코브 데 수르포는 인생에서 세 가지를 즐기며 살았다. 맛있는 음식을 먹고, 자신의 헬리콥터를 타고, 무엇보다 쇼핑 여행하는 것을 가장 좋아했다.

구단을 상징하는 빨강, 흰색, 검은색으로 도색된 '유로콥터' AS 350 6인승 헬리콥터를 타고 쇼핑 옵션이 딸린 점심 식사를 하러 갈 때처럼 세 가지 즐거움을 한 번에 누릴 때 그는 가장 행복했다. 수르포는 가볍지만 특별한 음식을 먹으며 편안한 분위기 속에서 수백만 달러의 비용이 드는 선수영입을 할 수 있었다.

오늘 그는 밤새 마르세유에서 공수해온 녹색 굴을 먹을 수 있는 호사를 누렸다. 샤랑트 마리팀*의 굴은 '보' 아니면 '추스토' 레스토랑에서 먹을 수 있었다. 녹색 굴에 '샤토 디켐' 한 병을 곁들이면 그야말로 더 이상의 말이 필요 없었다. 오늘 그는 '보'에서 먹기로 했다.

수르포는 밀라노의 에이전트 마르코 브람빌라와 함께 식사를 할 예정인데 두 사람은 오래전부터 서로 잘 아는 사이였다. 마르코 브람빌라는 좋은 포트폴리오를 가지고 있었고 항상 흥미로운 재능을 발휘했다. 수르포는 멀리 아래에 있는 도시를 창밖으로 내려다보았다. 그들은 상파울루에 헬리콥터 교통로로 사용하는 21개의 항로 가운데 한 곳으로 비행 중이었다. 발밑으로 상파울루의 자르뎅 지역이 보였다. 수르포는 그곳 알라메다 산토스 거리를 알아볼 수 있었고 헬기장이 있는 '르네상스'도 보였다. 건물의 옥상에는 노란색 H 표시가 커다랗게 그려져 있었다.

  그들은 그곳에 착륙했다.

  헬리콥터 착륙장을 자체적으로 갖춘 고급 레스토랑이 언제부턴가 여러 개 생겨났고 이제는 1,300여 대의 헬리콥터가 도시 상공을 날아다녔다. 슈퍼 리치들은 날아다녔고 서민들은 끝없이 막힌 도로 위에서 몇 시간을 기다리며 엉금엉금 기어 다녔다. 2,500만 명이 사는 도시에 자동차는 5백만 대였다. 현실은 이랬지만 그것이 바로 상파울루였다. 상파울루는 인구가 가장 많고 혼잡한 도시지만 미친 듯이 아름다운 도시라고 수르포는 생각했다. 스모그와 쓰레기에도 불구하고 높은 곳에서 바라보는 상파울루는 그리 나쁘지 않았다. 더군다나 그는 높은 곳에 있었다. 가장 꼭대기에…… 그는 성공했고 남미에서 가장 중요한 국가, 가장 중요한 도시, 가장 중요한 축구클럽인 FC 상파울루의 회장이었다. 그리고 그는 쇼핑 여행을 하면서 마치 꽃이 핀 초원

---

* 프랑스 서부 연안지방.

위를 걷는 소녀를 고르듯 선수들을 골라왔다.

수르포가 좋은 선수를 고르는 원초적 감각은 이미 소문이 나 있었다. 그는 카카를 스카우트했고, 그라피테, 베이라도 그가 길러낸 선수들이다. 그가 찾아내 키운 선수 가운데 몇몇은 후에 세계적인 슈퍼스타, A급 선수가 되었다.

좋은 선수를 찾아내는 것은 이제 과학이 되었다. 운동신경과 유전자를 컴퓨터로 분석하고 플레이 능력 알고리즘도 만들어냈다. 그러나 그것은 주식시장에서 컴퓨터로 돈을 벌려는 것과 같다고 수르포는 생각했다. 데이터는 데이터일 뿐이었다.

중요한 것은 미래이고 본능적인 것이었다.

실제로 엔리케 자코브 데 수르포는 아주 드문 재능을 지니고 있었다. 그는 다른 사람이 가지고 있는 것을 본능적으로 간파했다. 그 사람이 무엇을 할 수 있는지, 무엇을 원하는지, 상대방의 욕망이 얼마나 강한지 알아낼 수 있었다. 많은 선수들이 경기를 읽어내듯이 그는 선수를 읽을 줄 알았다.

선수를 한번 훑어보면 그 사람의 미래를 읽을 수 있다고 수르포는 자랑스럽게 말했다. 그 사람이 거짓말을 하는지 그가 중요한지, 아니면 얼마나 멍청한지 알 수 있다고 했다. 헬기 조종사가 수르포에게 몸을 돌리며 손가락 다섯 개를 모두 펴 보였다. 5분 후에 착륙한다는 뜻이었다. 수르포는 고개를 끄덕이며 엄지손가락을 들어 보였다.

오늘 그는 토리노의 수비수와 나이지리아의 공격형 미드필더에 대한 스카우트 건을 밀라노의 친구 브람빌라와 함께 논의할 생각이었다. 두 선수는 아직까지는 비교적 싼 비용으로 스카우트할 수 있었다.

헬리콥터는 23층의 옥상을 향해 내려갔다. 노란색 H 표시가 빠르게 다가왔다.

수르포는 오늘 수천만 달러를 지불할지도 몰랐다. 수르포의 스카우트 욕심이 컸고 중개인에게도 몇 번이고 접근해야 했다.

그는 점심 식사가 끝나면 친구인 텔레스에게 전화할 생각이었다. 호아코 카를로스 텔레스는 상파울루에서 가장 돈 많은 기업가 중 한 사람이었다. 그는 마이크로소프트, 알파벳*과 협업했고 빌 게이츠와도 친분이 있었다.

물론 텔레스도 축구광이었고 파울리스타노**였다.

수르포는 그가 선뜻 2~3억 달러 정도는 내놓을 것이라고 생각했다.

헬리콥터가 착륙했다. 수르포는 헤드폰을 벗고 안전벨트를 풀었다.

---

* 2015년 구글의 공동 설립자 래리 페이지, 세르게이 브린이 설립한 미국 기업.
** FC 상파울루의 회원.

2025년 2월 25일, 화요일

미국, 뉴욕
《뉴욕 타임스》 1면

푸틴의 유엔 연설:
"우리는 그것을 용납할 수도,
용납하지도 않을 것이다"

러시아 대통령의 UN 총회 연설
파문을 일으키다

뉴욕 2025. 02. 25. — 블라디미르 푸틴 러시아 대통령은 오늘 뉴욕에서 열린 유엔 총회에서 브라질 정부를 강하게 비난했다. 그는 G3의 기후변화 프로그램을 바탕으로 한 세계 3대 강국이 요구하는 조치에 대한 브라질의 부정적인 태도를 재고하라고 바티스타 대통령을 압박했다. "우리는 브라질 국민이 지구온난화를 막기 위한 전쟁에 동참할 것을 촉구한다"고 푸틴은 말했다. 그동안 너무 오랫동안 아마존의 화재로 인한 산림훼손으로 지구가 더워지는 것을 지켜봐왔다며 푸틴은 "우리는 더 이상 이것을 용납할 수도, 용납하지도 않을 것"이라고 말했다.

푸틴에 따르면 다양한 논의에도 불구하고 브라질 정부는 지구온난화의 길에서 벗어나지 않고 있으며 아르투로 바티스타는 동맹과 건설적으로 일하고 싶다고 반복적으로 주장했지만 지금까지 실질적인 진전이 없다고 지적했다. "우리는 더 이상 이를 수용할 수 없다"는 푸틴의 말에 많은 국가정상과 수반들이 갈채를 보냈다. 푸틴은 또한 브라질 정부가 즉시 그들의 정책을 재고하지 않으면 G3는 "응분의 조치"를 취할 것임을 분명히 밝혔다. 푸틴은 어떠한 조치가 될지는 열어두었지만 군사개입도 배제될 수 없음을 시사했다. 그동안 브라질 정부의 태도를 바꾸기 위해 다방면으로 시도했지만 이제는 "다른 관점에서의 다른 형태"에 대해서도 심사숙고해야 한다는 것이다.

푸틴의 연설 중에 유엔 주재 브라질 대사 다비드 마리뉴는 작은 소동을 일으켰다. 그가 자리를 떠나는 바람에 주목을 받은 것이다. 외교적인 관행에도 불구하고 그는 푸틴의 연설 도중 자리를 박차고 나갔다. 푸틴은 잠시 연설을 멈추고 마리뉴에게 다시 와 자리에 앉아줄 것을 부탁했다. "그렇지 않으면 우리는 이것을 브라질 정부의 명백한 거부의 태도로 받아들이겠다"라고 푸틴은 경고했다. 마리뉴의 이탈은 회의에 참석한 국가와 정부 수반들 사이에서 부정적인 반응을 불러일으켰다. 한 고위 외교관은 "지금의 상황에서 이것은 매우 부적절한 행동"이라고 말했으며 회의에 참석한 사람들은 마리뉴가 "매우 심한 충격"을 받은 것 같다고 전했다.

2025년 3월 6일, 목요일

인도, 마하라슈트라 주, 푸네

　아킬하 티와리는 몬순이 끝난 후 여섯 번 뭄바이로 갔다. 첫 번째는 폭우가 쏟아지고 넉 달 뒤였는데 여전히 기차가 다니지 않았기 때문에 버스를 타고 갔었다. 아킬하는 일부러 자기가 살던 동네를 지나친 다음 버스 정거장에서 내렸다. 거기서부터 집까지 가는 길은 더 멀었으나 넉 달 전 시체를 본 곳을 따라 걷고 싶지 않았기 때문이다.

　그녀의 집에는 쓸 만한 물건이라곤 하나도 남아 있지 않았다. 침대와 이불은 물에 쓸려 내려가거나 누군가 훔쳐갔고 주방 선반은 텅 비어 있었다. 그녀가 음식을 만들던 구석의 벽은 홍수에 떠밀려 일부는 허물어지고 도둑이 그런 듯 구멍도 나 있었다. 뭐든지 가져가려고 마음먹으면 아무 때나 편하게 집 안으로 들어올 수 있었다. 이웃 사람들 그 누구도 그녀와 말을 하지 않았다. 아킬하는 다시 버스 정거장으로 걸어갔다. 그녀는 아기를 포대기에 단단히 싸매고 있었다.

　그다음 다섯 번은 기차를 타고 뭄바이에 갔다. 그녀는 창문이 너무 작고 지저분한 9층 건물에 있는 동사무소를 찾아갔다. 이른 아침부터 온 사람들이 길가까지 길게 줄을 서 있었다. 아킬하는 남편 라훌의 사망 판정을 받으려 했다. 남편의 시체는 끝내 찾지 못했다.

뭄바이 시의회는 몬순의 희생자들에게 보상을 약속했었다. 그러나 그녀의 집이 라훌의 소유였기 때문에 그만이 신청할 수 있었다. 아킬하가 신청하기 위해서는 먼저 남편의 사망을 확인받아야 했다.

아킬하는 다섯 번이나 담당 직원을 쫓아다녔다. 그러나 그녀는 겨우 위로의 말을 받았을 뿐 곧바로 다른 직원에게 넘겨지거나 새로운 서류를 갖춰서 다시 오라는 말을 들었다. 그다음에 찾아가면 담당 직원이 다른 곳으로 자리를 옮겨서 처음부터 다시 확인해야 하는 식이었다. '인도에서 혼자 아이를 키우는 여자는 인도 사람이 아니다.' 아킬하는 생각했다.

결국 보상금이 든 항아리는 바닥이 났고 대부분 기업가들에게 돌아갔다고 했다.

아킬하는 뭄바이에서 150km 정도 떨어진 푸네로 돌아왔다. 그곳에서 스웨타와 방을 같이 썼는데, 그녀 역시 혼자 아이를 키우고 있었다. 아킬하는 푸네 역에서 내려 잔타 바사하트까지 걸어갔다. 푸네의 가장 큰 빈민가인 잔타 바사하트까지 걸어서는 90분 정도 걸렸다. 아킬하는 그곳에서 북쪽으로 조금 떨어진 지역에 살았는데 거의 매일 저녁 폭동이 일어나는 경찰서를 피해 다녔다.

파르라티 거리에서 그녀는 흰색 사리 한 벌을 샀다. 흰색은 과부를 표시하는 색깔이었다.

'나는 이제 혼자야.' 아킬하는 생각했다. '모든 사람이 이 사실을 알아야 해.'

일주일에 두 번 아킬하와 스웨타는 근처의 인터넷 카페 '라쉬드 박사 스피드넷 스토어'에 들렀다. 자칭 '박사'인 라쉬드의 인터넷 속도는 끔찍할 정도로 느렸지만 그는 두 여자에게 별도의 공간을 마련해주었다. 원래 창고로 쓰던 답답하고 먼지가 많은 곳이었지만 다른 남자들의 시선을 피할 수 있었다. 라쉬드는 그들이 아이를 데려오는 것을 허락했고 선풍기도 가져다주었다.

'라쉬드 박사 스피드넷 스토어'에서 아킬하와 스웨타는 간간이 바깥세상에서 일어나는 사건을 검색했다. 그들은 지구상의 새로운 힘의 균형에 대해 알게 되었고 인도는 러시아, 중국, 미국에 대해 아무런 조치도 취하지 않을 것이라는 소식도 접했다.

그러나 그들에게는 중요한 계획이 있었다. 아킬하는 다시 아이들을 가르치고 싶었다. 낡은 버스로 빈민가를 찾아가 다리 아래 주차해놓고 버스 안에서 영어와 산수를 가르치는 단체 '찾아가는 학교'에서 일자리를 찾았다. "너희들이 학교에 오지 못하면, 학교가 너희들을 찾아갈게." 이것이 그 단체의 모토였다.

잔타 바사하트의 빈민가에는 이런 버스학교가 없었기 때문에 아킬하는 좋은 아이디어를 제안했다. '찾아가는 학교'는 직원 한 사람을 그곳으로 보냈다. 양복을 차려입은 그는 빈민가의 여자들을 진지한 눈으로 살펴보았다. 그는 아킬하에게 고용계약을 약속하고 종이와 연필도 지원해줄 것이라고 말했다. 그러나 조건이 하나 있었다. 잔타 바사하트를 위한 버스를 여자들이 직접 마련해야 한다는 것이었다.

두 여자는 검색을 시작했고, 메일을 쓰고 사진을 보내면서 느린 인터넷에도 불구하고 홍보를 위한 영상 채팅을 시도했다.

마침내 미국 오하이오주에 있는 '아이리스 그레이터 린든 재단'이 2만5천 달러를 지원해주기로 약속했다. 그 돈이면 중고버스를 사서 수리하고 운전사를 고용하여 최소 1년간 유지하는 비용으로 충분했다.

아킬하 티와리는 행복했다. 다시 돈을 벌게 되었고 미래가 생긴 것이다.

"오늘 함께 버스를 찾아보도록 하자. 그리고 나서 정말 중요한 일을 하자."

'라쉬트 박사'의 뒷방에 앉아 있던 아킬하가 말했다.

"무슨 일을 하려고?" 스웨타가 물었다.

"왕궁으로 가려고. 우리는 항상 그곳에 가는 것이 꿈이었잖아."

"너 제정신이 아니구나." 스웨타가 말했다. "최소한 800루피는 있어야 하잖아."

푸네의 아가 칸 왕궁은 유명한 곳이었다. 인도의 국민 영웅 마하트마 간디가 이곳에 2년 동안 갇혀 지냈다. 왕궁은 이제 박물관으로 바뀌었고 유럽과 미국의 여행객들이 많이 찾는 명소가 되었다.

"충분히 가능해!" 아킬하가 환하게 웃었다. 그녀는 메일함을 열었다. 제목을 훑어 내려가며 메일을 클릭하여 읽던 그녀의 표정이 굳어졌다.

아킬하의 삶이 이제 세계 정치의 영향을 받게 된 것이다.

"무슨 일이야?" 스웨타가 속삭이듯 물었다.

"'아이리스 그레이터 린든 재단'은……" 아킬라가 말했다. 그녀는 낮은 목소리로 이메일을 읽었다. "……새로운 상황에 직면하여…… 안 좋은 소식을……."

"뭐라고 써 있어?"

아킬하는 두 번째 단락을 읽었다. "아시다시피 인도는 중국, 러시아 및 미국의 환경 요구사항을 강하게 거부하였고 이로 인해 3개 강국의 수출 제한 조치를 촉발했습니다. 수출 제한은 모든 금융거래에도 해당하므로 우리 재단은 귀하의 프로젝트를 위한 재정지원을 할 수 없게 되었습니다."

그녀는 고개를 들었다. "그들이 우리의 모든 것을 망치고 말 거야……."

2025년 3월 7일, 금요일

동중국해 300km 상공

KH-14 위성은 비행기 고도보다 30배 높은 300km 상공의 동중국해 위를 돌고 있었다. KH-14는 미국이 개발한 최신형 첩보위성이다. 위성 중량이 21t, 직경 5m가 넘는 반사 망원경을 지구상의 모든 상공에 배치할 수 있었다. KH는 키홀, 열쇠 구멍의 약자였다. 미국 우주군은 8개의 KH 위성을 소유하고 있었으며 알파벳 순서에 따라 앨리스, 베티, 도리스, 신디아, 이브, 파니, 조지아, 히더라는 명칭을 붙였다.

KH-14는 레이더 눈이 장착되어 있어 지상 레이더 기지에서 포착할 수 없는 바다 위의 미사일과 비행기를 탐지할 수 있었다. 그러나 이 위성의 가장 중요한 장비는 광학 카메라였다. 이 카메라는 적외선 영역 안의 사진을 촬영하여 열을 감지하고 지하벙커나 야간의 트럭 행렬, 주거지역의 산업시설을 추적했다. 또한 도시의 에너지 소비와 발전소의 폐열도 측정할 수 있었다.

지금 이 위성은 중국의 최신 항공모함 '산둥'을 주시하고 있었다. KH-14의 카메라는 기상 조건이 좋으면 8cm 해상도 사진을 찍을 수 있었다. 쉽게 말하면 '산둥'의 해군 병사가 갑판 위를 칠할 때 페인트 통의 상표 색깔까지 구분할 수 있는 것이다.

KH-14 위성 300km 아래 있는 '산둥'은 2019년 말에 취역한 중국이 자국의 기술로 제작한 최초의 항공모함으로 길이가 305m, 비행갑판 너비 73m, 배수량이 7만 톤이다. 총 국방예산의 1/5을 투입했고 승선 인원은 3,600명이다.

중국도 미국 위성이 그들 위에 떠 있다는 것을 알고 있었다. 그러나 그들은 신경 쓰지 않았다. 위성이 그들에게 도움이 될 거라고 생각했기 때문이다.

KH-14는 수집한 데이터를 실시간 전송할 수 있었다. 레이더가 포착한 데이터는 위성에서 위성으로 전달되어 지상 기지국으로 보내졌다. 기지국은 텍사스의 코퍼스크리스티, 독일의 람슈타인, 그리고 아시아해의 시암에 있었다. 위성에서 지상 기지국까지 사진 전송은 1.5초도 걸리지 않았다.

'산둥'에는 '센양' J-15와 24 전투기 32대가 배치되어 있었다. 4해리 후방에 있는 '랴오닝'은 더 많은 전투기를 탑재하고 있었다. KH-14는 이들을 감시해야 했다.

KH-14는 모든 전투기의 이륙을 기록하고 비행경로, 기동형태, 비행속도를 지상 기지국에 보고했다.

지상 기지국에서는 컴퓨터가 데이터를 받아 가상의 적에 대응하여 적군 항공기의 기동작전을 실시간으로 파악하여 그 전투 상황을 중국 해군에게 생중계했다.

브라질 공군의 주력 전투기인 '다소 미라주 2000' 또는 'F-5 타이거 II 전투기'가 출현하는 것을 '센양'의 조종석에 있던 조종사가 보았다. 조종사는 가상의 적에 대해 실제 기동비행을 했다. 두 척의 중국 항공모함이 브라질 해상에 배치되려면 12일 정도 걸릴 것이라고 예상했다. 그곳에 도착할 때까지 중국의 조종사들은 '미라주'와 '타이거'와의 공중전에 대비하여 정보를 알게 될 것이었다.

그들은 미리 준비를 하고 있었다.

브라질 사람들이 스파이 위성에 접근할 수 있다면 더 많은 사실을 알 수 있을 것이다.

'조지아'란 코드명을 붙인 KH-14의 7번 위성은 브라질의 마투 그로수주에 자리 잡고 있었다.

버지니아의 노퍽에서 남대서양으로 이동하는 항공모함 '제럴드 A. 포드' 주변을 가상 전투기들이 쌩쌩거리며 날았다.

켄터키주에서 중화기를 실은 미 육군의 정예 공수부대 101 여단과 세계에서 가장 현대적인 러시아 공중조기경보통제기 '베리예프 A-100', 그리고 공군 비행장에 병력과 물자를 남아메리카로 수송하기 위해 '안토노프' 수송기가 대기 중이었다.

상공에서 세계를 바라보면 누구나 브라질 전역에 느리지만 결연한 네트워크가 형성되었음을 알 수 있었다.

그러나 브라질 사람들은 하늘을 살펴볼 수 있는 눈이 없었다. 그럴 만한 능력이 없었다.

2100년 5월 4일, 화요일 저녁

프랑스, 파리 5구,
투르넬 강변 15번지

저녁이 되자 일곱 명의 과학자들은 각자 밥을 먹었다. 미국인 로버트, 인도 여자 아나, 스웨덴에서 온 앤은 아래층에 있는 레스토랑에서, 미셸과 자이츠는 해조류가 들어간 키슈*를 요리 로봇에게 주문해서 먹었다. 러시아 여자 일랴나는 자기 방에서 비타민 드링크로 저녁을 대신했고 군트라흐는 시내로 산책을 나갔다.

소시오봇은 그들에게 휴식과 개인 시간을 충분히 주었지만 저녁을 먹자마자 다시 아쿠아리움 앞에 모인 그들은 매우 긴장한 분위기였다.

아쿠아리움 옆에 서 있던 미셸은 새우 두 마리를 넣고 나사로 뚜껑을 고정한 유리병을 아쿠아리움 안에 넣었다. 문어가 바위 뒤에서 나와 유리병 위에서 헤엄쳤지만 유리병 가까이 와서 뚜껑을 열려 하지는 않았다. 미셸은 손가락에 낀 반지로 유리벽을

---

* 달걀과 크림을 사용해 만든 프랑스 알사스, 로렌 지역의 파이.

두드리면서 문어를 향하여 계속 고개를 끄덕였지만 문어는 아무런 반응이 없었다.

그녀는 한동안 당황하더니 화가 난 듯한 표정으로 아쿠아리움 안을 뚫어져라 보았다.

"당신의 애완동물은 말을 잘 안 듣나요?" 군트라흐가 물었다.

"이건 애완동물이 아니라고요!"

"그래요? 하지만 겉보기엔 그렇게 보이네요. 당신을 비난하고 싶은 생각은 전혀 없어요. 아쿠아리움이 큰 데다가 아주 깨끗하고 문어도 건강하네요. 당신은 당신의 개성과 당신이 어떤 사람인지 보여주기 위해 이 큰 도시의 한가운데 속하지 않고, 결코 속할 수도 없는 존재와 함께 파리의 아파트에서 살고 있습니다. 당신은 문어를 거의 길들이고 있어요. 문어는 사육당하길 원하지 않습니다. 문어도 사냥을 하고 싶어 해요."

"그런가요?" 미셸은 천천히 군트라흐에게 다가갔다. 그녀는 고개를 숙였다. 그녀는 비난받고 싶지 않았고 오히려 비난하고 싶었다.

"그래요. 그런데 그거 알아요? 당신이 이해해주길 바라요. 이 쇼도 그런 것이고요. 내가 이것을 이해하기까지 많은 세월이 걸렸어요. 나도 물론 쇼의 일부예요. 전면에 드러난 것의 일부죠. 여기 있는 우리 모두……."

그의 눈빛이 심상치 않았다.

"하지만 잘 생각해봐요. 우리는 대체 뭔가요? 그리고 우리는 지금 여기서 무얼 하고 있죠? 우리는 각 나라를 대표하는 싱크

탱크입니다. 자기 분야의 최고 권위자들이죠. 우리는 각자 자신의 분야에서 얼마나 완벽하고 뛰어난지를 증명할 수 있는 보고서를 작성해야 합니다. 그것은 우리 모두에게 어려운 일이 아니지요. 그리고 우리는 높은 보수에 걸맞게 많은 대화를 해야 합니다. 서로의 의견을 교환하고 새로운 아이디어를 생각해내야 합니다. 그것이 우리들의 일입니다. 그렇지 않은가요?"

"무슨 얘길 하고 싶은 거죠?" 인도 여인 아냐나가 물었다.

"우리가 정치적 연출의 일부라는 거예요. 지도자는 우리에게 지시하고 동시에 우리의 행동에 제재를 가할 수 있어요. 우리는 카메라 앞에 등장해 산에서 내려온 현자 내지는 파리 5구의 지식인처럼 말합니다. 그것은 일종의 쇼이고 나쁘지 않은 것입니다. 나의 보고서에 작성할 내용을 여러분에게 말하고 싶은 것입니다."

잠시 침묵이 흐른 뒤 미셸이 다시 말을 이었다. "당신은 그런 말로 우리를 부정하고 있습니다."

"나는 무엇보다도……" 군트라흐가 말했다. "나에 대해서 말하려고 했어요. 우선 내가 생각한 것을 이야기하고 계속 진행합시다. 괜찮죠?"

다들 아무 말도 없었다. 그러나 곧 몇 사람이 고개를 끄덕였다.

"2020년대 중반 많은 사람들에게는 제한의 시대가 시작되었습니다." 군트라흐가 말하기 시작했다. "여가를 위한 개인의 여행은 거의 허락되지 않았어요. 출력이 큰 자동차 운행이 금지되고 소비도 규제되었지요. 이것은 특히 서구 사회에 영향을 미쳤어요. 3대 강국이 연합했지만 사람들은 불만이 많았어요. 그들은 새로운 규정이 인간의 기본권인 자유를 침해한다고 생각했지요. 그래서 그들은 3대 강국을 생태 독재자라 불렀고 그들의 후견을 받는다고 느꼈어요. 그리고 많은 실업자가 생겨났지요. 그런데 상황은 더 좋아지지 않았어요. 기후는 체감할 수 있을 만큼 회복되지 않았고 경제는 계속 붕괴되었어요. 결국 3대 강국은 확실한 성과를 보여줘야만 했지요."

"그래서 당신이 그것을 가져온 거군요." 아냐나가 끼어들었다. "당신네 나라의 디지털 농업과 임업 말예요."

"한 예를 들자면……" 군트라흐가 말했다. "나는 바이칼호 근처 이르쿠츠크에 살면서 재조림再造林 프로그램에 참여했습니다. 이것은 정부 입장에서 좋은 모습을 제공하는 프로젝트처럼 보였습니다. 나무를 심는 것은 긍정적이었으니까요. 이를 통해 모든 제한은 효용가치가 있다는 사실을 보여줄 수 있다고 생각했지요. 우리는 자동 식재 및 재조림 로봇 시스템을 구축했어요. 우리는 다양한 유형을 가지고 있었고 이것이 토양의 질을 측정하고, 나무 사이의 최적 거리를 정하고, 빛의 발생률, 잠재적인 해충, 물 공급 같은 것을 계산했어요. 그런 다음 로봇 시스템이 각 지점에 적합한 묘목을 선정했지요. 로봇은 태양열로 작동했으며 공중에서 묘목을 공급받았어요. 20대의 로봇이 1,000명의 산림근로자보다 더 빠르고 훨씬 지속적으로 일할 수 있었어요."

"우리도 알아요. 그래서 당신은 유명해진 거고요……." 아냐나가 말했다.

"맞아요. 그건 정말 효과적이었어요. 일종의 눈가림이었지요." 군트라흐가 계속 말했다. "전면에 드러난 것은 그 프로그램과 열심히 움직이는 로봇들의 모습이었지만 그 뒤에는 드러나지 않은 비밀이 숨겨져 있었어요. 시간이 촉박했어요. 그래서 우리는 인류의 식물 유산을 훔쳐왔어요. 우리에게 적합하다고 생각한 종자를 '국제 종자저장고'에서 가져왔지요. 우리는 그것을 이용해서 충분한 준비나 테스트도 없이 변종을 만들었지요. 그리고 몇 년 후 지구상의 꽃 모양이 바뀌게 되었어요."

"국제 종자저장고?"

"모든 과일과 식물의 사용 가능한 씨앗을 모아놓은 곳을 말해요." 자이츠가 설명했다. "어마어마한 보물창고와 같아요. 노르웨이 스피츠베르겐 근처 동굴 속에 보관되어 있지요. 약 97만 개의 품종에 품종마다 500개의 종자를 보관해놨어요. 거의 모든 나라가 이곳에 종자 은행을 마련해서 씨앗을 보관하고 있지요. 인류 최고의 백업이라고 말할 수 있어요."

"맞아요. 조심스럽게 다뤄야 하는 것이죠." 군트라흐가 말했다. "하지만 주의를 기울이고 테스트할 시간이 없었어요. 우리는 항상 우리에게 맞는다고 생각한 것을 노르웨이에서 가져왔어요. 그리고 유전자 변형식물과 교배시켰어요."

"유전자를 변형시켰다고요?" 미셸이 깜짝 놀랐다.

다른 사람들은 말이 없었다.

"그래요. 그 일은 아무도 모르게 진행되었어요. 실제로 많은 사람들은 거부하고 있었지만 유전자 변형식물 시장은 호황을 누렸어요. 생명공학 기업들의 이익이 10년 동안 거의 2천억 달러까지 상승했어요. 뒤퐁,* 서티스,** 다우 아그로사이언스,*** 신젠타,**** 마이코겐 씨즈*****와 같은 기업들은 연구개발에 적극적으로 뛰어들었어요. 그래서 우리는 모든 컨트롤 메카니즘을 해체시켰어요. 시간이 없었으니까요. 2년 후, 늦어도 30년 내에 녹화와 조림 프로젝트의 확연한 성과를 거둬야만 했어요."

"위험한 일이었군요." 아냐냐가 말했다.

"그래요. 위험한 일이었지요." 군트라흐가 대답했다. "그래서 그 쇼타임을 간단히 설명하는 거예요. 나무 심는 로봇은 무대 위에서 열심히 움직였지만 그것은 사실 돈과 명성을 얻기 위한 쇼였어요. 실제로는 시험 단계 없이 서둘러 만들어진 결과이지요."

"말하자면 그것은……" 자이츠가 말했다. "지구의 녹색 허파는 인공적인 유전자 조작으로 만들어졌다는 애기군요."

"그렇게 된 거죠." 군트라흐가 말했다. "이전 세기에 일어난 일을 복구하기 위해 우리는 유전적으로 변형된 멸종식물로부터 새로운 하이브리드 꽃을 만들어냈어요. 예를 들면 광범위한 종의 멸종처럼 그것은 매우 까다롭고 리스크가 컸지만 우리는 운이 좋았어요. 하지만 그런 일이 다시 있어서는 안 되겠죠."

---

* 미국의 세계 최대 종합 화학 메이커.
** 미국의 생물학적 살충제 제조 기업.
*** 농업용 살충제를 만드는 회사.
**** 식물 종자와 농약 등을 판매하는 농업 전문 기업으로 2016년 중국화공그룹에 인수됨.
***** 세계적인 종자 회사.

침묵이 흘렀다.

"그 내용을 보고서에 쓸 건가요?" 미셸이 조심스럽게 물었다.

2025년 3월 17일, 월요일

브라질, 마투그로수주, 열대우림

벌목꾼 프란시스코 호세 데 브리토 바레이로는 마흔두 살에 키가 크고 건장하고 치아는 기분 나쁠 정도로 하얗고 손톱이 매우 깔끔한 사람이다. 그러나 그는 수년 전부터 사진 찍을 때 말고는 전기톱을 손에 잡지 않았다.

데 브리토 바레이로스 집안은 그 지방의 벌목꾼이자 목재 도매상으로 유명했다. 그들은 합법적인 무역회사, 부정부패와 강탈로 허가받은 반합법적 회사, 그리고 수입원의 대부분인 불법적인 벌목사업과 같은 정확한 규모를 알 수 없을 정도의 여러 회사를 운영했다. 회사 운영에는 42명의 가족이 참여했다. 고모, 삼촌, 형제, 아들, 딸, 조카들이 대를 이어 물려받았고 각자는 더 많은 회사의 지분을 차지했다. 바레이로는 가족들이 산림노동자들보다 더 많은 변호사를 고용한다고 불만을 늘어놓았다.

바레이로는 집안의 최고 어른이자 가장 당당한 남자였다. 그의 사무실은 마투그로수 주도인 쿠이아바에 있었다. 위성사진을 통해서 그곳 열대우림이 브라질의 다른 어떤 곳보다 빠르게 사라진다는 것을 확인할 수 있었다. 하지만 바레이로는 그런 것은 전혀 신경 쓰지 않았다. 불법으로 벌목된 나무 한 그루도 없었고 불법 제재소를 운영하지 않았으며 수백 개의 벌목용 전기톱 가운데 불법적인 것은 하나도 없었기 때문에 그 어떠한 것으로도 바레이로의 책임을 물을 수 없었다. 공식적으로 그는 트럭, 벌목 로봇, 공구를 대여하는 회사 하나만을 운영했다. 모든 것이 합법적인 것이었다.

그러나 그의 인력회사는 불법이었다. 벌목꾼들은 신속하게 열대우림의 진입로를 만들어 벌목 로봇, 벌목 기계를 들여와 밤 사이에 숲을 거대한 밭으로 만들어 곧바로 콩을 경작했다. 가끔 벌목꾼이 잡히긴 했지만 누가 그 일을 시켰는지는 전혀 밝혀낼 수 없었다. 바레이로가 전 주지사이자 '소하봄 비아젱 그룹' 회장의 딸과 결혼한 사실은 이미 널리 알려져 있었다.

바레이로는 리오 델가다 근처의 시골 우티아리티로 향하고 있었다. 폭포가 그곳의 유일한 볼거리였다. 그곳에서는 길을 잃고 헤맬 일이 거의 없었다. 이름이 바레이로이고 현지에서 조그만 사업이라도 벌이고 있으면 한 길 건너 마투그로수에서 제일 큰 비밀 장비공장에 이를 수 있었다.

바레이로는 지프에서 내렸다. 그는 짙은 갈색 바지와 작업화 차림이었다. 올리브그린 색의 셔츠는 이미 땀에 젖어 있었다. 그는 시장과 약속이 있었다. 시장은 돈이 필요했고 바레이로는 산림노동자를 담당하는 공무원들을 달래야만 했기 때문이다. 바레이로는 이런 문제를 절대로 전화로 해결하지 않고 항상 직접 만나서 이야기했다.

최근에 목재 사업은 휘청거리기 시작했다. 불법으로 벌목한 나무에 최고 인증서를 붙여놓았음에도 불구하고 목재 수입업자가 떨어져 나갔다. 그리고 세계 소고기 시장이 위축되어 사료용 콩 주문도 줄어들었다.

그러나 바레이로는 크게 걱정하지 않았다. 그런 일은 환경운동가들이 새로운 규정을 정하기 전에도 일어났다. 그럴 때면 뇌물을 더 많이 주면 그만이었다. 그의 회사 가운데 하나는 열대우림의 재조림 사업을 위해 공식적인 재정 지원도 했다. 이는 그가 다른 곳에서 숲을 개간하는 데 도움이 되는 것이었다.

바레이로가 걷고 있는 길옆에는 굴착기처럼 보이지만 실제로는 삽 대신 톱이 달려 있는 기계들이 있었다. 그는 열대우림의 탱크라고 불리는, 바퀴 대신 캐터필러가 달린 목재수송트럭을 따라 걷고 있었다. 앞쪽으로 노동자 숙소의 공구 보관창고가 보였다. 그 안에는 대형 전기톱, 장갑, 보호안경, 헬멧, 귀마개 같은 것들이 있었다. 노동자들 누구도 안전장비가 부족하다고 불평할 수 없었다. 벌목은 불법이었지만 바레이로는 일꾼들의 안전에 신경 썼다. 시장이 사무실 안에서 기다리고 있었다. 그는 바짝 마른 체구에 안경 쓴 눈매가 까탈스럽게 보였다.

바레이로의 개인 휴대폰이 울렸다. 셔츠 주머니에서 휴대폰을 꺼내 확인해보자 화면에 '알 수 없는 발신자'란 글자가 떴다. 모르는 사람이 자기의 전화번호를 알 수 없었기 때문에 그는 전화를 받지 않았다.

바레이로는 기억을 더듬었다. 시장 이름이 뭐였더라. 크리토발, 루이스? 아무려면 어때…….

"아이고, 시장님!" 그가 먼저 인사했다. 그때 다시 전화벨이 울렸다. 모르는 번호였다.

"잠시만요……." 바레이로가 양해를 구했다.

발신자는 영어 발음에 미국식 억양의 감정이 없는 포르투갈어로 분명하게 말했다. "데 브리토 바레이로 씨, 미국 정부를 대신하여 우리는 10분 후 열대우림에서 벌어지고 있는 당신의 불법행위를 종식시킬 것임을 알려드립니다. 지체없이 지금 당장 장비들로부터 멀리 벗어나주시고 주변에도 이 사실을 알리길 바랍니다."

전화가 끊어졌다.

'이게 무슨 개소리야.' 바레이로는 생각했다. 대체 어떤 미국놈이? 그리고 어떤 놈이 열대우림 속에 있는 우리 본거지를 발견했다는 거야? 그래 우릴 발견했다고 치자. 우리를 어떻게 공격하겠다는 거야?

"아이고, 시장님." 바레이로가 시장의 좁은 어깨 위에 손을 얹으며 말했다. "안으로 들어가시지요." 시장은 그의 손을 뿌리쳤다.

다시 전화벨이 울렸다.

"당신 누구야?" 바레이로는 소리를 질렀다. "도대체 뭐 하자는 거야?"

미국인의 목소리는 여전히 차분하고 분명했다. "당신이 지금 서둘러야 사상자가 발생하지 않습니다. 장비들을 옮길 생각은 하지 마십시오."

"빌어먹을, 도대체 어떤 놈이야?"

바레이로는 시장이 몸을 돌려 장비창고를 뛰쳐나가 숲속으로 사라져 도로 쪽으로 도망가는 모습을 빤히 바라보고만 있었다. "쌍놈의 새끼." 그는 혼자 중얼거렸다. "대체 지금 여기에 무슨 일이 일어난 거야?"

"이봐, 도대체 어쩌라는 거야?" 그가 휴대폰에 대고 소리 질렀다. 그의 목소리는 겁먹은 것이 아니라 화가 나 있었다. 300km 상공에서 KH-14 위성이 그의 위치를 추적해 치명적인 폭탄을 투하시키는 드론에 전송한다는 사실을 그 순간 바레이로가 알 리 없었다.

"이것이 마지막 경고입니다." 휴대폰에서 흘러나온 목소리였다.

"주둥이 닥쳐, 인마!" 바레이로가 소리쳤다.

장비창고 앞에서 분통이 터져 어쩔 줄 몰라 하며 셔츠 주머니에 있는 담배 한 개비를 꺼내 입에 물고 차분하게 생각해봤다. 도대체 뭐 하자는 수작인 거야? 어떤 놈이 날 놀리자는 건가?

그때 갑자기 섬광이 일어났다.

폭발음 소리는 들리지 않았다. 충격파가 도달하기 전에 공기 압력 파장이 소리를 흡수했기 때문이다.

얼마 후 신문의 부고란에 존경하는 데 브리토 바레이로 가문의 최고 어른이 지프 자동차 사고로 사망했으며 우티아리티 폭포 옆에 안장되었다는 소식이 실렸다.

문어의 아홉 번째 다리 **237**

브라질 대통령 궁에서는 미국 드론이 찍은 불법 삼림 벌목에 대응하는 장면을 찍은 동영상이 공개되었다.

"이것은 가짜야." 대통령은 단호하게 말했다. 할리우드의 초짜라도 이런 동영상을 만들 수 있어."

2025년 3월 19일, 수요일

인터넷 신문 《프랑크푸르터 알게마이네 차이퉁》

브라질을 향한 거센 비난

국제사회 브라질에 "명확한 의사" 전달 요구
기후 동맹의 외무장관 회의 확실시
영국 정보부 군사기지의 움직임 보고

프랑크푸르트, 워싱턴 — 기후 동맹은 브라질 정부를 날카롭게 비난했다. 브라질 대통령이 3대 강국의 압력에 여전히 저항하며 미국, 중국, 러시아의 기후회복 조치에 대하여 브라질의 방어적 입장을 고수하자 외교관들은 이제 "아르투로 바티스타 브라질 정부에 대하여 분명한 시그널을 보내야 한다"고 강조했다.

워싱턴 주재 본지 미국 특파원에 따르면 워싱턴의 미국 정부 대변인은 워싱턴, 베이징, 모스크바에서 브라질 정부의 이러한 태도를 매우 심각하게 판단하고 있으며 유엔 총회에서 '대단한 분노'를 일으켰다 한다. 80차 유엔 총회에서 브라질 외교관 다비드 마리뉴는 러시아 대통령 블라디미르 푸틴이 연설하는 도중 자리를 박차고 나가 많은 국가수반과 대표들이 동요했다. (FAZ.net)

현대 기후 동맹의 외무장관 3명은 남미 정부의 태도에 대한 대응책을 마련 중이라고 정부의 고위관계자는 전했다. 익명을 요구한 회의 관계자는 《워싱턴 포스트》에 "바티스타는 더욱 어려운 상황에 빠질 것"이라 말했다.

2025년 4월 5일, 토요일

칠레, 산티아고 데 칠레 남동쪽 140km, 지네테스, 칠레 브라질 대사관 '까사 마리아' 소재지

"나는 여행을 별로 좋아하지 않아요." 그가 말했다. 그는 느릿느릿 말하면서 안경을 벗고 눈을 비볐다. 보기에도 완전히 지쳐 있는 듯했다. "여행은 정말 짜증나요." 힘이 없는 목소리였다. "집이 최고죠. 내가 시애틀 근처에 정말 멋진 집을 갖고 있다는 거 당신도 잘 알잖아요, 미스터 텔레스! 그곳 날씨는 물론 여기처럼 좋지 않지만 그런 건 별로 신경 쓰지 않아요. 예나 지금이나 나는 집에 머무는 걸 더 좋아하니까요." 그는 다시 안경을 쓰고 벽난로의 불꽃을 응시했다.

구겨진 셔츠가 바지 밖으로 삐죽 나와 있었다. 머리를 깎은 지도 꽤나 오래되어 보였다.

"그런데도 이쪽으로 와주셨군요. 적어도 중간지점에서 만날 수도 있었는데 말이죠." 그를 맞아준 사람이 성급한 목소리로 말했다. "그 점에 대해 정말 감사드립니다. 하여간 그 덕분에 나는 영광스럽고도 새로운 계획과 그것에 관한 아이디어에……." 텔레스는 말을 다 끝맺지 못하고 손짓을 했다. 그는 이 남자가 이

일, 정신 나간 미국인의 일을 함께 해주길 원했다. 또 한편으로는 유명하고 믿을 수 없을 만큼 부자이며 성공한 이 남자와 함께 거실에 앉아 있는 것이 믿기지 않았다.

안경을 쓴 이 남자는 다름 아닌 전직 프로그래머이자 회사 설립자, 후원자, 박애주의자 윌리엄 헨리 게이츠였다. 빌 게이츠로 더 유명한 그는 세계에서 가장 부유한 사람 가운데 한 명이었고 어림잡아 1,200억 달러의 재산을 소유했으며 벌써 500억 달러를 자선단체에 기부했다.

다른 두 남자는 형제였고 둘 다 미남이었다. 형 파블로 M. 텔레스는 대통령이자 정치적 동지였던 아르투로 바티스타가 승리하여 왕궁으로 들어갈 때부터 브라질 국방부 장관을 맡았다. 세 살 어린 동생 주아우는 형과 똑같이 생겼다. 키가 크고 근육질 체격에 얼굴이 각졌으며 아주 짙은 파란색 눈과 검은 머리를 가졌다. 다만 머리 스타일만 달랐다. 형은 국방부 장관이라는 티를 내기 위해 짧은 군인 스타일 머리를 했으며 소프트웨어 사업가 주아우는 어깨까지 내려오는 긴 머리에 때로는 꽁지머리를 하기도 했다. 두 사람 모두 왼손에 눈 모양의 문신을 했는데 눈에 잘 띄지는 않았다. 같은 날 문신을 했고, 형이 열여섯 번째 생일을 맞은 동생 주아우에게 준 선물이었다. 평생 동안 서로를 보살피겠다는 의미에서 눈 모양을 새겨 넣은 것인데 심장이 왼쪽에 있기 때문에 왼손에 문신을 했다.

이제 두 사람은 각각 마흔다섯, 마흔두 살이 되었고 이들만큼 우애 깊은 형제도 드물었다.

사업가인 주아우가 이 모임을 주선했고 그의 회사는 아주 중요하진 않았지만 마이크로소프트의 고객 가운데 하나였다.

하지만 그는 빌 게이츠와 특별한 관계였다. 그리고 어느 날 갑자기 시애틀에 있는 빌 게이츠로부터 전화를 받았다. 처음에 그는 빌 게이츠가 농담을 하거나 장난하는 것이라 생각했다. 그러나 그게 아니었다.

빌 게이츠는 브라질 국방부 장관인 그의 형을 만나보고 싶다 했다. 빌 게이츠는 미국 정부와 가까운 인사였고 이론적으로 추측해보면 사절단이나 비공식적 메신저 역할을 충분히 할 수 있는 사람이었다. 그러한 추측은 거의 확실했다. 점점 악화되는 갈등과 관계한 문제라면 커다란 전쟁도 피할 수 없는 것은 아닐까라는 가능성도 배제할 수 없었다.

텔레스는 정치적 상황의 고조와 수사학적인 무력 시위 때문에 걱정이 많았다. 회사에 치명적이기 때문이었다. 푸틴과 시진핑 그리고 미국 대통령 사이에서 무슨 일이 일어나고 있는 것일까, 오 세상에!

주아우는 편안한 목소리로 말하려 애썼다. "게이츠 씨, 브랜디 한잔하시겠습니까? 아주 좋은 레미 마르탱 루이 XIII이 있는데……."

그 술 한 병이 900달러였지만 주아우는 가격에 대해선 언급하지 않았다.

"고맙지만 술은 사양하겠어요. 물맛이 아주 훌륭하군요." 게이츠가 말했다.

주아우는 형의 눈빛이 어두워지는 것을 보았다. 브라질 사람들에게 있어서 그런 브랜디를 거절하는 것은 예의에 어긋나는 일이었다.

"자 그럼, 우리가 당신에게 무엇을 해드릴 수 있을까요?" 파블로가 말했다. 그러자 게이츠는 앞으로 몸을 숙여 불을 주시하며 매우 빠르게 말했다.

"내가 지쳐 있어서 미안하군요. 나도 이런 일엔 익숙하지 않아요. 그런데 조언을 드릴 게 있어요. 당신들은 그것을 부탁이라고 말할 수도 있겠지만……."

"매우 흥미롭군요." 파블로가 시큰둥하게 말했다.

"그리고 고마운 일이기도 하고요." 그의 동생이 한마디 거들었다.

"갈등이 더 이상 고조되지 않도록 정부의 지도부에 영향력을 행사하시기 바랍니다. 그리고 G3의 제안과 조건을 수락하십시오. 현재의 태도로는 타협할 수 없음을 전하라는 위임을 받고 왔습니다. 정치와 사업 모든 방면에서 협상이 가능하단 것을 나도 잘 알아요. 하지만 지금은 아닙니다. 3대 강국 지도자의 생각은 확고해요. 미국 대통령은 그것을 매우 심각하게 생각하고 있습니다. 나도 그걸 잘 알지요. 우리는 아주 가까운 사이니까요."

게이츠는 안경을 벗고 진지한 눈으로 파블로를 바라보았다. "그렇지 않으면 전쟁이 일어납니다. 그 전쟁은 정말 끔찍할 겁니다. 당신들이 양보하면 수많은 고통을 막고 자원을 구할 수 있습니다."

"말도 안 돼!" 파블로 장관이 소리쳤다. "내 말은 그 나라들이, 정확히 말하면 그 나라의 수장들이 어떻게 우리 대통령에게 지시할 수 있느냔 겁니다. 브라질은 벌써 오래전부터 독립 국가였습니다."

"그렇지요. 1822년부터……" 게이츠가 파블로의 말을 끊었다. "지금은 아주 곤란한 상황입니다. 그러나 G3 동맹은 특별 프로젝트를 실천하기 위해 군사력을 포함한 모든 힘을 사용하기로 결정했습니다. 일부 잘못된 개발을 즉각 종식하기 위해! 협상의 여지는 없습니다."

"내가 보기에 그것은 정말 믿을 수 없는 오만이군요. 놀라지 않을 수 없는 것은 내가 존경하는 당신 같은 사람이……." 파블로는 말끝을 흐렸다. 그의 동생은 아무 말도 없었다.

"내 말이 얼마나 무리한 요구인지 나도 잘 압니다. 하지만 나도 어쩔 수 없어요. 그러나 그에 대한 보상도 뒤따르게 됩니다. G3 국가는 당신들에게 커피값의 30% 인상을 제안할 겁니다. 브라질은 세계 최대 커피 생산국이고 당신들이 화전火田으로 잃는 손실만큼의 돈을 벌 수 있어요. 대략……."

"돈이 전부는 아닙니다." 파블로가 큰 목소리로 말했다. "전통과 자주권도 중요한 문제입니다. 우리 브라질인들은 자주권에 자부심을 가져왔고 수많은 가족들이……."

"알아요. 나도 잘 압니다." 게이츠는 더 이상 느린 말투가 아닌 크고 분명하며 단호한 어조로 말했다. "사람들은 일자리를 잃게 되겠죠. 산업 전체가 끝장날 것이고 경제는 환골탈태해야 합니다. 그 모든 것이 고통스럽겠죠. 그러나 한 세대가 지나면 모두 해결됩니다. 생태적 피해와 같은 브라질이 상당 부분 기여하고 있는 코앞에 닥친 재앙에 비교하면 경제의 전환비용은 미미합니다. 그리고 G3 국가는 합리적인 지원을 제공할 준비가 되어 있습니다."

"말도 안 됩니다." 흥분한 파블로는 어쩔 줄 몰랐다.

"이건 정상적인 일이 아닙니다." 주아우가 차분히 말했다.

"뭐라고요?" 게이츠가 말했다.

"이런 협박과 제안, 당신이 여기에 온 것, 이 모든 것 말입니다." 주아우 텔레스가 말을 마치고 속으로 생각했다. '이 사람은 지금 정말로 심각하게 여기고 있는 게 분명해.'

"나도 진지하게 말하는 겁니다." 게이츠가 말했다. "당신들 기분을 나쁘게 하기 위해 여기에 온 것이 아닙니다. 내가 여행을 좋아하지 않는다는 것도 잘 알잖아요. 내가 할 수 있는 한 최악의 사태를 막고 싶은 것뿐 입니다."

"G3의 요구에 대한 우리 대통령의 분명한 입장을 당신도 알지 않습니까?" 파블로가 게이츠의 말을 끊었다.

"바로 그것이 핵심입니다. 당신은 그를 제거해야 합니다." 미국에서 온 게이츠가 대답했다.

"우리 국가원수에 대해 쿠데타를 일으키란 말인가요?"

"옳은 길을 가라는 것뿐입니다. 당신은 바티스타를 제거해야 합니다." 게이츠는 두 형제를 번갈아 바라보았다. "아시겠죠…… 이제 코냑이나 브랜디를 한잔하고 싶군요."

2025년 4월 12일, 토요일

브라질, 상파울루, 빌라 마달레나

히카르두는 바로 근처의 쿠티뉴 지역의 이웃으로부터 주문 문의를 받고 놀랐다. 여기에 살았던 사람들은 보통 '이노베이션 웨이'의 비싼 비용을 감당할 수 없었기 때문이다. 주문 내용은 간단했다. 6인용 저녁 식사, 어린이나 채식주의자 없음, 세 명은 상하이와 베이징에서 온 중국인이라는 내용이 전부였다.

평상시 같으면 히카르두의 케이터링 서비스는 일주일 내내 예약이 꽉 차 있을 터였다. 그런데 몇 주 전부터 예약이 확연하게 줄었다. 임박한 전쟁 위험 때문에 부자와 슈퍼 리치들이 예민해져 있었다.

당연한 일이었다. *브라질 아 베이라 다 게라.** 신문이 보도한 바처럼 브라질은 전쟁에 임박해 있었다. 밤낮으로 TV 뉴스와 토크쇼에서 떠들어댔다. 정부의 고위 관료, 안보 전문가, 군대, 지식인, 주교, 주부, 평화주의자, 기업가, 생태학자들은 앉아서 분

---

* 전쟁이 임박한 브라질이라는 뜻의 포르투갈어.

석하고, 열을 올려가며 논쟁하다가 스튜디오의 테이블을 주먹으로 내려치며 울분을 터뜨렸다.

브라질은 1822년 독립전쟁, 1864년 3국 동맹전쟁 그리고 2만 5천 명이 참전한 2차 세계대전 등 지금까지 적지 않은 전쟁을 겪어야만 했다. 동맹국들은 이런 사실을 진지하게 고려했을까? 히카르두를 비롯한 브라질 사람들은 그것이 궁금했다. 전쟁은 동맹국에 너무 큰 대가가 아닐까? 반대로 브라질이 압도적으로 전력이 우세한 동맹에 맞선다는 것도 미친 짓이 아닐까? 브라질은 두 손을 들고 동맹국의 요구를 들어줄 수도 있겠지만 열대우림이 농경지가 되면 누구에게 이익이 된단 말인가?

거리의 남자는 분명히 아니었다. 그러나 그것은 명예의 문제였다. 히카르두에게 이런 것은 무의미했다. 명예가 도대체 그것과 무슨 상관이란 말인가? 왜 그 요구를 수용하지 못하는가? 다른 중요한 주권은 보장된다고 했다. 그리고 잔인하고 독단적이라 할지라도 모든 수단과 방법을 다해서 기후재앙을 막아야만 하지 않았는가?

이 논쟁에 대하여 환경운동은 처음엔 일치된 모습을 보였지만 얼마 가지 않아 브라질과 브라질을 제외한 그 나머지 세계 두 진영으로 갈라졌다.

동맹의 접근방식을 지지하는 G3 진영이 있었다. 이들은 주권과 국권의 가치, 민주주의와 자결권을 양보해야 한다고 했다. 자유주의 진영은 이들과는 반대로 인간의 자유는 그 무엇과도 바꿀 수 없다고 완강하게 버텼다. 목적이 무엇이든 어떤 공격도 받아들이거나 협상할 수 없다고 고집했다.

전 같으면 그러지 않았을 텐데 지금 히카르두는 TV를 더 오래 시청하고 신문을 사서 보았다. 손님도 많이 줄었지만 크게 걱정하지 않았다.

쿠티뉴로부터 이노베이션 웨이에 여섯 명을 위한 저녁 식사 주문이 들어왔을 때도 히카르두에게 다른 예약은 없었다. 히카르두는 전화 통화로 가격은 24만8천 헤알, 약 4천 유로이고 50% 선불이라고 말했다. 상파울루의 슈퍼 갑부에게조차 터무니없이 비싼 금액이었다. 전화를 건 사람은 놀라지도, 흥정하지도 않았다. 그는 사람을 보내겠다고 말했다.

전화를 끊자 히카르두는 그 사람이 다시는 전화하지 않을 것이란 느낌이 들었다.

10분 뒤에 한 소년이 전체 금액이 든 봉투를 전달해주었다. 봉투에는 주소와 시간이 적힌 쪽지가 붙어 있었다.

인사말이나 이름 같은 것은 전혀 없었다.

히카르두는 아뮈즈 부슈*부터 가벼운 디저트에 이르는 6인용 식사를 준비했다. 작은 바비큐 식당이 많은 그 동네의 특성을 착안한 아이디어로 메뉴를 고려했다. 돼지고기와 닭고기 안심을 밑간하여 200℃의 돌판에 가볍게 구운 뒤 채 썬 생강, 페르시아 타딕,** 신맛이 강한 포도주를 곁들였다.

---

* 메인 디시 전 가볍게 술과 함께 먹는 음식.
** 누룽지 같은 이란식 밥.

*

히카르두는 약속한 시간보다 늦게 쿠티뉴에 있는 집에 도착했다. 그는 그 집이 아주 잘 꾸며져 있을 거라고 생각했지만 집 안은 거의 텅 비어 있었고 사람이 사는 집 같아 보이지 않았다. 히카르두가 거실로 들어갔을 때 나란히 붙여놓은 세 개의 테이블에 여섯 명의 사내가 전자기기가 연결된 노트북을 앞에 놓고 있었는데 그를 쳐다보지도 않았다.

세 명은 중국인이었고 나머지는 유럽 사람 같아 보였다.

히카르두가 조심스럽게 주방이 어디냐고 묻자 한 사람이 손짓으로 가리켜줬다. 그들은 히카르두에게 관심을 보이지 않았고 그도 그게 편했다. 집은 2층이었고 엘리베이터가 없었다.

히카르두는 다섯 번이나 오르락내리락하며 음식 재료, 아이스박스, 식기, 술잔, 요리 도구를 날랐다.

그는 짐을 풀기 전에 냉장고와 주방, 가스레인지부터 먼저 정리했다. 그리고 평소처럼 일에 몰두하면서 신속하게 요리를 했다. 히카르두는 그 집에 발코니가 있다는 것을 알았다. 그는 팔라체티 전기 돌구이판을 가져왔었고 발코니에서 고기를 구우면 좋겠다고 생각했다.

히카르두는 테이블 위에 종이를 덮고 손을 깨끗이 씻은 다음 음식 준비를 했다.

이번에는 비코프가 도시와 장소를 정했다. 비코프는 두 사람을 데리고 왔는데 그들은 군인이 아니라 프리랜서였다. 지밍 박사도 자기 직원 두 명과 함께 이곳에 왔다. 그들은 훨씬 더 많은 기술을 보유한 암호 전문가들이었다. 아무 데서나 담배를 피우려는 중국인과 비코프 사이에 의견 충돌이 있었지만 흡연은 발코니에서만 하기로 합의했다.

비코프는 중국인 공모자들에게 잘보이기 위해 그 지역의 출장요리사 가운데 가장 훌륭한 중국요리 전문가를 고용했다고 지밍에게 말했었다.

그들은 리스트를 검토하고 새 리스트를 만들었다. 푸틴과 시진핑은 그들이 얼마나 취약한지 잘 알고 있었다. 그리고 그들은 시진핑이 최근 그의 비판자들에게 언급한 것처럼 내부의 공격과 '불편한 자들의 동맹'에 대한 예방조치를 취했다. 대부분의 '불편한 자들'은 이미 최소한의 후유증을 남기고 제거되었다.

이제 이 예방조치에 대한 또 다른 예방조치는 비코프와 지밍의 몫이었다.

발코니는 좁았지만 집 앞쪽에서 모퉁이까지는 꽤 길었다. 히카르두는 실내에서 전채요리, 샐러드, 음료수를 만들고 그가 가져온 구리 냄비를 전기 플레이트 위에 올렸다. 그리고 흡연가들을 방해하지 않기 위해 발코니 모퉁이에서 잠시 휴식을 취하면서 그릴 온도가 200℃가 될 때까지 기다렸다. 두 남자가 담배를 피우려고 발코니로 나왔다. 중국인들이었다. 그러나 그들은 히카르두를 보지 못했다.

그들은 담뱃불을 붙였다. 한 사람이 가래 끓는 소리를 내더니 발코니 밖으로 침을 뱉었다. 미신에 따르면 사람들의 목구멍 속에는 악령이 숨어 있고 침을 뱉으면 그 악령을 쫓아낸다고 했다.

160℃. 히카르두는 기다렸다.

"우리 이거 큰 위험에 빠지는 거 아닐까요?" 한 중국인이 말했다. 그는 중국 남부 억양이 강한 광둥 사투리로 말했다.

"항상 위험에 빠지는 게 인생인 거야." 다른 사람이 말했다. 그는 만다린 중국어를 썼다.

'한족인가 보군.' 히카르두는 생각했다. 귀를 기울이지 않아도 그의 말을 모두 알아들을 수 있었다. 중국에는 58개 민족이 있었고 한족이 다수를 차지했다. 한족은 자신들을 가장 우월한 민족이라고 여겼다.

"이 일이 성공하면 우리는 크게 한몫 잡는 거야." 그는 다시 발코니 밖으로 침을 뱉었다.

"그런데 성공하겠죠? 혹시 잘못되면…… 꼭 성공해야 할텐데…… *메이 치엔, 메이 지우*." 돈 없으면 죽은 목숨이라는 광둥 속담이었다. 다른 사람이 다시 만다린어로 말했다. 히카르두는 어휘 선택과 말투에서 그가 낮은 신분의 사람이란 것을 알 수 있었다. 자부심도 아주 강한 것 같았다.

"우리는 브라질 비밀정보부의 눈과 귀를 가지고 있어. 그들은 멍청하고 체계도 엉망이야. 더구나 식민지 역사와 식민지 문화를 자랑스럽게 여기고 있지. 그들은 G3가 쳐들어온다는 것을 뻥이거나 물지 않는 개 정도로 생각할 뿐이야."

"하지만 개는 어떤 경우에도 물 겁니다. *저 티아오 후이 야오 런 데 고우!* 3대 강국이 바로 그 개이고요!"

"그렇지. 시진핑은 이제 뒤로 물러날 수 없어. 안 그러면 그는 쪽팔리게 되는 거니까. 그는 이번 카드에 모든 것을 걸었고 브라질을 굴복시켜야만 해."

"우리는 그동안 브라질 사람인 와이궈 렌이 무기를 얻도록 도왔잖아요. 그들에게 힘과 자신감을 주고요."

"맞아, 그래서 내가 이 일에 아귀를 맞추고 있는 거지. 그들이 군비를 잘 갖추어서 파멸에 이르도록 말이야." 그는 웃고, 기침하고 가래 끓는 소리를 내더니 다시 발코니 밖으로 침을 뱉었다. 그리고 계속 말을 이어갔다.

"이 갈등을 전쟁으로 만드는 거야. 될 수 있는 한 모든 쪽에 아주 참혹하고 끔찍한……."

"우리 같은 군인들을 위해서 말이죠. 아주 많은 일이 벌어지겠죠. 그걸 뭐라고 하죠? 종이로 불을 감쌀 수 없다는……."

"그래, 유감스러운 일이지만…… YU-73 탄두는 기술의 혁신이야. 지옥에서 온 것 같은 이 탄두는 플라스마가 들어가 있고 기동력이 뛰어나지. 알다시피 우리가 모드를 개선한 것이고. 브라질의 첫 번째 공격은 세상을 깜짝 놀라게 만들 거야. 그리고 그것은 곧 강한 반발을 불러일으킬 거고 그때부터 상황은 계속 악화되겠지. 그때 우리는 멀찌감치 물러서 있기만 하면……."

그릴 온도가 이미 200℃를 넘어섰지만 히카르두는 거기에 신경 쓸 수가 없었다.

그는 두 중국인들의 대화를 더 이상 건성으로 듣지 않았다. 한마디도 빼놓지 않았다.

"그것이 바로 브라질인들이 빠지게 될 함정이지. 사람들은 우리가 했다는 증거를 전혀 찾을 수 없을 거야."

"맞습니다. 전쟁이 고조되면 시진핑은 배신자를 찾아내려고 뒤돌아볼 여유가 없을 거예요. 그리고 전쟁이 끝나기 전에 시진핑은 쫓겨나게 되겠지요. 푸틴도 마찬가지겠지만…… 그런 다음엔 미국 대통령도…… 결국 동맹은 박살나는 거죠."

"왜냐하면 미국 대통령이 전쟁의 음모를 꾸몄고……."

"이 모든 계획이 멍청했기 때문이겠지요. 왜 중국은 오랫동안 중국을 추월했던 두 나라와 동맹을 맺어야 했을까요? 무기력감에 빠져 있는 러시아와 야구와 라스베이거스만 꿈꾸는 맥빠진 민주주의와 말입니다. 중국 제국은 초강대국 중의 초강대국이지만 시진핑은 세계를 정복하는 대신 생태운동가로 변신했습니다."

한 사람이 여전히 불이 붙어 있는 담배꽁초를 손가락으로 튕겨 발코니 밖으로 버렸다. 히카르두는 담배 불똥이 아래로 떨어지는 것을 보았다.

"이제 들어가지." 자존감이 강해 보이던 사람이 말했다.

"네." 다른 한 사람이 말했다. "뭘 좀 먹고 싶은데…… 이 요리사는 어딜 간 거야?"

"내 밥그릇이 어디에 있는지 항상 알아야 하지, 안 그래요? *니즈다오 셴머 두이 니 요우 하오추?*" 다른 사람이 웃었다.

 히카르두는 밖에 계속 서 있었다. 거의 숨을 쉴 수 없을 지경이었다. 도대체 무슨 얘길 들은 거지? 그는 그릴을 끄고 마음을 진정시켰다. 히카르두는 몇 분을 더 있다가 실내로 들어왔다. 사내들은 그에게 별 관심이 없었다. 히카르두는 냄비와 프라이팬으로 간단한 음식을 만들었다. 그리고 자기만 혼자 있는 주방으로 돌아왔다.

 그는 오늘 밤을 버텨내야 했다. 그는 눈에 띄지 않게 조심스럽게 행동하고 사내들이 먹고 치우고 짐을 꾸려 다시 차를 몰고 돌아갈 때까지 기다려야 했다.

 그러고 나서 그는 이 모든 것에 대해 잘 생각해봐야만 했다.

 '전쟁이라고? 브라질이 함정에 빠진다? 전쟁의 단계적 확대가 프로그램되어 있다고? 플라스마가 들어간 탄두 YU-73은 또 뭐지? 도대체 무슨 소릴 하는 거야?'

 히카르두는 머리가 아팠다.

2025년 4월 12일, 토요일, 같은 시간

브라질, 상파울루, '배트맨 카페'

날씨가 따뜻한 밤이었다. 빌라 마달레나 지역의 가게들은 아직도 문을 열었고 술집과 카페도 마찬가지였다. 천장과 벽의 거대한 그라피티로 유명한 쿠티뉴의 '배트맨' 앞 작은 테이블에 나이지리아의 무기상 밥 올루푼밀라요가 앉아 있었다. 그는 다리를 꼬고 앉아 소다수를 탄 브랜디를 마셨다. 지나가는 사람 누가 봐도 행복하고 편안한 파울리스타노*로 여길 정도였다.

올루푼밀라요는 셔츠 주머니에 넣고 있던 아주 작은 망원경을 꺼내어 사람들 눈에 띄지 않게 가끔씩 눈으로 가져갔다. 그는 길 건너편의 오래된 집 2층에 있는 아파트를 관찰하고 있었다. 비코프가 그 아파트를 빌렸고 비코프가 알지 못하는 사이 밥은 아파트를 도청했다. 그는 자신의 사업 파트너가 어떤 일을 벌이고 무슨 이야기를 하는지 알기를 바랐다.

지금까지 일은 계획대로 잘 진행되었다.

---

* 상파울루 시민.

모든 일이 순조롭게 진행되면 올루푼밀라요는 브라질에 막대한 물량의 신형 YU-73, 초고속 탄두 탑재 로켓을 공급할 수 있었다. 지밍은 몇 개의 로켓을 다른 프로그램으로 바꿔놓았다. 프로그램이 바뀐 YU-73은 브라질이 제어할 수 없기 때문에 더 큰 타격을 줄 수 있었다. 가능한 한 많은 피해를 주자는 생각이었다. 그런 일은 올루푼밀라요가 전문가였다.

올루푼밀라요는 지금 흰옷을 입은 키 작은 남자가 발코니에서 그릴 플레이트 같은 것을 살펴보며 모든 준비물을 구석에 세워놓고 기다리고 있는 모습을 관찰하고 있었다. 그는 요리사 모자를 쓰고 있었다.

잠시 후 중국인들이 발코니에 나타났다. 지밍의 직원들이었다. 그들은 그곳에서 담배를 두 개비씩 피웠다. 요리사와는 말하지 않았다. 아마도 요리사가 발코니의 반대쪽 끝에 있었기 때문에 못 본 것 같았다.

걱정할 필요가 없었다. 중국인은 그렇지 않아도 요리사나 심부름꾼하고는 말하지 않았다.

조금 이상한 점은 요리사가 한동안 발코니에 있었는데 아무런 일도 일어나지 않은 것이었다. 그는 그릴 플레이트를 조립했지만 고기를 굽지 않았다. 올루푼밀라요는 망원경을 눈에 가져갔다. 작은 체구에 딱하게 보일 정도로 못생긴 요리사는 앞만 응시하고 있었다. 심상치 않은 일이었다.

올루푼밀라요는 상파울루에 네 명의 직원을 고용했었다. 그는 휴대폰을 손에 들었다.

2025년 4월 13일, 일요일

브라질, 상파울루

밥 올루푼밀라요가 사용하는 일회용 휴대폰 벨이 울렸다. 올루푼밀라요는 전화를 기다리던 중이었다.

"네?"

올루푼밀라요가 자신의 사업 파트너를 감시하기 위해 고용한 사람 중 하나였다. 어제 그는 께름칙한 행동을 하는 출장 요리사를 감시하기 위해 한 사람을 배정했다. 그의 동물적 감각은 그를 속이지 않은 것 같았다.

"그가 지금은 집에 있습니다. 그런데 누가 미행이라도 하는 것처럼 차를 타고 이리저리 돌았습니다. 저 말고는 아무도 그를 미행하지 않았는데도 말이죠. 제가 여기 적어놓은 게 있습니다. 쿠티뉴에서 출발해 북쪽으로 아베니다 구알터로 갔다가 다시 서쪽인 BR 116번 도로를 타고 갔고 또다시 374번 국도로 바꿔 외곽으로 빠진 다음 남쪽 방향인 SP 21 도로로 갔습니다. 그러고 나서 파이스에서 꺾어져 동쪽으로 갔습니다. 그러곤 아베니다 브라질, 알바레스 카브랄을 거쳐 다시 반데이란테스로……."

"알았으니 이제 그만⋯⋯ 분명한 목적지가 있던가요? 차에서 내리거나 누군가를 만나거나⋯⋯."

"아뇨. 기름을 넣기 위해 선 것 말고는 없습니다. 주유소에서도 긴장하고 겁난 표정이었어요. 또라이 아닌가 싶어요. 일 끝난 다음에 왜 그렇게 밤새 차를 타고 헤매는 건지⋯⋯ 목적지도 없고 특별한 일도 없는데 말이에요. 왜 그러는 겁니까?"

"무서운 거겠지⋯⋯." 올루푼밀라요가 말했다.

2025년 4월 14일, 월요일

브라질, 브라질리아, 상파울루로부터 1000km

소피아 델라 베템쿠르는 정보기관에 근무하며 계급은 소령이다. 그녀는 책상에 앉아 카모마일차를 마시며 결정을 내리려 고심하고 있었다. 그녀는 복잡한 문제에 대해 비교적 빨리 결정을 내렸다.

브라질리아에 있는 러시아 대사관의 중개인을 통해 문의가 들어왔다. 소피아 델라 베템쿠르는 이제 막 전쟁이 시작된 두 나라인 러시아와 중국의 고위 관료를 만나려 했다. 범상치 않은 일이었다. 그녀는 두 사람에 관한 신상기록을 앞에 놓았다. 이미 두 번이나 읽은 터였다. 중국인은 어떤 박사였는데 차관이며 IT 전문가이고 알려진 바로는 수학 신동이었다. 그 내용이 소피아 베템쿠르의 관심을 끌었다. 러시아인은 고위 장성이었다. 두 사람 모두 서열로 볼 때 약칭 ABIN이라고 하는 '브라질 비밀정보부'의 일개 부서장인 소피아보다 높은 사람들이었다.

ABIN 본부는 수도인 브라질리아에 있었고 직원이 약 3천 명으로 매우 적었으며, 수십 개의 서비스를 제공하는 가운데 이삼

백 배의 직원을 거느린 중국과 러시아의 정보기관에 비해 초라하기 짝이 없었다. 좋게 말하자면 ABIN은 낡고 오래된 구멍가게식 정보기관이었다. 여자인 소피아가 부서장까지 승진한 것은 놀랄 만한 일이었다. 또 다른 세 명의 부서장으로 두 명의 대령과 한 명의 중령이 있었다. 그들은 승진심사에서 계속 탈락했다.

소피아는 이곳의 학력 수준이 형편없다고 생각했다. 그녀의 남성 부하들은 대부분 경찰로 근무하다 온 사람들인데 신체적으로 매우 건강하고 헌신적이었지만 똑똑한 사람은 매우 드물었다. 그녀는 차를 뛰어넘고 거주지를 급습하며 집 담벼락을 뛰어넘는 것을 가장 해보고 싶어 했지만 그런 기회를 얻지 못하였고 그럴수록 심술궂고 거칠어졌다. 내부감사는 줄곧 개입을 피하며 눈을 감아주었다.

장교들 중에는 이론적인 면에서 더 많은 능력을 가진 젊은 남자가 몇 명 있었다. 외국어를 중상급 이상 숙련되게 구사하는 대졸자도 있었다. 그러나 이들도 금방 '정보부'에 퍼져 있는 마초의 거들먹거림을 배우고 말았고 쓸데없는 플레이보이와 제임스 본드의 행동이나 흉내 냈다.

그러나 소피아 델라 베템쿠르는 이런 것에 아랑곳하지 않고 한결같았다. 그녀는 자기 주도적으로 무언가의 뒤를 캐보고 싶은 아이 같은 사람이었다. 어릴 적에 그녀는 크리스마스 선물로 인형을 선물 받은 적이 있었다. 미용기구 세트와 여벌의 옷 두 벌이 함께 있는 인형이었는데 뉘어놓으면 울었고 앉혀놓으면

딸꾹질을 했다. 소피아는 그 인형을 무척 좋아했는데 바로 그날 밤 그 장난감을 조심스럽게 분해해서 인형이 어떻게 작동하는지 알아냈다.

그녀는 자기가 한 행동에 만족했지만 부모님은 탐탁지 않게 생각했다.

역사 선생님이었던 엄마는 깜짝 놀라며 화를 냈고 엔지니어였던 아버지가 그녀를 감쌌다. 아버지는 드라이버를 가져와 소피아와 함께 인형을 다시 조립했고 인형은 착한 아이처럼 다시 옷을 입히고 머리를 꾸며줄 수 있게 되었다. 그러나 그 이전처럼 인형에 대한 흥미는 전혀 되살아나지 않았다.

정보기관에서 처음 일을 시작할 때만 해도 소피아는 현장 업무가 아닌 분석과 조사에 만족했다. 그렇게 일을 하면서도 언제나 그녀는 자기가 자료를 체계적으로 읽고 냉정하게 분석하고 있는지 의문이었고 그것은 끝내 풀 수 없는 수수께끼가 되었다. 그녀는 무자비할 만큼 열정적이었고 비정할 만큼 자신에게 철저했다. 사람들은 물론 그녀의 그런 면모를 잘 알지 못했다.

겉으로 보기에도 소피아 델라 베템쿠르는 중산층이었다. 키도 중간이며 중년의 나이에 밉지도 예쁘지도 않은 얼굴이다. 옷차림에 신경을 쓴다고는 하지만 그냥 평범하고 수수하다. 그녀는 구내식당에서 제공하는 세 가지의 음식 가운데 항상 두 번째 메뉴를 주문했고 자동차는 혼다에서 만든 베이지색 중형이었다.

소피아는 수화기를 집어 들었다. 비서 클라우디아의 목소리가 들려왔다.

"무슨 이유로 오늘 '앙주스'가 예약되었나요?"

"제가 살펴보겠습니다. 팀을 미리 준비해놓을까요?"

"한 명 정도만…… 그런데 내가 그곳으로 갈지 아직 확실하지 않아요. 그 러시아인과 중국인과 관련된 새로운 정보를 받았나요?"

"아뇨. 그게 전부입니다. 죄송해요. 제가 곧 '앙주스'에 대한 결정을 말씀드리겠습니다, 괜찮겠지요?"

소피아는 전화를 끊었다. '앙주스 에 데모니우스'*는 사창가에 있는 싸구려 나이트클럽이었다. '정보부'에서 몇 년 전부터 그 클럽 뒷방에 안가를 운영해왔는데 그 방은 잘 위장되어 있었고 도청 방지가 되어 있었다. 그들은 마약 때문에 큰 손해를 본 포주에게서 그 클럽을 인수한 다음 포주를 교도소로 보내 철저하게 교육시킨 다음 가석방으로 출소시켜 다시 클럽의 바지사장으로 앉혔다.

이 모든 것은 소피아의 아이디어였고 생각대로 잘 진행되었다. 모양새를 갖추기 위해 포주는 여자들에게 지시를 내릴 수 있었지만 때리는 것은 허용되지 않았다. '앙주스'에는 30여 개의 카메라가 설치되어 있었다. 모든 계산서도 소피아의 결재를 거쳐야만 했다. '내 나름대로의 유머인 셈이지.' 소피아는 이렇게 생각했다.

소피아는 남의 간섭을 받지 않는 한 냉정한 성과주의, 비상

---

* 천사와 악마라는 뜻.

한 두뇌, 단호함으로 유명했다. 그녀는 사랑받고 싶은 생각도 없었고 관심을 받고 싶지도 않았다. 그녀는 그 수수께끼를 풀고 싶었다.

전화벨 소리가 울렸다.

비서 클라우디아였다. "'앙주스'는 비었답니다. 내일까지 아무런 예약도 없고요."

"알겠어요." 그녀는 결정을 내렸다. "오늘, 아마도 이른 저녁에 내가 그것을 받아오겠어요. 그런데 남자 한 명이 필요해요. 내가 직접 약속을 잡아서 알려줄게요."

그녀는 전화를 끊고 눈을 감았다. '세뇨르 지밍과 세뇨르 비코프.' 그녀는 생각에 잠겼다. '이 개자식들이 나한테 원하는 게 뭘까?'

'도대체 나한테 뭘 바라고 있지?'

2025년 4월 14일, 월요일, 늦은 저녁

브라질, 브라질리아

후줄근한 피아트 티포* 택시 한 대가 작은 교차로에서 갤터로로 꺾어져 들어갔다. 페인트 가게, 아연도금 공장, 롤러서터를 만드는 조그만 공장과 드문드문 공터가 있는 공단지역이었다. 운전사는 거침없이 차를 몰았다. 아마도 이 지역을 잘 아는 사람 같았다.

"아직 3분 남았다"고 말하면서 그는 몸을 돌려 두 명의 택시 승객을 바라보았다. '이상한 놈들이군.' 그는 생각했다. '하긴 이상한 놈들이 때로는 끝내주지……'

그 이상한 놈들은 다름 아닌 비코프와 지밍 박사였다. 이 만남은 그들 계획의 다음 포석이었다. 두 사람은 여러 가지 논의 끝에 소피아 베템쿠르를 연락책으로 결정했다. 그녀는 계급으로 볼 때 적당했고, 의심받을 경우에도 대통령에게서 많은 심문을 당하지 않을 것 같았기 때문이다. 더구나 그녀는 일에 있어서 망

---

* 이탈리아 제조업체인 Fiat에서 생산한 브라질에서 가장 많이 팔린 소형차.

설이는 법이 없고 업무규정과 의무에 따라 신속하게 처리한다는 정보를 입수했었다. 그 조직의 다른 부서장들은 믿음이 가지 않았다.

두 사람은 완벽한 여권을 가지고 리마와 부에노스아이레스를 거쳐 브라질에 들어왔다. 중국인, 러시아인, 미국인에 대한 강제출국이나 억류는 아직까지 없었지만 그것은 시간문제였다. 대사관은 이미 상호간에 폐쇄되었다. 대사와 무관 그리고 지하실의 서류 파쇄팀 말고 대부분의 대사관 직원은 이미 본국으로 돌아갔다.

지밍 박사는 가지고 있는 일본 여권으로 입국심사를 무사히 통과했고 호텔 투숙도 가능했다. 비코프는 폴란드 여권을 소지했다.

빨간색 글자가 반짝이는 건물 앞에 택시가 섰다. 'm' 자 불빛이 켜지지 않은 네온 간판은 '앙주스 에 데모니우스'가 아니라 '앙주스 에 데오니우스'로 반짝거리고 있었다. 그 간판 옆에 손을 들고 있는 어정쩡한 여자의 실루엣이 보였다.

비코프와 지밍이 택시에서 내렸다. 그들은 잠시 놀랐다. "스트립 바로군." 비코프가 말했다.

"으음, 완전 오리지널이군요."

"그렇군요." 지밍이 말했다.

팔에 빈틈없이 문신을 한 거칠게 생긴 남자가 입구를 지키고 있었다. 출입구에 문은 없었고 검붉은색 커튼뿐이었다. 출입구에 버티고 서 있던 사내는 두 사람이 오는 것을 미리 알고 있었던 듯 커튼을 걷어주며 안으로 들어가라고 손짓했다. 안에서 요란한 음악 소리가 들렸다. 비코프와 지밍은 안으로 들어갔다.

비좁고 창문도 없는 클럽은 어두컴컴하고 후끈거렸다. 땀 냄새, 담배 연기, 꿉꿉한 카펫, 싸구려 향수가 뒤범벅된 냄새가 났다. 비코프가 세어보니 손님은 대여섯 명뿐이었다. 모두들 피곤한 듯 무대만 바라보며 축 처진 채 여기저기 앉아 맥주를 홀짝거리고 있었다. 두 여자가 긴 바 테이블 뒤에 앉아 있었고 그 뒤에는 이미 다 마셔버리고 먼지만 잔뜩 쌓인 브랜디, 코냑, 위스키 빈 병들이 줄지어 놓여 있었다. 클럽 한가운데 무대가 마련되었고 그 위에 세 명의 여자가 별다른 감흥 없이 춤을 추고 있었다. 그들은 하이힐만 신은 알몸이었다. 브라질 신디 팝 음악이 귀가 따가울 정도로 크게 울렸다.

춤추는 여자들을 눈여겨보는 사람은 아무도 없었다. 그들은 그냥 그곳에 있을 뿐이었다. 비코프가 더 이상 참지 못하고 말문을 열었다.

"이런 곳에서 만나자는 것도 아주 독특한 아이디어군요." 음악 소리 때문에 비코프가 큰 소리로 말했다. "그 여자 우리를 우습게 본 것 아닙니까?"

지밍도 마음에 안 든다는 듯이 쭈뼛하고 어깨를 올리면서 집게손가락으로 자신의 귀를 가리켰다.

곧이어 문 앞에 서 있던 험상궂은 사내가 그들 앞에 나타나 따라오라는 손짓을 했다. 그는 클럽의 좁은 뒤쪽에서 딸각하며 잠겼다 풀리는 손잡이를 돌렸다. 그러자 붙박이 벽장이 옆으로 밀려났고 낮은 철문이 안쪽으로 열렸다. 사내는 고개를 끄덕이며 엄지를 들어 보였다.

지밍이 먼저 안으로 들어간 다음 비코프가 몸을 숙여 뒤따라 들어갔다.

그들이 들어가자 철문이 철컥 소리를 내며 닫혔다. 전실이 있었고 그 뒤에 방이 있었다. 방 한가운데 세 개의 지저분한 스테인드글라스로 장식한 물병이 놓인 나지막한 테이블 말고는 텅 비어 있었고 접이식 의자 세 개가 전부였다. 의자에 앉아 있던 소피아 델라 베템쿠르가 이들을 향해 진지한 표정으로 고개를 끄덕였다.

그녀는 이미 머리를 굴리고 있었다.

'이들이 정말로 왔군.' 그녀는 생각했다. 이들은 정말 그 고위층 인사인 비코프와 지밍이었으며 그녀는 이들의 얼굴을 서류 사진을 보고 이미 알고 있었다. '좋아. 이들이 왔단 말이지. 그것도 스트립 바로 위장한 장소인 것을 알면서도 돌아서지 않고…… 그들에게 이번 일이 중요하다는 반증이겠지. 이제 되돌리기엔 너무 멀리까지 온 거야. 서로를 믿을 수는 없기에 도움을 청하지는 않겠지. 내가 쉽게 돕지 않으리란 걸 그들도 알겠지. 그들이 나에게 무언가를 제안하지 않는 한…….'

그들은 무언가를 제안해야만 했다. 그 대가로 돈을 바라고 싶지는 않았다. 그들은 정보에 대한 접근을 하면서 '정보부'의 예산이 엄청나게 낮은 반면 위험은 너무 크다는 것을 알았기 때문이다. 이들은 정부의 위임을 받고 온 것일까? 그렇다면 왜 이런 방법을 선택했을까? 그리고 하필이면 왜 이 두 사람이?

아니면 이들은 정부도 모르게 온 것일까? 그들이 무엇을 제안할 것인지는 이야기를 해보면 분명해질 일이었다. 그리고 그들이 소피아를 찾아낸 것은 우연이 아니었다. 그들의 제안과 정보가 빠르고 확실하게 처리되어야 했기 때문이다. '이들도 마음이 급했군. 재밌는 일이야. 어디 한번 지켜볼까.'

소피아는 나머지 두 개의 접이식 의자를 가리켰다.

'모든 일에는 패턴이 있다.' 그녀는 생각했다. '모든 조각을 올바르게 맞추면 그 패턴을 볼 수 있어.'

비코프와 지밍이 앉았다.

"비코프 원수님, 지밍 박사님, 두 분을 여기 브라질에서 만나게 되어 영광입니다. 비록 지금 국가 간 상황이 최상의 조건은 아니지만 말입니다." 그녀의 영어 발음은 포르투갈어 억양이 강했다. "이 방문이 각각의 정부를 대신한 일종의 반 공식적인 것이라고 생각해도 될는지요……" 이어 그녀는 속으로 말했다. '그럼 바로 본론으로 들어갑시다.'

"아닙니다. 이 만남은 비공식적인 것입니다." 비코프가 말을 이어받았고 지밍 박사는 고개만 끄덕였다. "브라질 대통령이 상황을 점점 더 악화시키고 있기 때문에 우리가 여기 온 겁니다."

소피아가 그의 말을 끊었다.

"브라질이 상황을 악화시키고 있다고요? 아, 이런 말도 안 되는…… 내가 보기엔 지난 며칠 동안 여러분 동맹이 오히려 우리나라를 협박하고 위협하는 것 같던데요. 어떤 기구나 그 무엇으로도 정당화될 수 없는 침략, 더구나 불법적인 침략을 동맹이 준비하고 있는 것 같기도……."

"좋습니다." 비코프가 손을 들며 말했다. "우리가 그것에 대해 논쟁할 필요는 없습니다. 브라질 대통령이 계속 협상을 시도한다면 많은 도움을 얻게 될 것이란 말을 전하러 온 것입니다. 그것이 바로 우리의 국가원수들이 합리적이며 진정으로 원하고 있는 것이기 때문입니다."

"전쟁은 최악의 마지막 수단일 뿐입니다." 지밍 박사가 조용히 말했다. "아직도 협상을 위한 여지가 충분히 남아 있다는 것을 우리의 지도자들은 잘 알고 있습니다. 그들도 내일 당장 공격할 생각은 없습니다."

"우리는 국가 지도자와 그의 참모들의 지혜를 믿습니다. 위협적인 제스처를 쓸 수도 있겠지만 그것이 곧바로 전쟁으로 이어져선 안 됩니다." 비코프가 말했다. 그는 천천히 말하면서도 톤이 높아졌다. "다시 한번 말하겠습니다. 유감스럽지만 지금 일어나는 일은 위협의 제스처이며 위협을 주려는 시나리오일 뿐입니다. 비록 좋은 일은 아니지만 이것은 정치적 수단입니다. 전쟁이 수반되지 않는 이런 경고와 시나리오는 자주 있었습니다."

다들 말이 없었다. 소피가 다시 말문을 열었다.

"지금 그 말은 이런 전쟁 위협이 아무런 의도가 없는 일종의 시나리오이고 허풍이란 건가요?"

"그렇게 받아들이면 됩니다." 지밍이 말했다.

"이런 정보를 우리 대통령에게 전달하려는 이유를 물어봐도 될까요? 이것은 당신들 나라에 불충성하는 것 아닌가요?"

"우리는 우리나라 국민의 이름으로 어떠한 경우에도 전쟁을 막고자 할 뿐입니다. 현재의 위기에서 벗어나려고 하는 것이죠. 우리의 입장이 바뀌지 않는다는 것을 당신의 대통령이 안다면 고조된 상황이 완화될 수도 있을 것입니다. 그도 위기에서 빠져나오는 것이죠. 그렇게 되면 서로 다시 대화와 협상을 할 수 있고 군인들이 죽는 일도 없을 것이며 국민들도 고통받지 않을 겁니다. 알다시피 나는 늙은 군인입니다. 전쟁터에서 죽음이 얼마나 고통스러운지 군인보다 더 잘 아는 사람은 없습니다." 비코프는 헛기침을 하며 억지로 호의를 보인다는 것이 쉽지 않다는 생각을 했다.

'내가 당신들을 만난 사실을 우리 대통령에게 말하면 대통령은 엄청 노발대발할 거야. 그리고 절대로 협상에 나서지 않겠지. 하지만 너희들은 그걸 모른다는 거지. 이 개자식들!' 하고 소피아는 생각했다.

그녀가 큰 소리로 말했다. "그렇다면 동맹이 점점 더 고조시키는 호전적인 수사는 과장해서 표현하자면 단순한 말장난에 불과하단 건가요? 단지 최후의 순간에 협상을 하려는 협박이었고? 그런데 그 협박이 너무 진지하지 않았나요?"

"우리는 단지 의사표시를 한 것뿐입니다." 지밍이 말했다. "어쨌든 당신 대통령도 이 모든 것을 잘 알고 있다고 생각합니다. 대통령은 카리스마 넘치고 현명한 국가 지도자입니다. 이런 수사 뒤에는 협상 테이블이 마련되어 있다는 것을 그도 잘 알아요. 우리는 이런 판단을 해야 하는 그를 격려하기 위해 왔을 뿐입니다."

"동맹이 뻥을 치는 거라고?" 소피아의 목소리가 더 날카로워졌다.

"동맹이 짖기는 하지만 물지 않는 개라고? 이 말을 전하려고 당신들이 온 건가요?"

소피아는 '개'라는 말에 지밍 박사가 움찔하는 것을 보았다. 비코프는 전혀 동요하지 않았고 그의 눈빛은 더욱 냉정해졌다. 그는 고개를 끄덕였다.

"국가 간의 무의미한 전쟁을 피하려 하는 것이 우리가 전하고자 하는 메시지입니다." 비코프가 말했다.

침묵이 흘렀다.

"혹시라도 당신이 존경하는 대통령에게 말을 전할 때는 '개'란 소리는 안 했으면 좋겠습니다." 지밍 박사가 말했다.

비코프와 지밍이 일어났다.

소피아가 테이블 밑에 있는 단추를 누르자 문이 열렸다. 그곳엔 문신을 한 사내가 여전히 서 있었다.

"신사 양반들, 브라질에는 확실한 밤 문화가 있습니다." 소피아 델라 베템쿠르가 달콤한 목소리로 말했다. "물론 모스크바나 베이징의 밤 문화를 따라잡을 수 없겠지만요. 하지만 한잔 마시고 싶으시다면 예쁜 여자들을 바로 불러드릴 수 있습니다. 한잔하고 가시지요?"

"고맙지만 사양하겠습니다." 지밍 박사가 말했다.

비코프는 서둘러 나가다가 문신을 한 사내와 부딪히고 말았다.

2025년 4월 15일, 화요일

*브라질, 브라질리아,
호텔 '로얄 튤립 아우보라다'*

대통령 관저는 아침노을의 궁전이라는 뜻의 '팔라시우 다 아우보라다'라는 시적인 이름으로 불리며 브라질리아 외곽 파라노아 호숫가에 자리 잡고 있다. 브라질의 인공 수도처럼 대통령 관저 역시 유명한 건축가인 오스카 니마이어의 작품이다. 이 건물은 유리와 대리석으로 지은 거대한 큐브 모양이며 흰색 콘크리트 슬래브 골조에 곡선형 아케이드로 리드미컬한 느낌을 준다.

대통령 관저 맞은편에 있는 5성급 호텔 '로얄 튤립 아우보라다'는 대통령과 이웃이라는 점에 적지 않은 자부심을 갖고 있다. 화요일 아침, '아우보라다' 공원에 어울리지 않는 두 남자가 산책을 하고 있었다.

"우리가 왜 여기에 있고 무슨 이유로 이 호텔을 예약했습니까?" 말을 꺼낸 사람은 비코프였다.

"대통령 관저를 가까이서 관찰할 수 있기 때문이죠. 바티스타를 파멸시키기 위해서는 우리가 이 일에 열심히 매달려야 합니다. 우리가 얼굴을 맞대고 여기에서 작은 회의를 한 것은 적지 않은 아이러니죠." 지밍 박사가 대답했다.

"얼굴을 맞대고라니? 무슨 말입니까? 지금 바티스타가 대통령 관저에 없을지도 모르는데. 그는 어쩌면 상파울루 아니면 다른 곳에……."

"은유적으로 말한 것뿐입니다." 지밍 박사가 말머리를 돌렸다. "그 여자가 미끼를 물 거라고 생각하나요?"

"그녀는 의심이 많아요. 그리고 매우 신중하고…… 단순해 보이지만은 않아요. 쉬운 여자가 아닙니다. 하지만 그녀가 개인적으로 뭘 생각하든 상관없어요. 그녀는 정해진 약속에 따라서 그 정보를 대통령에게 전달해야 합니다. 바티스타는 똑똑해 보이긴 하지만 산속의 돌처럼 멍청해요. 그는 그것을 믿을 겁니다. 왜냐하면 그렇게 믿고 싶어 하니까요."

"그러면 그가 저항 정책을 굽히지 않을 거란 겁니까?"

"오히려 더 세게 밀고 나갈 겁니다." 비코프가 말했다. "당신도 그것을 알고 있을 것입니다."

그는 호텔 쪽으로 몸을 돌렸다.

"바티스타는 역사입니다. 그의 나라도 역시……."

2025년 4월 16일, 수요일

《슈피겔》 온라인

사라지는 희망

콜롬비아와 파라과이에서 미군 이동
항공모함 브라질에 배치
독일 정부 "최악의 경우" 대비

함부르크, 워싱턴, 보고타, 브라질리아, 2025. 04. 16. ― 기후 동맹은 브라질을 더욱 강하게 압박하고 있다. 지난주 미국, 중국, 러시아 3대 강국이 남미 국가들에 대한 군사개입을 할 것이라는 징후가 더 짙어진 가운데 콜롬비아의 미군 기지에서 미군의 이동이 포착되었다고 믿을 만한 소식통이 전했다.

일간지 《엘 티엠포》가 콜롬비아 정보 소식통을 근거로 보도한 바에 따르면 10개의 미군기지 가운데 5개 기지에 미군이 상륙했다고 한다. 그러나 병력의 규모는 아직 알려지지 않았다.

파라과이의 여러 언론매체도 중북부의 마리스칼 에스티가리비아 공군기지에서 움직임이 있었다고 보도했다. C-5 갤럭시와 B-52 폭격기가 이곳에 착륙했으며 미군이 지휘권을 넘겨받았다. 이 기지에는 총 16,000명의 군인을 수용할 수 있다. 그리고 미확인 소식통에 따르면 미국과 중국의 항공모함 2대가 브라질을 향해 전개했다.

군사전문가들은 이를 두고 브라질을 굴복시키기 위한 군대 배치라고 말하고 있다. "모든 상황을 감안할 때 전쟁 준비를 하고 있는 것으로 보인다"고 평화연구 및 안보정책연구소의 페터 캐프헨 박사는 말했다.

안보정책부서의 한 관료의 말에 따르면 독일 정부는 "최악의 경우"를 대비하고 있지만 분쟁 당사자들이 테이블에 앉아 위기를 해결하기 위한 시도는 여전히 이루어지고 있다고 한다. 그러면서 그는 "희망이 시시각각 사라지고 있다"고 덧붙였다.

2025년 4월 16일, 수요일

브라질, 브라질리아, 대통령 관저

그들은 대통령이 시간을 내주기 전까지 이틀을 기다려야만 했고, 마침내 대통령을 만나게 되었다. 방문해도 좋으니 충분한 시간적 여유를 가지고 오라는 연락을 받은 것이다.

그들은 대통령 관저 대기실에 앉아 기다렸다. 그들은 이틀 전에 그녀를 만났었고, 그녀는 패턴을 찾기 위해 퍼즐 조각을 이리저리 맞추고 있었다.

패턴은 소피아의 열정이었다. 벽지, 수학, 피보나치수열, 아몬드 빵 세트와 파스칼 삼각형, 소리와 소음, 음악, 자연, 파도, 모래 언덕, 해변의 갈비뼈…… 무엇보다도 무언가를 숨기고 싶어 하고 겉으로는 '우연히'라고 하지만 이해할 수 없는 결정을 내리는 사람들에게는 동기와 행동에 분명한 패턴이 있었다.

예를 들어 부모가 아이들을 위해 부활절 달걀이나 토끼 모양 초콜릿을 숨겨놓을 때도 부모는 단순히 '우연히' 특정한 장소를 고른 것이 아니라 아버지나 엄마의 무의식적인 패턴을 따른 것이다.

달걀을 정원이나 집 안에 숨기는 것은 별로 중요하지 않다. 숨김의 경로는 보통 나선형이다. 책 속, 벽장 뒤와 같은 찾기 어려운 장소 다음에는 플로어 램프의 받침대나 신발 속 같은 어리숙한 숨김의 장소가 나타난다. 그리고 다시 숨김의 장소를 발견하기가 어려워진다.

패턴들은 서로 다르지만 대부분 단계적으로 구성된다. 사탕과 달걀을 찾으려고 신이 나서 볼이 빨개진 아이들은 직관적으로 구조를 찾는다. 아이들은 무의식적으로 부모의 사고와 숨김의 패턴 속으로 들어간다. 이 모든 것이 공감의 학교이며 소통이다.

소피아 델라 베템쿠르는 함펠 부부의 숨김의 패턴에 몰두한 적이 있다. 나치 시대 베를린에서 엘리제와 오토 함펠은 1940년부터 1944년까지 4년 넘게 자신들이 직접 만든 엽서와 전단지로 나치즘에 저항했다. 이들은 이 일이 발각되지 않게 하기 위해 비밀리에 진행했으며 베를린 베딩 구역의 일정한 장소, 집, 복도를 선택했다. 그곳에서 이들은 항상 새롭게 자신들이 생각한 대로 직관적이며 '우연히' 전단지를 숨겨놓을 장소를 골랐다. 그러나 사실 이들의 감정 뒤에는 우연이란 패턴이 숨어 있었다.

나중에 그들은 발각되어 처형되었다. 하지만 이들은 적어도 4년 동안 게슈타포*를 바보로 만들었다. 게슈타포가 패턴 인식의 수단을 이용하여 심리적으로 추적했다면 숨김의 장소를 쉽게 찾아냈을 것이다. 베딩 지역에서 한 번도 전단지가 뿌려지지 않은 전철을 찾아내면 그 전철 노선이 닿는 어딘가에 엘리제와 오토 함펠이 밤에 커튼을 내리고 엽서와 전단지를 만들던 집이 있었을 것이다.

소피아도 물론 용감한 이들 부부에게 공감한다. 그러나 그녀의 관심은 이 이야기의 수학적인 측면, 특히 은닉 마르코프 모형**이다. 패턴 인식은 수학의 한 갈래이며 가능한 우연을 구조화, 모델링하기 위한 탁월한 프로그램이다. 그러나 그녀가 상관에게 이런 것을 설득하려 할 때마다 상관은 손사래를 쳤다.

'정보부'의 부서장인 소피아는 상관에게 미리 알리면 언제든지 특별한 이유 없이 대통령과의 면담을 요청할 수 있었다. 근무 규정에 따르면 지금과 같은 판단을 내렸을 경우 바로 대통령에게 보고해야만 했다.

소피아는 허리를 똑바로 세우고 앉았다. 대기실에는 모양이 다른 세 개의 팔걸이의자가 있었고 테이블 위에는 한 면을 히스테리와 전쟁 전 기사로 꽉 채운 신문이 놓여 있었다.

'다시 한번 논리적으로 따져보자.' 소피아 델라 베템쿠르는 생각했다.

'서로 다른 두 사람. 한 사람은 러시아인, 다른 한 사람은 중국인. 두 사람이 서로 잘 알고 있다는 사실이 가능하고 믿을 만한가. 동맹은 그동안 여러 협력 그룹과 네트워크를 보유하고 있다. 두 사람은 국가원수 라인에서 볼 때 충성스러운 사람들이 아

---

* 독일 나치 시대의 비밀경찰.
** 통계적 마르코프 모형의 하나로 시스템은 은닉된 상태와 관찰 가능한 상태 두 가지 요소로 이루어졌다는 이론.

니다. 그들이 비판적 거리를 두고 있는 것은 분명하다. 그들은 진정시키고 달래는 듯한 정보를 남겼다. 자신들의 동맹은 허풍을 떨고 있고 아직 최종 결정을 내리지 않았다는 것이다. 우리가 압력을 받아들이고 바티스타가 협상 테이블에 앉아 양보하면 모든 것이 제자리로 돌아간다는 것이다.'

그녀는 '앙주스 에 데모니우스'에서 나눴던 대화를 다시 한번 머릿속에 떠올렸다.

'그들은 바티스타가 먼저 포즈를 취하고 이것을 자신의 승리라고 여기게 되면 안도감을 가지고 양보하리라 예측할 수 있을 것이다. 우리는 군사적으로 아무런 대책이 없고 바티스타도 그걸 잘 알고 있다. 게다가 바티스타가 아는 것을 이 남자들도 알고 있지만 내가 모르는 것도 있지 않은가. 그렇게 되면 나는 패턴을 풀 수 없게 된다. 얼마나 짜증스러운 일인가……'

"부장님, 저를 따라오십시오."

두 명의 대통령 경호원이 복도 끝에 있는 엘리베이터로 안내했다. 엘리베이터 문은 열려 있었다.

"지하 3층을 누르십시오, 부장님. 대통령님이 아래서 기다리고 계십니다."

소피아가 작은 엘리베이터 안으로 들어가서 단추를 누르자 문이 닫혔고 엘리베이터가 내려갔다. 지하실은 대통령과 국무위원들의 안가로 사용하기 위해 나중에 만들어진 것이었다. 이곳에는 여러 개의 도청실이 있고 도청실마다 빨간 램프가 켜져 있었다.

소피아가 문 앞에 섰다. 그녀가 오른쪽 눈으로 망막 스캐너를 바라보자 문이 윙 하면서 열렸다 다시 닫혔다. 방 안에는 의자가 한 개만 있었고 거기에 대통령이 앉아 있었다.

소피아는 예의를 표하려 거리를 두고 대통령 앞에 섰다.

"무슨 일입니까?" 아르투로 바티스타는 부드러우면서도 묵직한 음성의 소유자였지만 지금은 약간 쉰 목소리였다. 그 사람의 기준으로 볼 때 너무 많은 말을 했기 때문이었다.

"대통령님, 제가 이틀 전 저녁 무렵 중국과 러시아를 대표하는 고위 관료를 만났습니다. 그 회동은 비공식적이었고 베이징이나 모스크바의 승인을 받은 것도 아니었습니다. 물론 제가 그들을 확인해보았습니다. 그들은 허풍을 떨며 군사적 대결을 막고자 나섰다고 말했습니다."

"그렇다면 그 정보는 무슨 내용입니까?"

"그 정보에 따르면 동맹의 군사행동은 위협적인 제스처에 불과하다고 합니다. G3는 전쟁을 준비하지 않고 협상을 원한답니다. 그들은 대통령님이 다시 협상 테이블로 나와주시길 바라고 있습니다."

"뭐라고? 그거야말로 흥미로운 소식이군! 그런데 이틀 전에? 빌어먹을, 그 얘길 왜 이제야 하는 거요?"

소피아 델라 베템쿠르는 아무 말도 하지 않았다.

"어쨌든 재밌는 일이 벌어졌군. 대규모 군사이동, 금수조치, 망할 놈의 열대우림에 대한 조건들…… 이 모든 것이 쇼에 불과했단 거죠? 단지 우리를 기죽이고 새로운 세계 정부를 설립하기 위해 그렇게 많은 비용을 들여가면서 말이죠? 이 사태를 심각하게 생각해봐야겠어요. 그러니까 우리는 가능성을 타진해봐야 해요. 그러나 지금 내가 뭐라고 말할 수는 없어요. 브라질은 양계장도 아니고 바나나 공화국도 아닙니다. 그런데 이것은 지금 아주 흥미진진한 소식이군요. 이 정보를 이틀 전에 받았다고요? 얼마나 더 기다릴 생각이었습니까. 왜 나에게 즉시 보고하지 않았나요?"

대통령은 자리에서 일어나 이리저리 왔다 갔다 했다. 자신이 한 말이 얼마나 무의미한지 그도 잘 알고 있었다. 그녀가 이미 이틀 전에 면담을 요청했지만 받아들이지 않았기 때문이다. 하지만 그는 바로 그런 사람이었다. 때로는 정의롭지 못한 국가원수. 그는 그런 것이 재미있었다. 진정한 위대함은 어느 정도의 전제주의적인 불의도 포함한다고 그는 생각했다.

소피아는 아무런 변명도 하지 않았다. 그녀는 자리에 꼼짝 않고 서 있었다.

"대통령님, 물론 그 가능성을 검토하고 이것이 고의적으로 흘린 거짓 정보인지 확인해봐야 합니다. 저도 그들이, 그 이유를 정확히 알 수는 없지만 아마도, 아마도……."

"알겠어요. 일단 수고했어요. 우선 조언을 구해보도록 할 테니까. 보고서는 이미 제출했지요? 좋아요. 아무튼 아주 흥미로운 정보임은 분명하니까……."

'그는 믿고 싶어서 그것을 믿는다.' 소피아는 서글픈 생각이 들었다. '아주 단순한 패턴…….'

그녀가 큰 목소리로 말했다. "그들이 말하길 긴장 관계가 풀리면 위협적인 제스처가 단순한 제스처로 밝혀질 것이기 때문에 다시 가까운 관계가 될 거라고 했습니다. 그리고 브라질이 군사 대결에서 아주 부당한 조언을 받고 있다고 강조했습니다."

"그들이 그렇게 말했다고요? 그러면 왜 중국인과 러시아인은 자신들 사업이나 환경문제는 신경 쓰지 않는 겁니까? 왜 그들의 성전을 우리 브라질에서 하려는 건가요? 아마도 우리에게 본보기를 보여주려는 거겠죠. 우리는 인도, 아프리카, 유럽을 대신해서 굴욕을 당할 것이고 다른 나라들은 꼼짝 못 하게 되겠지요. 당신은 알고 있었나요?"

그는 잠시 멈추었다. 소피아는 잘 모르겠다는 표정으로 대통령을 쳐다보았다. 바티스타가 목소리를 낮추었다. "우리는 약하지 않습니다. 무방비 상태가 아니에요. 우리는 완벽한 무기 시스템을 갖추고 있어요. 아주 정밀한…… 듣고 있나요? 아주 정밀하게 공격할 수 있는 무기 시스템을…… 브라질이 강대국은 아니지만 우리도 네트워크를 구축해놓았습니다."

"새로운 무기 시스템 말입니까?" 소피아의 목소리가 밝아졌다.

"네, 새로운 시스템. 파괴력이 강력한 무기입니다. 신이 우리 브라질에 내려주신 선물이죠. 하지만 그것에 대해선 말하지 않겠어요. 내가 하고 싶은 말은 신식민주의에 대한 분명한 반대 입장을 표명하는 것이 브라질의 사명이라는 겁니다. 그리고 열대 우림은 우리 것입니다. 우리가 책임집니다. 그리고 적당한 시기에 국무회의를 소집할 것입니다. 그러나 나는 무엇보다도 나의 조국을 지키고 구해야 합니다! 쿠바 위기 때 중대한 결정을 내린 케네디 아시죠?"

'나는 수학과 정치를 전공했고 최우수 성적으로 졸업했어. 멍청한 인간, 내가 쿠바 위기에 대해서 아무것도 모를 것 같아?' 소피아가 속으로 생각하고 말했다. "네, 대통령님. 저도 그 일을 알고 있기는 하지만 대통령님처럼 자세한 내막은 잘 모릅니다."

소피아는 의도적으로 잘 모르는 것처럼 말했고 대통령도 그것을 알아챈 듯 눈을 껌벅거렸다.

"케네디는 조금도 흔들리지 않았어요. 나도 그럴 겁니다. 러시아인과 중국인 그 두 사람은 나에게 그들 국가원수의 의도를 어기면서까지 위험을 무릅쓰고 정보를 준 사람들입니다. 그 이유는 그들도 브라질을 걱정하기 때문이죠. 나에게 두 사람은 이름 없는 영웅입니다. 내가 훗날 자서전을 쓰게 된다면 나는 그 책을 이들 이름 없는 영웅에게 바칠 것입니다. 당신 생각은 어떤가요?"

"아직은 시기상조라고 봅니다. 일이 완전히 끝날 때까지 기다려야 합니다."

"물론 그렇지요. 하지만 대통령은 거시적 차원에서 생각해야 해요. 그리고 미안한 말이지만 대통령은 당신이 아니라 나입니다. 하여간 좋습니다. 이 정보 고마워요, 소령. 이 일을 나는 잊지 않을 겁니다. 이제 가봐도 좋습니다."

"감사합니다, 대통령님."

소피아는 잠시 기다렸지만 대통령은 이미 사라졌다. 그녀가 돌아서서 망막 스캐너를 향해 몸을 굽히자 문이 윙 하며 열렸다. '대통령은 이제 자기가 할 연설문과 자서전에 몰두하겠지.' 복도를 따라 엘리베이터로 가는 동안 그녀는 생각했다. '그래서 그가 대통령인 거야, 내가 아니라……'

2025년 4월 17일, 목요일

국방부 청사, 브라질리아, 브라질

"어이, 들어와, 들어오라고⋯⋯ 동생! 이렇게 만나서 반갑구나. 어서 와⋯⋯." 두 형제는 서로 꼭 껴안았다. 브라질 현직 국방부 장관인 파블로 M. 텔레스가 세 살 어린 동생 주아우의 어깨에 손을 얹고 바라보았다. "여전히 좋아 보이는구나. 그런데 조금 피곤한 기색이야. 인카르나카우와 아이들은 잘 지내고? 아이들은 장난감 권총을 사다 준 큰아버지를 보고 싶어 하지? 인지학을 전공한 엄마가 장난감 권총을 사줄 리 없으니까⋯⋯."

파블로는 웃었고, 주아우는 그렇다고 말했다.

"여기 들어올 때⋯⋯" 파블로가 물었다. "몸 검색을 당했나?"

"두 번. 별로 기분 나쁘지는 않았어. 형은 국방부 장관이잖아. 경호원이 전보다 더 많다는 생각이 들었지만⋯⋯."

"맞아." 파블로가 말했다. "전에는 경호원이 주야간 두 명이었는데 지금은 여섯이야. 청사 내 별도의 경비원도 있고. 이 건물의 창문을 방벽화해야 해서 집무실도 이곳으로 옮겼어. 빌어먹을 놈의 G3! 푸틴과 시진핑, 마녀 같은 해리스와 1분만 링에서 싸울 수 있다면 박살을 내버리는 건데……."

"3대 1이라…… 굉장하군!"

"물론이지! 그래서 우리가 브라질인이지!" 파블로는 부드러운 말투로 진지하게 말했다. "그런데 말이야, 지금 사정이 어때?"

"아, 아무런 문제 없어. 회사가 엉망이긴 하지만. 온 세상이 전쟁 때문에 난리잖아. 모두들 돈을 금고 안에만 쟁여놓고. 인카르나카우는 지금 시국에 불안해하고 있어. 내가 보기엔 아이들을 데리고 외국으로 갈 거 같은데……."

"해외로 간다고?" 파블로의 목소리가 갑자기 날카로워졌다.

두 사람은 장관 집무실에 앉았다. 방은 크지 않았고 집기들도 엉성했다. 사자 발 모양의 다리가 달린 커다란 검은 책상이 있었고 그 앞에 두 개의 가죽 안락의자, 서류로 가득 찬 책장이 전부였다. 방 안의 공기는 탁하고 답답했다.

파블로는 브랜디 두 잔을 따랐다. 빌 게이츠에게 권했던 바로 그 브랜디였다. 그는 다리를 꼬고 앉으며 넥타이를 느슨하게 풀었다.

"그래서 해외로 간대." 주아우가 말했다. "여기를 떠나겠다는 거지. 칠레도 부에노스도 아니라 더 먼 곳으로 말이야. 우리는 이제 초강대국과 그들의 무기에 둘러싸여 사면초가인 거 같아. 매일같이 전쟁이 언제 일어날까 하는 소리뿐이잖아. 벙커를 짓고 아이들을 시골로 피신시키고 말이야. 사람들은 다람쥐 쳇바퀴 돌 듯 미친 듯이 뱅뱅 돌고만 있잖아. 이게 무슨 멍청한 짓이냐고! 파블로, 우리가 포기할 수는 없었을까? 그럴 수는 없었겠지. 좋아, 좋다고. 형네가 하고 싶었던 것처럼 우리가 그 빌어먹을 열대우림을 그렇게 해야 돼? 그게 그렇게 힘들었단 말야? 금수조치가 경제에 얼마나 막대한 손실을 끼치는지 알기나 해? 우리는 지금 피를 흘리고 있다고!"

"포기하라고? 그러면?" 파블로가 맞섰다. "아마 처음엔 그게 가능했겠지. 슈퍼 동맹이 생태 독재를 만들었다고 해서 자유국가인 브라질이 주권을 그렇게 쉽게 내줘야 하나? 그런 다음엔 무슨 일이 일어나는데? 우리는 단 한 개의 플라스틱병도 사용할 수 없다는 게 말이 돼? 오로지 전기 자동차만 타고 다녀야 하느냐고? 이 조치가 전부 틀렸다는 것은 아니야. 그러나 나 스스로 결정을 내리고 싶어. 아냐, 너는 정치에 대해 아무것도 몰라. 바티스타는 포기할 수 없어. 더군다나 자존심과 명예 같은 것도 있는데……."

"그래, 자존심, 명예, 정말 감사한 일이지. 형은 정부의 사람처럼 말하고 있어. 그리고 무엇보다 목재산업, 육류산업, 로비스트들이 했던 옛날 얘기와 똑같은 말만 하고 있어. 하지만 나는 아빠로서 남편으로서 말하는 거야. 인카르나카우와 아이들을 아조렌(포르투갈령의 섬)으로 보낼 거야. 그 섬 서쪽에 집이 달린 땅을 사놓았어. 믿을 만한 관리인도 두었고 포르투갈어가 공용어잖아. 포르투갈은 항상 아조렌을 무시했지. 신선한 공기, 꽃, 와인 말고는 볼 게 없다고 말이야. 그곳 사람들은 세상과 동떨어져 있지만 각자 자기 일을 하면서 조용히 살고 있어. 바닷바람과 자연이 있어 아이들이 살기엔 좋은 곳이고. 그리고 무엇보다 안전하게 지낼 수 있지…….."

"인카르나카우가 파워 요가, 친구, '카스카데'에서의 조찬 모임 없이 사흘을 견딜까?" 파블로가 주아우의 말을 끊었다.

"지루해서 못 견디겠지. 제수씨는 지루한 게 죽기보다 싫을 걸. 너도 그렇게 생각하지 않니?"

파블로는 아무 말도 하지 않았다. 그는 동생의 손에 있는 문신을 바라보았다. 눈 모양의 문신. 주아우가 그런 형의 모습을 알아차렸다.

"그날 아직도 기억하니?" 파블로가 물었다. 그는 실없이 웃었다.

"기억하지…… 그때 나는 형이 자랑스러웠어. 지금도 그렇고. 그건 형도 잘 알잖아. 형이 열심히 일하고 최고가 되려고 노력하는 것 나도 잘 알아. 바티스타도 마찬가지지만, 지금은……."

"바티스타는 쇼맨십이 강한 사람이지. 그는 갈채를 받는다면 뭐든지 할 사람이야. 바티스타 얘기는 그만하자. 우리가 했던 맹세는 아직도 유효한 거지?"

"물론이지……."

그것은 물론 맹세나 비밀, 정치적 음모를 좋아하는 파블로의 생각이었지만 두 형제는 서로 형제간의 의리를 지키기로 맹세했었다. 파블로는 맹세문까지 만들어 시를 낭송하듯 말했었. "나는 너를 지키고, 너는 나를 지킨다. 이런 게 가족인 거지?"

주아우가 헛기침을 한 뒤 말했다. "내 심장이 뛰는 한. 그뿐만 아니라……."

"그래, 좋아. 내가 이제 우리 맹세에 속하는 것을 말해줄게." 파블로가 몸을 숙였다. "전쟁은 일어나지 않을 거야. 알았지? 전쟁은 일어나지 않는다고."

"뭐라고?"

"지금 내가 말했잖아. 우리가 그것에 관한 정보를 입수했어. 일급 비밀이지. 동맹이 허풍을 치고 있는 거야. 그들은 우리의 기를 꺾고 겁주려고 하지만 곧 꼬리를 내릴 거야. 그들은 열대 우림 때문에 우리를 공격할 수 없어. 그렇지 않으면 전 세계가 그들의 적이 되고 말겠지. 맙소사!"

"형은 그걸 어떻게 알지……?"

"너는 우리가 바본 줄 아니? 우리는 능력이 뛰어난 정보기관이 있어. 바티스타 곁에 뛰어난 인재들도 있고. 네가 생각하는 것처럼 바티스타가 그렇게 멍청하지는 않아."

"흐음." 주아우는 믿기지 않았다. 파블로는 이제 목소리를 높이며 말했다.

"너에겐 미안한 말이지만 그의 국방부 장관은 절대 멍청이가 아니야. 그래, 나는 돈을 위해 일을 해. 사실 우리는, 이 말을 해선 안 되지만, 좋아. 우리는 동맹을 심각하게 타격할 수 있는 새로운 무기 시스템을 도입했어. 무시무시한 타격! 그 영향력이 놀랄 만하지. 더군다나 최악의 경우에는 미국 시민에게도 사용할 수 있어."

"미친 거 아냐?" 주아우가 소리쳤다.

"최악의 경우에만. 민간인을 목표로 하는 것은 최후의 수단이야. 우리는 어떠한 경우도 대비하고 있어. 다시 한번 말하자면 지금 우리는 세계에서 가장 현대적인 무기 시스템을 갖추고 있어. 그런데 너는 아조렌으로……"

"내가 아니라 인카르나카우와 아이들이…… 그건 그렇고……" 주아우는 갑자기 피곤해졌다. 그는 어깨를 늘어뜨렸다. "이제 가봐야 해. 잠깐 뭘 좀……."

"알았다. 내가 문까지 배웅해줄게. 무기 시스템에 대해 말한 것은 우리 형제들끼리만의 비밀이다, 알았지?"

"그럼, 물론이지……."

"그래. 모든 일이 잘될 거야. 내가 약속할게. 내가 언제 너를 곤란하게 한 적 있었냐?"

파블로 텔레스는 오른손으로 동생의 어깨를 잡고 그를 꼭 껴안았다. 두 형제는 복도를 따라 경호원이 앉아 있는 출구까지 갔다. 복도는 어깨가 넓은 두 사람이 걷기 좁았기 때문에 형제는 술 취한 사람처럼 조금 비틀거렸다.

2025년 4월 19일, 토요일, 오후

브라질, 상파울루, 빌라 마달레나

많은 것들이 복수를 하고 있다고 히카르두 다 실바는 생각했다. 예를 들어 이제 그는 다른 것은 전혀 돌보지 않고 요리라는 숭고한 목표에만 자신의 삶을 바친 것에 대해 복수하고 있다. 지금 그는 빌라 마달레나의 거실에 앉아, 저주받은 날 이후로 결코 원하지 않았지만, 갑자기 알게 된 그 정보에 매달려 있었다. 길거리에서 아무 생각 없이 주운 지갑처럼 갑자기 지독한 비밀을 손에 쥐게 된 것이었다. 지금도 마찬가지였다. 그가 지금까지 조국과 민족, 그리고 이들의 운명에 대해 들었거나 경험한 적이 있었던가?

오, 하늘이시여! 그는 그저 요리사에 불과했었다.

쿠티뉴에서의 그날 저녁 이후 그는 차를 타고 머리를 식히기 위해 밤시간을 헤매고 다녔다. 그러나 아무런 소용이 없었다. 그는 아침이 되어서야 집으로 돌아와 잠을 자려고 침대에 누웠다. 잠이 오질 않았다. 모든 것이 꿈이길 바랐지만 달라진 것은 없었다. 그것은 악몽이 아니었다. 현실이었다. 빌어먹을……

그는 기억하고 있었고 혹시 몰라 메모를 해두었다. 다행히도 그의 기억력은 여전히 좋았다. 브라질이 파멸할 것이라고 한족 출신 중국인이 말했다. 그리고 그들은 정보기관이 G3의 군사이동을 허풍이라고 믿고 있다고 말했다. 정보기관이나 정부는 그렇게 믿고 있다고 했다. 그러나 그것은 괜한 허풍이 아니었다. 위협은 실제 상황이었다.

그들은 탄두에 관한 이야기도 했다. 히카르두는 그들이 무슨 말을 하는지 몰라 나중에 구글에서 찾아봐야만 했는데, 알고 나서 깜짝 놀라고 말았다. YU-73 탄두. 이 단어를 그는 영원히 잊지 못할 것이다. 전쟁이 일어나면 그가 얼마나 살지가 문제였다. 플라스마가 들어간 기동성이 뛰어난 탄두. 그리고 상황은 한 방향으로만 고조되어갔다.

히카르두는 정치와 전쟁의 상황이 고조되는 것과 탄두에 대해 아는 것이 없었다. 그러나 이 정보를 옳은 일을 하는 사람에게 전해주어야 한다고 생각했다.

그의 고향, 브라질은 공포 속에서 동요하고 있었다. 금수조치 등의 위협과 군사이동이 브라질을 점점 좁게 에워싸고 있었다. 처음엔 사람들이 차를 타고 칠레나 아르헨티나로 피신했지만 이제는 국경도 봉쇄되었다. 거리에 군인들이 나타나 건물을 감시했고 임시 병원이 세워졌다. 이 모든 것이 실제 상황이었다. 그리고 그가 알게 된 정보가 이런 것들과 관계 있었다.

그러나 누구에게 이 사실을 말해야 하나? 신문사에 가서 기자에게 제보해야 한단 말인가? 웃고 말겠지. 히카르두는 '이노베이선 웨이'가 한창 붐을 일으킬 때 인터뷰를 한두 번 한 적이 있었다. 그는 자기의 요리 실력을 설명하려고 무진 애를 썼지만 별 소용이 없었다. 기자는 그의 말을 제대로 듣지 않고 엉뚱한 이야기만 썼다. 히카르두는 기자와 잘 맞지 않았다. 정부에 익명의 편지를 보낸다? 아무도 그 편지를 진지하게 받아들이지 않을 것이다. 그가 그 어떤 중요한 사람과 말을 하기 전에 사람들은 그를 정신 나간 놈으로 여길 것이다.

더군다나 그가 알고 있는 사실은 위험한 것이었다. 두 중국인이 그렇게 말하진 않았지만 그들이 한 너스레가 매우 위험한 일이란 것을 암시했다. 아무에게나 할 이야기가 아니란 것을 히카르두는 분명히 알고 있었다. 이 이야기는 파급효과가 엄청난 것이었다.

그는 자신이 사람들을 거의 알지 못하고 의지할 사람도 없다는 사실에 분노했다.

'정신 차려.' 그는 이렇게 생각하며 참나무 식탁에 앉았다.

히카르두는 이 집에 이사 와서 주방을 넓히기 위해 벽 두 개를 뜯어냈다. 그리고 고성능 마나르디 쿠커 후드와 전문가용 인덕션 두 개를 설치했다. 전문 목수가 와서 벽에 수납장을 만들었고 거기에 프라이팬, 구리 냄비, 주발, 수프 접시, 손절구, 손도끼, 다양한 크기의 블렌딩 스틱, 플랑베* 버너, 토치, 삼각 플라스크를 진열했다. 환기통 옆에는 동화에나 나올 법한 구리 국자, 거인이 써도 될 만한 크기의 번쩍거리는 고기 나이프와 포크를 장식했다.

히카르두는 2007년산 '샤토 라피트 로쉴드' 포도주를 땄다. 특별한 날을 위해 아껴놓았던 것이다. 그리고 리스트를 작성했다. 그가 요리를 해서 모신 고객들은 중요한 인물들이었다. 문제가 될지도 모르거나 기억하고 싶지 않거나 그의 말을 잘 들어주지 않을 것 같은 사람들의 이름은 지워버렸다. 그들은 그를 고용할 만큼 부자였지만 권력이 없거나 정이 없고 겁도 많았다. 히카르두는 사람에 대해 잘 알지 못했는데 지금 그런 점이 그의 발목을 잡고 있는 것이다.

   이름을 지워나가다 보니 단 하나의 이름만이 남았다. 엔리케 자코브 데 수르포. FC 상파울루의 회장이며 미식가였다. 그는 히카르두의 '이노베이션 웨이'를 여러 번 이용했으며 항상 호의적인 사람이었다.

   엔리케 데 수르포. 히카르두는 그에 대해 아는 게 거의 없었지만 그에게 이 엄청난 비밀을 털어놔야 한다고 생각했다.

---

* 조리 중인 요리 또는 소스에 센불에서 적당한 도수의 주류를 첨가하여 단시간에 알코올을 날리는 조리법.

2025년 4월 19일, 토요일, 19:30

브라질, 브라질리아

그녀도 모르는 패턴이 있었다. 그녀의 퍼즐 조각이 완벽하지 않았기 때문에 그 패턴을 몰랐던 것이다. 그리고 부족했던 퍼즐 조각을 받아들일 수도 없었기에 소피아 델라 베템쿠르는 브라질리아의 '브라질 비밀정보부' 본부에 있는 비서 클라우디아의 방으로 갔다.

"클라우디아, 아이네 클라이네 나흐트무지크*에 대해 어떻게 생각해?"

클라우디아는 놀랄 만큼 아름다운 갈색 머리에 영리하고 순발력이 있는 여자였지만 암시와 코드에는 약점이 많았다. "아이네 클라이네 나흐트무지크"는 밤샘 일을 한다는 의미로 그녀가 쓰는 말이었다.

"너무 멍청한 짓이에요." 클라우디아가 말했다. "오늘 저녁 라이언 고슬링이 나를 방문해요. 그의 친구 브래드 피트도 같이.** 그들이 나에게 프라다 구두를 선물하고 싶어 하거든요."

"정말 한심하군." 소피아가 웃었다. "사람들이 라이언 씨와 관계된 일을 연기할 수 있을까?"

"그럼요. 그리고 이제 누구에게 프라다 구두가 필요하겠어요?"

"솔직히 말해서 아무도 없지. 당신 남편이 슬퍼할까?"

"그가 슬퍼할까요? 아니면……." 클라우디아는 결혼했고 남편은 세상에서 가장 성격이 좋은 동화책 일러스트레이터였다. 그는 그림을 잘 그렸지만 돈은 주로 클라우디아가 벌었다. 클라우디아는 언제든지 야근할 준비가 되어 있었다.

시간은 어느덧 7시 45분이 되었다. 클라우디아는 소피아를 위한 카모마일차와 자신이 마실 커피를 준비했다.

소피아는 자신이 아는 것과 잘 모르는 것을 곰곰이 생각해보았다.

첫 번째. 바티스타는 상황이 의미하는 것보다 더 자존심을 많이 부리는 사람이었다. 그는 겉으로는 호언장담하며 자신감에 차 보였지만 사실은 결단력이 부족하고 겁이 많은 인물이었다. 그러나 지금은 경우가 다르다. 그의 입에서 나온 말이긴 했지만 새로운 무기 시스템에 대한 언급이 해결의 열쇠인 것은 분명했다. 언제 그 무기를 조달했을까? 수많은 항구 가운데 세 곳이 유력했다. 하역과 수송은 공병부대가 맡았을 것이다.

"클라우디아, 최근 3개월 동안 군대의 대규모 수송 작전에 대

---

* 작은 밤의 음악이라는 뜻으로 모차르트의 실내악곡 명칭.
** 라이언 고슬링과 브래드 피트가 주연한 영화 〈빅쇼트〉를 말함.

해 알 만한 사람이 누가 있을까?"

"구스만 중령입니다. 그는 우리에게 호의적인 사람이에요. 제가 그 사람의 연락처를 알아요."

"그에게 한번 알아봐요."

두 시간 후 그들은 생각했던 것보다 많은 것을 알아냈다. 밀거래 시장에서 구입한 무기를 페이퍼 회사와 그 자회사를 통해 주도면밀하면서 신속하게 밀반입한 것이었다. 그리고 그들은 두 시간을 더 전화하고 검색하여 리히텐슈타인과 스위스에 거점을 둔 '갓 조이'라는 모회사를 찾아냈다. 사주는 라고스에 등록된 나이지리아 사람이었다.

그리고 얼마 후 로버트 B. 올루푼밀라요라는 이름을 알아냈다. 하지만 그의 상세한 이력은 알 수 없었다.

그들은 프리랜서들에게 그에 관한 서류와 동영상을 요청했다.

프리랜서란 전직 에이전트, 주로 CIA, M16, BND, 모사드와 같은 정보기관의 퇴직자들이었다. 이들은 드러나지 않게 일을 하면서 정부의 묵인하에 다양한 비밀정보를 팔았다. 커다란 정보망을 구축할 수 없는 중소국가의 정보기관이 이들의 고객이었다. 거의 정확한 정보를 입수하고 알고 싶은 정보를 주문할 수 있는 좋은 시스템이었다. 민간인들도 여권위조, 신용카드, 항공편 예약, 호텔 예약, 감시 카메라, 경찰 컴퓨터, 자금 이동, 회사 설립과 같은 분야의 많은 정보를 구할 수 있었다. 소피아와 클라우디아는 2년 전으로 돌아갔다. 올루푼밀라요의 동영상에는 라고스, 런던, 바마코, 마르세유, 제다를 다닌 여행이 담겨 있었다.

"2년 전 제다에서 무기박람회가 있었어요." 클라우디아가 말했다. 그녀는 소피아 앞에 프린트물을 내려놓았다.

무기박람회는 접선 장소이기도 했다.

"클라우디아, 제다에 아는 사람 누가 있지? 칼리파 대령, 그 사람 아직도 현직에 있을까?"

시아드 빈 칼리파 대령은 리야드에 있는 사우디 정보기관의 연락책이었다. 그러나 사우디 정보기관은 몇 년 전 미국과 영국에 의해 재편되었고, 주로 국내 문제에 치중하여 해외 활동은 저조했다. 이들이 남미, 특히 콜롬비아, 베네수엘라, 온두라스에 관한 정보가 필요하면 브라질 비밀정보부가 협력했고 그 대가로 중동에서 네트워크를 통해 얻을 수 있는 정보를 위해 사우디 정보기관에 도움을 요청했다.

소피아 델라 베템쿠르는 칼리파와 길게 통화했다. 그녀는 자신이 보고 느낀 올루푼밀라요의 특성을 설명했고 이 일이 너무 오래전이란 것에 대해 양해를 구했다. 그러면서 여자나 술 또는 금지되었거나 해서는 안 될 일 등, 그에 관한 모든 것을 자세히 물어봤다. 2년 전만 해도 사우디는 크고 작은 범법 사실과 요주의 인물들을 모두 기록하고 보관했기 때문에 이것을 알아내는 일에 큰 어려움은 없었다.

세 시간 후 칼리파에게서 연락이 왔다.

"2023년 6월 중순, 하얏트에서 많은 납품과 감정 서비스를 받았습니다."

'납품'은 술과 약한 마약이었고, '감정 서비스'는 섹스를 말했다.

제다에서 섹스를 제공하는 기관은 두 곳밖에 없고 두 기관 모두 면밀하게 감시되고 있기 때문에 칼리파는 자기가 알고 있는 그 기독교 여인에 대해 말하기를 주저했다. 조그만 호텔방에서 일어난 일로 사업가가 외교관을 협박해 쓸 만한 정보를 알아내는 방법은 이미 잘 알려져 있는 사실이었다. 돈 많은 사업가들은 멍청한 사우디인들보다 뛰어나고 아름다운 창녀와 하룻밤을 보내는 것을 재미로 생각했지만 나중에 자신들의 사생활이 폭로되어 참담한 고초를 겪었다.

"우리가 찾는 남자는……" 소피아가 신중하게 말했다. "첫째, 유색인이고 둘째, 에로틱한 것을 포함해 모든 점에서 거칠 것이 없는 인물입니다. 고삐 풀린 망아지 같은…… 혹시 그런 점을 일부러 부각시키는 건 아닐까요?"

"다시 한번 알아보겠습니다." 칼리파가 말했다.

그리고 한 시간 후 새로운 정보를 알아냈다. 그 아프리카 혹은 아프리카계 미국인을 기억하고 있는 두 여자가 있는데 그의 옷을 훔친 여자들에게 잔혹하게 굴지 않고 관대하였다고 했다. 그 여자들은 한 명은 인도인, 다른 한 명은 중국인이었다고 칼리파가 말했다.

"그 여자들에게 두 남자의 사진을 보여줄 수 있나요? 중국인과 러시아인 두 사람에 대해 알고 싶은데……."

"*라 무쉬킬라.*" 칼리파가 말했다. "알겠습니다!"

새벽 4시에 칼리파로부터 회신이 왔다. 중국인 창녀가 그 남자들 가운데 중국 남자를 기억하고 있었다. 그 고객이 그 남자들을 스위트룸에 데려온 후 여자들을 내보냈다고 했다.

 소피아는 아랍식 예의에 벗어나지 않게 장황하고 길게 감사를 표한 후 전화를 끊고 클라우디아에게 말했다. "이제 퍼즐 조각 하나를 더 찾은 셈이야."

 말하자면 비코프와 지밍 박사는 올루푼밀라요를 이미 알고 있었던 것이다. 두 사람은 올푸푼밀라요와 함께 그의 호텔방에 갔고 박람회에서 커피를 마시면서 할 수 없었던 자세한 이야기를 나눴던 것이다. 그것은 파티가 아니었다. 그렇지 않았다면 창녀들을 그렇게 빨리 내보낼 리가 없었다. 비즈니스가 중요했던 것이다.

 브라질을 위협하는 두 나라를 대표하는 이들은 브라질에 무기를 공급했던 그를 알고 있었다. 무기 공급과 분쟁에 대한 부족한 대비는 서로 관계가 있었다.

 왜 잠재적인 적이 약소국가인 브라질의 신무기를 구입하는 일을 도왔을까? 그리고 왜 초조한 대통령을 달래고 있는 것일까? 무기를 파는 것만이 중요하다면 왜 '앙주스 에 데모니우스'에서 비밀회합을 가졌을까? 브라질이 전쟁에서 패배하길 원했기 때문에? 아니면 전쟁에서 이겼기 때문에? 그들의 목표는 무엇이었을까?

 그것도 아니라면 전쟁의 결과와 상관없이 브라질이 전쟁을 하는 것이 그들의 목표였을까?

---

* '문제없다'는 의미의 아랍어.

그들이 추구하는 목표는 승리나 패배가 아니었다. 그들의 목표는 전투 그 자체였다. 그것도 최대한 처참한 희생을 요구하는 전투.

아침 5시 30분이었다. '비밀정보부' 건물 밖이 훤하게 밝아왔다. 제비가 주차장 상공을 시원스러운 곡선을 그리며 날았다.

'또 다른 패턴이다.' 소피아 델라 베템쿠르는 생각했다. '함정이었던 거야. 대통령에게 전화를 해야만 해. 그러나 대통령은 내 말을 믿지 않겠지.'

그녀는 국방부장관 텔레스를 만나려고 마음먹었다.

2025년 4월 19일, 토요일, 21:00

브라질, 상파울루, 빌라 마달레나

두려움은 최악의 조언자이다. 그러나 히카르두 다 실바에겐 다른 방법이 없었다.

그 이야기를 들은 이후로 그는 잠을 거의 이루지 못했다. 집 밖으로 나가지도 않았으며 모든 약속도 취소했다. 그 때문에 싫은 소리도 많이 들어야만 했다. 그러나 그는 그런 것에 신경 쓰지 않았다. 다만 쿠티뉴에서 주문을 받은 것을 저주했고 그날 저녁, 그 아파트와 발코니를 저주했고, 두 명의 중국인, 이상한 기계와 탄두, 세계정치 등을 저주했다.

'나는 그 어떤 미스터리한 소식을 전하는 정보원도 메신저도 아니야. 나는 요리사일 뿐이야. 내가 할 수 있는 일은 요리뿐이기에 요리사 말고는 그 어떤 일도 하고 싶지 않아.'

'하지만 지금은 내가 아닌 다른 사람이 되어야만 해.'

'그러기 위해 계획을 세워야 하고.'

히카르두는 식탁에 앉아 편지를 썼다. 말로 설명하는 것보다 편지가 낫다고 생각했다. 그러나 모든 것을 글로 적는 일도 쉽지는 않았다. 더구나 편지를 전달하는 일은 더 어려웠다.

엔리케 데 수르포는 FC 상파울루의 회장이었다. 그는 브라질 수도에 있는 가장 중요한 기관의 가장 중요한 인물이었기 때문에 항상 경호와 보호를 받았다. 그에게는 문의나 구호 편지, 도움 요청 등이 끊임없이 쇄도했다.

히카르두는 이런 기사를 읽은 적이 있다. 어떤 사람이 수르포가 자기에게 백만 레알과 경기장 회원권을 주지 않으면 올리베이라 다리에서 뛰어내리겠다고 협박했다는 것이다. 수르포는 그 기사를 웃어넘기지 않았고 그 사람은 다리에서 뛰어내리지 않아도 되었다.

히카르두는 커다란 기대는 하지 않았다. 데 수르포는 히카르두를 그저 몇 번 고용했을 뿐이었다. 물론 수르포가 히카르두의 요리예술에 기뻐하며 그를 칭찬했지만 그렇다고 친한 것은 아니었다. 수르포와 같은 인물에게 요리사는 그저 요리사일 뿐이었다.

어쨌든 히카르두는 편지로 난관을 헤쳐 나갈 생각이었다. 내일은 FC 상파울루와 플라멩구 리오의 경기가 있는 날이었다. 수르포는 VIP 라운지에 앉아 있을 것이고 히카르두가 비록 그에게 고용되지 않았을지라도 그곳까지 가는 데는 큰 문제가 없었다. 그는 경호원을 매수하고 그곳을 통과하기 위해 간단히 먹을 수 있는 음식을 준비했다.

히카르두는 글을 잘 쓰지 못했다. 그러나 지금 그는 펜을 들고 그가 알고 있는 것을 하나하나 적어나갔다.

2025년 4월 19일, 토요일, 23:00

브라질, 브라질리아

함정이었다.

소피아는 대통령에게 전화했어야만 했다. 그러나 바티스타는 자신이 두려워할 것이 아무것도 없다고 생각했기 때문에 다시 영웅적인 확고부동한 태도로 변하고 말았다. 그는 소피아를 만난 직후의 성명과 기자회견에서 브라질의 국민과 자신이 브라질 영웅들의 기백을 얼마나 많이 이어받고 있는지 떠들었다. 연설문의 작성자는 그에게 "생태 독재정권은 끝까지 독재정권으로 남을 것"이라는 연설문을 써주었다.

그녀는 국방부 장관을 만나야겠다고 생각했다. 그러고는 파블로 텔레스를 개인적으로 만나는 것이 제일 좋은 방법이라고 판단했다.

그러나 상황이 좋지 않았다. 텔레스는 상파울루 근처의 포르토 도스 산토스에서 멀지 않은 해군기지에 있었는데 그곳은 위치상의 문제로 반경 30km 내에서는 휴대폰이 터지지 않았다. 텔레스는 내일 상파울루의 청사로 온다고 했다.

"클라우디아? 내일 아침 일찍 상파울루행 비행기표 좀 알아봐요."

"네, 알겠어요." 미모의 클라우디아가 말했다. "아이네 클라이네 나흐트무지크인가요?"

"나도 모르겠어." 소피아가 말했다.

2100년 5월 6일, 화요일, 자정 무렵

*프랑스, 파리 5구,
투르넬 강변 15번지*

의식은 하나의 프로그래밍이라고 정의 내릴 수 있다. 생존에 전념하고 자신과 환경을 구별하며, 감각적인 인상을 계층화하고 처리하기 위한 프로그래밍이다. 이 정의가 맞는다면 인간은 동물의 의식도 부정할 수 없다.

그렇다면 인간으로서 우리는 문어의 의식을 어떻게 상상할 수 있을까?

5억 년 전 인간의 혈통에서 갈라진 생명체, 겨드랑이에 입이 있는 연체동물, 물속에서 숨을 쉬고, 태평양 문어에서 보듯 좁쌀만 한 알에서 깨어난 지 3년 만에 거대한 크기로 자라는 동물.

인간은 세 개의 심장이 있고 목둘레에 뇌가 있으며 몸 전체에 미각과 후각 등의 감각기관이 있으며 푸른색의 피와 직경 6cm의 빨판이 이론적으로는 25,000kg을 들어 올릴 수 있는 문어의 의식을 어떻게 상상할 수 있을까?

밤이었다. 사방은 고요하기만 했다.

미셸 집 안에 있던 사람들은 모두 잠자리에 들었다. 작은 야간

조명등 말고는 불은 다 꺼지고 어두웠다. 미셸이 라이오넬이라고 부르는 문어가 돌 뒤에서 나왔다.

그 녀석 — 문어는 수컷이었다 — 은 저녁 식사가 끝날 무렵 손님들 사이에 퍼졌던 긴장과 불만을 알아차렸을 가능성이 컸다. 문어의 뛰어난 감수성과 기억력을 설명하는 생물학자와 동물사육사의 놀라운 연구 보고는 이미 많이 있었다. 문어는 울림, 냄새, 움직임을 인간의 지각보다 훨씬 폭넓고 민감하게 인식한다.

문어는 이제 미셸이 새우를 넣고 나사로 고정한 유리병을 던져 넣었던 아쿠아리움 끝 쪽으로 헤엄쳐갔다. 문어는 유리병을 처음 보았을 때는 거들떠보지도 않았지만 지금은 서너 개의 다리를 이용하여 유리병 뚜껑을 열고 새우를 꺼내 다리 끝에서 입까지 마치 컨베이어 벨트 위를 이동시키듯 옮겨 먹었다.

그리고 나서 문어는 유리병, 나사 뚜껑을 자세히 살펴보았다. 그러나 더 이상 새로운 것은 찾지 못했다. 그리고 한동안 뚜껑을 만지작거렸는데 아마도 미셸의 손 냄새, 땀 냄새, 불안감, 핸드크림, 향수, 금속, 세재 냄새를 맡는 것 같았다.

그런 다음 문어는 천천히, 한결같은 모양으로 이쪽에서 저쪽으로, 다시 저쪽에서 이쪽으로 헤엄쳤다.

문어는 8자와 '수학의 무한대' 기호를 그리며 움직였다.

2025년 4월 20일, 일요일, 13:10

브라질, 상파울루, 빌라 마달레나

히카르두의 집은 아담하고 작은 골목길이 나 있는 플뢰리 거리에 있었다. 그는 차 대신에 자신의 오토바이 '장고'를 타고 가기로 했다. 푸조에서 만든 오토바이였다.

머플러가 고장 나서 지독한 소음이 나긴 했지만 모룸비 스타디움 앞에 있을지도 모를 교통 정체를 쉽게 빠져나갈 수 있었다. 히카르두는 상파울루의 지리를 잘 알고 있었지만 안전을 위해 여러 경로를 살펴보았다.

히카르두는 이른 오후 커다란 아이스박스를 오토바이 짐받이에 조심스럽게 묶고 출발했다. 그 안에는 스시와 손으로 집어 먹을 수 있는 간단한 음식이 있었다. 이것으로 보안 담당자들을 구슬릴 생각이었다.

그는 다스 타보카스 쪽으로 방향을 틀어 판아메리카 회전교차로에서 바베니다 차베스로 빠졌다. 그리고 리오 핀에이로스에서 남쪽으로 달렸다. 20분 후 아베니다 모룸비에 도착했고 유명한 주아우 아르티가스가 1960년 완공한 67,052명의 관객 수용을 자랑하는 상파울루의 홈구장 '이스타지우 시세루 폼페우 지 톨레두*가 보였다. 입구와 진입로에는 상파울루를 상징하는 적, 백, 흑색의 깃발이 걸려 있었다.

그는 오토바이의 엔진을 끄고 무거운 아이스박스를 짐받이에서 내렸다. 그리고 VIP 라운지로 가는 계단으로 향했다.

---

* 흔히 모룸비 경기장이라 불리는데 공식 명칭은 상파울루 FC 회장을 맡다가 완공 전 사망한 시세루 폼페우 지 톨레두의 이름과 같다.

2025년 4월 20일, 일요일, 14:05

브라질, 상파울루, 빌라 마달레나

"그가 밴이 아닌 오토바이를 타고 스타디움으로 갔습니다. VIP 라운지로 갈 게 분명합니다. 아이스박스를 가지고 갔는데…… 혹시 식사를 배달하러 간 걸까요? 아니면 축구 경기를 보러……?" 히카르두를 감시하기 위해 밥 올루푼밀라요가 고용한 남자는 왜 자기가 겉으로 보기에 아무런 해를 끼칠 것 같지 않은 통통한 이 남자를 밤낮으로 감시하는지 이해할 수 없었다. 하지만 보수는 상당히 두둑했다.

"네, 그럴지도 모르죠…… 그 사람의 오토바이 근처에 있다가 그가 그곳을 떠나면 미행해요. 내가 스타디움으로 가겠습니다. 어느 출입구죠?"

2025년 4월 20일, 일요일, 14:22

브라질, 상파울루, 모룸비 스타디움, VIP 라운지

히카르두는 사람들이 없는 VIP 라운지에 앉아 있었고 배가 고팠다. 보안 요원들은 그가 아이스박스에 담아 간 음식을 좋아했다. 그들은 다음번 VIP 라운지의 케이터링 서비스 때 히카르두를 보면 좋겠다고 하면서 가져간 음식을 고맙다고 하며 다 받아갔다. 세 종류의 스시, 포도나무 잎으로 싼 밥과 건포도, 백리향의 크러스트를 곁들인 연어 아뮤즈 부쉬,* 락교, 디종 머스타드를 박스에 담은 것이었다.

'VIP 스페이스'라고도 하는 VIP 라운지는 사이드라인 중앙에 매달려 있는 유리박스 형태의 공간이었다. 두 개의 공간으로 분리되었는데 바깥쪽에는 편안한 가죽 소파가 있었고 한가운데가 회장 자리였다. 그리고 안쪽에는 바와 뷔페를 마련해놓고 모니터를 설치해놓았다. 경기 상황이 격해지고 심판의 판정에 문제가 생기면 VIP들은 호떡집에 불난 것처럼 허겁지겁 안으로 들어와 녹화 영상을 느린 화면으로 살펴보았다. 카메라를 단 20여 대의 드론이 항상 경기장 위를 떠다녔다.

그러나 지금은 모든 것이 조용했다. 경기 전의 고요였다. 히카르두는 테이블 맨 뒤쪽에 앉아 있었다. 어느덧 배고픈 것도 까맣게 잊고 있었다.

그러다 잠이 들고 말았다.

---

* 메인 식사 전에 가장 먼저 제공되는 한 입 거리 음식.

2025년 4월 20일, 일요일, 14:30

브라질, 상파울루

빌라 올림피아는 상파울루에서 가장 화려한 부자 동네이다. 아베니다 다 푼샬은 올림피아 지역에서 가장 아름다운 거리라는 명성을 되찾았다. 그리고 FC 상파울루의 회장 엔리케 다 수르포의 소유로 아베니다에 있는 '빌라 마라'는 가장 고급스러운 건물이었다. 앞마당의 잔디는 테이블처럼 솟아올랐다가 중간 지점에서 약간 구부러져 있고 땅속에 설치된 스프링클러가 물을 뿌려주고 간단하게 조정할 수 있는 로봇이 잔디를 깎았다. 그리고 가장 높은 곳에 메종 라피트* 스타일의 흰색 3층짜리 건물이 자리하고 있었다. 입구는 도리스식 기둥으로 장식하고 창문은 바닥까지 닿았다. 개성이 강한 그림처럼 보이는 정원수는 자연스러운 느낌이 들 정도로 큰 나무들이었다. 나무들도 포르투갈어를 할 것만 같았고 나무들이 하는 말은 현명하고 고상한 이야기일 것 같았다. 부겐빌레아는 벌써 활짝 피었다. 그리고 수국, 장미, 진달래, 벚꽃도 피어 있었다.

집으로 들어가는 진입로는 완만한 경사를 이루면서 현관까지 이어졌고 그 옆 테라스에 앉아 있는 집주인은 정원의 화려함과 아름다움에 매료된 채 만족한 모습이었다.

수르포는 축구 경기가 있는 날이면 항상 불안했다. 현명한 그의 부인은 그런 그를 귀찮게 하지 않았다. 그는 더 이상 자신이 할 수 있는 게 없어 조급해졌는데 그것은 어떤 의지로도 할 수 없는 일이었기 때문이다. 그저 선수들이 골을 넣고 감독이 작전을 잘 펼쳐주기만 바랄 뿐이었다. 가끔은 시합이 쉽지 않을 것이란 생각 때문에 짜증이 나기도 했다.

엔리케 데 수르포는 트로츠키주의자들이 혁명에서 그랬던 것처럼 아름다움을 믿었다. 그는 미식가이자 아름다운 정신의 소유자였다. 사람들은 물론 배부르기 위해 먹었다. 그러나 먹는 것이 모험과 체험이 되면 훨씬 더 흥미로웠다. 이기기 위해 축구를 하지만 축구팀이 경기를 아름답게 만들고 하나의 역사를 이루어내면 더욱 흥미롭고 흥행도 성공한다.

오늘 경기를 하는 리오 팀에는 예술가, 창조가, 개인주의자 같은 선수들이 많았다. 하지만 불행히도 그들은 자신의 팀이 아니었다. 리오의 축구팀에는 알메이다와 가리다 같은 마술사, 호친토 엘만과 같은 발명가가 있었다. 그에 반하여 상파울루는 그런 상대팀을 불편하게 만들기 위해 온갖 노력을 다 기울였다. 감독은 단순한 작전을 짰다. 기다리는 것이었다. 상대팀에 주도권을 주고 그들이 지칠 때까지 끌고 가면서 끈질기게 인내심을 가지

---

* 파리 노트르담 광장 북서쪽 센 강변의 도시.

고 상대팀이 방심하여 결정적인 기회가 올 때까지 기다리는 작전이었다. 볼 점유, 볼 점유. 볼 점유율을 높이는 경기는 호화로운 공격축구는 아니지만 위험도 없었다.

'이 전략이 다른 웬만한 작전보다 낫다.' 수르포는 생각했다. 벌써 14연승을 기록하고 있었다. 절대로 일어나서 안 될 일은 선제골을 먹는 것이었다. 선제골은 끈질기게 인내심을 가지고 일하는 성공 기계와 같은 수르포의 말문을 막히게 한다.

수르포는 축구가 왜 자신을 흥분시키는지 잘 알고 있었다. 축구는 아름다웠고 그것 말고는 아무런 흥미를 느낄 수 없었기 때문이다.

그는 커피를 다 마시고 컴퓨터 사업가인 주아우 텔레스에게 전화를 걸었다. 오늘 주아주 텔레스에게 새로운 선수 스카우트를 위한 수백만 레알의 기부를 부탁할 생각이었다. 그는 텔레스를 VIP 라운지로 초대했었다.

그는 전화로 주아우에게 팀 라인업을 알려주겠다고 말했다.

그러나 전화를 건 진짜 이유는 다른 데 있었다. 텔레스가 약속을 잊지 않도록 확인해주려고 했던 것이다. 막상 전화를 받은 텔레스는 매우 정신없어 보였다.

'이해할 만해.' 수르포는 전화를 끊으며 생각했다. 전쟁의 임박, 세계적인 정치적 혼란, 동맹과 그 생태 조건들. 이 모든 것이 사람들을 완전히 미치게 했다. 하지만 모름비 스타디움은 매진이었다. '전쟁과 파국이 온다면, 최소한 그 전에 나는 멋진 축구 경기를 즐기고 말 거야.' 수르포는 생각했다.

2025년 4월 20일, 일요일, 16:05

브라질, 상파울루, 모룸비 스타디움, VIP 라운지

히카르두 다 실바는 잠이 들어 무언가 멋진 꿈을 꾸다 시끄러운 소리에 깨어났다. 6만7천 명의 관중이 외치는 함성이었다. 그는 정신을 차리고 생각했다. 내가 지금 어디에 있는 거지? 그는 모룸비 스타디움의 VIP 라운지에 있었다. 그는 얼굴을 비비면서 정신을 차렸다. 거기에는 이미 삼사십 명의 VIP 관객이 와 있었다. 모두가 남자였다. 흥분한 채 허둥대고 화를 내고 욕설을 하며 밖의 관람석에서 안으로 들어왔다. 그들은 실내에 설치된 모니터에 몰려들어 골 장면을 반복해서 보았다. 모니터 앞의 남자들은 이를 뽑을 때처럼 신음 소리를 내었고 주먹을 불끈 쥐거나 화를 내며 펄쩍 뛰었다.

플라멩구 리오가 골을 넣었구나. 히카르두는 생각했다. 맙소사. 이제 어쩐다지?

히카르두는 시계를 보았다. 한 시간 이상 잔 것이었다. 시합은 이제 막 5분 정도 진행된 참이다. 그리고 그곳에, 대형 모니터 앞에 한 남자가 있었다. 그 남자 때문에 히카르두는 여기에 온 것이었다. 엔리케 데 수르포 회장. 큰 키에 날씬하며 긴 갈색 머리를 하고, 갈색 신사복 바지에 푸른색 셔츠를 입고 있었다. 그는 방금 전에 일어난 일을 믿을 수 없다는 듯 머리를 절레절레 흔들었다. 그의 입매는 얇실했고 얼굴은 붉고 알레르기가 있는 것처럼 잡티가 많았다.

시합은 계속 진행되었다. 사람들은 다시 밖에 있는 관람석으로 나갔고 히카르두 혼자 남았다. 그는 가죽 재킷 안주머니에 손을 넣었다. 편지가 손에 잡혔다. 좋아.

예상과는 달리 플라멩구 리오의 수비벽은 뚫리지 않았고 시합을 이대로 끝내려는 듯 질질 끌고 있었다. 상파울루는 조급해졌다. 상파울루 선수들은 오랫동안 기다렸던 기회를 잡은 듯 저돌적으로 파고들면서 공간을 확보하고 통로를 마련하며 적극적으로 공격했다. 주장이자 '클래식 6번'인 로베르토 수자는 상대 팀이 몇 분 동안 제대로 공격하지 못한다는 것을 알고 있었다. 그렇지만 플라멩구의 스트라이커 필리페 알메이다가 5분 후 마르코 프람베하에게 패스했고 두 명의 선수가 손쉽게 하프라인을 넘어 약 12m 거리에서 추가 골을 만드는 슛을 쏘았다.

대재앙! 충격! 패배!

아직 40분이 남았다.

히카르두는 그가 잠든 사이에 마련된 뷔페로 갔다. 뷔페는 그가 보기에 고기에 고기, 또 고기, 치즈와 포도, 싸구려 오일을 뿌린 샐러드와 같은 볼품없는 음식이었다. 돈을 처들이고도 이 정도라니! 히카르두는 한숨을 내쉬며 과일과 빵, 물 한잔을 들고 다시 구석 자리로 왔다.

상황이 좋지 않았다.

경기에서 지면 수르포는 세상 그 누구와도 대화하지 않을 것이다. 절대로…… 그의 이런 성격은 잘 알려져 있었다. 히카르두는 이곳에 온 것이 바보 같은 짓은 아니었나 생각했다.

그는 이런 일에 능숙하지 못했다. 그가 생각을 잘못한 것이라면 무슨 일이 일어날까? 그는 생각했다. 상파울루 팀이 한 골을 넣는다면 자신은 물론 이 세상에 얼마나 좋은 일일까?

그리고 그 일은 일어났다.

전반전 41분, 하프 타임 4분 전에 축구의 신 혹은 운명의 세력이 영향력을 발휘하기 시작했다. 상파울루의 스트라이커인 로베르토 수자가 왼쪽 측면에서 페널티 에이리어까지 치고 올라가 수비벽이 뚫린 지역에 있는 잠브라노에게 크로스로 연결해 주었다. 순발력이 뛰어난 아리우 잠브라노는 운 좋게도 오프사이드에 걸리지 않았다. 골대까지는 14m 정도였다. 잠브라노는 가슴으로 볼을 트래핑하여 90도 회전해서 볼을 잡고 공중에 띄웠다.

허벅지 둘레 61cm가 넘는 스물세 살의 잠브라노는 수없이 많은 박스 점프,* 버피, 풀업, 스프린트, 바벨을 이용한 한쪽 다리 스쿼트로 다져진 체력의 소유자였다. 이 젊은 친구는 축구가 아닌 다른 분야에서는 별 볼 일 없었다. 예를 들면 사칙 연산 같은

---

* 선 자세에서 두 발을 모아 상자 위로 뛰어오르는 운동.

산수를 아는 친구들과는 어울릴 수도 없었다. 그러나 그는 축구를 할 수 있었다. 벌써부터 바르셀로나가 눈독 들이고 있는 아리우 잠브라노는 혼신의 힘과 집중을 다해 단 한 번의 동작으로 오른발 슛을 쏘았다.

32개의 가죽 조각을 꿰매고 그 안의 폴리우레탄에 바람을 넣은 약 441g의 볼이 거의 직선에 가까운 선을 그리며 플라멩구 리오의 크로스바 바로 아래로 날아갔다.

'아, 골이 들어갔구나.' 환호의 함성이 터지자 히카르두는 생각했다. 훨씬 좋아졌군.

4분 후 전반전이 끝나자 밖의 관람석에 있는 사람들이 다시 라운지로 들어왔다. 그들은 이제 조금 안도하면서도 흥분했지만 골을 넣은 순간만큼은 너무 기분이 좋았다. 히카르두는 엔리케 데 수르포의 얼굴을 살펴보았다. 그의 표정이 많이 부드러워지고 행복해 보였다. 그는 지금이 기회라고 생각했다.

2025년 4월 20일, 일요일, 16:45

브라질, 상파울루, 모룸비 스타디움, VIP 라운지

하프 타임은 1875년 당시에 새로 설립된 '축구연맹'이 도입하여 시행하다가 1904년 FIFA, 즉 '국제축구연맹'이 하프 타임을 정확히 15분 또는 900초로 정했다. 벌써 8분이 지나갔다. 그사이 히카르두는 아무것도 시도하지 못했다. 아주 중요한 경기의 하프 타임 동안 아주 중요한 축구클럽의 아주 중요한 회장을 만나기란 쉽지 않은 일이었다.

사람들이 꽉 찬 VIP 라운지는 떠들썩했다. 사람들은 먹고, 떠들고, 웃고, 담배를 피우는 가운데 불평을 늘어놓으면서 술을 마셨다. 웨이터가 계속 술잔을 채워줬다. 서로 다른 채널이 켜진 여러 대의 TV에서 시끄러운 소리가 흘러나왔고 라운지 한가운데 엔리케 데 수르포가 사람들에게 둘러싸여 있었다. 수르포는 사람들 속에서 단연 돋보였다. 그는 손에 진토닉을 든 채 말하고, 설명하고, 대꾸하고, 지시했다. 그를 둘러싼 사람들은 그의 입만 바라보다 회장님이 재미있는 말을 하면 고개를 끄덕이고 웃음을 터뜨렸다. 그들은 선 자리에서 전혀 움직이지 않았고 회장님을 세 겹으로 둘러싸고 있었다. 163cm 키의 히카르두는 전혀 눈에 띄지 않았다.

이제 4분이 남았다.

히카르두는 의자를 끌어당겨 그 위에 올라가서 지나가는 유조선을 본 난파 선원처럼 팔을 흔들었다. "회장님! 회장님!"

정적이 흘렀다. 대화가 뚝 그치고 40쌍의 눈이 히카르두에게 향했다. TV 방송 소리만 뒤엉켜 들릴 뿐이었다.

보안 담당자는 가끔씩 나타나는 미친놈이라고 생각했지만 히카르두를 제재하지는 않았다.

수르포는 고개를 들어 의자 위에 서 있는 히카르두를 보곤 깜짝 놀라며 잠시 혼란스러워했다. 아는 사람인가? 모르는 사람이야. 분명히 모르는 사람인데…… 아니다. 그가 아는 사람이었다. 훌륭한 음식에 대한 기억이 지워지지 않았기 때문에 그의 얼굴은 호의적인 표정으로 변했다. 그러나 제정신이 아닌 사람을 대하듯 조심스럽고 신중한 태도였다.

"아! 아, 그분이군요! 상파울루에서 가장 뛰어난 요리사, 이곳에서 가장 훌륭한 요리사! 여긴 무슨 일로?" 수르포는 더듬거리며 말했다. "당신이 여기 있을 줄은 전혀 몰랐습니다만 이제 의자에서 내려오시죠……." 수르포는 보안 요원에게 눈짓을 했다.

히카르두는 의자에서 내려왔고 수르포를 둘러쌌던 사람들이 마지못해 길을 터주었다. 히카르두는 거침없이 수르포 앞으로 갔다. 수르포는 놀란 표정이었지만 친절하게 손을 내밀어 악수를 청했다. 히카르두는 그의 손을 잡고 흔들며 놓지 않았다.

"고맙습니다! 고마워요! 회장님, 저는 회장님을 보러 여기에 왔습니다. 회장님께 드릴 말씀이 있어요. 그리고 회장님의 도움이 필요합니다……."

히카르두는 우선 숨부터 진정시켜야만 했다.

"그럼요, 당연히 도와드려야겠지요. 하지만 먼저 진정하시고…… 그런 다음 비서에게 전화를 걸어 약속 시간을 잡으세요. 솔직히 말씀드리면 지금은 이야길 나누기에 적당하지 않아요." 수르포는 마치 인자한 수석 의사처럼 웃으면서 경기장, VIP 라운지, 히카르두의 이상한 태도, 그 모두를 향해 손을 흔들어 보였다. "그건 그렇고, 나의 친구 주아우 텔레스를 소개하고 싶습니다. 당신도 '컴퓨텔'을 잘 알고 있지요? 아주 훌륭한 대기업이죠. 주아우, 이쪽은 이 도시에서 가장 뛰어난 케이터링 요리사 세뇨르 히카르두……."

"매우 흥미롭군요." 주아우가 끼어들면서 말했지만 더 이상 무관심할 수 없는 말투였다. 몇 사람이 그 주변에서 그들의 이야기를 듣고 있었지만 대부분의 사람들은 다른 곳으로 갔다.

"만나서 기쁩니다. 그런데 그런 게 아닙니다. 약속 시간이 필요한 게 아닙니다. 회장님, 서둘러야 할 아주 긴박한 일입니다. 시간을 끌어서는 안 되는……."

"그래요, 좋습니다. 그런데 내 손 좀 놓아주시겠어요? 손님들도 접대해야 합니다. 내가 손님을 소홀히 대하면 세뇨르 텔레스 같은 분이 나를 어떻게 생각하겠어요? 당신도 이해하리라 생각해요……."

"물론입니다." 그러나 히카르두는 손을 놓아주지 않았다. "제발, 수르포 회장님, 제가 어떤 정보를 알게 되었는데, 그게 군사적으로나 정치적으로 굉장히 중요하단 생각이 들었어요. 그 정보를 어느 발코니에서 아주 우연히 들은 거라 저로서는 확실히 판단할 수 없습니다. 그곳에서 두 중국인이 이야길 나누고 있었어요. 이건 상관없는 말이긴 하지만 제가 요리사이긴 해도 중국어를 아주 잘합니다. 회장님, 회장님은 주요 인사들을 잘 알고 계시잖아요. 주요 관직에 있는 사람이나 저명한 사회 인사들 말이에요. 그러니까 동맹의 군사이동은 단순한 계략이 아닙니다. 브라질이 최근에 구입한 새로운 무기 시스템 YU-73이라는 탄두에 엉뚱한 것이 프로그래밍되어 있습니다. 회장님, 이해하시겠죠……."

"물론이죠. 아주 잘 이해합니다. 그래서 당신이 걱정하고 있다는 것도 잘 압니다……."

수르포는 의심할 여지 없이 히카르두가 제정신이 아니라고 생각했다. 그러나 그는 시끄럽게 하고 싶지 않았다.

"우리도 모두 걱정하고 있습니다. 지금 닥친 대치 상황이 매우 심각한 사안이기 때문이죠." 수르포는 매우 심각한 표정을 지었다. "하지만 나는 우리 대통령을 믿습니다. 그리고 이 문제는 반드시 더 논의되어야 합니다. 무조건 그래야겠지요. 하지만 오늘은 아닙니다. 오늘은 축구 경기가 열리는 날입니다. 대통령은 경기에 흠뻑 빠져 있습니다. 경기의 아름다움에! 당신도 아름다움, 맛, 향기에 대해서 잘 알지 않습니까! 그것이 당신의 전문지식이지 않습니까! 도스토옙스키가 뭐라고 쓴 줄 아십니까?"

"아뇨." 히카르두가 대답했다. 도스토옙스키?

"이렇게 썼습니다. '아름다움이 세상을 구한다.' 멋지지 않아요? 나는 『백치』에 나오는 이 말을 너무 좋아합니다. 그래요. 훌륭한 말이지요. 이제 손 좀 놓아주시겠어요? 고마워요. 나중에 또 봅시다. 아니면 그 언제라도······."

수르포는 히카르두가 잡고 있던 손을 뺐다. 그는 친절하면서도 더는 못 참겠다는 표정으로 고개를 끄덕이면서 히카르두를 옆으로 밀쳐내려고 했다.

아직 3분이 남아 있었다.

히카르두가 수르포의 길을 막아섰다. "제가 이상한 말을 하고 있다는 것 잘 압니다. 잘 모르겠지만 회장님이 말한 그 책에 나오는 바보 같은 행동을 하고 있겠지요. 저하곤 상관없는 일입니다. 회장님이 저를 쫓아낸다 해도 저는 이해할 것입니다. 그러나 이것은 제 문제가 아닙니다. 더구나 도스토옙스키와는 아무런 상관도 없는 일입니다. 이 일은 전쟁과 무수한 고통, 파괴 그리고 탄두에 관한 중요한 일입니다. 그런데 제가 그것에 대해 아는 것이 아무것도 없습니다." 히카르두는 눈물을 터뜨리기 일보 직전이었다.

히카르두의 그 무언가가 수르포를 망설이게 만들었다. 그는 선수들을 읽어내고 사람의 마음을 꿰뚫어 볼 수 있는 그런 사람이었다. '이 볼품없는 요리사가 진실을 말하고 있구나.' 그는 그것이 무엇이든지 간에 파악해내는 능력이 있었다. "잘 알겠어요. 경기가 끝난 후에 다시 얘기합시다. 지금은 곤란해요……."

"제 편지를 읽어보세요!" 히카르두는 재킷 주머니에서 주섬주섬 편지를 꺼냈다. "이 편지를 가져가서 잘 읽어보세요. 아주 중요한 편지니까 누구한테도 보여주면 안 됩니다. 편지에 우리나라가 위험에 빠질 수 있는 이상한 정보가 있습니다. 제가 그것을 어떻게 설명할지 모르겠지만 여기 이 편지에 모든 내용이 들어 있습니다!"

"놀랍군요, 고마워요. 자, 그럼 이제 가보시길……." 수르포는 그동안 내내 옆에서 대기 상태로 있던 보안 요원을 향해 고개를 끄덕였다. 그러자 히카르두의 네 배 정도 몸집이 되는 두 사람이 아주 거칠지는 않았지만 조금도 저항할 수 없을 정도의 힘으로 히카르두를 라운지 밖으로 밀어냈다.

그래도 1분이 남아 있었다. 라운지에는 한 사람도 없었다. 수르포는 웨이터에게 진토닉을 한잔 더 달라고 손짓했다.

"대체 저 사람 누굽니까?" 텔레스가 물었다.

"사실은 요리사인데…… 아주 뛰어난 요리사이죠. 천부적인 소질이 있는…… 그를 여러 번 고용한 적이 있어요. 이곳 최고의 케이터링 요리사 가운데 한 명이고…… 그런데 심심풀이로 미친 짓을 하는 건지 잘 모르겠어요. 하지만 어쩐지…… 사람 속은 알 수 없다니까…… 새로운 무기 시스템이라니! 탄두 YU-73은 또 무슨 소리고! 사람들이 무슨 짓을 하고 있다는 거야! 그가 편지 한 통을 주고 갔어요, 그 미친놈이……."

YU-73? 그 순간 텔레스는 정신이 번쩍 들었다.

"편지 좀 봐요!"

"편지를 보자고?" 수르포가 어이없다는 듯이 웃었다.

"이제 갑시다! 경기가 다시 시작합니다. 아직도 1분 전이군. 자!" 그는 텔레스를 잡고 외부 관람석으로 나가려 했다.

"당신은 내가 두세 명의 새로운 선수를 위해 재정 지원하길 바라시죠? 그렇다면 그 편지를 주십시오. 그래야 새로운 선수를 영입합니다."

"당신도 아까 그 요리사처럼 미쳤군." 수르포는 주머니에서 히카르두의 편지를 꺼내 텔레스에게 주었다. "경기가 시작됐어!"

"금방 가겠습니다."

텔레스는 몇 걸음 뒤로 물러나 편지 봉투를 찢어 리카르도의 편지를 대충 훑어보았다. 후반전이 시작되었다.

그는 소파에 주저앉아 편지를 두 번째 읽었다. 이번에는 아주 천천히.

그의 얼굴이 갑자기 하얗게 질렸다.

2025년 4월 20일, 일요일, 17:08

*브라질, 상파울루, 아베니다 다 리베르다드,
국방부 장관의 제2청사, 암호명 '아이언핸드'*

"여보세요? 아, 주아우, 너구나. 그래, 내가 이틀 동안 출근하지 않았었다. 지금은 다시 이곳에 와 있지. 내 목소리가 이상하지…… 내가 말하는 것이 모두 두세 번의 변형과 암호 기계를 거쳐나가서 그래. 그럼, 나는 잘 지내고 있지…… 너랑 인카르나카우, 애들은 어떠니? 뭐라고? 그래, 그렇겠지. 요리사? 수르포의 편지를 받았다고? 알았어, 내가 거꾸로 알아들었구나. 요리사가 쓴 편지를…… 물론이지, 한번 읽어줘봐. 별로 신통치 않은 내용일 거 같은데…… 얼굴도 모르는 요리사의 편지가 뭐 중요한 거라고…… 그래, 좋아. 읽기나 해봐!"

국방부 장관 파블로 텔레스는 청사 집무실에 있었다. 그는 소파에 편하게 앉았고 1분이 흘렀다. 빌 게이츠와 나눈 대화가 떠올랐다. 게이츠는 그들을 경고했었다.

그가 일어났다. "주아우, 내가 잘못 들은 거 아냐? YU-73이라니? 너는 어디서 그런 말을 들었어? 그놈 어떤 작자야? 이게 말이 돼! 그놈은 요리사일 리가 없어! 잘은 모르겠지만 이건 아마도 위장된 협박일 거야! 잘 들어, 아무것도 하지 말고 그 편지를 누구한테도 주지 마. 내가 지금 사람을 보내서 너를 이곳으로 데려올게. 이곳은 네가 안전하게 지낼 수 있어. 그럼, 직접적인 위험은 없지. 그런데 그 편지를 쓴 사람은 이 나라에서 겨우 십여 명 정도만 알 수 있는 정보를 가지고 있는 것 같아. YU-73는 비밀 프로젝트인데…… 이거야말로 정말 미칠 노릇이군. 우리가 그 작자를 찾아야 해. 아냐! 지금은 아무것도 하면 안 되지! 지금은 너무 위험해! 아무 짓도 하지 말라고! 주아우? 주아우……? 빌어먹을!"

파블로는 무슨 대답이라도 들어야 한다는 듯 전화기만 뚫어지게 바라보았다.

2025년 4월 20일, 일요일, 17:10

브라질, 상파울루, 모룸비 스타디움 앞

두 명의 보안 요원이 히카르두를 8번 게이트 밖으로 쫓아내고 VIP 라운지로 올라가는 계단 문을 잠가버렸다.

'앞으로 이보다 더 멍청한 짓은 없겠지.' 히카르두는 생각했다. '가장 멍청한 짓을 한 거라고!'

땀에 흠뻑 젖은 그는 몸을 떨었다.

다행히 오토바이는 제자리에 있었다.

"음식 주문 들어오는 것도 취소하고, 하루 종일 공쳤다고. 나를 바보 취급하며 오늘 벌어진 일을 상파울루 전체에 소문내겠지. 의자 위에 올라가 있던 나를 분명히 휴대폰으로 찍어놨을 거야. 심장마비로 죽는 게 제일 좋은 해결책일지도 몰라. 도대체 이 모든 게 왜 나랑? 내가 그 탄두와 무슨 상관이란 거야?" 그는 혼잣말을 했다.

그 어떤 대답도 들을 수 없었다. 그는 혼자였고 여전히 몸을 부들부들 떨면서 콜부르크 체인 자물쇠를 풀었다.

8번 게이트 맞은편, 음료수 차량 뒤에 숨어 있던 밥 올루푼밀라요가 상파울루에서 고용한 두 남자에게 신호를 보냈다. '살시샤스 푸리타스'*라는 글자를 새긴 배달 트럭이 히카르두가 오토바이를 끌고 가는 도로까지 리드미컬한 후진 신호음을 울리며 천천히 뒤로 움직였다. 등에 핫도그 그림이 그려진 회색 작업복을 입은 한 남자가 뒤에서 손짓으로 배달 트럭의 움직임을 지시하고 있었다.

그의 한쪽 주머니에는 X-28 테이저건이, 다른 주머니에는 플라스틱 그물과 케이블타이가 들어 있었다. 그리고 오른 발목에는 '인포서' 전투용 칼집을 차고 있었다.

배달 트럭이 조심스럽게 히카르두에게 접근했다.

삐익- 삐익- 삐익…….

배달 트럭과 작업복의 남자는 이제 히카르두와 불과 몇 미터밖에 떨어지지 않았다. 올루푼밀라요는 이 모든 것을 지켜보고 있었다. 작업복의 남자가 올루푼밀라요에게 눈짓을 하자, 올루푼밀라요가 짧게 고개를 끄덕였다.

히카르두는 헬멧을 쓰고 있었다. 그는 여전히 지친 상태였기 때문에 모든 동작이 느렸다. 그는 가죽 재킷 옆 주머니에서 스카프를 꺼내어 목에 둘렀다. 작업복의 남자가 주머니에서 테이저건을 꺼냈다.

그런데 갑자기 8번 게이트 철문이 안쪽으로 활짝 열리며 텔레스가 앞쪽에서 뛰쳐나왔다.

---

* 튀긴 소시지라는 뜻의 포르투갈어.

텔레스는 왼쪽과 오른쪽 방향을 급히 살펴보았다. 히카르두가 보였다. 그의 체구와 가죽 재킷을 보고 바로 알아보았다. 텔레스로부터 15m 정도 떨어져 있던 히카르두가 오른쪽 다리를 오토바이 안장에 올렸다.

히카르두가 오토바이 키를 돌리자 우당탕하는 소리와 함께 시동이 걸렸다.

"어이! 정지! 이봐! 기다려! 이 편지가…… 스톱!" 텔레스는 아무 소리도 듣지 못한 히카르두를 향해 뛰어갔다.

'머플러를 고쳐야겠어.' 히카르두가 속으로 말했다. 그는 이제 길가에서 달리는 차들 사이로 끼어 들어갈 순간을 기다리고 있었다.

배달 트럭은 불과 몇 미터 거리에 있었다. 작업복의 사내는 테이저건을 다리에 밀착시켰다. 배달 트럭의 운전사는 사이드미러를 통해 모든 것을 살피고 있었다. 그가 손짓을 했다. 이제 어떻게 해? 작업복의 사내가 어쩌면 좋으냐는 표정으로 올루푼밀라요를 바라보았다.

올루푼밀라요는 머리를 가로저었다.

그리고 간발의 차이로 주아우 텔레스는 히카르두를 놓치고 말았다.

2025년 4월 20일, 일요일, 17:12

브라질, 상파울루, 모룸비 스타디움 앞

히카르두는 차량 행렬 속에서 빈틈을 발견하자 오토바이 가속레버를 당겼다. 머플러가 우당탕 시끄러운 소리와 함께 시커먼 매연을 뿜어냈다.

주아우는 그 자리에 서서 잠시 히카르두의 뒷모습을 멍하니 바라보았다. 그는 곧바로 VIP 주차장으로 뛰어갔다.

올루푼밀라요는 핫도그 작업복의 사내에게 고갯짓으로 히카르두가 떠나간 방향을 가리켰다. 빌라 마달레나 쪽이었다. 작업복 사내는 배달 트럭의 뒷문을 열고 안으로 뛰어올랐고 올루푼밀라요는 앞좌석에 올라타서는 운전사에게 빨리 가라는 손짓을 했다. 운전사가 가속페달을 밟자, 배달 트럭의 엔진 회전수가 급히 올라갔다. '살리샤스 푸리타스(튀긴 소시지)'라는 글자를 새긴 배달 트럭의 추격전이 시작된 것이었다.

2025년 4월 20일, 일요일, 17:20

브라질, 상파울루, 아베니다 다 리베르다드,
국방부 장관의 제2청사, 암호명 '아이언핸드'

"심? 네? 여보세요?"

"국방부 장관님, 이 라인이 안전하고 암호화되어 있다는 걸 저도 압니다. 그런데 저는 더욱 안전한 보안 연결을 통해 말씀드립니다. 제 이름은 소피아 델라 베템쿠르이며 '정보부'의 외교/테러부 부장입니다. 이 통화의 코딩은 14 92 73입니다. 저는 업무상 자격에 따라 이 전화를 할 수 있는 권한을 받았습니다. 파림바 대령이 저의 직속상관입니다. 그가 이 전화에 관한 정보를 알려주었습니다. 장관님께서 제게 전화를 걸어주시면 제가 5분 안에 받겠습니다."

"아니, 괜찮아!" 파블로 텔레스가 말했다. "극적인 일은 없을 거야. 안 그런가?"

'제발 그런 일이 일어나지 않기를…….' 그는 생각했다.

"자, 장관님, 사람들이 그 일을 어떻게 받아들이는지…… 저는 오늘 아침부터 장관님께 연락하려고 노력했습니다. 이 일을 장관님과 개인적으로 논의하고 싶습니다. 제가 내린 결론을 말씀드리는 데 10분도 걸리지 않습니다."

"얘기해봐." 텔레스가 말했다. "우리 이미 만난 적이 있지 않나?"

"네, 맞습니다. 여러 번. 파림바 대령과 함께 회의에서. 최근에는 4주 전에……."

"유감스럽지만 나는 당신이 정확히 기억나지 않아…… 그러니까……."

"기억 말입니까? 그런 것은 아무 상관 없습니다, 장관님. 저는 남자들이 잘 잊는 그런 스타일의 여자입니다. 제가 말씀드리려는 것은 그런 것이 아닙니다. 제 판단으론 브라질이 함정에 빠지게 되리란 것입니다. 저는 지금 국가원수 주변으로 두 명의 정보원을 알고 있습니다. 한 사람은 고위급 중국인이며, 또 한 사람 역시 러시아의 고위급 인물입니다. 이들은 나이지리아의 무기상 로버트 B. 올루푼밀라요와 긴밀한 접촉을 하고 있습니다. 올루푼밀라요는 라고스, 파리, 취리히에 여러 개의 업체와 페이퍼 컴퍼니를 갖고 있는 인물입니다. 우리가 지금 가지고 있는 정보는 거짓일 가능성이 매우 높습니다."

"거짓이라고?" 파블로 텔레스는 땅이 무너질 것 같은 심정이었다.

"네, 거짓입니다. 제가 대통령에게 이 정보를 전달했습니다. 물론 조건을 분명히 하고 말입니다. 보고서도 작성했습니다. G3는 허세를 부리는 것이 아닙니다. 그들은 매우 진지합니다. G3는 브라질이 열대우림 문제에서 굴복하기를 원합니다. 허세를 기반으로 한 정치적 공격은 극도로 위험한 일입니다. 다시 한번 말씀드립니다. 극도로 위험한 일이라고……."

"나도 이제 알겠어. 내 생각에는 당신이 이리로 와야만 할 것 같아. 우리가 대통령에게 이 사실을 알려드려야 하지 않나? 그리고 전략을 마련해야 하고…… 오 하느님……."

"그리고 올루푼밀라요를 통해 판매되는 무기 시스템의 프로그램이 조작되었다는 단서가 있습니다. 브라질이 제가 모르는 YU-73 유형의 탄두를 구입했다면 프로그램과 소스 코드를 완벽하게 확인해야 합니다."

"이 정보는 정말 충격적이지만 당신은 믿을 수 있을 것 같군. 조금 전 축구경기장에서 한 정보원이 내게 전화를 했었네. 아주 오랫동안 잘 알고 지낸 전적으로 신뢰할 만한 사람이지. 그런데 그 정보원이 말하길 VIP 라운지에 어떤 미친놈이 나타났다는 거야. 그런데 겉보기엔 아주 멀쩡한 요리사라나……."

소피아는 듣고만 있었다.

"듣고 있나?"

"네, 장관님."

"좋아. 당신은 아무 말도 하지 않지만 나는 연관성을 생각하고 있어…… 어쨌거나 상파울루 출신의 요리사가 나타났고 이 요리사가 우연히 어떤 대화를 듣게 되었는데 그 내용이 지금 문제되는 일과 관련이 있다는 건데……."

"관련이 있다고요, 장관님?"

"겉치레, 허세, 함정, 우리 정부를 위한 것, 프로그램이 조작된 무기, 탄두…… 이 정보들이 G3가 이 문제를 진지하게 생각하고 있다는 걸 암시해. 하여간, 당신이 이리로 와야겠어."

"제가 가겠습니다, 장관님. 장관님의 허락하에 제가 우선 그 사람…… 장관님께서 말씀하신 그 요리사를…… 지금 곧바로 만나는 게……."

"그 요리사가 장관보다 중요하단 말인가?"

"그렇지 않습니다, 장관님. 하지만 저희가 그 수상쩍은 요리사가 누구인지, 그 사람이 무엇을 알고 있는지, 어디에서 그 이야기를 들었는지 파악하게 되면 훨씬 더 효과적인 논의를 할 수 있다고 생각합니다. 장관님께서 그 요리사의 이름을 알고 계십니까?"

"모르지, 내가 어떻게? 아, 아닐세, *데스쿠우피*.* 내 동생이, 그러니까 내 동생이 정보원인데 그가 주소와 함께 알려줬네. 지금 메모할 수 있나?"

"네, 장관님."

"플뢰리로 14. 회사 이름이 '이노베이션 웨이'일세. 케이터링 서비스를 하는…… 이름은 히카르두 다 실바."

---

* 미안하다는 뜻의 포르투갈어.

2025년 4월 20일, 일요일, 18:40

브라질, 상파울루, 빌라 마달레나

히카르두가 플뢰리 거리에 있는 이층집 문을 열고 들어섰을 때 날은 이미 저물었고 상파울루의 시내인 빌라 마달레나에는 일요일 저녁이 시작되고 있었다. 문을 잠그고 나자 마치 여행 중에 느꼈던 모든 부끄러움과 서투름을 뒤에 남겨놓은 듯한 기분이 들었다. 조금은 운이 좋아 잊어버린 것도 있었지만…….

집 안의 아늑함이 위로가 되었다. 다른 사람이 보기에 그의 집은 썰렁하고 결코 아늑하게 보이지 않았지만 그는 그렇게 느꼈다. 더구나 히카르두는 가끔 고용하는 부주방장이나 큰 행사를 맡았을 때 도와주는 한두 명의 도우미 외에는 절대로 집으로 손님을 초대하지 않았다. 그리고 그들이 자기 집을 어떻게 생각하는지 전혀 신경 쓰지 않았다.

히카르두는 불을 켜고 아파트를 리모델링한 90㎡의 커다란 주방을 서성거렸다. 바닥에는 체스판 모양 흑백색의 오래된 타일을 깔았다. 그는 가스레인지 위에 손을 올렸다. 시중에서 파는 것 가운데 가장 크고 최상급인 제품이었다. 4단 오븐도 있었다.

그는 온도가 조절되는 냉장 칸을 열었다. 일반 고기류와 닭고기, 오리고기, 소시지, 치즈를 보관하기 위해 설치한 것이었다. 그는 눈을 감고 냄새를 맡으며 풍미를 구분해보았다. 그리고 잠시 피너츠* 포스터 앞에 멈추었다. 베토벤을 능가하는 피아노의 천재 슈로더** 포스터였다. 히카르두는 피너츠를 고안해낸 M. 슐츠와 코믹 만화의 대명사인 슈로더를 좋아했다.

히카르두는 서랍을 열어 칼 네 개를 꺼냈다. 기름칠한 가죽 케이스에 보관해놓은 것이었다. 그는 칼을 광택이 나는 커다란 식탁 위에 올려놓았다. 요리사가 다 그렇듯이 히카르두도 칼에 대한 집착이 강했다. 칼은 주방에서 가장 중요한 도구였다. 칼 중에 최고 명품은 다마스쿠스 칼이었다. 강철을 여러 번 접어 강도가 높고 절단 중심이 잘 잡힌 칼이다. 히카르두는 6년 전 이 칼들을 다마스쿠스 명장에게서 한 자루에 약 21,000유로를 주고 샀다. 그 대장장이는 졸링겐 출신의 보도 트래거라는 독일 사람이었는데 그가 만든 칼은 100겹이 아니라 거짓말 하나 안 보태고 801겹이나 되었다. 히카르두는 손잡이를 늪지백참나무로 만든 것을 골랐는데, 그 나무는 어림잡아 4천 년은 되었다고 했다. 칼은 검은색이었고 벨벳 같은 광택이 났으며 손에 쥐면 무게감을 거의 느끼지 못할 정도로 균형이 잘 잡혔다.

기술 재료의 경도 측정 단위인 '로크웰 경도 스케일 C' 측정에

---

* 찰리 브라운, 스누피가 등장하는 코믹 만화.
** 피너츠에 등장하는 피아노 치는 아이 이름.

서 히카르두의 칼 강철 경도는 HRC 값이 65.5였다. 자동차 모터 기어박스의 샤프트가 48HRC이다.

히카르두는 식탁에 앉았다. 하루의 입맛을 살리기 위해 와인 한 잔을 마실까, 아니면 치즈 한 조각을 먹을까? 하지만 지금은 그럴 때가 아니라고 생각했다.

기분전환을 하기 위해 그는 프로젝트, 메뉴, 새로운 조합 등을 고민해보았다. 다음번에는 오리나무와 너도밤나무로 훈연시킨 알래스카 송어에 퀴노아*를 곁들여볼 생각이었다. 퀴노아에 버터, 소렐**과 샤프란을 넣어 밥을 짓고, 얇게 저민 송어에 회향과 참깨를 뿌린다. 그리고 그는 항상 향나무와 사천 고추를 넣은 자기만의 새우-라비올리를 개발하고 싶었다. 아, 그에겐 아직도 개발할 메뉴가 많이 남아 있었다.

'왜 이런 것이 나에게 위안이 되는 걸까?' 그는 생각해보았다. '모르긴 몰라도 이건 무언가 미친 짓이야. 이런 식으로 한 가지 일에만 바보처럼 매달리고 그냥 단순히 살려고 하지 않는 나는 도대체 누구란 말인가?'

'그러나 우리 모두가 그렇게 살고 있다.'

그가 아는 다른 요리사들, 그가 마지못해 존경했고 마지못해 감탄했거나 한심하게 여기고 멸시한 요리사들은 모두 자기만 알고 이상하고 별난 사람들이었다. 훌륭한 요리사는 항상 자기가 만든 음식에 요정가루를 뿌렸다.

히카르두는 요리의 강렬함을 좋아했고 다른 어떤 예술, 그림, 문학, 음악도 요리처럼 일시적이면서 인간의 반응 패턴에 깊게 자리 잡은 것도 없다고 믿었다. 맛의 차별화는 인간의 특별한 진화 경로에서 힘을 연결하는 동시에 원동력이 되었고 대부분의 신경학자들도 이것을 인정했다.

히카르두는 향기의 연금술이나 변화의 묘미만을 좋아한 것이 아니라 재빠른 손놀림, 손과 손끝에 전해오는 칼의 느낌을 즐겼다. 또한 좁고 후텁지근한 공간에서 경험하는 뜨거운 열기, 조리고 끓이는 것, 캐러멜링, 발효, 숙성, 생크림 만들기, 균형 잡기 그리고 결과물, 확고한 판단을 좋아했다.

축구클럽 회장에게 보내려고 썼다가 구겨버린 편지들로 히카르두의 시선이 향했다. 그는 그 편지를 이 식탁에서 썼었다. 예닐곱 번 초안을 잡았다가 몇 번을 다시 써야만 했다. 그 흔적이 아직도 남아 있었다. 썼다가 구겨버리곤 했다. 빌어먹을…… 구겨진 편지들이 그를 수치스럽게 만들었다.

자신이 얼마나 두서없이 말했는지 생각해보았다. 하느님 맙소사. 그는 의자에 앉았다. 아마 동영상도 찍었을 텐데…… 벌써 유튜브에 떠돌 것이 분명했다. 부끄러운 일이었다.

히카르두는 실패의 경험이 거의 없는 사람이었다. 그는 자신이 시작한 일은 항상 성공시켰었다.

그러나 지금 그가 시도한 일은 그의 능력을 훨씬 뛰어넘는 것이었다. 그는 갑자기 무력감에 빠졌다.

---

* 남아메리카 안데스 지역의 주식인 명아주과 곡식.
** 식용, 약용의 여뀌과 풀.

세상은 그런 곳이었다. 별 볼 일 없는 사람이 무언가를 하려고 고군분투하는 곳에는 어디나 작은 거품이 있었다. 그리고 그보다 훨씬 더 높은 상류계층에는 자신의 손이 닿지 않는 네트워킹, 돈, 연락처, 골프 친구에 의해 결정되는 훨씬 더 큰 공간 속에 사람들이 살았다. 그가 한 번도 속해보지 못한 그런 세계였다. 외교관인 부모의 세계, 성공한 형제들의 세계, 그는 이미 오랫동안 그런 세계와 연을 끊고 살았다.

나비의 날갯짓…… 그것은 카오스 이론이었지만 실제로는 날갯짓으로 아무런 영향도 미치지 못하는 나비가 무수히 많다. 그렇다면 어떤 나비를 선택할지는 누가 결정하는가? 그건 누구도 할 수 없는 일 아닌가? 혹은 우연으로? 아니면 오직 하느님만이?

브라질은 정말로 위험에 빠져 있는 걸까? 그가 우연히 들은 이상한 대화는 그의 의지에 반해 실제로 끔찍한 파괴력을 함축한 것이었을까? 갈등은 모두 무의미했다. 왜 빌어먹을 정부는 그냥 포기하지 않았을까? 브라질에서 웬만한 사람은 누구나 열대우림에서 끊임없이 일어나고 있는 일이 심각하고 무자비하며, 불필요하고 위험하다는 것을 알고 있었다. 기후 동맹의 요구를 들어주면 무슨 일이라도 일어난단 말인가? 목재와 축산 갑부들이 손해를 보겠지만, 베네티 요트*를 조금밖에 못 사거나 프로방스의 별장을 포기해야 하는 정도일 것이다.

피해자는 노동자와 그 가족이 될 것이다. 그러나 사람들은 이 문제를 해결할 수 없을 것이다.

인간이 자연의 일부를 파괴하지 않고, 개간하지 않고, 굴복시키지 않는 것이 그렇게 어렵단 말인가?

이러한 질서와 착취의 욕구를 포기하는 것이?

히카르두는 몽라셰** 한잔을 마시기로 했다. 피스타치오 몇 개를 볶아서 칠레산 치즈와 먹을 생각이었다.

그때 누군가 문을 두드렸다. 소스라치게 놀란 히카르두는 철제로 만든 현관문 쪽으로 갔다. 빌라 마달레나는 범죄가 비교적 적은 조용한 동네였지만 항상 조용한 것은 아니었다. 그는 안전고리를 걸고 문을 살짝 열었다.

계단 통로는 어두웠다. 확실하진 않지만 문 앞에 서 있는 남자를 알아볼 수 있었다. 키가 큰 그 남자의 얼굴은 어두워서 잘 보이지 않았다. 히카르두는 후각이 발달한 사람이었다. 낯선 사람이었다. 비싼 애프터셰이브 냄새 속에서 신맛과 공격성, 위험의 냄새가 희미하게 풍겼다.

"누구시죠?"

"매번 방해해서 죄송합니다." 그 남자는 영어로 말했다. 매우 유쾌하고 친근하며 즐거움을 주는 목소리였다.

그러나 그 목소리는 히카르두가 보고 느낀 것과는 맞지 않았다.

"최근에 쿠티뉴의 한 아파트에서 내 친구들의 식사를 부탁한 적이 있습니다. 당신도 아마 그 일정을 기억할 겁니다. 여섯 사람을 위한 저녁 식사, 기억하시죠, 세뇨르 다 실바?"

---

* 이탈리아의 초호화 요트.
** 프랑스 부르고뉴 화이트 와인.

"내가요, 아뇨…… 죄송한데, 나는 그런 일이 없습니다……."

"물론 그러시겠지요. 이해합니다. 퇴근 후 저녁을 편히 쉬고 싶을 것이고 축구 경기장에도 다녀왔으니 분명히 많이 피곤하겠죠. 하지만 잠시 들어가도 될까요?"

'다 알고 왔구나.' 히카르두는 생각했다. '이 사람은 모든 걸 알고 있어! 대체 누굴까?'

갑자기 속이 메스꺼웠다.

"안 돼요! 돌아가십시오." 그가 말했다. "이제 그 일은 나와 상관없습니다……."

"그렇겠지요." 그의 목소리가 들렸다. "실례했습니다. 편히 쉬십시오." 그 남자는 아파트 문에서 한 걸음 뒤로 물러났고, 히카르두는 안도의 숨을 쉬었다.

그리고…….

……그리고 히카르두가 머리를 잡고 비틀거릴 정도의 충격으로 문이 활짝 열렸다. 안전고리의 사슬이 끊어져 흔들거렸다. 건장하고 시커먼 인물이 히카르두 앞에 나타났다. 메스꺼움이 다시 올라왔다. 히카르두의 얼굴에서 무언가 따뜻한 것이 흘러내렸다. 코피가 터졌고 피에서 금속 냄새가 났다. 무언가가 그를 인형을 잡아채듯 돌려서 주방 구석으로 밀쳤다.

그러고서 그를 의자에 앉혔다.

그 남자가 히카르두 앞에 섰다. 모르는 사람이었다. 흑인이었으며, 2m 정도의 큰 키에 힘이 넘쳐 보였다. 목이 귀 밖으로 나올 정도로 두꺼웠고 거대한 역삼각형 상체, 절굿공이처럼 단단

한 팔에 핏줄이 불근불근 솟아 있었으며 귀는 작고 아담했다. 남자는 미소를 지었다.

"거기 얌전히 앉아 있어. 내가 당신의 아파트를 침입한 것으로 사람들을 놀라게 하고 싶지 않으니까."

올루푼밀라요는 히카르두를 혼자 남겨둔 채 재빨리 현관문으로 가서 귀를 기울여 계단 통로에 아무 이상이 없다는 것을 확인했다.

히카르두는 여전히 주방에 앉아 어이없는 표정으로 피 묻은 손을 바라보았다. 오른쪽 머리가 멍했다.

"훌륭하군!" 올루푼밀라요가 주방으로 돌아왔다. 그는 느긋하게 움직이며 편안한 목소리로 말했다. "미안하지만 우리의 대화는 아무런 방해 없이 잘 진행되어야만 해, 세뇨르 다 실바. 무슨 말인지 알겠지."

히카르두는 입을 열지 않았다. 상처가 더 쑤셔왔다. 그는 한마디도 하지 않았다. 남자를 쳐다보며 그로부터 풍겨 나오는 음흉함에 기가 질렸다. 히카르두는 헤드라이트 속의 노루와 같았다.

"이거 받아." 올루푼밀라요는 자기 집처럼 행주를 하나 꺼내어 히카르두의 무릎 위에 던졌다. "피 닦아. 이렇게 훌륭한 주방이 피로 물들면 안 되지……." 그는 의자를 끌어당겨 히카르두를 마주 보고 앉았다. 두 사람은 아무 일도 없는 친구처럼 식탁에 앉아 있었다.

"본론으로 들어가지, 세뇨르 다 실바. 쿠티뉴에서 무언가 이상한 얘길 듣지 않았나? 그 뒤로 내가 당신을 감시했지. 당신은 그날 저녁부터 아주 이상한 행동을 보였어. 마치 누군가로부터 무슨 얘길 들은 것처럼. 그 이후 충격과 혼란에 빠졌고. 내가 무슨 말을 하는지 알겠지? 내 말 듣고 있는 거야?"

'그가 사실을 아는 걸까.' 히카르두는 생각했다. '혹시 모르는 것은 아닐까.' 히카르두가 입을 열었다. "경찰에서 왔어요? 나는 잘못한 일이 전혀 없습니다. 나는 그저⋯⋯."

"나도 알지." 올루푼밀라요가 말했다. 관대한 목소리처럼 들렸다. "내가 설명해줄게. 당신이 맛있는 요리를 해줬던 그 사람들은 말이야, 좋은 친구들이야. 그리고 그들은 아주 중요하면서 '빛에 민감한' 일을 하고 있지. 유감스럽게도 나는 태어날 때부터 뭐든 잘 믿질 못하고 지나칠 정도로 조심스러운 사람이야. 그래서 지금 여기에서 당신과 이야기를 나누고 있는 거야, 알겠어? 당신이 요리에서 그런 것처럼 나는 기본에 충실해야 직성이 풀려. 그게 내 철칙이야. 이건 또 뭐지?" 올루푼밀라요가 편지를 가리켰다.

"아무것도 아닙니다!"

히카르두가 잽싸게 대답했지만 올루푼밀라요는 벌써 그 편지를 손에 집어 들고 맨 위에 있는 첫 장을 읽었다. "포르투갈어가 짧긴 해도 무슨 말인지는 알겠지⋯⋯." 올루푼밀라요는 편지를 계속 읽었다.

히카르두는 장난을 치다 엄한 아버지한테 걸린 아이처럼 울고 싶었다. 포기다. 몸을 떨구었다. 머리가 욱신거렸다. 이마에 대고 있었던 행주가 흠뻑 젖었고 피 냄새가 진동했다.

다행히 출혈은 멈췄다.

"당신 여기에 YU-73 무기에 대해 썼군. 이거 안 좋아, 세뇨르 다 실바, 안 좋다고⋯⋯." 올루푼밀라요가 심각한 표정으로 고개를 끄덕거렸다. "안 좋아." 그는 무언가 말하려는 듯한 짧은 미소를 지었다. '지금 상황에서 어떻게 빠져나올지는 모르겠지만 나는 포기하지 않을 거야.'

"아무한테도 말하지 않았어요. 나는 그저 중국 사람들이 대화를 나눌 때 우연히 함께 발코니에 있었던 것뿐입니다. 그러고 나서 아무 짓도 하지 않았어요."

"그렇겠지. 나도 알고 있어. 당신이 왜 이런 일에 신경을 쓰는 거지? 혹시 당신 중국말 할 줄 알아?"

히카르두가 고개를 끄덕였다. 그는 사형집행관 앞에 있다는 느낌이 들었다. 모든 것을 털어놓는 쪽이 좋을 것 같았다.

"중국어! 아주 좋아! 외국어를 잘하면 정말 좋지!" 올루푼밀라요는 놀라움을 감추지 않았다. "그래서 당신은 듣지 말아야 할 것을 들었어. 그게 실수였고. 당신은 누구에게도 그 일에 대해 절대 말하지 않을 것이야. 그렇지, 나도 잘 알고 있지. 그런데 이 편지⋯⋯ 이건 또 뭐야?"

올루푼밀라요는 잠시 말을 멈추었다. 히카르두를 바라보는 그의 눈빛은 여전히 미소를 띠고 있었지만 더 차가워졌다. "내가 박사학위를 땄다는 거 알아?"

"왜, 왜냐고?" 묻는다기보다 신음하듯 비웃는 말투였다.

"그래, 맞아. 박사학위! 단 하루도 안 걸리고 땄지. 여기서는 돈, 저기 가선 기부금만 내면 다 되는 거야. 나는 가나의 아크라 대학에서 '인테그리 프로케다무스'란 주제로 철학박사 학위를 받았어. 라틴어인데 함께 헤쳐 나가자란 뜻이지. 멋있지 않아? 나는 학교를 3년도 채 안 다녔지. 어린 시절과 청소년 시절 중요한 것은 거리에서 다 배웠어. 라고스가 나의 학교였던 셈이야. 폭력은 교육과정이었고. 내가 왜 이런 얘길 하는 줄 알아? 그건 실수였으니까. 학위는, 그래 실수였어."

그는 고심하는 듯 말을 멈추었다.

"박사학위가 내 일에 도움이 될 거라 생각했지. 내가 틀렸나? 대답을 않는군. 무슨 말인지 모르겠지. 나도 이해해. 내가 설명해주지. 내가 하는 장사는 아주 복잡한 사업인데 박사학위 때문에 짜증나는 일이 많아. 좋은 일도 너무 많지. 존경심 중요하지. 그런데 말이야, 학문적인 것이 너무 과장되어 있어. 당신도 원하면 양념을 많이 치잖아. 이건 또 무슨 헛소린가 하겠지? 사람들은 누가 누구인지 잘 알아야만 하거든. 그게 중요해. 세상 사는 이유가 뭐야? 당신은 어떻게 생각해?"

히카르두가 몸을 떨었다.

"내가 이기는 방법을 말해줄게. 나는 승리를 믿어. 당신은 뭘 믿지, 세뇨르 다 실바? 밀고? 사업가들을 헐뜯는 편지나 메모를 써서 다른 이에게 전달하는 그런 인간……?"

올루푼밀라요가 몸을 숙였다. "누구한테 말했지?"

히카르두는 꼼짝도 할 수 없었다. "아무한테도…… 나는 축구 경기장에 가려고 했는데…… 거기에서 FC 상파울루의 회장을 알게 되었고. 내 생각에는…… 내가…… 생각하기에는…… 그렇게 할 수 있을 거라고…… 그런데 아무것도 못 했어요."

"아하! 이제야 정신이 나는 모양이군. 하지만 너무 늦었어, 세뇨르 다 실바, 지금 거짓말을 하기에는…… 당신은 요리사이지 정치인이 아니야, 안 그래?"

"맞습니다."

"아주 좋아. 내가 생각하기에 요리사들은 이 세상에서 아주 중요해. 그들이 사람을 먹여 살리고 세상을 이끌어 가게 하잖아. 그건 그렇고…… 당신 저기 있는 칼을 유심히 바라보고 있군. 칼을 집어서 나를 찌르고 싶은 마음이겠지. 당신 눈에 그게 다 보여. 하지만 소용없는 짓이야. 나는 당신과 비교할 수 없을 만큼 강한 사람이거든, 세뇨르 다 실바. 나도 칼이 있어. 곧 보게 될 거야. 하지만 겁먹지 마. 금방 끝날 거거든. 내가 그렇게 잔인무도한 사람은 아냐. 당신 운이 좋다고 생각 안 해? 당신은 저쪽으로 달려가겠지. 거기엔 어둠만 있어. 고통도 그칠 거고. 내가 당신에게 원만한 해결을 약속하지. 나는 내가 할 일이 무엇인지 잘 알아. 딴 얘기긴 하지만 당신이 가진 아주 좋은 칼을 내가 하나 가져갈게. 당신에 대한 기념으로…… 괜찮겠지?"

"날 주…… 죽이려고?"

"아니지. 굳이 그럴 필요까지…… 나중이면 모를까. 먼저 내가 해야 할 일을 해야 해. 고통이 따르겠지. 당신에게 말이야. 그러고 나서 당신이 싼 똥을 치워야겠지."

올루푼밀라요는 주머니에 손을 넣었다가 유연한 동작으로 다시 꺼냈다. 손바닥에는 야전용 칼 CQC-7가 놓여 있었다. 칼날은 몰리브덴과 크롬이 함유된 강철로 만들어졌고 칼날을 뽑을 때 열리는 물결무늬 손잡이가 달린 것이었다. 이 칼을 처음 만든 어니스트 에머슨은 1999년 이 칼에 대해 특허등록을 했다.

"오 하느님…… 제…… 제발 그러지 마…… 나는……."

"그래, 힘들 거야. 그렇다고 아주 나쁜 상황은 아니야. 자, 말해봐. 누구한테 이 편지를 줬어? 말해, 이 어리석은 요리사야. 불기만 하면 너는 살 수 있어……."

올루푼밀라요는 히카르두의 오른쪽 귀에 칼을 댔다. 히카르두가 비명을 질렀다.

"누구한테 편지를 줬어? 편지가 몇 장이야?"

두려움, 두려움, 두려움. 계속 되풀이되는 똑같은 목소리. 한 개의 건반만 작동하는 장난감 피아노 소리 같았다.

"누구한테 준 거야? 말해, 안 그러면 네 귀는 테이블에 떨어질 거야. 그다음엔 손가락이고…… 말해. 이 병신 같은 놈아……."

순수하고 정제된 두려움, 칼이 살 속을 파고드는 것 같았다. 그리고…….

"꼼짝 마! 움직이지 말고 가만히! 칼 치워! 칼 버려! 빨리!"

여자 목소리였다. '브라질 비밀정보부'의 소피아 델라 베템쿠르였다. 마흔두 살, 항상 에너지 넘치고 언제나 빈틈없는 추진력을 갖춘, 적당한 키와 적당한 미모의 그녀가 청바지에 부츠, 베이지색 재킷 차림으로 나타났다.

그녀는 주방 문간에 서 있었다. 권총을 들고 20세기 말 미국

FBI처럼 한 손 사격 자세를 취하고 있었다. 가슴 높이에 권총을 들고 왼발을 약간 앞으로 내민, 좁은 공간에서 사격하기에 좋은 자세였다.

밥 올루푼밀라요는 잠시 상황 파악이 안 되었다.

히카르두는 신음 소리를 내며 쓰러졌다. 그는 마치 블랙홀 속으로 빨려 들어가는 듯 정신을 잃고 말았다. 그러나 목소리는 여전히 들을 수 있었다. 카랑카랑한 그 여자의 목소리가 아주 크게 들렸다.

"칼 내려놔!"

쩽그렁 소리가 났다.

올루푼밀라요가 칼을 바닥에 떨어뜨렸다. 하지만 칼이 어디에 떨어졌는지를 정확히 확인해두었다.

"무릎 꿇고 엎드려! 얼굴은 바닥에 대고!"

올루푼밀라요는 긴장하지 않고 느긋하게 공격의 기회를 노렸다. 그가 히카르두를 신경 쓸 필요는 없었다. 들리는 여자 목소리는 단 한 사람의 목소리였다. 단호하게 들렸지만 훈련된 목소리는 아니었다. 총을 쏠 수도 있었지만 그것은 위험을 감수해야만 했다. 지금은 바닥에 엎드려 누워 있기보다는 행동을 할 때였다.

그는 무릎을 세워 벌떡 일어나 몸을 돌리면서 작은 여자의 머리를 향해 반회전 발차기를 했다. 순식간에 이루어진 공격이었다. 눈 깜짝할 사이에. 그리고…….

……그러나 소피아 델라 베템쿠르의 '타우루스 25/4' 소형 권총에서 총알이 한 발 발사되었다. '타우루스'는 5개 부품으로 구

성되었으며 폴리머 하우징으로 만들어졌다. 분해하여 검사 후 20초 만에 조립이 가능한 권총이었다. 올루푼밀라요가 공격을 가하는 순간 이 권총에서 나온 총알이 올루푼밀라요의 허벅지를 맞추었다. 허공을 가로지른 그의 발이 소피아의 머리를 가격하고 그녀를 들어 올려 벽에 내동댕이치기 바로 몇 분의 일 초 전에 총알이 그를 맞힌 것이다.

총알은 그를 명중시켰다. 타는 듯한 고통이 일었다.

올루푼밀라요도 자신이 총에 맞은 걸 곧 깨달았다. 빌어먹을! 이 빌어먹을 여자는 대체 누구지? 어쩌자고 여기에 나타난 거야? 소피아는 아무 이상 없었다. 그녀가 죽을 수도 있었지만 올루푼밀라요가 총에 맞은 것이다. 총을 맞은 다리에 통증이 느껴졌다. 그는 많은 상처를 입고도 살아남았었다. 지금까지 그의 적수들은 보잘것없는 이 여자보다 훨씬 강했었다. 그런 그가 지금은 상처를 응급처치해야 할 상황이었다. 많은 피가 흘렀다. 출혈이 심하다는 것이 느껴졌다.

'총알이 스친 걸까?'

'아냐, 총알이 스친 게 아냐. 그럼 총알을 맞은 거야?'

올루푼밀라요는 바지를 찢었고 허벅지 안쪽에서 피가 펌프질 하듯 흘러나오는 것을 보았다.

'심각하군.'

대퇴동맥은 장골동맥에서 나오며 다시 장골동맥은 좌심방의 대동맥과 이어진다. 약 0.5cm 두께의 대퇴동맥은 허벅지 안쪽 서혜 림프절과 손바닥 길이 정도 떨어져 있다. 총알이 대퇴동맥에 맞았으면 출혈을 멈출 수 없고 의사만이 처치할 수 있었다. 7분에서 12분 내에 총상을 즉시 꿰매야만 했다.

'두 연놈을 죽일 시간은 아직 남았어.' 올루푼밀라요는 생각했다. '서둘러야 해. 여자부터 죽이고 그다음 요리사를……'

그의 피가 '이노베이션 웨이'의 주인인 히카르두 다 실바의 주방을 흥건하게 적셨다.

올루푼밀라요는 곧 죽게 될 것이다. 두 사람에 대한 증오가 끓어오르는 액체처럼 솟아올랐다.

"나가! 내 집에서 꺼져! 더러운 놈! 후레자식! 나가……"

올루푼밀라요는 몸을 천천히 돌렸다. 깜짝 놀랐다.

히카르두가 거기 서 있었다.

그는 양손에 칼을 들고 있었다.

주방용 칼이었지만 졸링겐의 보도 트래거가 단조한 세계 최고의 칼, 다마스쿠스 강철 801겹의 칼로, 그것은 손가락이든 얼굴이든 그 모든 것을 절단할 수 있었다.

히카르두의 귀에서 흘러내린 피가 그의 어깨 위로 한 방울씩 떨어졌다. 올루푼밀라요가 흘린 피에 비하면 아주 적은 양이었다. 히카르두는 여전히 몸을 제대로 가누지 못했다. 그는 모든 두려움과 역겨움을 떨쳐냈다. 그는 이제 엔도르핀과 분노로 가득 찼다. 올루푼밀라요는 조금 놀란 듯 보였다. 히카르두는 칼을 두 손에 꼭 쥐고 있었다. 칼은 히카르두의 몸의 일부나 마찬가지였다. 한쪽 다리를 다친 채 미끄러운 바닥에 누워 있는 올루푼밀라요가 공격하는 일은 그렇게 쉽지 않아 보였다. 이제 잃을 것도 없고 오로지 칼 두 개밖에 없는 사람처럼 공격하기 어려운 대상은 없었다. '한 마리 쥐새끼 같군.' 올루푼밀라요가 생각했다. '궁지에 몰린, 생각만큼 쉽게 손으로 처치할 수 없는 쥐 말이야.'

'시간이 필요해.'

그러나 그는 시간이 없었다.

피가 멈추지 않았다. 그는 증오심에 가득 찬 눈으로 히카르두를 노려보았다. 들개와 같은 그 눈빛이 어둠 속에서 이글이글 타고 있었다. 그는 히카르두의 살갗을 벗기고, 눈을 뽑고, 손가락을 모두 부러뜨리고 싶었다. 그리고 그 여자를 토막 내고 싶었다. 그러나 시간이 없었다. 출혈이 심했다.

히카르두도 올루푼밀라요를 똑바로 응시했다. 그는 침을 퉤 뱉으며 말했다 "날 죽이고 싶지? 그래! 해봐! 중국 속담 하나 알려줄까? 칼 가지고 일하기 전에 칼을 먼저 손에 쥐어야 한단 말이지. 나는 이제 칼로 일을 낼 수 있어. 한번 보여줄까? 뒈지기 싫으면 꺼져! 당장 꺼지라고!"

밥 올루푼밀라요는 요루바족*의 '신은 나에게 기쁨을 주셨네'와 같은 말이 의미하는 많은 것을 떠올렸다. 밥 올루푼밀라요는 몸을 돌려 오른손으로 허벅지 안쪽을 꽉 누르고 쩔뚝거리며 주방을 나왔다. 그 집을 나오면서 히카르두의 인생에서도 나왔다.

히카르두는 한동안 움직이지 않고 서 있었다. 그러고는 칼을 떨어뜨렸다. 칼은 쩽그렁 소리와 함께 바닥에 떨어졌다. 그는 현

---

* 나이지리아 남서부와 베냉, 토고에 사는 민족.

관문 쪽으로 쓰러졌다. 그 옆에는 낮은 서랍장이 있었다. 온 힘을 다해서 서랍장을 문 앞으로 밀어놓았다.

그는 비틀거리며 다시 제자리로 돌아왔다. 온통 피투성이였다. 끔찍했다. 거기에 한 여자의 모습이 보였다. 그녀는 벽에 기대고 있다가 신음 소리를 내며 일어났다. 그가 모르는 여자였다. '누구든 무슨 상관이야.' 히카르두는 생각했다. '이 여자가 온 건 잘된 일이야. 그럼 너무나 잘된 일이지.' 히카르두는 식탁을 꽉 잡았다. 중요한 데이트 약속이라도 잡아놓은 것처럼 심장이 쿵쾅거렸다.

1분이 지나고, 2분이 지났다. 히카르두는 그 여자를 바라보았다.

그녀는 벽에 기대고 앉아 신음 소리를 내며 주방의 상황을 살폈다. 무언가를 확인하려는 눈치였다.

"당신이 히카르두 다 실바인가요?" 그녀가 물었다.

히카르두는 잠시 머뭇거리다 "네."라고 대답했다.

"그렇군요." 그녀는 힘들게 말을 했다. 어딘가 아픈 것이 틀림없었다. 턱이 부러진 것 같아 보였다.

"그런데 당신은 누굽니까?" 히카르두가 물었다. "당신이 왜 여기 있는 거죠? 그리고 그 사람, 저기 있던 그 남자는요……?" 히카르두는 올루푼밀라요가 사라진 방향을 가리켰다.

"말하자면 길어요." 소피아가 말했다.

"시간은 많으니까요." 히카르두는 쉰 목소리로 말했다. 밖은 3천만 명이 사는 메트로폴리탄, 성 바오로 도시의 안개 낀 밤하늘에 두 개의 별이 밝게 빛나고 있었다. 별은 '남십자성'을 가리키고 있는 것 같았다.

"당신은 승리를 믿나요?" 잠시 후 히카르두가 말했다.

소피아는 엉뚱한 질문이라 생각했지만 자기만의 엄격한 객관성과 정확성을 가지고 대답해야겠다고 생각했다.

"때로는……" 소피아가 말했다. "나도 가끔은 승리를 믿어요."

그리고 밖으로, 성 바오로 도시의 밤하늘에 별자리가 나타났다. 사자자리, 북두칠성, 헤라클레스와 거문고자리가 안개 낀 밤하늘을 수놓았다.

2025년 4월 20일, 일요일, 21:02
브라질, 상파울루, 빌라 마달레나

실수! 실수! 이 말이 밥 올루푼밀라요의 가슴을 쳤다. 그는 곧장 그곳에서 빠져나오지 않고 히카르두의 아파트에서 벨트나 끈을 찾아야 했지만 그럴 만한 상황이 아니었다. 칼을 들고 침을 내뱉으며 비명을 지르고 날뛰며 위협하던 미친 요리사, 그 개 같은 녀석을, 그동안 수많은 적수를 물리쳤던 올루푼밀라요는 쉽게 작살내놓을 수 있었다. 그러나 허벅지에 총상을 입었고 피로 바닥이 미끄러워진 주방에서는 불가능한 일이었다. 더구나 출혈도 심했다. 그 출혈이 지금 당장 급한 문제였다. 허벅지를 붕대로 지혈해야만 했다.

그는 이리저리 둘러보며 전선, 가죽 조각 같은 것을 찾아봤지만 아무것도 없었다.

올루푼밀라요는 이를 악물고 절뚝거리며 걸었다. 플뢰리 거리를 따라서 조금 걸어가자 사람들이 많은 후스톨로렌조 거리가 나왔다. 그는 본능적으로 몸을 똑바로 가누었다. 화려한 불빛이 보였다. 술집, 바, 사람들이 있었다.

계단 통로에서 그는 줄무늬 셔츠를 찢어 일종의 압박붕대처럼 사용했다. 그러나 그것만으로는 턱도 없이 부족했다. 바지가 피로 다 젖었다. 몇 분 내로 지혈해야만 했다.

올루푼밀라요 같은 체격의 사람은 약 6ℓ의 피를 가지고 있으며 심장을 통해 1분에 한 번씩 온몸을 돈다. 그러나 지금 같은 총상을 입었을 경우에는 두 배 반 정도로 혈액순환이 빨라지고 혈압도 120에서 180으로 급속도로 상승한다. 올루푼밀라요는 자신의 심장박동을 느꼈다. 커다란 새가 공포에 사로잡혀 작은 새장에 갇혀 있는 꼴이었다.

그는 후스톨로렌조 거리를 비틀거리며 걸었다. 점점 시야가 흐려졌다. 왼쪽에서 오른쪽으로 검은 색종이가 천천히 지나가는 것 같았다. 자신이 어느 정도의 속도로 걷고 있는지도 몰랐다. 병원이 보여야 할 텐데…… 이미 늦은 저녁 시간이었다. 그가 고용한 사람들도 보내고 없었다. 그들에게 전화를 걸까? 너무 오래 걸릴 것이다. 그는 자기를 병원에 데려다줄 수 있을 만한 사람을 찾아보았다. 한 남자가 차에서 내리고 있었다. 전 같으면 올루푼밀라요는 그 차를 뺏어 혼자서 병원으로 갈 수도 있었다. 그러나 지금 그는 몸이 성치 않았다.

더뎠다, 모든 것이. 목이 말라왔다.

지금 당장 급한 것은 구급차였다. 무엇 때문에 일이 이렇게 꼬였을까? 사람들을 미리 다 보내놨는데도. 총이 없어서? 실수였다. 관리를 잘못한 것이다. 그런데 왜 그렇게 많은 오류가 발생했을까?

그는 걸음을 멈추었다. 도대체 그것이 무엇인지 확실히 알고 싶었다. 가로등이 꺼진 채 어둡게 서 있었다. 사람들이 가던 길을 멈추고 그를 바라보고 있었다. 키 큰 흑인이 신음하며 구부정하게 서 있는 모습을…… 바지는 피범벅이고 이마에 식은땀을 흘리는 올루푼밀라요를…….

누군가 그에게 말을 걸었지만 무슨 말을 하는지 알아들을 수 없었다. 까마득히 먼 곳에서 들려오는 목소리처럼 들렸다. 그 목소리가 메아리처럼 울렸다.

올루푼밀라요는 그 목소리를 향해 겨우 몸을 가누었다. 여자였다. 젊은 여자. 근심스러운 얼굴. 그 여자 뒤에 두 남자가 고개를 끄덕이고 있었다. 나쁜 사람들 같아 보이지 않았다.

그들이 올루푼밀라요를 앉혔다. 올루푼밀라요는 그들에게 몸을 맡겼다. 그는 길바닥에 앉았다. 그들은 올루푼밀라요의 다리를 보고 있었다. 여자는 무릎 꿇은 자세로 올루푼밀라요 옆에 앉았다. 그녀가 뭐라고 말을 했지만 하나도 들리지 않았다. 그녀의 얼굴도 흐릿하게만 보일 뿐이었다.

"플리즈 헬프 미." 밥 올루푼밀라요가 말했다.

그들은 당황해서 어쩔 줄 몰라했다. 올루푼밀라요는 자신을 비웃었다. 그는 지금까지 그 누구에게도 도움을 청해본 적이 없는 사람이었다. 그러나 지금 그는 바로 그 도움이 절실했다.

올루푼밀라요는 똑같은 말을 되풀이했다. "플리즈 헬프 미."

여자는 알겠다는 듯 고개를 끄덕였다. 그녀는 안타까운 표정으로 올루푼밀라요를 안정시키려 말을 걸었고, 다른 남자들은 어디론가 전화를 하고 있었다. 앰뷸런스를 부르는 것 같았다. 올루푼밀라요는 그들이 제대로 행동하고 있다고 생각했다.

"플리즈 헬프 미." 다른 사람의 도움이 필요할 때 할 수 있는 말은 이것이 전부다. 그는 지금까지 싸움만 했었다. 라고스의 길거리에서 사람이 죽어가는 모습을 봤을 때도 그는 그 사람을 도와주지 않았다. 그는 돈 때문에, 시계 하나 때문에 사람을 죽였었다. 그런데 지금 이 사람들은 그를 돕고 있었다. 그는 생각해 보았다. 자신도 따져보면 다른 사람이 될 수 있었다. 의사나 선생님 같은…… 그러나 세상은 그렇지 않았다.

"플리즈 헬프 미." 올루푼밀라요는 자신이 지금 말을 하고 있는 건지 아니면 생각만 하고 있는 건지 분간이 되지 않았다. 그는 갈기갈기 찢어진 자기 삶의 모습을 보고 있었다. 헛웃음이 났다.

그는 아이도 가질 수 있었다. 적지 않은 여자들이 수년에 걸쳐 그의 아이를 임신했다고 말했다. 그럴 때마다 그는 그 여자들을 제거했다. 아이 때문에 짐을 지고 싶지 않았기 때문이다. 그것도 하나의 실수였을까? 아니면 잘한 짓이었을까? 그에게 아들이 있었다면 그 아이를 좋은 학교에 보냈을 것이다. 그리고 아들 바보가 되었을 것이다. 아들을 따라 하고 아들처럼 됐을 것이다. 그렇지만 그것은 그에게 위험요인도 되었을 것이다. 아들에게 많은 돈도 줬을 것이다. 돈 말이다. 그러나 결코 사랑을 줄 수는 없었을 것이다. 사랑을 가진 사람만이 사랑을 줄 수 있기 때문이었다. 그리고 사랑을 받아본 사람만이…… 그에게 그 이유를 말해준 사람은 아무도 없었다. "플리즈 헬프 미." 그는 생각했다. 지금 하는 이 말이 처음이자 마지막이라고…….

목이 너무 마르다.

머리를 더 이상 가눌 수가 없다. 발밑이 온통 축축하게 젖어 있었다.

체념한 그의 얼굴이 가로등의 비스듬한 불빛에 비쳤다.

수렁. 피. 그는 기절하고 말았다.

일지에 따르면 앰뷸런스는 9시 27분에 도착했고 두 명의 구급대원이 급히 내렸다. 그들은 올루푼밀라요를 둘러싸고 있던 구경꾼들을 제치고 30대 후반의 흑인이며 신분을 알 수 없는 사람을 응급처치했다. 응급대원들은 그를 들것에 옮겨 감염을 막기 위해 플라스틱 덮개로 덮었다. 그리고 그를 앰뷸런스에 싣고 마달레나 병원으로 갔다. 그곳에서 사브리나 드레가 박사가 그의 사망을 확인했다.

2025년 4월 21일, 월요일, 그다음 날 아침

*브라질, 리우데자네이루,
상파울루로부터 약 360km*

리우데자네이루는 자주 그렇듯이 안개에 휩싸여 있었다. 거대한 예수상으로 유명한 코르코바도에서 만(灣) 너머의 리우니테로이 다리가 잘 보이지 않았다. 고층 빌딩이 안개 속에 희미하게 솟아 있었고 그 너머 바다에는 무언가가 떠 있었다.

평상시 보지 못했던 낯선 것이 눈에 들어왔다.

전함이었다. 거대하고 위협적인 회색 블록 같은 것이 수평선 위에 떠 있었다. 중국 해군의 가장 큰 항공모함인 '산둥'이었다. 그 주변에 작게 보이는 배들도 있었다. 아마도 프리깃함과 구축함 같았다.

항공모함은 중세 성을 공략했던 공성탑의 현대식 버전이다. 권력, 힘, 기술과 인내의 상징. 이러한 상징이 자기들 앞에 있다는 것은 더 이상 성벽 뒤가 안전하지 않다는 것을 의미한다.

그러나 '산둥'의 전투기들은 한 대도 이륙하지 않고 조용히 있었다. 내일이면 두 번째 그림자가 리우를 덮치게 되어 있었다. 그 그림자는 미 해군의 '제럴드 R. 포드'였다.

리우데자이네루 시민들은 밤사이 만에서 번쩍거리는 불빛을 보았다. 불빛은 남쪽 빈민촌 위를 곡선을 그리며 날아가 도시로부터 20km 떨어진 곳에서 둔중한 폭발음과 함께 사라졌다. 현재는 사용하지 않는 군용 비행장의 관제탑과 격납고를 토마호크 미사일이 공격한 것이다. 그것은 토마호크의 정확성과 파괴력을 보여주었다.

그 후로 잠잠했다.

중국의 제2 항공모함 '랴오닝'은 포르투 알레그레 남쪽에 정박하고 있었다. 진급 잠수함 세 척이 호위했다. 진급 잠수함은 길이 137m, 사정거리 7,200km의 대륙간탄도미사일 JL-12를 12발 탑재했으며 각각 6개의 533mm 어뢰 발사관이 있었다. 잠수함들은 분주히 움직이다 다음 날 바닷속으로 사라졌다.

외신은 브라질의 '기후 테러리스트'에 관한 소식을 톱기사로 다루면서 브라질이 산림산업을 중단해야 한다고 전했다. 전쟁을 반대하던 여론도 잠잠해졌다. 미국과 중국의 시사 프로그램에서는 원유 수입항만을 폭격해야 한다는 주장도 나왔다. 그러나 G3 국가의 군대는 분명히 다른 작전을 짜놓고 있었다.

브라질의 남서쪽 국경과 접해 있는 파라과이의 보케론 지역에 마리스칼 에스티가리비아라는 기지가 있었다. 보케론은 볼리비아 국경과 가까웠고 2,500명의 주민이 거주하는 지역이었다. 101군이 이곳에 상륙하여 임시 막사를 짓고 M-16 소총, 바주카포, 수류탄, 유탄발사기, 대전차 무기와 자동화기로 무장하고 자주포의 연료를 보급했다.

수송차량은 이동식 화장실, 식수 정화 장비와 'MRE'*를 날랐다. 토마토소스에 채소를 곁들인 파스타, 콩을 곁들인 칠리, 달걀 국수와 채소를 곁들인 닭고기, 쇠고기 타코, 치즈 토르텔리니, 베이컨을 곁들인 해시 브라운, 아몬드와 양귀비씨 케이크, 크랜베리, 무알코올 애플 와인, 땅콩버터와 크래커…… 군인을 위해 특별히 개발한 피자도 있었다. 이 식량은 3년간 보관이 가능했고 낙하산으로 투하해도 파손되지 않았다. 미국 언론은 모든 것을 세밀하게 취재하여 이 모든 준비가 매우 심각한 결정을 내린 사람에 의해서만 진행되는 것이라고 보도했다.

볼리비아의 국경 도시 라스 페타스에 러시아 특수부대 제1 기갑여단이 진군했다. 라스 페타스는 브라질의 수도로부터 800km 떨어져 있었고 두 도시를 잇는 고속도로로 진군할 러시아 군대를 막을 사람은 아무도 없었다.

북쪽 지역인 콜롬비아, 페루, 베네수엘라에는 더 많은 군대가 주둔했다. 미 공군은 콜롬비아에 거점을 잡았고, 러시아 보병사단은 페루와 베네수엘라에서 대기했다. 전술적인 영향력은 어마어마했다. 브라질은 완전히 포위되고 만 것이었다.

그날 노만 B. 리차즈 장군이 뉴스 화면에 등장했다. 그는 매일 백악관의 참모 회의에 참가하여 미국의 입장을 공식발표하는 사람이었다. 한 기자가 그에게 왜 수적으로 가장 우세한 중국 군대가 전진 배치되지 않느냐고 물었다.

---

* MEAL, READY-TO-EAT. 즉각 취식이 가능한 미군 전투식량.

차분하고 철저한 전략가로 알려진 리차즈는 이렇게 말했다.
"우리는 모든 것을 준비해놓았습니다. 중국의 보병이 리우 주변의 산에서부터 공격을 가하면 우리가 그 도시를 바닷속으로 쓸어버릴 겁니다."

이 말, 이 영상은 브라질 전역으로 퍼졌고 브라질을 공포와 전율 속으로 몰아넣었다.

아르투로 바티스타 대통령은 〈우리는 - 포기하지 - 않을 - 것이다〉라는 TV 광고를 두 배로 늘려 방송했다.

2025년 4월 21일, 월요일, 09:00

브라질, 브라질리아

'알보라다 팰리스'의 2층은 7,000㎡의 크기이다. 영화관, 축구장, 올림픽경기 규격의 수영장, 관리청사, 수술실을 갖춘 부속병원이 있다. 3,400권의 장서를 소장한 도서관에는 마르케스, 바스가스 요사, 네루다는 물론 데 라 베가, 디드로, 슈테판 츠바이크, 세르반테스의 귀중한 초판본도 있다.

3년 전까지만 해도 이곳은 안락한 독서 공간이었다. 천장 높이의 책장에 가득 찬 책들, 안락의자와 독서등, 한가운데는 커다란 회의용 테이블이 있었다. 3년 전에 문화부 장관이 주도하여 도서관을 현대적으로 야심 차게 대대적인 리모델링을 했다. 책의 일부는 자연스럽게 쌓아놓았으며 편안했던 구식의 안락의자는 치우고 런던과 뉴욕의 현대 미술품을 구입하여 갤러리의 전시장처럼 만들었다. 뱅크시, 리히터, 바젤리츠, 엘리아슨, 키퍼, 허스트와 같은 작가의 그림들을 조금은 어수선하게 벽에 걸었다. 그 리모델링은 아르투로 바티스타가 대통령에 취임하기 전의 일이었다.

그는 리모델링이 마음에 들지 않았고 이를 못마땅하게 여겼다. 그림들은 현대 미술관의 아카이브와 다른 미술관으로 옮기길 바랐다.

그러나 문화부 장관은 영리한 생각을 해냈다. 대통령의 손에 그림의 가격과 보험 리스트를 쥐여줬고 그제야 대통령은 눈을 크게 뜨고 갑자기 마음을 바꾸었다.

그림의 가격은 아주 유쾌한 방식으로 그의 자존심을 자극했고, 자신의 눈에는 기분 나쁘고 추하게 보이는 미술 컬렉션이었지만 그는 영향력 있는 중요한 손님들에게 직접 설명하기 위해 아티스트에 대해 공부했다. 납판 위의 짚과 오물, 골판지 위의 미친 그림. 그 그림들은 하나는 키퍼의 초기작이었고 또 하나는 사인이 들어간 뱅크시의 오리지널이었는데 수백만 레알을 호가하는 것들이었다.

대통령은 세련된 모습을 보이기 위해 국무회의를 이곳에서 자주 했다. 그리고 지금 같은 위기 상황 속에서도 지하벙커에서 국무회의를 해야 하는 규정을 무시하고 장관들을 도서관으로 불러 십여 분을 기다리게 만들었다.

오늘도 마찬가지였다.

바티스타가 도서관에 들어서자 국방부 장관 텔레스, 법무부 장관 파레이스, 내무부 장관 벤즈로가 기다리고 있었다.

"다른 장관들은 어디 있는가? 무슨 일이라도 난 거야?"

"대통령님," 텔레스가 일어나 말했다. "다른 장관들에게는 잠시 들어오지 말라고 말했습니다. 대통령님께 사전에 드릴 말씀이 있어서……." 텔레스가 파레이스에게 고갯짓을 보내자 그는 열심히 메모하기 시작했다.

"드릴 말씀? 대체 뭐길래?"

"우리 모든 국무위원은 대통령님께 현재 우리나라가 처한 위기를 종식시킬 수 있도록 기후 동맹의 요구에 즉시, 그리고 즉각적으로 협상하고 양보할 준비가 되어 있음을 공표해주시길 간절한 마음으로 호소합니다. 우리는 어떠한 경우에도 군사적 충돌이 일어나지 않기를 바랍니다. 국무위원들은 대통령님의 동의와 상관없이 이렇게 뜻을 모았습니다. 대통령님도 결정을 내려주십시오."

"당신들 제정신이야? 미쳤어? 양보? 지금? 절대로 안 돼. 우리는 무기가 있어. 그리고 G3는 우리를 그저 겁주려는 것뿐이야. 그리고……."

"대통령님, 그렇지 않습니다. 이제 상황은 대통령님께 달려 있습니다. 우리는 모든 것을 면밀히 검토해봤습니다. 대통령님께서는 우리의 호소를 받아들이지 않는다고 이해해도 될까요?"

"마음대로 생각해! 당장 여기서 나가! 당신은 지금 즉시 해임이야……."

"대통령님," 텔레스는 목청을 가다듬었고 열심히 메모하던 파레이스와 다른 장관은 자리에서 일어났다. "본인은 헌법 12조 및 26조, 대통령 선거법 29조, 446조 및 448조를 근거로 당신을 대통령직에서 파면합니다. 그리고 본인은 국무위원의 동의하에 대통령의 전권을 위임받아 앞으로 모든 국정을 수행할 것입니다."

"텔레스, 당신 돌았어? 이게 대체 뭐하자는 수작이야?"

"나는 아주 정상입니다, 세뇨르 바티스타. 이제부터는 나를 대통령이라 부르십시오. 여기 서면 양식과 두 개의 문서가 있습니다." 텔레스는 어안이 벙벙한 바티스타의 손에 서류 세 개를 건네주었다.

파레이스가 일어나 문 쪽으로 가서 대기실 문을 열었다. 네 명의 경호원이 안으로 들어왔다. 대기실에서 초조한 마음으로 기다리고 있던 장관들은 안도의 한숨을 내쉬었다.

바티스타가 밖으로 나왔다. 그는 마치 몽유병 환자처럼 걷고 있었다.

텔레스가 장관들을 바라보았다. "장관 여러분, 이제 우리는 기후 동맹의 국가원수에게 그들의 요구를 충족시킬 준비가 되어 있음을 즉시 알리겠습니다."

그는 대통령 의자에 앉았다.

"이제 우리가 이 빌어먹을 위기를 끝낼 것입니다. 오, 하느님!"

2025년 4월 23일, 수요일

*리오데자네이루, 포르투 알레그레, 상파울루, 브라질리아
파라과이, 볼리비아, 콜롬비아, 페루, 베네수엘라, 칠레*

 2025년 4월 23일, 22시 54분. 미국 항공모함 '제럴드 F. 포드'는 프리깃함, 구축함 및 보급함과 함께 브라질 연안을 출발하여 버지니아 노퍽의 모항으로 항진. 이와 동시에 포르투 알레그레 외곽에 위치했던 중국 항공모함 '산둥'과 '랴오닝'도 중국의 남방함대 본부가 있는 잔장張江으로 귀환.

 2025년 4월 23일, 23시 01분. 작전지휘사령부는 브라질 연안 잠수함 회항 명령 하달.

 4월 24일, 07시 15분. 파라과이의 마리스칼 에스티가리비아, 볼리비아의 라스 페타스 공군기지, 콜롬비아, 페루, 베네수엘라에 철수 명령 하달. 군수부대의 보급대대, 미군 공병단은 책임 분야에 따라 물자정리. 1종계 병사들 식품과 식수 대형 철제상자에 포장. 2종계는 피복 및 장구, 텐트와 공구 정리. 5종계는 모든 종류의 탄약, 폭탄, 폭발물, 지뢰, 뇌관 정리. 6종계는 비누와 치약 등 위생 물자, 담배, 술 정리.

 4월 24일, 11시 10분. 미 공군의 수송기 라스 페타스 기지 이

류. 수송차량 물자 이동, 지게차를 이용하여 선적. 4월 25일, 9시 03분. 7종계 병사들 하루 전 로켓 발사대, 탱크, 이동식 정비고, 차량을 안전하게 운반시키기 위한 해체작업 완료. 마리스칼 에스티가리비아 기지의 대형 수송기에 탱크 선적. 수송기는 지뢰보호 차량인 '오쉬코쉬 JLTV' MRAP*에 승차한 미군이 호위.

4월 26일, 12시 00분. 펜타곤 전투태세 데프콘 3에서 4로 격하.

전쟁의 문턱에서 숨 막히는 나날을 보냈던 브라질 사람들은 안도의 한숨을 내쉬었다. 시골은 물론 포르투 알레그레, 상파울루, 브라질리아, 리우 사람들 모두 마찬가지였다.

그리고 리우의 중심가인 플로리아노 광장으로 사람들이 몰려들었다. 아무도 혼자 있고 싶지 않았기 때문에 그들은 달려 나와 껑충껑충 뛰고, 웃고 춤추며, 서로를 끌어안고 키스했다. 소녀들은 서로 손을 잡고 여인들은 "*데우스, 오 노쏘 프로테토르!*(우리의 보호자이신 하느님!)" 하며 신께 감사했고, 전율하며 울고, 남자들은 무릎을 꿇고 소리쳤다. "*아카부!*(이제 끝났다!)"

---

* Mine Resistant Ambush Protected vehicle. 폭발 장치 및 공격, 매복에 견딜 수 있는 미군의 특수 전술 차량.

2100년, 5월 5일, 오전

프랑스, 파리 5구,
투르넬 강변 15번지

아침 식사 시간에 사람들은 군트라흐가 없다는 것을 알았다. 그의 침대는 가지런히 정돈되어 있었고 그가 밤에 사용했던 이동식 산소통은 재충전되어 있었다. 그러나 캐리어는 보이지 않았다. 군트라흐는 이른 새벽 그 집을 몰래 빠져나갔다. 새벽 4시 52분 현관 CCTV에 그의 어두운 그림자가 찍혀 있었다.

그들은 아무 말 없이 식사를 마쳤다. 그리고 미셸은 문어에게 밥을 주었다.

그날 오전은 자이츠가 발표할 순서였다. 사회물리학자인 그는 사회적 목표를 달성하기 위한 디지털 방법을 연구했는데, 그의 강연 제목은 "정부의 의사결정 과정에서 인공지능의 역할"이었다.

일라나는 자이츠가 이 분야에 딱 맞는 사람이라고 생각했다. 자이츠는 무엇이든지 직감이 아니라 데이터를 기반으로 결정하는 사람이기 때문이었다. 불과 서른네 살의 나이에 그 분야의 뛰어난 성과를 발휘하고 있는 자이츠가 놀라울 따름이었다.

일라나도 인공지능을 연구하고 있지만 접근방식이 그와 달랐다. 그녀는 뇌의 업그레이드를 연구하지만 자이츠는 뇌를 다른 구성 성분으로 보완할 수 없는가에 관심을 가지고 있었다.

"존경하는 동료학자 여러분," 자이츠가 발표를 시작했다. "먼저 인공지능의 역사에 대해 간단히 설명하겠습니다." 자이츠는 직사각형의 여행용 가방을 테이블로 끌고 와서 열었다. 그 안에는 크고 작은 상자들이 들어 있었다. 어떤 것은 60cm 정도의 긴 상자도 있었고 대부분은 이보다 작은 정사각형 내지는 직사각형 상자였으며 가방 안에 빈틈없이 잘 정돈되어 있었다.

자이츠는 정사각형 상자를 열어 그 뚜껑을 테이블 모서리에 정확히 맞춰놓았다. 그리고 그 역사적인 플라스틱으로 만든 흑백 격자무늬 판을 꺼냈다. "이게 뭔지 아시겠어요? 이게 바로 세상 최초의 체스 컴퓨터 가운데 하나였던 '메피스토 II'입니다. 120년 되었지요. 제가 오슬로의 망누스 칼센* 박물관에서 빌려온 것입니다." 그는 '메피스토 II'를 이리저리 작동시켜보았다.

"이 체스 컴퓨터가 대중적인 관심을 받았을 때 사람들은 처음으로 기술이 인간을 능가할 것이란 예감을 했습니다. 그때 '메피스토'는 사실 매우 멍청했습니다. 계획을 세울 줄 모르고 그저 빨리 계산할 줄만 알았죠. 하지만 아직도 이놈은 사람들 절반은 물리칠 수 있습니다."

"한번 시험해보고 싶군요." 인도 여자 아냐냐가 중얼거렸다.

---

* 노르웨이의 체스 선수로, 세계 체스 선수권 대회의 현 챔피언.

"100년 전에 컴퓨터가 당시의 세계 챔피언을 이겼습니다. 84년 전에는 인간이 더 이상 바둑에서 컴퓨터를 이길 수 없었습니다. 여러분도 잘 알듯이 체스보다 훨씬 더 복잡한 보드게임 바둑 말입니다."

자이츠는 메피스토를 다시 상자 안에 넣어 조심스럽게 여행 가방에 집어넣었다. 그는 다른 정사각형의 상자를 열어 오렌지색 금속 상자를 꺼냈다. 12cm 정도의 길이에 폭과 높이가 2.5cm 정도의 크기였다.

"100:1 모형의 컨테이너입니다." 자이츠가 말했다. "예전에는 여기에 물건을 넣어 운송했습니다. 거의 90%의 의류, 중고물품 그리고 식료품을 배로 운송했지요. 바로 이 컨테이너에 넣어서…… 공급업체, 선박회사와 항구는 매우 복잡한 시스템을 구축하여 모든 컨테이너를 정확하게 선적하고 하역하여 항구에서 아무런 문제 없이 찾아낼 수 있도록 했습니다."

"그것도 인공지능의 하나인가요?" 로버트가 물었다. 그는 모형 컨테이너를 이리저리 돌려보았다.

"아닙니다." 자이츠가 말했다. "그 시스템은 컨테이너를 모니터링은 할 수 있지만 선박과 항구에 대한 계획을 대신할 수 없었습니다. 그리고 학습 능력이 없었습니다. 이 사실은 80년 전에 커다란 선박회사가 공격을 받았을 때 분명해졌습니다. 그 선박회사가 바로 머스크 그룹입니다. 컴퓨터 바이러스가 네트워크를 마비시켰고 세계 컨테이너 무역선의 1/5에 해당하는 800척의 배가 꼼짝 못 하게 된 겁니다. 항구의 터미널이 기능을 멈추었습니다. 선적된 짐을 하역할 수 없었던 겁니다. 컨테이너항의 게이트 앞에 트레일러가 줄을 서 기다렸습니다. 배들은 아무런 대책 없이 정박해 있었고 물건은 다른 곳에서 쌓여만 갔습니다. 세계 경제가 거의 무너진 것입니다."

자이츠는 모형 컨테이너를 조심스럽게 치웠다. "회사들은 사람보다 지능적인 시스템에 의존했지만 위기상황에서는 그 시스템도 마찬가지였습니다."

"그 문제는 어떻게 해결됐나요?" 미셸이 물었다.

"회사들은 그나마 불행 중 다행이었습니다. 왜냐하면 가나에서 정전사태가 일어났기 때문입니다. 사이버 공격이 일어나는 동안 가나에 있던 서버가 네트워크와 연결이 끊어진 것입니다. 그 때문에 그곳의 서버는 공격을 당하지 않았던 거고요. 전체 시스템을 살려내기 위해 가나에 있었던 유일한 백업을 가능한 한 빨리 영국으로 보내야만 했습니다. 그러나 전송속도가 너무 느렸습니다. 결국 가나의 직원이 직접 런던행 비행기를 타야만 했습니다. 그런데 서아프리카의 직원 가운데 아무도 영국 비자를 소지한 사람이 없었습니다. 사람들은 이어달리기 방법을 이용했습니다. 가나의 한 직원이 나이지리아로 날아가 그곳 공항에서 대기하던 머스크 직원에게 하드디스크를 전달한 것이죠. 그 직원은 다시 히스로 공항으로 날아가고…… 머스크가 사이버 공격을 복구하기까지 한 달이 걸렸습니다."

자이츠는 조그만 상자를 열어 스마트 곤충을 꺼냈다. 꽃들을 옮겨가며 인공 꽃가루 수정을 하는 곤충이었다. 그는 혈관을 타고 도는 나노메드 칩, 발전소 제어 시스템, 반려동물을 위한 '펫라이프'와 '아마데우스' 작곡 프로그램 같은 칩을 보여주었다. 그리고 출시 준비가 완료된 최초의 휴머노이드 '데이비드 원'의 얼굴 모습을 보여주었다.

"20년 전에는 이것이 가장 현대적이었습니다." 자이츠가 말했다.

"하지만 무엇보다도 휴머노이드는 마케팅에서 큰 성공을 거두었습니다."

"그게 무슨 말이죠?" 로버트가 물었다.

"그러니까, 실제 인공지능을 위해 이제는 인간과 비슷한 몸을 만들 필요가 없어졌다는 거죠. 전원 연결은 필요하겠지만 굳이 두 다리가 필요하지 않다는 겁니다. 휴머노이드는 제조자가 그것의 지능을 제한했기 때문에 인기를 얻었습니다. 만일 휴머노이드가 인간의 지능을 뛰어넘었다면 팔리지 않았을 겁니다."

'데이비드 원'의 얼굴은 사람과 똑같았다. 다만 표정이 딱딱하고 차갑게 보였다.

"휴머노이드는 곧 시대에 뒤처지게 될 겁니다." 자이츠가 설명했다. "아직도 시장에는 몇 종류의 간병 로봇과 교육용 로봇이 있으며 섹스 로봇은 잠자리에서 도움을 주기도 합니다."

그의 여행 가방에는 아직 긴 상자가 남아 있었다.

"자, 이것이 오늘의 마지막 물건입니다." 자이츠가 말했다. 그는 긴 상자를 열어 문어 다리를 꺼냈다. 부드러운 고무로 된 다리에 달려 있는 빨판이 은처럼 빛났다.

자이츠는 일어나 아쿠아리움을 향해 서너 발짝 걸어갔다. 그는 아쿠아리움 뚜껑을 열고 인공 문어 다리를 그 안에 던져 넣었다.

"안 돼요!" 미셸이 소리쳤다.

문어 다리가 물속으로 가라앉았다.

자이츠는 사람들이 아쿠아리움을 잘 볼 수 있도록 옆으로 비켜섰다.

문어는 몸을 숨겼다. 문어 다리는 살아 움직였다.

적어도 살아 움직이는 것처럼 보였다. 문어 다리는 더듬질을 하며 움직여 방향을 돌리다가 빨판을 바닥에 붙였다. 스스로를 조종하는 것처럼 보였다.

사람들이 모두 자리에서 일어나 아쿠아리움 가까이 갔다.

"도대체 이게 뭔가요?" 미셸이 간신히 마음을 가라앉히며 물었다. 자이츠는 조용히 있었다. "여러분, 이것은 인공지능이 기존의 시스템에 얼마나 잘 통합될 수 있는지를 보여주는 증거입니다." 그가 말했다. "이 문어 다리는 생체공학 재료로 만들어졌으며 빛, 온도, 음식을 감지할 수 있는 센서가 있습니다. 이 다리는 자율적이고 학습 능력이 있으며 다른 모든 문어 다리보다 우월합니다. 이제 이 문어 다리를 저 문어와 연결시킬 것입니다. 오늘 안 된다면 늦어도 하루나 이틀 뒤에…… 문어 다리는 완벽하게 문어와 합체될 것입니다. 그리고 그것은 문어에게도 좋을 것입니다." 자이츠는 문어가 숨어 있는 조그만 돌덩이를 가리켰다. "말하자면 문어는 차이를 전혀 못 느끼게 됩니다. 다리 안에 있는 인공지능이 문어가 감각기관을 통해 얻은 모든 정보에 대한 결정을 내리는 거죠. 문어는 자기 다리 하나가 퇴화하거나 대체되어도 전혀 놀라지 않을 겁니다."

미셸은 소리가 들릴 만큼 숨을 크게 들이쉬었다. "당신의 실험을 위해 라이오넬이 다리 하나를 잃게 된다는 건가요? 지금 진심으로 하는 말인가요?"

자이츠가 대답하려는 순간 아쿠아리움에서 무슨 일인가 일어나고 있었다. 문어는 호기심이 생겼고 아쿠아리움 바닥을 아주 조심스럽게 기어오고 있었다. 생체공학 다리가 아쿠아리움을 스캔하려는 듯 조금씩 움직였다. 문어는 다리 하나를 앞으로 내밀며 색깔을 바꾸었다.

문어는 이제 갈색으로 변했다.

생체공학 다리도 따라서 색을 바꾸었다. 똑같은 갈색이었다.

문어가 두 번째 다리를 뻗었다. 회색이었다. 생체공학 다리도 회색으로 바뀌었다.

문어의 몸에 눈 모양의 반점이 생겼다. 생체공학 다리도 따라 했다.

"접촉 단계입니다." 자이츠가 말했다.

그러자 생체공학 다리가 문어에게 천천히 접근하면서 색깔을 회색에서 녹색으로, 다시 회색으로 바꿨다.

문어는 제자리에 가만히 있으면서 생체공학 다리를 따라 했다. 녹색, 회색, 녹색, 회색…… 문어와 생체공학 다리가 동시에 똑같이 변색할 때까지 반복했다.

마침내 인공 다리가 앞으로 움직이며 문어의 몸체에 점점 더 가까이 갔다. 잠시 후 인공 다리가 문어와 연결되고 깜빡이등이 꺼졌다.

"믿을 수 없어요." 미셸이 말했다. 자이츠는 미소를 지었다.

문어는 이제 더 이상 대칭구조가 아니었지만 아쿠아리움 속에서 어색하지 않게 움직였다.

자이츠는 테이블로 돌아와 빈 상자를 여행 가방에 정리해 넣었다.

그 순간 그의 뒤에 있는 아쿠아리움에서 소동이 일어났다. 아홉 개의 다리로 움직이고 있던 문어가 심한 경련을 일으키고 흥분하여 빨간색으로 변했다. 인공 다리만 회색이었다. 문어는 인공 다리를 끊어내고 있었다.

흙탕물이 일어나 문어가 제대로 보이지 않았다. 문어는 흙탕물 속에서 요동치고 있었다.

1분쯤 지나자 잠잠해졌다. 물이 다시 맑아졌고 수면에 수초가 몇 개 떠올랐다. 문어는 숨어 있는 듯 보이지 않았다. 아쿠아리움 앞쪽 테두리 바닥에 생체공학 다리가 떨어져 있었다. 정확히 말하면 생체공학 다리가 두 동강이 나 있었다. 다리 끝부분은 방향을 잃고 이리저리 움직였다.

두꺼운 윗부분은 완전히 망가졌다. 문어는 생체공학 다리를 자기 몸에서 떼어냈을 뿐 아니라 칼처럼 날카로운 입으로 다리의 유기 껍질을 자르고 전자회로를 박살냈다.

"이해할 수가 없군……." 자이츠가 혼자 중얼거렸다.

"나는 알 것 같은데요……" 아냐나가 말했다. "인간은 개선과 질서에 대한 욕구가 있어요. 우리 모두가 그렇고 그것은 DNA의 일부이기도 합니다. 그러나 우리는 그것을 인식해야 하고 우리가 언제 어떻게 자연에 개입해야 할지 알아야만 해요. 우리는 겸손해야 합니다. 자연은 언제 어디서든 제어되거나 개선되지 않아요. 지금 이것이 작은 전조의 메시지라고 생각해요."

"맞는 말이에요." 미셸이 말했다.

2025년 4월 24일, 목요일

미국 뉴욕 시티, 8번가 620번지,
《뉴욕 타임스》 편집국장실

인쇄 30분 전인 오후 6시 15분, 《뉴욕 타임스》 편집국장 딘 M. 브래들리가 27층 국장실 책상에 앉아 내일 톱기사로 나갈 기사를 읽고 있었다.

48포인트, 굵은 서체의 기사 타이틀은 다음과 같았다.

"전쟁의 위험을 떨쳐내다 ― 세계를 위한 전환점"

마지막 순간에 해결된 열대우림 위기
브라질의 새 정부 양보
파블로 텔레스 대통령 벌목과 화전개발 중지 선언,
그러나 모든 점에서 국가의 자율권 요구
인도, 나이지리아 양보 의사 표시

캐롤라인 코너, 요세프 M. 하드루섹, 안나 L. 켄트 특파원

워싱턴 D.C., 브라질리아, 상파울루 (NYT/ap/dpa) — 크라이시스 다 플로레스타 트로피컬, 소위 열대우림 위기는 브라질과 G3 강대국을 전쟁 직전까지 몰고 갔으나 28일 만에 해결되었다. 양측은 협상 의사를 표명했다. 브라질의 신임 대통령 파블로 텔레스는 자신의 역할은 임시적인 것이며 전 대통령 아르투로 바티스타의 해임(본지 보도)은 "불행하게도 불가피했던 것"이었다고 해명했다. 바티스타는 더 이상 피할 수 없는 대결상황을 고집했었다고 했다.

브라질의 상황에 따라 인도와 다른 국가원수들도 방향 전환의 메시지를 보냈다.

인도 총리는 "우리는 나이지리아를 모델로 인구폭발 문제를 적극적으로 해결할 것"이라고 기자회견에서 밝혔다.

브라질은 "현명했다"고 임시 대통령 파블로 텔레스는 말했다. 브라질은 이제 열대우림에 대한 기후 동맹의 요구를 이행하고 이에 따라 어려운 경제를 회복시키기 위한 재정지원을 받을 것이라고 텔레스는 설명했다. G3는 브라질의 입장표명을 "매우 긍정적인 신호"라고 평가했다. G3 대변인은 "우리는 브라질의 자율권을 존중한다. 우리가 요구하는 것은 단 한 가지 열대우림에 대한 파괴행위를 중단하는 것뿐이다."라고 말했다.

실제로 지난해 12만 제곱킬로미터의 면적을 벌목하고 화전으로 만들었다. 이런 일은 전에 없었으며 이전 브라질 정부는 계속 이런 입장을 고수했었다. INPE(브라질 우주연구소)는 인공위성 DETER-시스템(실시간 삼림 벌채 감지 시스템)의 도움을 받아 분명하고 객관적인 데이터를 수집했고 15헥타르가 넘는 삼림이 훼손되었음을 확인했다.

극우 보수주의자이자 포퓰리스트로 잘 알려진 전 대통령 아르투르 바티스타는 브라질의 산림업과 축산업과의 부적절한 관계를 "터무니없는 거짓말"이라고 주장했었다. 그러나 이런 사실은 최근의 선거운동 지원에서 드러나고 있었다. 또한 민간 자금이 선거운동 자금에 유입되었다는 사실이 포착되었다. 최근 브라질 정부의 발표에 따르면 검찰은 이 문제를 수사하고 있으며……

브래들리는 막힘없이 잘 쓴 기사라고 생각했다.

그는 연필을 내려놓고 읽기를 멈췄다. 커다란 세계 위기를 극복한 것이다. 그리고 편집국장 딘 M. 브래들리의 개인적인 위기도 모면했다.

'십년감수했어. 이제 다 끝난 일이야.'

G3의 발족이 구체화되고 이에 대한 논쟁이 일자 브래들리는 일찌감치 3대 강국의 주도권을 찬성하는 분명한 입장을 취하고 이들을 지지했다. 편집국의 대다수는 그의 태도는 있을 수 없는 것이며 반 자유주의적이라고 반대했다.

그러나 세계의 많은 사람들은 생각을 바꾸었고 《뉴욕 타임스》의 편집국도 마찬가지였다.

'이제 끝났어.' 브래들리는 생각했다. 그는 다시 연필을 집어들고 신문을 계속 읽었다.

《뉴욕 타임스》의 독점 취재에 따르면 지금까지 일촉즉발의 상황에까지 이르렀던 위기는 무엇보다 자세히 알려지지 않은 시민단체, 특히 브라질 사람인 히카르두 S(본보가 입수한 이름)에 의해 해결되었다. S는 이와 관련하여 많은 징후를 감지하였으며 국제적인 음모를 폭로하게 되었다. 브라질의 정보기관에 따르면 S는 일종의 정보 작전에 휘말리게 되어 처음에 많은 어려움을 겪었지만 결과적으로 좋은 결말을 맺게 되었다고 한다.

브래들리는 기사 읽기를 중단하고 전화기의 단추 하나를 눌렀다.
"미스 코너 연결해주세요. 사내에 있는지……."
"네, 국장님." 브래들리의 비서 트래비츠키 부인이었다. 그가 수화기를 내려놓자마자 벨이 울렸다.
"코너입니다."
"아, 캐롤라인이군요. 브래들리입니다." 그는 잠시 멈칫했다. 캐롤라인 코너는 젊고 아름다운 기자였다. 머리도 영리하고 민첩한 신입사원이었다.
"아, 네. 국장님."
"방금 기사 읽었어요. 아주 좋군요. 수고했어요……."
"감사합니다, 국장님."
"그런데 마지막 단락, 거기에 나온 음모론? 그것은 이론의 여지 없이 확실한 거죠?"
"네, 국장님. 제가 그림스와 함께 여러 번 확인했습니다. 법조

팀이 이틀 동안 저의 문서, 진술서, 사진, 녹음 등을 모두 확인했습니다. 자료를 법조팀에 넘겨주었고 캐스트너 씨가 모두 승인했습니다."

프리데릭 캐스트너는 의심스럽고, 까다롭고, 불편한 자료들을 검증하는 법조팀의 책임자였으며 그 부서에 완벽한 사람이었다.

"네, 아, 좋아요. 어쩌면 더 정확한 후속 보도를 내야 할지도 몰라요……."

"네, 국장님."

"혹시 인력보강이 필요하지 않을까요. 우리가 후일담을 낼 수도 있을 텐데……."

딘 M. 브래들리와 캐롤라인 코너가 전화 통화를 하고 있는 동안 그곳에서 남쪽으로 약 4,000km 떨어진 아마존 열대우림에서는 삼림과 숲을 복구하는 작업이 시작되었다. 벌목기계와 운반시설, 유압굴착기, 수확기를 모두 철거했다.

열대우림은 다시 야생의 밀림으로 돌아올 것이다.

수많은 곤충과 황금비 난초, 헬리코니아, 벌새와 큰부리새, 독화살개구리, 아마존 돌고래와 테이퍼, 고함원숭이, 재규어와 나방이 돌아올 것이다.

그들의 일상의 리듬, 밤의 싸움과 약육강식, 번식과 아름다운 색깔들 그리고 아름다움이…….

파괴될 뻔했던 열대우림은 다시 살아나는 것이다.

엔딩 크레딧

　유안 지밍 박사는 그가 브라질의 여성 정보원 소피아 델라 베템쿠르를 과소평가했다는 사실을 알 때까지 4주 동안 생명의 불안감을 느꼈다. 그녀는 생각보다 똑똑했다. 그녀는 그를 다그치지도 않았다. 그녀는 자신의 정보를 숨기고 있다가 지밍 박사가 필요할 때 그를 압박했다.

　지밍 박사는 죽거나 자리에서 쫓겨나는 것보다 그녀에게 협조하는 쪽이 훨씬 나은 일이라고 생각했다.

　지밍 박사는 안전거리를 유지한 채 실패를 지켜보았다. 브라질 대통령이 해임당한 사건, 브라질이 피나는 전쟁에 휘말리지 않고 빠져나오게 된 일, 기후 동맹이 그들의 첫 번째 위대한 승리를 거두게 된 사건, 그리고 3개국 정상이 손을 맞잡고 생태환경운동에 앞장서게 된 일을 지켜보았다.

　계획은 실패했지만 적어도 그들은 흔적을 남기지 않았다. 우크라이나와 인도네시아의 어니언 라우터*와 프록시 서버는 해체되었다. 유일한 약점은 베템쿠르였다. 그녀는 그들을 보았고 누군지 알고 있었다. 지밍은 탈출 경로를 준비했었다.

지밍은 가능성을 타진했다. 전체 윤곽이 구체적으로 드러나면 문제는 해결될 일이었다. 6개월 후 유안 지밍 박사는 그가 걱정하던 대로 오지로 발령이 났다.

보리스 미하일로비치 비코프는 지밍과 같은 결말을 맺게 되었지만 도망칠 생각은 꿈도 꾸지 못했다. 계획이 실패로 끝난 후 그는 본국행 비행기를 타야 했기 때문에 독극물 주사를 몸에 지니고 있었다. 그는 군인이자 애국자였고 조국을 위해 살았다. 그러나 시간이 지나면서 자신이 틀렸다는 사실을 알고 혼돈 속에 빠졌다. 3개국 정상의 공동 행동이 러시아의 권력과 영향력 상실로 이어지지 않았기 때문이다. 오히려 그 반대였다. 생태 재앙을 막은 것은 옳았고 생존을 위해 꼭 필요한 것으로 판명되었다. 비코프는 이러한 위험을 극도로 과소평가했다. 그는 자신의 실수를 인정하지 않았지만 시간이 지나면서 자신의 신념에서 한 발 뒤로 물러났다. 퇴직 후 그는 상트페테르부르크에 있는 자동차 박물관 관장직을 맡았다.

《뉴욕 타임스》 기자 캐롤라인 코너는 이 사건의 배경을 계속 취재했다. 그녀는 진실을 밝히기를 꺼려하는 히카르두를 설득했고 개인적으로 만나 인터뷰를 했다. 히카르두는 그녀를 위해 네 번 요리했다. 두 사람이 네 번 만난 후 캐롤라인은 히카르두

---

* 양파와 같이 서로 다른 네트워크를 연결해주어 역추적이 불가능한 장치. 줄여서 '토르 TOR'라 한다.

가 만들어준 디저트를 먹으면서 언제 둘이 결혼할 수 있을지를 물었다. 히카르두는 너무 놀랐고 그녀의 프러포즈를 받아들였다. 그들은 세 아이를 낳았다. 모두 딸이었는데, 히카르두는 막내딸 이름을 소피아로 짓자고 고집했다.

아킬하 티와리도 아이를 낳았다. 아들이었다. 그녀는 아들 이름을 카테카르라고 지었다. 그녀는 그 이후에도 학교에서 일했다. 수파르왈잔다 지역에 여러 학교를 지었고 자녀 정책을 위한 시민운동을 했다. 그녀는 다시 결혼하지 않았다.

3국의 정상인 시진핑, 푸틴, 해리스는 노벨 평화상을 공동 수상했다. 스톡홀름의 시상식장에 푸틴의 주선으로 게르하르트 슈뢰더 전 총리가 초대되었다. 그는 친구인 디르크 로스만*에게 한 표를 던졌었다.

소피아 델라 베템쿠르는 대령으로 승진했으며 비서 클라우디아의 적극적인 도움으로 음모를 완전하게 마무리했고 자신이 알았던 것은 자신만의 것으로 간직했다. 그녀와 히카르두는 평생 친구로 남았다.

제나디 샤드린과 그의 가족은 모두 죽었다. 그들뿐만이 아니었다. 네네츠족을 위한 변화는 너무 늦게 찾아왔었다. 살아남은 사람들은 그들의 전통, 언어, 문화를 버리고 도시로 떠났다.

딘 M. 브래들리는 『테러의 종말』이란 책을 쓰기 위해 나이지리아의 남서부를 여행했다. 그는 그곳에서 카리타스 책임자 리

---

* 이 책의 저자이자 자산 규모 10억 달러의 사업가. 독일의 약국 체인 로스만 설립자.

샤 알루코를 만나 보코하람에 관하여 인터뷰했다. 브래들리는 자신의 감정을 감출 수밖에 없었지만 리샤가 매우 적극적이고 매력적인 여자라고 느꼈다. 그는 뉴욕으로 돌아가야 했을 때 그녀에게 자기를 기다려달라고 부탁했지만 리샤는 자신은 그렇게 기다리는 유형이 아니라고 했다.

막시밀리안 군트라흐는 실종됐다. 그를 찾으려 백방으로 노력했지만 결국 찾지 못했다.

자이츠는 『아홉 번째 다리의 문제, 자연은 과외가 필요하다』라는 책을 출간했다. 생체공학적인 방법과 인간의 기술적 교차에 관한 내용이었다. 책은 많이 팔리지 않았다.

에필로그

2018년 5월 8일, 화요일

독일, 하노버 근처의 그로스부르크베델, '코켄호프'

하노버에서 멀지 않은 그로스부르크베델에 있는 '코켄호프'는 60개의 객실, 콘퍼런스홀, 레스토랑을 갖춘 4성급 호텔이며 그곳에서 가장 돋보이는 건물이다. 리모델링 당시 사람들은 건축적인 측면에서 시골 분위기를 자아낼 수 있는 것에 중점을 두었다. 이 건물은 전면부가 확 트인 오래된 참나무 골조와 붉은 벽돌이 특징이다.

'라우쉬' 회사가 만든 열여섯 개의 철제 테이블이 놓여 있고 주목나무 울타리가 쳐진 중정원은 '코겐호프'의 자랑거리이다. 사람들은 특히 오늘 같은 초여름 저녁에 이 정원을 좋아한다.

2018년 5월 8일은 화요일이었다. 전체 테이블의 약 절반이 차 있었다. 그중 한 테이블에서 잘 차려입은 네 명의 남자가 카드놀이를 하고 있었다.

그들은 할리갈리를 세 판, 루미큐브 한 판을 했다. 그중 한 사람은 반바지를 입을 만큼 날씨가 따뜻했다.

즐겁고 화기애애한 네 사람의 모임이었다. 그들은 줄곧 떠들면서 카드놀이를 즐겼다. 카드를 내려놓고 잠시 쉬는 동안에는 음악, 골프, 책 이야기나 최근 다녀온 여행 이야기를 했다. 그리고 다시 카드를 돌렸다.

그들은 하노버 출신의 치과의사 슈베체, 기업가이자 하노버 축구단 구단주인 마르틴 킨트, 대기업 회장 디르크 로스만, 그리고 전 총리 게르하르트 슈뢰더였다. 슈뢰더는 반바지를 입고 있었다.

슈뢰더는 모스크바에서 막 돌아온 참이었다. 그는 전날 크렘린에서 열린 푸틴의 4기 취임식에 참석했었다. 독일 언론은 푸틴의 독일 친구 슈뢰더가 초대 손님으로서 융숭한 대접을 받았다고 보도했다. 그러나 이날 저녁의 주제는 가스공급, 정치, 국가 정상이 아닌 카드놀이가 중심이었다.

사람들은 사적으로 모였지만 여기에도 규칙이 있었다. 슈뢰더의 옆 테이블에 앉은 그의 경호원들은 이 사람 저 사람에게 인사를 하거나 유쾌하게 떠들며 저녁 시간을 즐기고 있는 네 명의 남자를 느긋하게 바라보고 있었다.

그러나 디르크 로스만은 머릿속에 생각이 끊이질 않았다. 독서광인 그는 최근에 사이 몽고메리의 책을 읽었다. 문어에 관한 책이었다. 그는 그 책을 읽으면서 흥분했고 무언지 모를 깊은 감동을 받았다. 친구들에게 그 이야기를 하고 싶었지만 언제 어떻게 이야기를 꺼내야 할지 망설이고 있었다. 공연히 분위기를 깰까 봐 조심스러웠다.

그런데 그는 이 책에 매료된 것 이상이었다. 수개월 동안 책에

푹 빠져 있던 그는 생태학에 관한 것을 집중적으로 공부하고 연구논문을 읽었을 뿐 아니라 기후연구소, 아프리카 전문가, 그리고 그가 공동창립했으며 빌 게이츠 재단과도 긴밀한 협력관계에 있는 생태학자들에게 편지를 보내고 대화를 나누었다.

한동안 로스만은 지구의 미래에 대해 걱정이 많았다. 그는 이 문제를 방관하고 싶지 않았다. 그 스스로 무언가 하고 싶었다.

그리고 며칠 전부터 한 생각에만 몰두해 있었다. 미친 생각이었다. 그 생각대로 하고 싶어 계획을 세우려 했지만 여전히 모호하기만 했다. 그런데도 그는 그 생각의 매력을 버리지 못했다. 팸플릿 형태의 정치적 비전, 스릴러 형식, 비참함의 탈출구, 흥미진진한 역사 이야기로 포장…… 로스만은 슈뢰더의 정치적 감각을 살려내어 그의 조언을 듣는 것이 가장 좋은 방법이라고 판단했다. 그러나 카드놀이에 흠뻑 빠진 오늘 저녁은 때가 아닌 것 같았다.

그들은 카드놀이를 계속했다. 네 사람은 테이블 위에 카드를 던지고 먹고 마시며 웃고 떠들었고 포도주와 맥주를 주문해서 서로 따라주었다. 날이 어두워지자 다른 손님들은 안으로 들어갔지만 이들은 계속 카드놀이를 했다. 커피를 가져오고 촛불을 밝혀가며 계속된 카드놀이는 자정이 되어서야 마무리되었다. 슈뢰더가 가장 높은 점수를 따서 이겼고 그는 기분이 최고조에 달해 있었다.

네 사람은 기분이 좋으면서도 웃고 떠드느라 조금은 피곤한 기색으로 주차장으로 걸어갔다. 작별의 시간이 된 것이었다. 서로 포옹하고 악수를 나누었다. 밤공기는 부드럽고 온화했다. 그리고 각자 자기 차로 갔다.

로스만은 조금 오래된 검은색 벤츠에 올라탔다.

그때 갑자기 생각이 떠올랐다.

지난 며칠 동안 한순간도 떼어놓지 않은 책이 조수석에 놓여 있었다. 그는 그 책을 들고 슈뢰더에게 뛰어갔다. 슈뢰더는 차 창문을 내리고 무슨 일이냐는 표정으로 바라보았다.

"게르트, 잘 들어봐요. 오늘 저녁 내내 말할 기회가 없었는데 이 책을 당신에게 주고 싶어요. 읽어봐요. 읽고 나서 우리 함께 이 책에 대해 이야기합시다. 문어에 관한 내용이지만 사실은 생명체의 중요성을 다루고 있어요……."

"문어라고?"

"그냥 한번 읽어봐요. 앞부분 90쪽 정도만…… 그리고 이야기합시다. 당신의 조언이 필요해요. 어떤 생각이 하나 떠오르는데 그게 구체적으로 잘 잡히질 않아요. 날 위해서라도 한번 읽어주세요……."

슈뢰더는 잠시 머뭇거렸지만 독서광인 그는 이내 책을 받았다.

"알았소, 한번 읽어볼게요."

"약속하는 겁니까?"

"약속해요." 이 일은 이렇게 시작되었다.

감사의 말

문어의 다리 여덟 개는 제각각 움직이지만 함께 작동한다. 팀워크는 기업가인 나에게 빼놓을 수 없는 요소이며 작가이기도 한 나는 많은 커뮤니티의 도움을 받고 있다. 이 책을 집필하는 동안 나는 긍정적이며 강하고 창의적인 사람들의 도움을 많이 받았다.

먼저 가족들에게 가장 고맙다. 아내 앨리스는 나를 아주 특별한 생명체인 문어와 가깝게 해주었다. 큰아들 라울은 회사에서 날카로운 질문을 하면서도 내가 연설문 작성을 할 때는 결정적인 도움을 주었고 작은아들 다니엘은 방대한 자료조사와 예민한 관찰력으로 세부적인 사항을 다듬어주었다.

여러 나라에서 펼쳐지는 스릴러를 쓰기 위해선 문화와 언어를 하나로 엮고 일어날 이야기들을 풀어가야 하는데 그러기 위해서는 모든 지식과 아이디어를 모아 새롭게 펼쳐놓을 수 있는 사람들이 필요하다. 이 책이 나올 수 있기까지 전문지식과 능력을 아낌없이 발휘한 연구조사와 구성팀에 감사드린다. 옐다 벡,

발레리 고리스, 콘스탄틴 무퍼트, 토마스 프리멜, 니클라스 세이덱, 로버트 스티어, 리첸 타우루스-치우, 주앙 바리스타, 니콜 고리스-폴머 박사, 페터 고리스 중령과 소니아 윙이 바로 그들이다. 특히 실케 하드로섹은 그녀의 풍부한 요리 지식으로 우리를 즐겁게 해주었다.

또한 이 책의 집필 과정에서 나는 2018년 자서전을 쓸 때 많은 기여를 한 올라프 쾨네와 피터 케펠라인의 도움과 지지를 많이 받았다. 이들의 동기부여와 성원에 감사한다.

기업가인 나에게는 다행히도 훌륭한 직원들이 많다. 사비네 트래거, 안나 켄트라트, 페트라 초라는 이 책이 나오기까지 수고를 아끼지 않았다.

나와 함께 일하고 소설을 진전시킨 사람들 말고도 몇몇 친구들이 특별한 성원을 보내주었다. 그들은 내 이야기를 참을성 있게 들으며 집필이 완성될 때까지 격려해주었다. 마르틴 킨트, 제프 헤크만, 크리스티안 파이퍼 교수, 클라우스 슈베체 박사가 바로 그들이다. 게린데와 한스-베르너 진 교수의 격려에도 감사드린다. 크리스티안 불프는 정치적 사안에 대해 많은 조언을 해주었고 여러 번의 상을 받은 전《슈피겔》기자 랄프 호페의 우정에도 고마움을 표한다.

마지막으로 이 소설에 가장 큰 공헌을 한 여성, 동물학자이자 작가인 사이 몽고메리에게 감사드린다. 그녀의 책『문어의 영혼』은 나를 감동시켰을 뿐 아니라 이 책을 쓰게 된 계기를 만들어주었다.

문어에겐 아홉 번째 다리가 필요하지 않다. 그리고 우리 인간은 자연 앞에 더 겸손해야 한다. 그러면 많은 것, 어쩌면 모든 것이 가능할 것이다.

옮긴이의 말

차 드문 거리의 빨간 신호등

"시대마다 고유한 질병이 있었다"고 한다. 멀게는 천연두에서부터 페스트, 콜레라, 말라리아, 스페인 독감이 인류의 문명과 함께 역사를 만들어왔다. 시대의 질병은 외부에서 인간에게 침투했지만 이제는 인간 내부에서 자체적으로 만들어지기도 한다. 그러한 신경증적인 질병이 일반화된 예민하고 우울한 사회가 현재이다. 최초의 인류는 그것이 호모 에렉투스이건 호모 사피엔스건 간에 자연의 일부였기 때문에 자신을 둘러싼 환경 속에 적응하면서 때로는 불리한 환경을 피해 다녔다. 인류는 농사를 짓게 되면서 환경을 극복하다가 마침내 정복하기 시작했다. 정복이란 있는 그대로의 것을 바꿔놓는 것이자 곧 파괴였다. 그렇게 인류는 만물의 영장이란 자리에 올라섰다. 그러나 인류의 정복 전쟁은 아직 끝나지 않았다.

우리는 지금 전혀 예상하지 못했던 코로나 바이러스와 싸우고 있다. 처음에 동원한 방어 수단인 마스크는 눈에 보이지 않는 바이러스와 대항하기엔 매우 원시적이었으나 만물의 영장답게 모든 지식을 동원하여 재빠르게 백신을 만들었다. 바이러스가 우리 몸에 들어오기 전에 인간이 먼저 그 비슷한 것을 체내에 주사하여 방어력을 키워 바이러스의 공격을 막고 있다. 인간은 천년 동안 이슬람의 공격을 방어했던 콘스탄티노플의 테오도시우스 성벽과 같은 것을 더욱 굳건히 쌓고 있다. 그러나 콘스탄티노플을 함락시키기 위해 술탄 메흐메트가 공성전의 전략을 바꾸어 배를 산으로 끌고 올라갔듯이 바이러스도 가만히 있지 않았다. 처음의 바이러스는 알파에서 델타로, 이제는 오미크론까지 변이하면서 인간의 방어선을 뚫고 있다. 요한 계시록의 "나는 알파요 오메가요 처음과 나중이다"에서 '나'는 하느님이 아닌 바이러스를 두고 한 말인지도 모를 일이다.

이렇게 인간은 눈에 보이지 않는 적, 바이러스와 고투를 벌이고 있다. 그러나 더 무서운 적이 우리에게 다가오고 있다. 그 적의 파괴력은 바이러스처럼 파상적으로 일어나지 않고 소행성의 대충돌로 어느 한 날 공룡이 멸종되었듯이 우리를 복구 불능의 대재앙으로 빠뜨릴 수 있을 만한 것이다. 바로 지구온난화이다. 인간은 환경에 적응하고 환경을 극복하고 파괴하면서 그것을 정복했지만 환경도 바이러스처럼 변이되면서 최후의 반격을 준비하고 있다. 이 소설은 바로 우리가 잘 알고 그 결과까지 너무도 정확히 예측하고 있지만 그 누구도 앞장서지 않고 애써 눈길을 피하고 있는 지구의 환경문제를 스릴러의 형식으로 다루고 있다.

저자 디르크 로스만은 성공적인 기업가일 뿐만 아니라 세계 인구의 지속 가능한 개발을 위한 재단의 공동 설립자이며 하노버의 정치 네트워크에 적극적으로 참여하고 있다. 지구의 환경 문제에 관심이 많았던 조너선 사프란 포어의 『우리가 날씨다』를 읽고 앞으로 남은 생애 동안 자신이 할 일이 무엇인지 분명히 알게 되었고 그 이후부터 지구온난화로 인한 환경 파괴 문제에 적극적으로 나서고 있다. 지구의 온난화를 막기 위한 그의 결론은 "우리가 변해야 한다"이다. 그리고 툰베리와 같은 힘없는 개인에게 이 문제를 맡길 것이 아니라, 미국, 러시아, 중국과 같은 강대국이 자국의 이익만을 위해 경쟁할 것이 아니라, 지구의 생존을 위해 기후 동맹을 맺고 지구온난화를 막기 위한 탄소중립 문제에 주도적으로 나서야 한다는 것이다.

이 소설은 두 개의 축으로 구성되어 있다. 하나는 2022년부터 2025년 사이 환경위기를 둘러싸고 지구에서 일어나는 사건이며 다른 하나는 2100년 노트르담 성당이 보이는 파리 시내 환경디자이너 미셀의 집에 일련의 학자들이 모여 80여 년 전 지구에서 일어났던 환경문제에 관한 위기 상황을 회상하고 문어와 AI의 결합 가능성을 실험하는 장면이다. 앞의 스토리 축은 우리가 살고 있는 시점과 가까운 미래의 일이기 때문에 공상과학적 상상이 지배하기보다는 현실과 거의 데칼코마니처럼 겹친다. 지구온난화로 인한 야말 네네츠 자치구의 유목민 문제, 인도의 대홍수, 시베리아의 거대한 산불과 같은 사건은 우리가 언론을 통해 접하는 것들이다.

해수면 상승으로 남태평양의 섬들은 바닷속으로 가라앉을 위기에 처했고 우리나라 해안에도 예전엔 볼 수 없었던 열대 어종이 쉽게 잡히고 있으며 루돌프 사슴의 나라 핀란드에서도 순록의 개체수가 급감하고 있다. 저자는 이러한 문제를 실감할 수 있도록 미국, 프랑스, 러시아, 중국, 나이지리아, 사우디아라비아, 인도, 브라질 등으로 무대를 옮겨가며 카멀라 해리스, 푸틴, 시진핑, 게르하르트 슈뢰더, 빌 게이츠와 같은 실존 인물을 등장시킴으로써 현실감과 박진감을 더해주고 있다.

 저자는 지구온난화와 탄소 문제를 해결하려면 "세계 기후의 파국과 인구의 기하급수적인 증가, 천연자원의 파괴를 방지하기 위해 정치, 재정, 과학 및 군사력을 공동으로 투입"할 수 있도록 미국, 러시아, 중국이 G3 기후 동맹을 맺어야 한다는 설정을 한다. 그러나 브라질은 자국의 경제적 문제로 G3 기후 동맹의 열대우림 보호 정책을 거부하고 브라질과 동맹국가 간의 전쟁으로 치닫는 일촉즉발의 상황이 벌어지지만 평범한 요리사 히카르두 다 실바와 브라질 정보국의 소피아 베템쿠르 소령의 활약으로 전쟁의 파국을 모면한다.

 그리고 이 소설은 인간의 AI에 대한 무한한 기대와 의존의 문제를 끼워 넣었다. 파리의 미셸 집에 모인 학자들 가운데 자이츠는 자신이 개발한 인공 다리를 붙인 문어를 사람들 앞에 선보이지만 실패하고 만다. 이 장면은 인간이 언제 어떻게 자연에 개입해야 하는가라는 문제의 심각성을 시사한다. 그동안 인간은 인간 삶의 개선과 인간사회의 질서를 위해 자연에 무차별하게 개입했다. 그리고 이제는 그 자연의 일부인 인간에게 인간이 개발한 AI의 질서를 도입하고 있다. 그것은 자연을 정복 대상으로 삼았던 인간이 자연을 모두 정복하거나 섭렵했다고 생각하자 지구상에 남은 마지막 정복 대상을 인간으로 삼았다는 아도르노의 '계몽의 변증법'을 증명하고 있는 것처럼 보인다.

이 소설의 원제는 *Der neunte Arm des Oktopus*이다. 문어를 의미하는 Oktopus는 '여덟'을 의미하는 라틴어이고 문어의 다리가 여덟 개이기 때문에 문어에 이 단어가 붙은 것은 주지의 사실이다. 원제를 그대로 옮기면 '문어의 아홉 번째 팔'이다. 빨판이 달린 문어의 이 신체 부분은 다리의 이동보다는 손의 잡는 기능이 강하기 때문에 팔이라고 부르는 것이 맞는다. 그러나 서양과 달리 우리는 문어 다리, 오징어 다리라고 부르는 습관을 부정할 수 없어서 '문어의 아홉 번째 다리'라고 옮겼다.

디르크 로스만은 사이 몽고메리의 『문어의 영혼』이 이 소설을 쓴 계기가 되었다고 한다. 쥘 베른의 『해저 2만 리』 속 무시무시한 문어는 이미 2000년 전에 나온 플리니우스의 『박물지』에도 등장한다. 플리니우스는 "물속에서 인간을 죽일 수 있는 힘을 가진 현존하는 동물 가운데 문어보다 더 위험한 것은 없다. 문어는 난파한 배의 선원이나 어린아이를 공격할 때 허우적거리는 사람의 몸을 감싸 빨판으로 붙잡고 물속으로 끌고 들어간다"라고 말하면서 "그 크기(문어의 대가리)는 포도주 항아리 열다섯 개가 들어갈 정도"라고 문어의 무시무시함을 자세히 설명하고 있다.

삼면이 바다로 둘러싸인 우리나라에서 문어는 오징어, 낙지와 더불어 사람들이 즐겨 먹는 식재료이다. 그러나 플리니우스가 기록한 대로 문어는 조개가 잠시 입을 벌렸을 때 다시 닫히지 않도록 돌멩이를 집어넣어 쐐기처럼 사용해 조개를 잡아먹을 정도로 영악하다. 문어에게도 생각과 감정이 있다는 것은 이미 오래전부터 알려진 사실이지만, 데카르트의 인간만이 생각할 수 있는 존재라는 "나는 생각한다, 고로 존재한다"의 대명제 앞에서 문어는 서양에서는 무시무시한 괴물로, 우리에겐 맛있는 숙회용 먹거리로 취급되었다.

바로 여기에서 디르크 로스만이 이 소설의 제목을 '문어의 아홉 번째 다리'라고 한 이유를 찾을 수 있다. 인간은 만물의 영장이 아니라 자연의 일부였고, 자연 속의 모든 것들도 사유하며, 그 때문에 인간도 자연과 소통해야 한다는 점을 소설 속의 문어 라이오넬을 통해 말하고 싶었던 것이다. 또한 소설의 〈프롤로그〉는 인간이 그토록 자랑스럽게 여기는 문명과 문화의 역사가 44억 년의 지구 역사에서 얼마나 보잘것없으며 환경문제를 해결할 시간이 얼마나 촉박한 것인지를 경고한다.

세계는 코로나19라는 팬데믹 속에 2년여를 시달리고 있다. 오미크론까지 진전한 코로나가 오메가까지 변이하는 동안 우리는 앞으로 더 험한 길을 걸어가야 할지 모른다. 그러나 분명한 사실은 오메가가 끝이라고 믿는다면 인간은 지구상에서 가장 어리석은 존재로 남을 것이다.

코로나보다 더 무서운 '시대적 질병', 그것은 지구온난화이다. 지구온난화가 서서히 다가오고 있지만 변이하지 않으면서, 수천만 년 전 소행성 충돌이 탄소와 미세먼지로 공룡을 멸종시켰던 것과 같은 대재앙의 시그널을 보내고 있다. 우리는 이것을 차가 드문 거리에 켜진 빨간 신호등처럼 무시하고 건너고 있을 뿐이다.

옮긴이 서경홍

독일 Siegen Uni.에서 철학박사 학위를 받았다. 충남대에서 강의를 병행하며 『꽃을 사는 여자들』 『미바튼 호수의 기적』 『마음의 여행자』 등 다수의 책을 번역하였다.

문어의 아홉 번째 다리

초판 1쇄 발행 2022년 3월 9일
초판 2쇄 발행 2022년 6월 1일

지은이 디르크 로스만
옮긴이 서경홍
펴낸이 김요안
편집 강희진
디자인 이명옥

펴낸곳 북레시피
주소 서울시 마포구 신수로 59-1
전화 02-716-1228   **팩스** 02-6442-9684
이메일 bookrecipe2015@naver.com | esop98@hanmail.net
홈페이지 www.bookrecipe.co.kr | https://bookrecipe.modoo.at/
등록 2015년 4월 24일(제2015-000141호)   **창립** 2015년 9월 9일

ISBN 979-11-90489-51-5 03850

종이 화인페이퍼 | **인쇄** 삼신문화사 | **후가공** 금성LSM | **제본** 대흥제책